吾家有妻驕養成

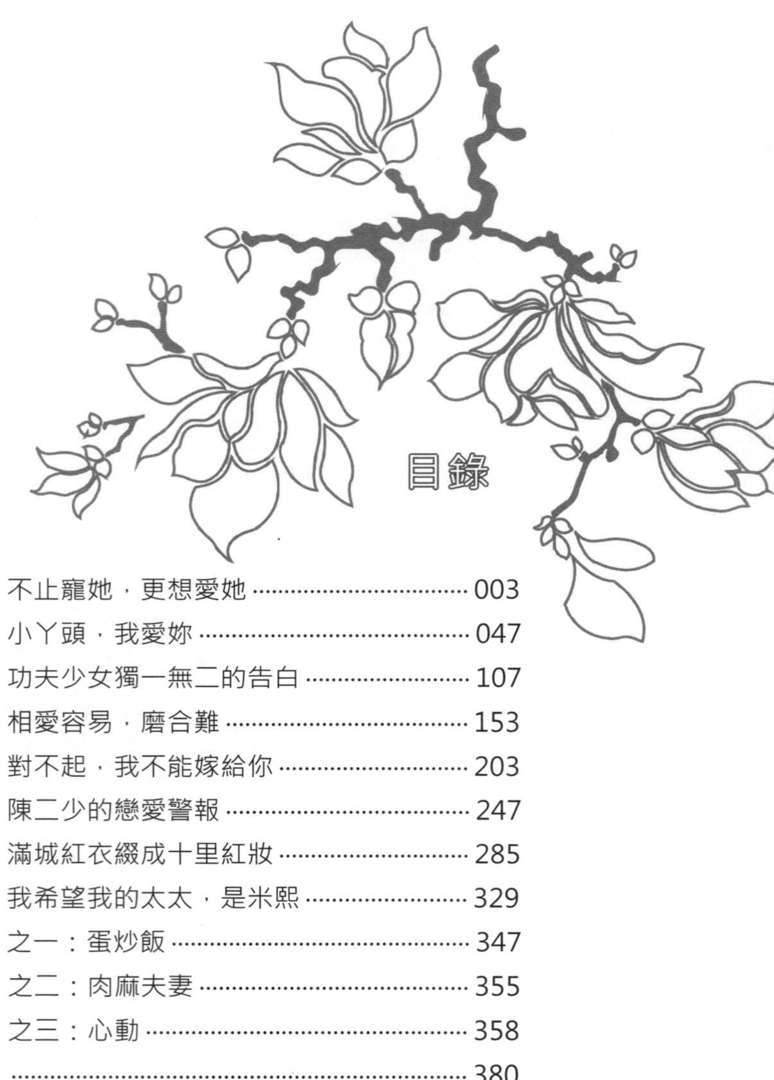

目錄

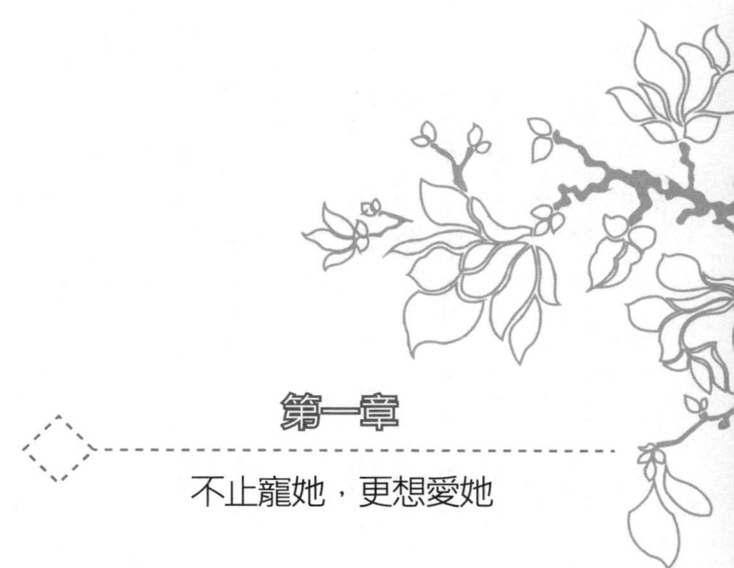

第一章

不止寵她，更想愛她

米熙站在異國的土地上深呼吸。

滿眼都是各種顏色的頭髮，還有各種顏色的皮膚、各種顏色的眼睛。從前在街上偶爾看到，在飛機上看到那都不叫什麼，這裡才真是五顏六色啊。文字她都看不懂，說的話都聽不懂，出關的過程全靠著秦雨飛和顧英傑帶著她。然後，她看到了陳鷹。

他站在人群中，正舉目四望。俐落的短髮、挺拔的身姿、寬厚的肩膀、英俊的臉。米熙一時屏住呼吸，覺得他好看得讓周圍的人都失色。接著，他的目光對上她的。他微笑，那笑像是讓他整個人都散發出光芒來。

米熙在來之前做過心理建設，她演練過很多次跟陳鷹重逢的場面，她練習過要端莊地走到陳鷹面前，穩重又懂事地對他說：「陳鷹，我來了。辛苦你來接我，謝謝。」或者要把最重要的事情先說了，比如爺爺和呂姊有讓她帶資料過來給他，還有他的工作時間怎麼安排，她不能打擾他了。還有……

還有什麼？她不記得了。

她也不知道她究竟在做什麼，反正行李箱一丟，她歡呼尖叫著就朝陳鷹飛奔過去。

她看到陳鷹臉上的笑容擴大，看到他明亮的眼睛閃著光，對著她張開了雙臂。

「陳鷹！」她大聲叫，撲進了他懷裡。

她聽到他爽朗的笑聲，感覺到他把自己緊緊抱住，然後腰上一緊，她被陳鷹舉了起來。她笑著尖叫，居高臨下看著他的眼睛，他眼睛裡的喜悅讓她滿足，她無法控制自己，她只會笑。

陳鷹舉著她轉了一圈，把她抱進懷裡。一抬頭，看到秦雨飛和顧英傑拖著行李走過來，都不太高興的樣子。

「你這樣真是不禮貌。」秦雨飛先發難，顧英傑作為男人不好說什麼，但聽得秦雨飛快人快語，趕緊點頭附和。「這樣讓我感覺我像是個送貨的。」秦雨飛又說，顧英傑愣了愣，不點頭了，這種沒營養的話還是別扯上他。不是該譴責一下他們叔侄兩人太旁若無人太親密了些嗎？

「謝謝。」陳鷹笑著應，完全沒把他們的話當一回事。這臉皮厚得……顧英傑更不想說話了。

「我來拿行李。」米熙回過神，又是高興又是害羞，精神抖擻，一手拎一只皮箱就想飛奔。

秦雨飛把她攔住：「妳忙什麼，沒看這裡這麼多男人嗎？幹活是他們的事。」這話把顧英傑噎得，真不想理這千金小姐。陳鷹倒是不介意，司機推來行李車，他把行李箱全放上去。其實行李不多，一人一個，最大的那個還是米熙的。

現在做什麼米熙都不介意，不用拿行李也挺好，她蹦著走。陌生的地方，五顏六色的人群，聽不懂的語言都沒關係。

一行人上了七人座的休旅車，輕鬆自在。米熙挨著陳鷹坐，顧英傑和秦雨飛並肩坐。陳鷹先打電話給家裡，說米熙安全到了，讓宋林他們安心。米熙這才想起手機還沒開，不過窩著陳鷹坐著太舒服，她懶得動了。反正有陳鷹在，需要交代的他會幫她說的，手機就先不開吧。

打完電話，陳鷹跟秦雨飛和顧英傑說：「我幫你們訂了飯店，你們想去哪玩就自己去吧，米熙放我這邊，回程的時候來接她就好。」

秦雨飛不高興，「你家這麼大，沒我們住的地方嗎？」

陳鷹很耐心很溫和地回：「五星級飯店，錢我出，車子、司機讓你們用。」他遞過去一張卡片，上面是飯店地址和兩個房間的門號。

秦雨飛不接，顧英傑也不接，兩人異口同聲：「誰沒兩個錢啊！」

陳鷹不介意，轉手把卡片給了司機，接著說：「晚餐我訂了餐廳，一會兒司機送你們到飯店，先洗漱休息，到時間他會接你們來。吃完飯大家各自行動，你們好好玩，有什麼需要就告訴我。」

「需要玩伴。」秦雨飛大大方方地說，指了指顧英傑，「這人你帶走，米熙給我。」

顧英傑對秦雨飛咧嘴，而後板起臉。秦雨飛自顧自對陳鷹說：「你真當我送貨嗎？」

「米熙又不是貨。」陳鷹低頭看看靠在他身上的米熙，這一路沒聽見她說話，現在一看，小傢伙居然睡著了。

「我不要跟這人一起去玩！」秦雨飛指著顧英傑仍在抗議。她是知道米熙順路來看陳鷹，看看就行唄，大家行程排開，她跟陳鷹待一天，然後陪她玩幾天，這樣正合適。現在可好，變成她跟顧英傑搭伴，然後米熙就被扣押了？

「說得好像我是為妳來似的！」顧英傑也出言嘲諷。

「是啊，你倒是為了米熙來的，人家理你嗎？」要論吵架諷刺，秦雨飛一點都不怕輸。

陳鷹不理他們兩個，他挪了挪肩，讓米熙靠得舒服一點，哪有一下飛機就睡覺的，她是有多累？秦雨飛和顧英傑一路鬥嘴，米熙都沒醒，陳鷹心疼之餘一路瞪那兩人，真是吵死了。

車子先送秦雨飛和顧英傑到飯店，再將陳鷹和米熙送回住處。

米熙前一晚沒睡，飛機上沒睡，見到陳鷹後一放鬆，瞌睡蟲就趕不跑了。到了住處，眼睛都睜不開，陳鷹半擁半抱把她弄上樓，開了門，直接把她抱到給她準備的客房床上。

米熙迷迷糊糊地抓他的手喚：「陳鷹。」

「我在。」陳鷹親親她的眉心，「放心睡。」

米熙放心地沉入夢鄉。陳鷹謝過幫忙拿行李的司機，又囑咐他好好照應秦雨飛和顧英傑。司機離去後，陳鷹又去房間看米熙。這才幾分鐘的時間，她睡得極熟。陳鷹看著她，心滿意足。低頭親親她的額角，她沒醒。再親親她的鼻尖，她還是不醒。陳鷹忍不住，低頭吻住她唇瓣，她依舊不醒。

「小睡豬。」陳鷹失笑，再親一下，「小笨蛋。」

笨蛋安心地睡著，陳鷹心疼她，於是不打擾。搬了筆記型電腦到走廊邊的小茶几辦公，她的門不關，如果她喊他，他就能聽到。

秦雨飛和顧英傑到了飯店就各自回房。秦雨飛洗了個澡，吹了頭髮，換好衣服，認真化了妝，但時間還沒到。她百般無聊，躺在床上打電話給閨蜜，聊了一通後肚子餓，她看看錶，有些生氣，打電話給米熙，居然關機。再打給陳鷹，陳鷹電話占線，氣得她起來拿了包包打算自己出去逛街覓食。

剛走過顧英傑的房門，電話響了，拿起一看，竟然是顧英傑的來電。

秦雨飛一邊朝電梯走，一邊接了，凶巴巴問：「幹麼？」

這態度……顧英傑也超不爽，但本著不跟女生鬥的心，顧英傑耐下性子說：「陳鷹來電話，說米熙一直在睡，他不想吵醒她，讓我們自己去餐廳吃飯，他會付錢，司機在下面等了。」

「切，顯擺有錢啊，我家錢比他少啊，吃飯了不起啊，讓他滾過來，我做東！」

顧英傑完全不想跟她扯嘴皮，陳鷹失約，又不是他，他幹麼受氣，便直接問：「妳去不去？」

「不去！」

「好，再見。」顧英傑乾脆俐落地掛電話。

不到幾秒，他房間的門鈴響了，顧英傑開門，看到那個號稱不去吃飯但衣著光鮮妝容精緻一副正要出門的秦雨飛站在門外。他還沒開口，她手上的包包就甩打在他身上，「你掛我電話！」

顧英傑大怒，這蠻不講理的女人！他完全不客氣，反手就要把門關上，但秦雨飛更快一步，擠了進來。不能真的把她夾傷，顧英傑一猶豫，秦雨飛已經登堂入室。

顧英傑黑著臉，「妳態度最好好一點，再撒潑，我就把妳丟出去。」

秦雨飛才不理他，往椅子上一坐，一副大小姐的樣子，「他怎麼打電話給你不打給我？」

「妳這麼討人厭，打給妳幹麼？」顧英傑沒好氣，他剛洗完澡，身上還穿著浴袍，正喝啤酒看電視，接到陳鷹電話說不能赴約，又說秦雨飛手機一直占線，讓他幫忙通知秦雨飛。結果他掛了電話打給秦雨飛，一撥就通。

秦雨飛想了想，剛才她好像一直在打電話聊天。算了，原諒他吧。

「我改變主意了。」秦雨飛宣布。

顧英傑把電視關掉，不理她。秦雨飛也不用他理，逕自說著：「我們還是去陳鷹安排的餐廳吃飯吧，點最貴的酒、最貴的菜，不能就這樣便宜了他。」

顧英傑看她一眼，「小姐，妳那個『們』字用錯了吧。誰跟你『我們』？我對跟妳一起吃飯完全沒興趣好嗎？」

「我也沒興趣啊！」秦雨飛看看指甲，漫不經心地說：「不過我這人大度，可以勉強屈就。」

「哈！」顧英傑笑，而後板起臉，「妳也該問問別人願意勉強嗎？」

秦雨飛沒形象地下巴抵在靠背上看他，「那你不吃飯？」

「我有錢有女人，擔心什麼吃飯？」顧英傑拿手機晃了晃，「我在這裡朋友很多，隨便約一個出來吃飯有什麼難？」

「哦，我在這裡都沒朋友。」

「那妳幹麼要來洛杉磯玩？」

「這裡有地方我想去，然後打算待一天就去舊金山，再轉一圈拉斯維加斯，舊金山有朋友在。」秦雨飛皺皺鼻子，又說：「拉斯維加斯你家是不是有飯店？我看過報導。你幫我安排個免費套房。」

「妳不是不缺錢？」

「我是啊，可是你這麼討厭，想占占你便宜。」

顧英傑又不想理她了。這女人厲害的地方就是說不過三句話，就讓人想丟她出去。

「陳鷹放我們鴿子，我們也要占他便宜才對得起他，是吧？所以我們去吃飯吧，我好餓。」

「我不是告訴妳我要約朋友。」

「你明天再約啊，而且你懂不懂禮貌？現在幾點了，你這時候約朋友，朋友見你遠道而來，拒絕又不好，可是人家也有人家的安排，你這樣真是太不禮貌了。」

「妳腦子裡居然有禮貌這個詞，真是太神奇了。」顧英傑諷刺她，秦雨飛念念有詞。

顧英傑進房間開始換衣服，脫了浴袍，身上只有條小內褲。秦雨飛回他個笑臉。秦雨飛在椅子上歪著身子偷看，人差點要掉下來，但她不在意，大聲吹口哨，「顧英傑，你身材還不錯。」

「妳這女人不但沒有禮貌，也沒有羞恥心。」顧英傑背對著她把襯衫穿上。

「切，更裸的男人我都見過！」

「不用告訴我。」顧英傑套上褲子。

「你也不用裝純情，你那些緋聞女友能擠一卡車，不比陳鷹少。你們男人最爛了，還敢嫌棄女人。」她可是看過不少娛樂八卦，那點富二代情史什麼的報導太少，她頗遺憾。

顧英傑不說話，默默穿好衣服。他是交過不少女朋友，但他覺得自己一點都不爛。每個女友都是你情我願，和平分手。他既不玩弄女性，又不強人所難，他哪裡爛？就像米熙，清純可愛漂亮，他是心動，但他也沒怎樣。只是說實話米熙很特別，腦袋思維完全不走尋常路，似乎有些雞同鴨講，弄得他也像個毛頭小子。她跟陳鷹之間要說什麼事都沒有，他現在並不這麼覺得了。

「走吧，去點最貴的酒，吃最貴的菜。」

「咦？」居然就答應了？秦雨飛很開心，跳起來一臉堆笑，挽著顧英傑的手臂出門了。

電梯裡，顧英傑看著電梯鏡子裡映出的秦雨飛毫無忌諱挨著他的身影，這才是他熟悉的男女相處模式，不必小心翼翼，不必胡猜亂想，大家落落大方，自然坦蕩。米熙真的……有一點怪。

顧英傑和秦雨飛的這頓飯吃得很愉快。秦雨飛點菜完全不看，直接跟服務生說什麼最貴上什麼，讓服務生有些愣。

「你說陳鷹和米熙到底是什麼關係？」

「我之前問過陳鷹，他說他們是叔侄。」

「我前幾天還問過米熙，她說就是叔侄。」

兩個人說完，互視一眼，異口同聲：「不信。」

「切，不信你還追人家，你有沒有節操啊？」

「追了一半了，總想看看結果是什麼，反正最近也沒目標。」顧英傑聳聳肩，米熙漂亮又可愛，約個會又沒什麼。

「你以為你追電視劇啊！」秦雨飛吐槽。

顧英傑問她：「妳喜歡陳鷹？」

「他不錯啊，各方面都配得上我。」秦雨飛開著玩笑。

顧英傑忍不住做了個「真受不了妳」的表情，「妳臉皮還好嗎？」

「挺好的，白裡透紅，謝謝。」秦雨飛喝口酒，「我爸很喜歡他，總催我相處看看。我也覺得他挺好的，不過幾次接觸下來他沒什麼反應，又沒說要追我，我也就算了。」

「所以妳也根本沒什麼誠意。」還要人家追，人家不追就算了，就是多拿喬。

「哎，我是女生耶，女生在這種事裡面要什麼誠意？女生要的是滿意。你們男人表現好一點，讓我們滿意，就郎情妾意，皆大歡喜，不然有什麼搞頭？」

顧英傑不服氣，「我們男人也要滿意！」

「你們當然要。你們不就看看我們長得漂不漂亮，家裡有沒有錢，要都有就滿意唄。難不成又窮又醜的你們滿意？」秦雨飛再喝一口，「你追米熙，是滿意她哪點？不就是這些嗎？」

顧英傑被說得噎住，他哪有這麼膚淺？但好像又是，確實是一見鍾情於米熙的美貌。

「歪理！」顧英傑忽然發現自己嘴笨，明知道她說的不對，卻無法反駁。

「顧英傑，你說米熙和陳鷹現在在幹麼？」

「吃飯唄，還能幹麼？」

「真無聊。」秦雨飛嘀咕，「早知道就不來了，坐這麼久的飛機，結果被人放鴿子。」

顧英傑不說話，這討厭的女人在抱怨什麼勁，他才是比較淒苦的那一個吧！

陳鷹和米熙現在確實在吃飯，不過是在啃三明治，陳鷹自己做的。因為他接到電話，之前一直努力在接觸的美國影視公司的老闆突然說有個業內朋友的聚會，想請陳鷹和羅雅琴參加。羅雅琴馬上做頭髮挑衣服，而陳鷹叫醒了米熙，沒辦法帶她出門吃大餐，只好先求不讓她餓肚子。草草做了兩份三明治給她，跟她說了情況。米熙眼睛一亮，很替陳鷹高興。

「那人想帶你們見朋友，那就是把你們當朋友。」

陳鷹笑笑，「那不一定。」那人很難纏，也有些看不起他們，但這些不必讓米熙知道。這裡是別人的地盤，這裡別人是老大，他們有求於人，自然就得咬牙堅持。所謂能屈能伸，方可成功。如果真當他們是朋友，當然不會臨到聚會時間才提出邀請，這樣他們沒有時間準備，讓別人倉促造成不便就是不禮貌，那人不會不懂。但無論如何，這是個機會，他們一定得去。

「等一下，我有帶禮物，會帶來好運的。」米熙興沖沖去翻她的行李箱，「看，這是幸運糖果。」拆開了塞一顆到陳鷹嘴裡，「幸運牛肉乾。」這個先不拆，「幸運戒菸貼。這個等明天你有空的時候教你用。」再拿一樣，「幸運巧克力。」這個也先不拆。

接著繼續翻，「這是幸運領帶，是奶奶買給你的。再看，幸運袖扣，這個是我買的。」本來想買更大點的東西，結果都太貴，她只好挑個小的。可是連小的都有超貴的，於是她挑了個便宜點的。這次真是把老本都花乾淨了，她的零用錢全軍覆沒，不過她一點不心疼。

「我把那邊的運氣都裝箱帶過來了。」她認真說，煞有介事。

「謝謝你。」陳鷹微笑，「這袖扣我就用了。」米熙用力點頭，眼睛笑得彎彎的。

陳鷹進房間沖個戰鬥澡，吹好頭髮，挑外套，戴好袖扣，再走出來已然一副社會精英的樣子。米熙趴在椅背上看他，覺得他真是好看，看久了，心會怦怦跳。

這時候有人敲門，米熙跳起來去開門，羅雅琴身著禮服站在門外，身後站著杜小雯。

米熙歡呼一聲：「羅姨！」

羅雅琴很高興，摸摸米熙的頭，「妳來了呀，寶貝。」米熙咯咯笑，跟羅雅琴寒喧了幾句。

「好了，我們要出門了。小雯陪妳，有什麼需要跟她說，我們辦完事就回來。」陳鷹交代著，看了看米熙，心裡真捨不得，「過來，給我個幸運的擁抱吧。」

米熙也顧不上旁邊有人在看，直覺告訴她陳鷹要去參加的這個聚會很重要，他這麼重視，她希望他一切順利。米熙撲過去，用力抱住陳鷹，「我可有運氣了，真的。」要不然她怎麼會遇到他呢？還有這麼多人關心她，幫助她。她真的是超級幸運的一個人，她完全不介意把自己的幸運過給他，她希望能全部過給他，只要他需要。

陳鷹大笑，也回了她一個擁抱，其實他想做的是更親密的事，比如，一個「幸運」的吻。可是現在不是誘拐一個吻的時候，他必須走了。

陳鷹跟羅雅琴進了電梯，兩個人臉上的笑容都收斂起來。「你怎麼看？」羅雅琴問。

「車到山前必有路，見招拆招吧。」努力到現在，沒理由退縮。

羅雅琴點點頭，「反正我負責人生深度，你負責年輕貌美。」

陳鷹哈哈大笑。他知道要達成目標不容易，但他也會因為壓力而煩躁，只是米熙來了，居然真的來了，她真的是想做就做。她忽然到了身邊，他覺得不煩了。他相信，她是他的幸運女神。

幸運女神現在在跟杜小雯啃牛肉乾。薄荷糖擺在桌上，杜小雯一邊跟米熙說話一邊順手拿了

一顆吃。米熙一看，很是心疼。那是給陳鷹戒菸吃的，雖然她帶了好幾包過來，但也得省著點。

米熙一邊反省自己小氣，一邊企圖不動聲色要把糖挪走。杜小雯沒注意，說著這邊的新鮮事，又拿了一顆。米熙忍痛咬牙，想到陳鷹不太愛吃牛肉乾，還是讓牛肉乾獻身好了。她拆開牛肉乾，默默換走了糖。杜小雯從頭到尾沒留心到米熙的掙扎，啃著牛肉乾，繼續說笑。

杜小雯跟著吳浩辦事，也算見多識廣，但這次在美國還是覺得經歷了不少，既憋屈又熱血。

「……也就是這次有機會見識二少怎麼辦事的，這才算認識了二少。不瞞妳說，我從前特別佩服我家老大，就是吳浩。他真是腦子靈，抗壓力特強，什麼事到了他那裡好像都不是事，再緊急再糟糕的狀況他總有辦法解決。他對二少言聽計從，我還覺得這是給人打工，是要有打工的樣子。可這次我總算知道我家老大是真服氣二少，所以這麼死心塌地。」

米熙聽得入迷，催她多說些。杜小雯就把她知道的挑簡單的說了說。怎麼碰釘子，怎麼看人臉色，怎麼談判，怎麼抬頭挺胸行銷自己。怎麼費了波折才見到司徒導演，結果導演看不上陳鷹，覺得他年輕沒資歷，但好在那導演年輕時曾經是羅雅琴的影迷，對羅雅琴退出娛樂圈也遺憾了一陣，只是時過境遷，人家現在是名導，而羅雅琴二十多年沒拍過戲，現在突然說復出，目標還定得那麼遠大，導演覺得很有挑戰性，劇本也喜歡，但人家也考慮自己的名聲，不打沒把握的仗，所以合作對象他很挑，不是有錢就行，何況陳鷹他們的錢也不是什麼了不起的大數額。

米熙聽得一知半解，但她聽懂導演這頭有沒有合作的可能，在於陳鷹有沒有在美國找到靠山。

靠山確實不好找，陳鷹和羅雅琴出席那個私人聚會後更清楚了這點。對方叫他們來確實不是想給他們糖吃，而是藉機讓他們認清現實。他告訴過陳鷹以他們公司的資歷和這個專案的條件來

說，想在美國找合作夥伴有些托大。要麼要有轟動獵奇的題材，要麼要有國際巨星，要麼要有如雷貫耳的名氣或者能製造出前幾項條件的財力，不然，為什麼跟你合作？

談溫情談藝術談夢想都不可能。

他邀陳鷹和羅雅琴來，就是讓他們看一看現實。業內人士的聚會當然離不開吹牛打嘴炮，人人都在誇誇其談，這電影那項目，每一件都是陳鷹和羅雅琴的《開始》完全比不上的。陳鷹和羅雅琴坐下十多分鐘後，已經摸清了他們的角色。

來這被人看輕，被人指點江山嗎？

羅雅琴不太高興，陳鷹更不高興，但還不至於翻臉。生意他想做，面子他也不想丟。吹牛這種事人人都會，他也很在行，於是陳鷹跟他們一起熱烈討論。

陳鷹聊了許多，態度不卑不亢。他家的電影是在華人市場影響力大，國際市場名聲小些，但他們賺的錢多。人家談名氣，他就說營利。人家說資金，他就說門道。人家說巨星，他就說消費族群。人家說觀眾的喜好，他就說行銷的管道。

羅雅琴聽明白了，她的英文沒有陳鷹那麼溜，但能聽個八成。看陳鷹儼然把自己當這聚會中的一份子，一點沒感受到被擠兌的樣子，然後對方的臉色很微妙，她不禁笑了。很興奮，非常開心。就算這專案最後不成，她也覺得值了，活到這年紀還能碰到陳鷹這樣的合作夥伴，值了！

陳鷹負責誇誇其談，她負責跟人拚酒活絡氣氛。當然陳鷹的酒也沒少喝，兩個人都醉了，最後散場出了俱樂部後，相視大笑。這場聚會後這家公司合作的路算是不通了，但是這聚會太過癮了，不合作也不能受氣。

壓力壓得陳鷹的肩沉甸甸的，可是他不能顯出任何不好的情緒，米熙在，他的幸運女神在。

陳鷹和羅雅琴回到住處，把米熙嚇了一跳，怎麼醉成這樣？

杜小雯倒是很有經驗，忙把羅雅琴扶回樓上的套房，臨走前交代米熙冰箱裡那黃色的飲料是醒酒用的，讓她給陳鷹喝。說完，把羅雅琴帶走了。

米熙跟在陳鷹身後轉，可是陳鷹走得穩，說話沒有大舌頭，就是一直在笑。「我沒事，不算醉。」他笑著說，坐在沙發上看著她，向她伸出手。

「不順利嗎？」米熙把手交給他，任他把自己拉進懷裡摟著，有些擔心。

陳鷹沒回答。有些遲鈍的腦子過了一會兒反應過來，他明明在笑，米熙卻看出事情並不順利。陳鷹嘆了口氣，不裝了，他累了，米熙能看出來。

「我去洗個澡。」他咕噥著要起身。

「小雯姊說不能洗，容易摔跤。」

「我沒醉。」

「明明醉了。」

「身上太臭不舒服。」他不想熏到她。

米熙用力吸了吸鼻子，「還好，不算太臭，不用洗。」

陳鷹低頭，鼻尖抵著她的，「妳狗鼻子啊，這麼不靈。」

他的臉挨得近，米熙的心怦怦跳，拚命想話題轉開注意力。等一下，抓到把柄了，他真的醉了，狗鼻子很靈的，他卻說這麼不靈，他醉糊塗了，所以他也不知道他在摟著她，也不知道他快要親上她了吧。

陳鷹是準備一親芳澤，她的唇離他很近，他頭一偏就要吻上去，可米熙這時候卻一轉頭，手

臂伸到他腋下，撐著他的背，一使勁，把他推了起來，「我扶你去床上睡一會兒吧。」

陳鷹被她半扶半推著走，扁了嘴很不高興，差一點要親到了，就差一點，真是不順心。

「我渴。」不順心就得鬧一鬧。

「行，行。」米熙把他扶上床，替他脫了鞋，飛奔進廚房拿來醒酒的飲料。想來他常常喝醉吧？米熙心疼，回到床邊，小心翼翼餵他喝了幾口。

陳鷹喝夠了，又開始鬧，「我要洗澡。」

「不行。」

「那要脫衣服。」

「行。」米熙答應得超爽快。

陳鷹一愣，這麼豪邁？然後就看到米熙去翻他的衣櫃，把睡衣丟過來，「換上趕緊睡。」

陳鷹沒動，米熙瞪過來，「不換嗎？」

「醉得手臂動不了。」反正他醉了，胡鬧有理。

「動不了也好，省得打昏了，就這樣睡。」薄毯一扯蓋住他，搞定。

陳鷹把毯子撥下來，露出腦袋，裝出可憐相，「妳不幫我換嗎？」

「我是誰？」米熙問。

「米熙啊！」

「答對了，所以你還很清醒，不用人幫忙換衣服。」米熙面上鎮定，實則心亂七八糟地跳。開玩笑，她要是幫他換衣，回頭他清醒過來責怪她不知羞恥怎麼辦？那她還哪有臉見他！

「我先出去，你換衣服，我一會兒進來看你。」米熙板著臉出去，把門一關，蹦到客廳，臉

紅跺腳。陳鷹喝醉了像孩子，還羞人，而她居然超喜歡。不行，不能這樣！

米熙轉著圈圈，好不容易把臉上的躁熱壓下去，想著再怎麼慢衣服都該換完了。她深呼吸，武裝好自己，這才抬頭挺胸地又進房去。

敲了敲門，沒人應，也許是睡著了。米熙輕手輕腳地推門，作賊般悄悄摸到床邊。咦，沒人？

一轉頭，聽到浴室裡有動靜，剛皺眉頭，浴室門開了，陳鷹一邊擦頭髮一邊走過來，赤裸的胸膛上還淌著水珠，粗壯的大腿、結實的腹肌，全身只穿著條小內褲，米熙的心理建設又崩盤了，目瞪口呆瞪著他，他真是……真是……

她的臉騰地又紅起來，熱得發燙。

陳鷹像是沒看到有人似的，坦然地走到床邊，大毛巾一丟，躺上了床，開完空調，扯過毛毯，舒服地呼了一口氣，懶洋洋地叫：「米熙。」

「嗯。」米熙下意識地應了。應完有些後悔，他好像沒看到她似的，那她不應聲偷偷溜掉當沒看見羞人的場面行嗎？

「過來。」他低沉的聲音充滿磁性，很是好聽。偷溜的念頭還在腦子裡打轉，米熙的雙腳就自己挨到陳鷹身邊去了。

陳鷹伸手把米熙拉過去抱著，舒服地吐了一口氣，閉上眼睛，輕聲道：「幸好妳來了，幸好妳在。」要不然，今晚他大概會回來後對自己發脾氣，接著喝悶酒、抽菸，然後失眠。

米熙沒說話，舌頭還不太聽使喚，她不敢開口。他洗完澡整個人熱烘烘的，薄薄的毯子都擋不住體溫，燙得她全身發軟。好在空調還開著，稍稍緩解了下，不然她真擔心自己會熱壞了。

陳鷹說完那句話，沒再說別的。他閉著眼睛，想著休息一會兒再好好跟她說話，可他真的累了，洗完澡醉意倦意全湧了上來，他就這樣抱著米熙睡著了。

顧英傑和秦雨飛也喝醉了，顧英傑覺得除此之外，沒有別的理由能解釋他跟秦雨飛的情況。這頓飯雖然依舊吵吵鬧鬧，但他並不煩心。秦雨飛臨離開餐廳還要了兩瓶酒，很丟人，他試圖阻止，被秦雨飛瞪了，「要的就是陳鷹看到帳單時目瞪口呆的效果。」她說，然後喜孜孜地抱著酒拉著他走了。出了餐廳把酒丟給他拿，把他當小弟使喚。

回到飯店，秦雨飛還在鬧，她酒喝多了話也特別多，跟顧英傑反著來，「去你房間接著喝啊，我還想聽你說笑話。」

顧英傑沒好氣，他哪裡有說過笑話給她聽？「回妳房間去自己喝。」

秦雨飛完全不理他的臉色，腳步有些踉蹌，但神志還清楚，她嬌笑著靠在他房門口，賴著不走，「不管，一個人喝太無聊了，你陪我！」

「秦雨飛，妳知道妳家裡為什麼著急讓妳相親嫁人嗎？」

「為什麼？」秦雨飛的表情有些迷茫，讓顧英傑覺得有些好笑。

「因為他們知道妳不討喜，很難有人要妳，所以得把握時間。」

「切！」秦雨飛要踢他，沒踢中，腳下沒站穩，撲到他懷裡，又推開他。站好了，再踢一腳，這回踢中了目標，滿意了，「你知道你家裡為什麼不催你結婚嗎？」

顧英傑不應，知道她肯定沒好話。

「因為他們知道你肯定沒人要，不必急。」秦雨飛嘟囔著，又靠回門板上，「你快點開門，我想上廁所了。」

顧英傑板起臉，他房間成了她的廁所？算了，不跟醉酒的瘋女人計較。打開門，秦雨飛飛快走進去，直奔洗手間。顧英傑把酒放茶几上，明明想著不要再跟她一起喝酒，越喝越瘋，但等他回過神來，他已經把酒開好，倒了兩杯。

秦雨飛從洗手間出來後，毫不客氣地拿了一杯就窩進沙發裡。

「顧英傑，你再跟我說說米熙是怎麼拒絕你的？」

顧英傑撇撇嘴，這瘋女人真是沒事找事，就不該跟她講怎麼認識米熙的經過。

「她沒有拒絕我，她只是問我我的追求家裡會不會同意。」

「那就是拒絕了。」秦雨飛抿口酒，懶洋洋靠著，「別看她年紀小，她真是聰明，比我聰明多了，一眼就看清你這賤男人只想玩玩不願負責的醜惡面目。」

「謝謝妳客觀的評價。」顧英傑皮笑肉不笑。媽的，跟米熙聊的時候還覺得自己很正常，沒談戀愛怎麼知道能不能相處到帶回家的程度。雖然他家裡對女方的家世有要求，但他認為最重要還是兩個人的感情狀況，但現在被秦雨飛一通亂說，他還真覺得這屬於玩玩性質的相處模式了。

「其實也不怪你，大概所有人都會這麼想吧。」秦雨飛又說。

顧英傑真想把她丟出去，什麼話都被她說完了。

「顧英傑，你明天陪我去一個地方好不好？」

「不好。」他完全不想知道她要去哪，「我明天約朋友，妳請自便。」

秦雨飛瞪他一眼，也不管幾點，掏出手機撥給米熙，結果還是沒開機。她把手機隨手一丟，杯裡的酒一口飲盡，然後不說話了。顧英傑看她一眼，也不說話，想了想，把電視打開。

秦雨飛看了看電視，忽然說：「就是傍晚天要黑的時候坐一會兒，其他時間你再約朋友嘛。」

「不想去。」顧英傑直接拒絕。

「那你拒絕了我，算欠我一個人情吧？」

「秦雨飛小姐，妳這邏輯哪裡來的？」顧英傑諷刺她。

「自私自利，唯我獨尊邏輯。」秦雨飛答，一點都不介意顧英傑的白眼。

過了一會兒，她又說：「我爸媽肯定又要催我結婚了，我到時先借你擋一擋。回頭不需要了，我們就說分手了就行。」

「沒興趣。」

「那你明天陪我去。」

「沒興趣。」

「那回國有需要的時候你幫我擋擋我爸媽。」

「沒興趣。」選擇題嗎？不是一就是二？反正她要占一樣便宜？

顧英傑瞪著秦雨飛，等著她出招他再頂回去。

可是秦雨飛眨了眨眼睛，竟然不堅持了。也不說別的，又倒了一杯酒，一口乾掉，然後歪在沙發上盯著電視看。顧英傑看著她，覺得她眼神空洞，顯然完全沒把電視看進去。他竟然覺得她有些寂寞可憐。

正走神，冷不防她踢了他一腳，「轉台吧，看什麼新聞！」

「……」真是一點都不能對她心軟！

顧英傑乾脆把電視關了，結果秦雨飛眼睛一閉，一副要睡的樣子。

「秦雨飛，妳回妳房間。」

「懶得動，我們換房間吧，你去那邊睡。」

「我幹麼要？」

「反正我不要動。」

這無賴！顧英傑咬牙。「秦雨飛，妳一直賴著我，是愛上我了嗎？」

秦雨飛抬了抬眼皮，咯咯嬌笑，那笑聲和表情讓他知道……你想得美！

顧英傑真是生氣了，他一把將秦雨飛拉起來，準備趕她。

秦雨飛突然說：「我想到了，不用你配合，我自己就能搞定了！哈哈，我真聰明！」

「搞定什麼？」

她仰著脖子看他，眼睛裡笑意盈盈，「我爸媽要是再催我，我就說跟你談戀愛然後分手了，心裡太受傷，得緩一緩。」

「還真是聰明！」顧英傑憋著氣，一字一字蹦出來。

秦雨飛又咯咯笑，醉酒得頭昏，軟綿綿地靠著顧英傑。

顧英傑要用力拉著她才能把她扶穩，又聽到她說：「哎呀，不對，不行！」

他已經不想問她哪裡不行，但她開始打他，捶了他好幾拳，「你是小婷看上的，討厭，用不了啦，我不能說我朋友看上的男人是我男朋友，假的都不行！討厭，居然用不了！」

「喂！」顧英傑想推開她，又要擋她拳頭，又怕她摔倒磕傷，一邊拉一邊擋，很是狼狽。當他是什麼，小婷是什麼鬼，什麼叫用不了？

秦雨飛用拳頭不過癮，還想用腳踢他，但她站不穩，這一踢，腳下一絆，往後向沙發摔去。

顧英傑急忙拉她，卻被她帶著一起摔了下去。秦雨飛摔得眼冒金星，身上還壓著個大男人。她輕聲呼痛，呻吟兩聲。那嬌吟似泣，聽在顧英傑耳裡頓時血有些熱。

「滾開！」秦雨飛又打他。顧英傑一怒之下，握著她的手腕壓在她頭頂，身體壓著她的，臉對臉，鼻子對著鼻子，將她整個制住。

「秦雨飛，妳講不講道理？」

「不講！」秦雨飛臉紅撲撲的，被酒染了豔媚的顏色。

「我對那什麼小婷完全沒興趣。」

「那又怎樣？」秦雨飛瞪眼，「人家又沒纏著你。不就是覺得你很帥，條件很好，舞也跳得好，所以有些心動。你沒意思，人家也沒怎樣。你看這次不是你要來她就不來了嗎？要是她來了，我就有人陪了，所以你對她沒意思要怎樣？要她為她瞎了眼看上你賠禮道歉嗎？」

顧英傑愣了愣，想說什麼來著，居然忘了。這女人真行，真是行，她就是有本事無禮取鬧，還把錯都推到別人身上。他乾脆不想了，咬牙切齒，「我沒想怎樣，只是妳該想想，妳怎麼對妳家親愛的小婷解釋妳跟她看上的男人接吻的事。」

「誰……」秦雨飛想說誰跟她看上的男人接吻，可才說出一個字，嘴就被堵住。

顧英傑報復似的深吻，毫不客氣，攻城掠地，頂開她的雙唇便將舌頭探了進去。秦雨飛皺了眉頭，可酒醉身軟，又被壓著，無力反抗。她想掙扎，卻像是迎合著他在磨蹭。她抗議，要罵他，卻只能在喉間哼哼著嬌聲喘息。

她的舌被他的舌捲著，被他不重不輕地吮著。她想踢他，卻不自覺纏著他的腿。當她上顎被他輕輕舔弄，她覺得渾身發軟，小腹縮了縮。

顧英傑停了下來，兩個人都大口喘氣。他看著她，她也看著他。眼神灼熱發燙，他腦子裡有個聲音大叫：好了，玩笑到此結束，示威就此停止。但他停不下來，他低頭，輕輕在她唇上啄了啄。她沒動，一直看著他，他又低頭壓她唇上吻住。她還是沒動，他抬起頭看她，她有些緊張地舔了舔唇。

顧英傑腦子轟的一下，壓住她徹底吻了下去。

壓制著她雙腕的手不知道什麼時候放開了，改為撫摸她身上的曲線。他在她脖子上吮出個紅印，順著線條往下，咬了一口她的鎖骨，撥開她的衣領，推開她的胸衣，再吮住。

秦雨飛忍不住大叫，抱住他的頭，雙腿夾住他的腰。她全身繃緊，卻覺得酥軟沒力，腦子裡空空的，只有真不該喝這麼多酒的念頭。

顧英傑喘著粗氣，往下摸，摸到她因為掙扎裙子捲起而露出的大腿。「秦雨飛。」他喊她的名字。快阻止他！可惜語氣一點都不嚴厲，而她眼神迷濛，哪有半點阻止的餘力？

顧英傑全身更燙，手指試探著摸到她，很濕潤，她全身都散發著誘惑和邀請。他沒辦法思考，扯開皮帶，褪下他與她之間的阻礙，然後，一攻而入。

秦雨飛猛地繃緊，仰起脖子「啊」的一聲叫了出來。顧英傑沒有遲疑地挺入，將她占領。

秦雨飛這時候似乎才找到說話的能力。「顧英傑。」她喚。

「嗯。」他應了，腰一下一下地用力。

秦雨飛舒服得直吸氣，閉上了眼睛，享受著他強而有力的衝撞，雙腿圈緊他的腰，腳趾忍不住彎了起來。她呻吟著輕哼，催發著他的蠻勁。「顧英傑……」她喘著嬌聲道：「我喝醉了，我才不要對你負責。」

「閉嘴！」這女人一開口永遠能氣死人。顧英傑低頭吻住她，一時衝動的男歡女愛，他們這樣的人肯定都是見慣不怪，負什麼責？他們都懂得遊戲規則，他不懷疑。只是他現在腦子有些亂，而且身體太舒服，她味道很好，好得他完全不想說話，只想大口大口地把她吞進肚子裡。

身下的女人身體的反應一級棒，她開始縮緊，雙腿夾緊，他不好動，不得不停下吻她的動作，伸手扳開她的一條腿，加重了撞擊。「這麼快？」他嘲笑她。這動作引來她的大聲呻吟，然後沒一會兒，她緊緊抱著他開始顫抖，縮得他也呻吟出聲。

然後她放鬆下來，一臉釋放過的愉悅，臉蛋上淨是滿足的光采。

他沒再動，親了親她的眉心。秦雨飛緩過神來，眨了眨眼睛，對他說：「我好了。」

三個字又讓顧英傑冒火，她好了？當他是發洩工具嗎？這女人真是氣死人！

「我還沒好！」他用吼的，退出她的身體，一把將她橫抱起來，把她丟到床上，然後三兩下將兩人剝乾淨，再次將她充滿。

這一夜有點凌亂，兩個人精疲力盡。

「顧英傑，我不喜歡這姿勢。」侵略性太強。

「我喜歡。」顧英傑才不理她，每個姿勢她都要抱怨一下。

「這樣我不舒服。」

「我也會有感覺的好嗎？妳的反應告訴我妳舒服死了。」拆穿她的謊言他一點都不會不好意思，然後肩膀就被她咬了。他呼痛，報復地用力撞回去。

等他們都累得不想再動的時候，也不知道幾點了，沒人打算看錶，一起沖了個澡，回床上悶頭大睡。秦雨飛在被子下面踢了踢顧英傑的腿，「這房間歸我了，你去你房間睡。」

顧英傑不理她，她懶得動他也不想動，而且這房間是他的，憑什麼換？他睡過去了。

顧英傑再醒過來的時候是被踢醒的。他失神了一會兒，才反應過來有人在輕輕蹭著踢他的腿。他睜開眼睛，看到秦雨飛粉撲撲的臉蛋，看起來似乎比昨天以前漂亮多了，而他宿醉，又賣力了一晚，渾身乏力，她卻像吸飽了營養，含苞待放般的嬌豔。

妖精，肯定是！

「顧英傑，我餓了。」秦雨飛見他醒了，趕緊說。

「妳胃口這麼大？」明明床上戰鬥力是個渣，他有親身體驗，絕對有說話權。

「我想吃薯條。」她不理他的調侃，直接提要求。

肚子餓吃什麼薯條？他嘀咕著，在床頭摸他的錶，昨天這些都不知丟到哪裡去了。

「就想吃薯條，要沾很多番茄醬。」

「叫客房服務。」顧英傑找不到手錶，乾脆起身找衣服。

「客房服務管送事後避孕藥嗎？」秦雨飛說。

顧英傑微僵。

「你昨天沒用套！」她控訴他，一臉嚴肅，「你身上沒病吧？」

「妳才有病！」凶巴巴的病。顧英傑又被她惹得一肚子氣，下意識開始算她的安全期。

「你去幫我叫薯條，再買包藥。我大姨媽不準，萬一呢？」

顧英傑穿好衣服，回頭看她，她躺在大床上，被子拉到下巴，顯得嬌小可憐。

「好，我去買。」

「餐點讓他們放門口，你回來的時候推進來，我不想起床。」大小姐還有要求。

顧英傑無語，走到門口又轉回頭看她一眼。她已經閉上眼，似乎真的打算睡回籠覺。他看了她一會兒，輕手輕腳出去了。

陳鷹這時候也在買藥，買退燒藥。米熙病了，發燒。

原因是他昨晚就這樣睡過去，而她在被子外面被他摟住，也睡著了，空調開著，她就凍病了。

陳鷹非常生氣，氣自己怎麼這麼蠢，居然沒把她照顧好。他也很氣她，明明她抱著他睡了一夜，醒過來之後還裝傻，以為他不知道，偷偷跑掉。只是她一動他就醒了，清醒地看著她自以為高明地偷跑。跑掉就算了，她回自己房間好好睡他沒意見，但他中午去叫她起床吃飯，她還裝一晚沒見很是想念的樣子，真是太過了。

哼，小騙子的下場就是發燒了，這笨蛋啊！

陳鷹認命地煮了鍋粥，出門買退燒藥。剛走到街上，手機響了，號碼並不認識，還是接起。陽光很好，透過行道樹的枝葉灑在地上。他腦子裡想著米熙迷迷糊糊醒過來睜眼編瞎話的表情。有點甜蜜，完全不想拆穿她。發燒頭疼扁著嘴，還千方百計想確認他到底被騙到沒有。還是甜蜜，當然不會拆穿她。

電話裡的話讓他頓住了腳步。

「這幾年我們一直在找機會能與司徒導演合作，但是一直沒有能讓司徒導演點頭的劇本。前不久司徒導演與我方會面時提到你們手上有個故事他很有興趣，他說編劇及主演是他年輕時非常喜歡的演員，想不到經過這麼多年，她竟然有復出的一天，他覺得很有意思，於是我們也接觸了解了一下。昨天的聚會，我託朋友帶我進場，也許陳先生沒留意到我，我坐在靠近大門那個旁邊

有個花瓶的位置上，原來是想看看羅女士是否符合我們的期望，但是陳先生你更令我印象深刻。今天我與幾位高層討論了，不知道陳先生有沒有興趣帶著你們那部電影過來聊聊？」

「當然，很有興趣。」陳鷹的語氣很鎮定，事實上，他確實沒有太激動，因為之前他激動過幾次，最後都沒有達成他期待的結果，所以現在新的機會出現，他已經能冷靜面對了。聊聊只是開始，最後各方條件擺出來才是真正的博弈。而且聽對方的意思，一開始其實他們對單購劇本更感興趣，也就是說，也許他們想要的東西與他想給的並不一致。

陳鷹客氣地與對方確認時間地點，繼續朝藥房走去。走著走著，他笑了。這是他來美國這麼久，第一次有人主動找上門來。雖然不知結果如何，但有人主動約談，真是讓人喜出望外，米熙果然是他的幸運女神。傾心之故，意念使然？這種迷信他喜歡。

陳鷹買完藥回來，一打開門就聽到羅雅琴的笑聲。他走進去，看到羅雅琴、杜小雯和米熙三人坐在沙發上。米熙裹著毛毯，小臉還燒得紅紅的，但手裡拿著一盒霜淇淋。

陳鷹板起臉，「誰給她的？」

羅雅琴趕緊撇清關係，「她自己在冰箱裡找到的。」她只是沒有阻止而已。

米熙很無辜，「嘴裡沒味兒，又熱得難受，就去找吃的，原來你幫我準備了霜淇淋。」

「妳在生病。」他準備這個可不是給發燒的她吃的。

「可它就在那裡了。」米熙一臉不吃白不吃的表情，「我吃了幾口覺得舒服些了。」

陳鷹咧開嘴給她個假笑，伸手把剩下的半盒霜淇淋沒收，把藥放她面前，問：「粥吃了沒？」

米熙搖搖頭，眼睛一直追著霜淇淋看。陳鷹進廚房盛粥拿小菜，出來的時候瞅見羅雅琴正安

慰地對米熙打手勢。陳鷹重重咳了兩聲，「誰都不許再給她吃涼的。」

羅雅琴和杜小雯馬上裝清白，米熙難過扁嘴。

陳鷹把粥拿來，米熙慢吞吞吃了兩口，嘀咕：「沒味道。那個……剩下半盒，當菜吃行嗎？」

陳鷹的回答是把那半盒霜淇淋拿過來兩三口吃掉，然後把盒子丟進垃圾桶。走回來接過她手上的碗，開始餵她。一口小菜一口粥，米熙不敢不吃，張嘴全嚥了。

羅雅琴在一旁不敢幫腔，她沒孩子，她要是有，她想應該是孩子想幹麼就幹麼吧。

「我剛接到C影業的電話，約我們明天上午過去聊聊。」陳鷹一邊餵飯一邊說。

羅雅琴微愣，「C影業？」這家公司在他們最初商量接觸的名單裡是剔除的，不是不好，而是因為門檻太高，他們沒敢想。

「對。昨天那聚會裡，他家有個代表在。他說他們跟司徒導演談過，對我們的專案有興趣，但具體情況我在電話裡也不好說，明天見了面再細談。」

羅雅琴沒說話，杜小雯卻是高興得跳起來，「太好了，人家主動找上門，這事看來成了！」

陳鷹和羅雅琴只是笑笑，米熙眼珠轉了轉，看看這個看看那個，她覺得這應該是好消息。

陳鷹又餵她一口粥，「還沒談，還沒簽約，就不算數，明天先看看他們的意思。」

杜小雯很興奮，「反正是有戲了，那要做什麼準備？」

陳鷹把粥餵完，拆藥盒，「休息，養好精神。」

米熙點頭，「我知道。」

「妳知道才怪，饞貓！」陳鷹戳她腦門。

羅雅琴這時候站起來，「對，我們回去再睡一覺，好好休息，明天才有精神。」

杜小雯驚訝，「不是說米熙嗎？」

米熙也覺得是說她。陳鷹失笑，羅雅琴哈哈大笑，攬過杜小雯走了。

旁人一走，米熙立刻往陳鷹身邊黏，「是好事吧？小雯姊這麼開心，是好事吧？」

「是。」陳鷹再看一遍藥用量，把藥片放米熙手上，水杯遞給她，「吃！」

米熙瞪著那藥撇眉頭，咕噥著小藥片不如湯藥好使，半天才以壯士斷腕的決心把藥吞了。

「苦的！」她皺著臉。

「湯藥是甜的？」陳鷹吐槽，竟敢嫌棄他買的藥。米熙抿嘴不說話，這不是想撒個嬌嗎？結果人家不買帳。唉，果然人不能有壞心眼。米熙啊，妳快改了吧。說好了這回看完他，回去就定下心來好好找夫婿，不能把歪心思動到他身上。

米熙抱著毯子，裹成球狀，在沙發上端坐。陳鷹拿出體溫計塞她腋下，三十七度八，降了一些。如果不亂吃東西，說不定能更低些。陳鷹瞪她，米熙裝沒看見。

「妳回房間睡覺。」

「不想回。」回去一睡又少看陳鷹好幾眼，虧得慌。她大老遠跑來一趟，很不容易呢。

陳鷹沒趕她，只是回房間又拿了一床被子出來，把她再裹一層。然後他簡單弄了一些東西吃，想了想明天見面的一些對策，回到客廳，看到米熙撐著眼皮靠著，很累的樣子。陳鷹心疼，坐過去把她連人帶被抱進懷裡，用臉碰了碰她的臉，感覺沒那麼燙了。

「頭疼嗎？」他輕聲問，調整了一下懷裡的被子團，讓她靠得舒服點。

「有點疼。」米熙覺得身上好熱，他這麼抱著她，更熱了，可是她又很想他抱著她別放開。

隔著被子，應該不算太出格吧？頭好暈，不管了。

「出汗就好了，堅持一下。睡吧，睡一覺醒來病就沒了。妳病好了，我帶妳去逛街吃大餐。我出去忙的時候，妳就在家裡，讓小雯陪陪妳。」陳鷹頓了頓，「妳想跟秦雨飛他們去玩嗎？」

「不要，我就在這。」

陳鷹笑笑，親親她額角。他也只是問問，沒打算放她出去，但是米熙自己不去讓他很高興。他再親親她額角，親得她心臟亂跳。米熙覺得自己病成這樣，心臟跳得這樣還沒有昏過去，當真是太堅強了。可是她不能昏，陳鷹在親她呢，好激動。幸好她發燒了，不然裝不激動很難的，要裝成臉不紅也很難。現在可好，發燒本來就是臉紅的，真好。快趁現在多親近親近，回頭就沒機會了。

可是陳鷹沒再親她了，他只是又調整了一下姿勢，自己斜歪著睡在沙發上，腦袋後面塞了個抱枕，然後把米熙被子團抱在懷裡，她的頭就枕在他的肩窩。米熙一邊反省自己居然有淫心，對不起父母，一邊又期待著他再親一下。結果他一直沒有，只是撫著她的頭，用迷死人的聲音很溫柔地問她：「要不要睡？」

「不要。」米熙的嘴都快張不動了，眼皮也請你撐住，一會兒說不定陳鷹順勢又親一下，讓她再感覺一下才睡好不好？

然後，她睡著了。

顧英傑這邊買了藥回到飯店，叫的客房服務餐點正好送到門口。

把餐車推進去，秦雨飛還在睡，顧英傑很是懊惱，簡直是亂七八糟，怎麼會酒後亂性成這樣？不該跟她發生關係，完全不該。她可不是什麼一夜情的好對象，也不是談戀愛的好對象，總之她完全不是他的菜，他怎麼會糊塗得讓這種事發生呢？可是做都做了，他清楚地記得他們不止做了一次，而且說實話，他們在床上很契合，秦雨飛這瘋女人在床上熱情得讓人失控。

顧英傑看了看手上的藥，過去把秦雨飛拍醒，「喂，妳要不要吃飯？」

秦雨飛被吵醒，眼睛睜不開，嬌聲發脾氣，「我要睡覺！」還翻了個身背對他。

顧英傑不理她，把藥丟在床頭，打開餐盤蓋，看了看他點的菜色，很滿意，自己開吃。吃到一半的時候，秦雨飛被食物的香氣熏醒了。

「好餓。」她第一句話是這個。

顧英傑沒應她，繼續吃。

秦雨飛在床上翻兩個身，嘀嘀咕咕了一陣，摸索半天，又說：「顧英傑。」

「幹麼？」這次他應了。

「我沒有衣服穿。」

顧英傑嘆氣，他看到她的衣服被丟在離床尾的地板上，是他丟的，他記得。他起身去浴室拿了件浴袍給她。秦雨飛從被子裡伸出手接過，然後瞪他。顧英傑沒好氣轉身就走，當他想看呢。再說，他什麼沒看過，還都摸過。

秦雨飛飛快地穿好浴袍，看到薯條歡呼一聲，站著就伸手拿著吃。一口氣吃了半盤，顧英傑實在看不下去，「怎麼光吃這個，把義大利麵吃了。」

「不要。」秦雨飛皺鼻子，一邊舔手指一邊看桌上其他菜色，覺得沒什麼胃口，然後她就站著，吃光了一整盤薯條和半瓶番茄醬，最後開始找藥，「我的藥呢？」

顧英傑沒說話，走到床頭櫃拿給她，又倒了一杯溫水過來。

秦雨飛拆開盒子，面無表情。其實她很後悔，她不是什麼玩一夜情的女孩，但後悔也沒用。她抿抿嘴，把藥片拿出來就著溫水吞下去。顧英傑看著她，氣氛有些尷尬。

秦雨飛吃完藥，心情很不好，走到床邊坐了坐，又走回來，拿了叉子像是吃不出味道一樣地往嘴裡塞麵。吃了半盤，忽然問顧英傑：「你不是要約朋友嗎？怎麼沒去？」

顧英傑被噎住，去什麼去，他剛買藥回來，飯都吃得不舒心，椅子都沒坐熱。

秦雨飛沒等他回答，又說：「咱們醜話說在前頭，這裡的事誰都不許說，你要全忘掉，回國後反正我們也老死不相往來，你泡你的妞，但請注意不要出現在我周圍，不要亂勾搭我朋友。如果不小心在社交場合見到，打個招呼，維持不熟的狀態就好了。」

「好啊，請妳也比照辦理。」顧英傑沒好氣，坐下來繼續吃他的飯。

秦雨飛瞪著他，瞪著瞪著，忽然轉頭朝床那邊走，「我要繼續睡，你請自便。」她脫了浴袍，鑽進被子裡，用被子把自己裹住，看著天花板，覺得心裡很不好受，既寂寞又有些難過。不過都是她自找的，誰也怪不得。她不能示弱，不能顯出軟弱來。她聽到顧英傑吃飯叉子碰到瓷盤的聲響，把眼睛閉上。

✤ ✤ ✤

米熙醒來的時候發現自己躺在床上，周圍靜悄悄的，沒有聲音。

她有些恍惚，一時反應不過來自己在哪，下意識地大聲叫：「陳鷹！」

陳鷹很快出現，挨到床邊摸她額頭，「醒了？渴嗎？」

她點頭，覺得自己很嬌氣，想抱他，但她忍住了。陳鷹轉身出去，很快回來，手上拿著一杯水和一條毛巾。餵她喝了幾口水，幫她擦掉汗，「出了汗就是退燒了。還覺得哪裡不舒服？」

米熙搖頭，特別想他抱抱她這種不舒服能算病嗎？

陳鷹看著她，米熙也看他，眼睛眨啊眨。陳鷹忽然笑了，「米熙。」

「嗯？」

「妳臉上有字。」

「什麼？」

「妳臉上寫著，快來抱抱我。」陳鷹張臂將她抱住。米熙大驚失色，不會吧，她就是想一想而已啊！陳鷹偷偷親親她髮頂，小傢伙精神多了，他真高興，他要是騙她說她臉上寫著求吻二字然後吻她，她會一拳把他打出去嗎？

「米熙。」還沒說別的呢，米熙已經跳了起來，一把推開他，衝向洗手間：「我去洗把臉。」

* * *

秦雨飛是被手機鈴聲吵醒的，剛響兩聲就被按掉，她以為是顧英傑的電話，迷迷糊糊沒管，打算接著睡。幹了蠢事實在沒什麼心情，唯有一睡解千愁，可是沒過一會兒有人推她。

「秦雨飛，妳不是說傍晚要去一個地方坐一會兒，妳還要去嗎？」

秦雨飛緩了緩，慢慢清醒過來，睜開眼睛轉過頭，看到顧英傑站在床邊看她。

她看了看窗戶，可窗簾拉著，看不到天色。

「太陽快要下山了。」

秦雨飛愣了一會兒神，其實不是非今天去不可，可是既然醒了，又睡了一整天，確實應該出去走一走。她坐起來，發現身上沒衣服，下意識就去瞪顧英傑。

顧英傑聳聳肩，幫她把浴袍拿來，「妳的衣服送洗了。」

「你去幫我拿。」她是指隔壁她的房間。

顧英傑張嘴想說妳可以自己回去穿，但一想她沒穿衣服不方便，又把話嚥回去。被她指使幹活真是不情願，但他不樂意歸不樂意，卻中邪似的去做了。到她那一看，什麼都沒收拾，皮箱打開了，可是衣服沒有掛起來。他翻了翻，拿不定主意要給她穿什麼，倒不是他不會搭配，實在是這女人有毛病，拿過去又挑三揀四說不穿讓他再拿一套怎麼辦。顧英傑這麼一想，皮箱一扣，整個搬過去。

秦雨飛正在浴室洗澡刷牙，聽到他的動靜探出頭來看一眼，整個箱子都被搬來了，臉上顯出高興的樣子，縮回去飛快洗漱乾淨，濕著頭髮出來在行李箱裡翻她的保養品和化妝品，找出一套衣服，接著回浴室，一會兒再出來，已經是光鮮亮麗的秦家大小姐。

「我走了。」她說著就要出門。

「喂！」

秦雨飛轉頭，看顧英傑一臉不高興雙臂抱胸瞪她。她想了想，綻開了一個笑，笑容溫柔又甜美，讓顧英傑心虛臉紅起來，但他隨即在心裡反駁，他是沒約朋友出去，選擇留下來陪她，但他只是看她有點可憐而已，況且反正也是要吃飯，無所謂跟誰吃。

「那我請你吃飯吧。」秦雨飛落落大方，「我都要餓死了，走走，快一點。」

顧英傑沒再說別的，跟著秦雨飛走了。

兩個人叫了計程車，去了一家餐廳。餐廳並不起眼，在一條街道的中段，菜色更說不上有特色，就是漢堡薯條燉肉沙拉等很尋常的美國食物。秦雨飛直奔窗邊一個座位，還說「太好了」。

顧英傑納悶，這餐廳生意不好，他們又來得早，大部分座位都空著，她一臉占到大便宜是什麼意思？真是搞不懂她，瘋女人。

雖然店不起眼，菜單不起眼，但既然秦雨飛這麼挑剔的女人心心念念要來這裡，讓顧英傑對菜的味道還是有所期待，說不定好味藏深巷，這家店東西很好吃。但點的第一道菜上來後，顧英傑非常失望。他抬眼看秦雨飛，她撐著下巴看著外頭，對菜色似乎沒興趣。

兩個人都沒說話，顧英傑不知道要說什麼，也不想主動找話題。過一會兒，秦雨飛點的薯條擺上桌，顧英傑翻了個白眼。

「妳到底在看什麼？」顧英傑見秦雨飛拿了兩根薯條吃後又看向窗外，沒忍住，開口問她。

秦雨飛沒理他。顧英傑很不高興，乾脆坐到她旁邊，順著她的目光往外看，什麼好景致都沒有，莫名其妙。

「好了，你不要擠我。」秦雨飛推他。

「妳在看什麼？」

「對面那家店。」

「對面那家比這家好吃？所以妳故意帶我來這家？」顧英傑調侃，語音剛落就悶哼一聲，被秦雨飛用手肘撞了一下。他揉了揉胸口，卻聽見秦雨飛「啊」的一聲，「亮了。」她說。

他看過去，對面的餐廳點亮了櫥窗上的燈，一顆一顆的小星星，銀白與金黃混在一起，俗氣又老舊。顧英傑傻眼，「妳難道就為了看這麼一堆醜星星？」

秦雨飛拿根薯條塞嘴裡，「是挺醜的，以前怎麼沒覺得？而且這家店真是的，都三年了，也不翻新一下裝潢。」

顧英傑無語，真是替對面那家店不平，提供了星星給大小姐看，還要被小姐嫌棄抱怨，「人家又沒邀請妳過來看，妳批評什麼？」

秦雨飛沒理他，撐著下巴繼續看。看了一會兒，忽然說：「顧英傑，我們是說好了，在這裡發生的事都不會洩露給其他人，是吧？」

「嗯。」顧英傑應得有些勉強，雖然他是完全沒打算把這意外的一夜情透露給任何人，但被人要求和自己願意是兩碼事。

「那也包括我們在這裡說過的話，對吧？」

包括說過的話？顧英傑頓時想起秦雨飛在床上喊他名字說不要了然後又催他再快一點的話。他拿了根薯條吃，掩飾自己亂想的尷尬，又應了一聲：「嗯。」

秦雨飛歪頭看看他。

「幹麼？」顧英傑惡聲惡氣，心虛地差點以為她會讀心術，知道他腦子裡正浮現黃色畫面。

「你吃薯條居然不沾番茄醬。」秦雨飛一字一字地說，好像顧英傑犯了多大的錯。

「神經！」顧英傑很故意地又丟了一根薯條進嘴裡，沒沾番茄醬。

秦雨飛「哼」了一聲轉過頭去，依然在看對面的星星燈。

顧英傑忽然覺得，她衝他亂發脾氣，計較什麼番茄醬，其實是她在心虛。

這時候秦雨飛忽然開口：「我三年多前來過這裡。」

顧英傑推翻自己的話，秦雨飛亂發脾氣不是心虛，是在壯膽。

「我從前在美國念書，有一位室友，她叫Vivian，是二代移民，家境不好不壞。我剛來美國的時候年紀小，什麼都不懂，她對美國熟，做什麼都帶著我，我們住在一起，一起吃飯，一起玩，一起做功課，感情很好。我爸在美國給我買的房我讓她一起來住，她有我的車子鑰匙，有我的信用卡，有我電腦的密碼，我有的她全都有。我覺得我這輩子再不會有這麼好的閨蜜了，我們說好了一定要做對方的伴娘，到老了白髮蒼蒼的時候還要一起逛街打扮漂亮。」

顧英傑繼續吃薯條，他想這個故事一定是閨蜜去世，留下孤獨大小姐的悲慘結尾。

「後來我交了一個男朋友，長得很帥，很體貼，對我又很耐心。我們是在宴會上一見鍾情。我很愛他，非常愛。我告訴Vi我愛上一個人，她提醒我要小心男人愛上的是我的錢。我爸媽也常跟我說這樣的話。我也不知怎麼了，真的有收斂大手大腳，但我會忍不住買禮物給他，會帶他去玩，只是沒告訴他我的家庭狀況。他對我很好，非常好，我帶他出席所有的聚會，介紹朋友給他認識，介紹Vi給他認識。」她頓了頓，看向顧英傑，撐著腦袋的姿勢不變，「我想吃。」

顧英傑伸手拿了薯條，沾了很多的番茄醬餵進她嘴裡，嘀咕著：「懶成這樣。」

秦雨飛把薯條吃了下去，看著對面的星星燈發了一會兒呆，繼續說：「我和他發展穩定，有時候約會的時候也會叫上Vi，Vi也覺得他很不錯，我從她的表情和話裡能感覺出來，這讓我很得意。你知道，就是那種有個可以在閨蜜面前炫耀的那種得意。總之，我們越來越好，他是我第一個男人，也是唯一一個……」

她的語調傷感，顧英傑忍住沒抱怨自己還沒死。

「我還為他墮過胎，因為他說不能要，我就乖乖吃了藥。」

顧英傑想起自己今天也遞了藥給她，雖然藥不一樣，但他覺得很不好受，好像跟對方一樣渣。

「那時我哭了很久，Vi一直安慰我，我覺得幸好我還有她。這事過後，我跟那男人的關係不如從前了，他跟我一起時好像總有些心不在焉，我想可能他以為有孩子那事是我故意的，我總想好好表現一下，挽回感情。於是有次我興沖沖買了禮物去他的住處想給他驚喜，卻發現他跟Vi在床上。Vi跟我說她媽媽病了，要回家住幾天，結果卻原來是跟那男人在一起，還想吃。」

這次話都不轉彎了，顧英傑緩了一下才反應過來，又餵她一根。秦雨飛皺鼻子，「醬好少。」

顧英傑沒好氣，「買一瓶給妳喝好不好？」

「不好！」秦雨飛瞪他一眼，「說好了這裡所有的事都不許往外說啊！」

「我跟妳不熟，妳自己說的。」顧英傑有點生氣，他媽的那個賤男人，真他媽賤啊！

「嗯。」秦雨飛放心地繼續說：「我當場就發脾氣，跟他打了起來，砸了他家的東西，撓得他一身傷，然後還狠狠扇了Vi好幾個耳光。」

「然後呢？」

「然後我就一直打，砸東西，打到他們跑了。我在那待著沒意思，後來也走了。哼，本來還打算大家把話講清楚的，結果他們這麼沒用跑了。」

「沒報警抓妳？」顧英傑替她害怕擔心，這處理不好她也吃虧。

「我後來知道那賤男人還真是想報警來著，但Vi不敢。她知道我的家世，而且她也心虛。那是之後的事了，我聽一個朋友說，Vi在朋友圈裡說過她家裡很有錢，那房子是她的，車子是她的，而且她平常出手闊綽，對人大方，所以大家也信了。」秦雨飛說到這咬咬唇，「我很蠢吧？我一開始借車子給她開，但她課程跟我不一樣，有時還要打工，我沒車又不方便，所以我又買了一輛，那車就一直給她用。結果變成我的房子是她的，車子是她的，她刷我的卡裝闊，還睡我男人。」

「是挺蠢的。」顧英傑說實話，又被瞪。不過瞪他的那女人看起來精神不錯，他放心下來，他可不想面對一個哭哭啼啼的女人。

「他們更蠢好吧？這樣就信她了，蠢得豬都臉紅。」秦雨飛哼了哼，拿過飲料喝了兩口，「我當天回去就把Vi的東西全丟出屋子。」她揮揮手，「就是她房間的每一樣東西，大到床小到口紅和筆，全丟出去了。她來找我哭訴，我聽個屁。不過她也很狠，其實她跑出那賤男人家後就先回了一趟我那，把她值錢的東西都先拿走。我後來才知道，那賤男人劈腿，是因為他真以為Vi比我有錢，他看中的是錢。這點Vi沒說錯，只是她利用了這點，她也喜歡那賤男人，她說她沒想跟那男的長久，只是想一遂心願。謝天謝地她沒編什麼幫我檢驗賤男的忠貞度這樣的噁心話來。她說她只是沒想到他們真的相愛，對不起我之類的。我讓她滾，我說祝她和賤男人永遠情深，一起出門被撞死，生死與共，感天動地。」

顧英傑笑了，果然像是秦雨飛的風格，一點都不會輸。

「吵完的那天我心情非常糟，偌大的房子只有我一個人，我沒有朋友可以找，這麼丟人的事，我不知道能跟誰說，家裡也不能說，我甚至還得留在那裡繼續讀書。那天我開著車亂走，一直開一直開，開到了洛杉磯，我累了，就往路邊一停，走進了這家餐廳，坐在這個位置上。完全

沒胃口，想吃點番茄醬，於是點了薯條，然後我就坐在這裡看著窗外發呆。天色漸漸暗了，對面的星星燈突然亮了起來，嚇我一跳。我那時候覺得真漂亮啊，一閃一閃的。」她扁扁嘴皺皺鼻子，「現在看怎麼這麼醜……」

顧英傑哈哈大笑。

秦雨飛拿薯條戳他，「我跟你說，別惹我啊，我的詛咒很靈的。我當時盯著那些星星燈祈禱，神啊，請讓那賤男人爛雞雞，讓那賤女人被拋棄，然後讓他們出門被撞死吧。」

顧英傑不笑了。

「後來Vi打了很多電話給我，還發了很多郵件，我都沒理。我念完書就回國了，然後這個國家玩一玩，那個國家玩一玩，卻不太喜歡美國。後來收到Vi的信，她說那男的跟她分手了，不過諷刺的是，他不是找到了更有錢的，而是愛上了一個窮女生，他號稱找到了真愛，於是就把Vi甩了。Vi來信求我原諒，我的回應是給她寄了一張賀卡，上面寫著『心想事成』。」

顧英傑忍不住又笑了。

「後來她再沒有跟我聯繫，但就在前段時間，就是我生日的前幾天，我收到她媽媽寄來的包裹，裡面是Vi這幾年買給我的生日禮物，包裝得好好的，寫好了地址，卻一直沒寄。她媽媽說，Vi前一陣子出車禍身亡，她媽媽收拾遺物的時候，看到了那盒子裡的東西，知道是要給我的，她說女兒泉下有靈，一定希望這些能送到我手上，於是就按上面的地址寄出來了。我拆了，裡面有我從前說過喜歡但是沒買的東西，全是我喜歡的。」

顧英傑無語，摸了摸她的頭安慰。過了一會兒問她：「所以妳決定要來美國，想來這裡。」

秦雨飛點點頭，「有朋友壯膽會好一點，結果姊妹團被你拆散了。」一邊說一邊拿薯條戳他。

「喂！」他瞪她，弄得他身上都是油。

秦雨飛不理他，把薯條丟回桌上，「我其實就是想來看看，我其實也不是那麼想心想事成。我覺得好難過，都不知道究竟哪件事讓我更難過。」

顧英傑又揉揉她的腦袋，被她瞪了，撥開他的手，「我們不熟！」

「切！」他學她的語氣。

「我一直想說這事，有事情藏心裡真的很難受，但我又不想告訴別人，本來想過來這裡告訴星星燈，現在告訴你了，你一定要保密，不然你的雞雞會爛掉。」

「妳是小孩子嗎？」什麼破詛咒，好想敲她。

「那賤男人雞雞爛了沒？」顧英傑開著玩笑。

秦雨飛昂起下巴，一副倔強的樣子。

顧英傑哈哈大笑，招手叫來服務生買單。

「不知道，一直沒聯繫過也沒打聽過他的事，也不想知道，萬一沒爛多遺憾，是吧？」

「走吧，我們去好一點的餐廳吃飯，沒理由為了這點破事吃這麼難吃的東西。」他說著，結果過來結帳的黑人服務生用英語道：「先生，我們這裡的東西不難吃。」

顧英傑和秦雨飛都吃驚地瞪他。

那服務生一臉不高興，又重複了一遍：「我們這裡的東西不難吃，我有學過中文。」

秦雨飛忍俊不禁，把臉埋在顧英傑背後偷笑。顧英傑一臉在背後說人壞話結果被抓到的尷尬，飛快付了錢，拉了秦雨飛就走。秦雨飛走到外頭大笑，學著服務生的語氣：「先生，我們這

裡的東西不難吃。」

顧英傑沒好氣地瞪她。秦雨飛哈哈笑，笑得站不住，靠在他身上，忽然跑回頭，推開那餐廳大門，對那服務生笑著大聲用英語說：「真的不好吃啊，是實話！不過你好忠心啊，讓老闆給你加薪，給你點個讚！」說完嘻嘻笑著逃跑似的跑出來，拉著顧英傑飛奔而去。

顧英傑帶秦雨飛去了一家他熟悉的高級餐廳，有美食有舞池，大多是年輕男女，奔放歡樂。秦雨飛一進來就吐槽：「你以前泡妞就來這裡啊？」

顧英傑白她一眼，「不喜歡妳就回星星燈那裡去，我在這坐個五分鐘就能有伴了。」

「好有魅力喔！」秦雨飛酸他，「要不我們分開坐吧，看誰先有伴，輸的那個買單？」

「妳是有多無聊。」

「切，不敢比，那肯定是沒信心！」秦雨飛找了個靠窗的位置坐下，看了看外面。

「激將法對我沒用好嗎？我是好心，怕妳想不開，才帶妳來這樣熱鬧的地方。而且妳沒見識，這城市這麼大，妳只認得一家星星燈，太可憐了。」

「那快點，上最貴的菜，來最貴的酒，你請客。」秦雨飛一點都不客氣。

顧英傑不理她，點了幾個特色菜和飲料，沒點酒。「酒就別喝了吧。」他似不在意地說。

「哦，不喝了唄。」秦雨飛表現得更不在意，過了一會兒問他：「你還要追米熙嗎？」

顧英傑看了她一眼，秦雨飛撐著下巴，懶洋洋的，「我沒別的意思，就是你自己也說不太信陳鷹跟她是叔侄關係。你看他們重逢時的那樣，火花四射啊。不過這也不關我的事，但是如果你還要追米熙，我會離她遠一點，回去之後你們倆我都不見了，這樣大家不必牽扯什麼不愉快。」

顧英傑看著她，「我以為妳挺喜歡米熙的。」

「是喜歡呀，她挺可愛的，說什麼好像都在狀況外，還不會砍價，很有趣，不過朋友也不少她一個。」秦雨飛抿了抿嘴角，有一絲倔強。

「那妳那個什麼小婷呢？」他總記不住那女生叫什麼名字。

秦雨飛的嘴抿得更緊，「她說她對你沒興趣了！」

「萬一餘情未了，她又來約我，怎麼辦？」顧英傑很惡意地逗她。

秦雨飛不說話了。

「那樣的話，妳也打算放棄她這個朋友，省得以後有不愉快？」

「對。」秦雨飛隔了好一會兒才說。

顧英傑嘆氣，「秦雨飛，妳是不是再沒有那種能睡一張床談心事，能刷妳的卡買東西，能借妳車子開的朋友了？」

「對。」這次又是隔了好一會兒才答。秦雨飛在腦海中把所有稱得上朋友的人都過濾了一遍，沒有了，確實沒有這樣的了。現在她的朋友，每一個都有錢有房有車有男人，沒男人的也不會缺男人。大家一起吃喝玩樂聊男人比衣服包包，再沒有別的了。這樣很好，沒有壓力。

顧英傑又嘆氣，「妳放心吧，我什麼都不會說，我的朋友圈跟妳的也不一樣，我們不熟。」

秦雨飛看著他，看著看著笑了，「顧英傑，我發現你挺好的耶！」這時候飲料和餐前沙拉上來了。她嚐了一口，覺得味道不錯，又吃兩口沙拉，味道也很不錯，心情好了起來。她嘴硬道：「其實你說了我也不怕，誰沒幾個豔遇？這種事太多了，數都數不過來，大家都見慣不怪了。」

顧英傑不理她，口是心非的女人。

接下來兩個人都有意無意地避開了一夜情這類話題，開始說求學經歷說國外生活，然後發

現他們竟然在同一時期在同一個地區待過很長的時間，可兩人竟然從來沒遇過。又聊到某某千金某某小開朋友舉辦過的派對，竟然也都邀請過他們，只不過他去的那次她沒去，而她去的那次他不在。

吃得差不多的時候，一個金髮青年過來有禮貌地問可不可以邀請秦雨飛跳支舞。

秦雨飛落落大方地說：「好。」她對顧英傑眨了眨眼睛，彷彿在說她贏了。她站起來拎著裙襬裝模作樣地行了個禮，惹得那青年大笑，也彎腰屈臂行了禮，兩個人像身處中世紀宴會一般，挽著手臂走下了舞池。顧英傑聽到他們在寒暄互問對方姓名，那青年讚秦雨飛漂亮，秦雨飛說謝謝，反誇那青年高大有型，那青年一直在笑，然後兩個走遠了，滑進舞池裡，翩翩起舞。

顧英傑看著秦雨飛，想起自己當初看到米熙的驚豔，他也是想問她名字，他也誇她眼睛漂亮，但米熙的反應卻是受到驚嚇，彷彿看到了大色狼一般落荒而逃。就算是後面有些熟了，他想邀請她跳舞，她也沒答應。

還想追米熙嗎？顧英傑苦笑，也許秦雨飛說的對，他就像在追看一部劇似的，眼睛沒轉開，就想知道最後的結果。他得承認，其實不知不覺，他早沒了當初那熱烈的求愛之心了。

他看到秦雨飛在那個男青年懷裡轉著圈，裙襬揚起漂亮的弧度。她總是笑得那麼開心，他卻看到了她的防備。她在告訴他那些往事的時候沒哭，還凶巴巴地塞薯條，但他看到了她的傷心。

他知道她為什麼願意告訴他那些，除了她真的非常需要傾訴之外，還有，她真的是打算跟他老死不相往來，所以，她一定是想那些難堪的往事讓他知道沒什麼，反正以後都不會有交集。她也是在告誡他，她在這種朋友男人的事上受過傷，所以那什麼小婷也好，米熙也好，全是她不可能與他日後有任何來往的原因。她用這樣的方法築起保護牆，一舉數得，再好不過。

顧英傑忽然覺得自己很聰明，他居然都懂了。他確定自己沒有多想，百分之百確定。她就是這個意思，那些傾訴才不是跟他親近，而是為了一腳把他踢遠點。

舞池裡的秦雨飛身姿妙曼，笑靨如花。她轉了個圈，目光正好對上了顧英傑，便對他一笑。顧英傑也回她一笑，向她舉了舉杯子。

這晚米熙和陳鷹也有跳舞。

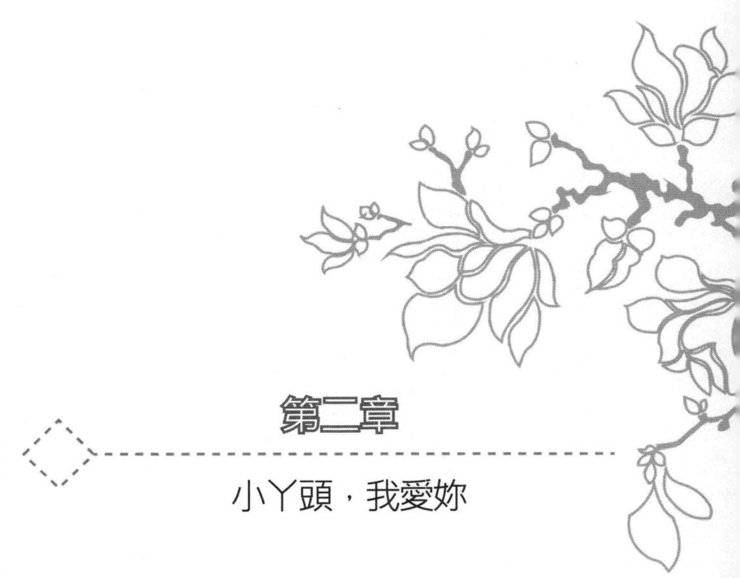

第二章

小丫頭，我愛妳

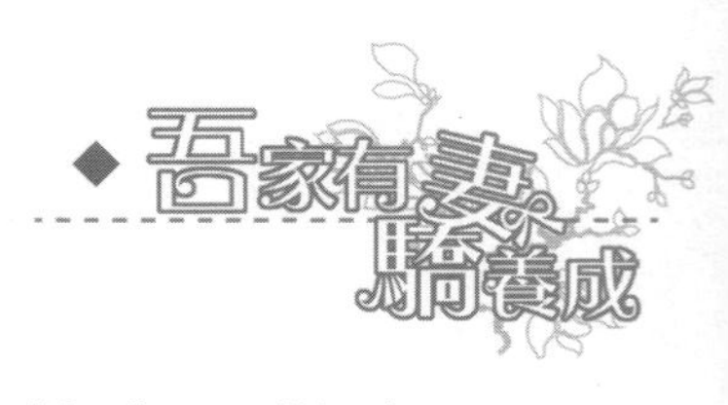

因為米熙的病還沒完全好，陳鷹沒帶她出去吃飯，晚餐依然是粥和小菜配上飯後藥，而陳鷹吃披薩和炸雞。陳鷹吃得很香，米熙看得流口水，一整天的清粥小菜，她都快餓死了，看到肉就眼發綠。

「寫著英文的披薩和炸雞，定是不若我泱泱大國的披薩和炸雞美味。就像你帶的牛肉乾沒有我帶給你的好吃一般。」明明饞個半死還要嘴硬，米熙半點沒反省，只是說完這話她靈光一動，對啊，還有牛肉乾。

「誰讓妳生病的？」陳鷹沒好氣。他比她更想帶她出去啊，為了她來，他特意翻美食雜誌找了幾家口碑不錯的餐廳，還努力排開時間，規劃活動時間表，結果這小丫頭一來就病給他看。

米熙低頭不說話，趁陳鷹吃完飯收拾東西進廚房時，火速順了一包牛肉乾進房間藏在枕頭下，然後端莊地出來了。

陳鷹沒注意到她的小動作，幫她量了體溫，問了她的身體情況，拿藥和水給她，盯著她服下，讓她去沙發坐著，他開電影給她看。為了她的到來，他專門弄了些國語影片放著，怕他不在的時候她會悶。

於是米熙看電影，陳鷹處理公事。其實還是為了明天上午的會面，他要先把各種可能與陳遠清商量，明天能確定拍板的就馬上拍板，打鐵趁熱，實在不能同意的就再說，所以他這電話頗長，跟陳遠清聊完了又與製片團隊聊。打完電話，他過去陪米熙看影片，兩人擠在沙發上，米熙覺得自己好幸福。

過了一會兒，她實在忍不住了，「陳鷹。」

「怎麼？」

狗腿地捧著霜淇淋回來，連湯匙都準備好了。

陳鷹哈哈笑，「好吧，妳去幫我拿一個。」話還沒說完，米熙就使著輕功飄向了冰箱，非常

「所以你該獎賞自己一個霜淇淋。」米熙的小臉非常正經。

「所以？」他不能指望她會給他一個吻吧？

「天挺熱的，你這麼辛苦工作，頗是讓人心疼。」

陳鷹裝沒看見她眼巴巴的樣子，打開蓋子吃起來。

米熙等了又等，問他：「這麼大一盒，你吃得完嗎？」

「我吃給妳看。」陳鷹答。

米熙噍了噍口水，很想垮臉顯示一下失望，可又不敢。

又過了好一會兒，電視裡演的什麼米熙還沒看進去，卻聽見陳鷹說：「好像真的吃不完。」

「咦？」精神瞬間振作百分之五十。

「可是妳生病不能吃。」

不能嗎？你看我的眼神，快看我的眼神！

陳鷹好像聽到了她的心聲，還真轉頭看她，然後問：「只吃兩口應該可以吧？」

當然當然！頭點得很用力，精神瞬間再振作百分之五十。

陳鷹挖了一勺到米熙嘴邊，米熙趕緊一大口吞下，生怕遲了陳鷹改了主意。

「好吃嗎？」陳鷹被她的樣子逗笑。米熙用力點頭，「病立時都好了。」

「鬼扯！」雖是斥她，但還是又挖了一勺送她嘴邊，米熙喜孜孜地又噍了下去，一邊噍一邊

偷偷看盒子裡還剩下幾口。陳鷹又餵了她一口，把剩下的兩口吃掉，給米熙看了眼空盒子，丟進

了垃圾桶。

米熙舔舔唇，好吧，吃三口就有三口的幸福，滿足！

這下可以安心靠著陳鷹看影片了，她要求從頭播放，剛才沒仔細看。這是部愛情片，米熙正想專心看，忽然想起她剛才跟陳鷹吃同一盒霜淇淋，用了他的湯匙。啊，不對，中午她吃霜淇淋，陳鷹也用了她的湯匙把她剩下的那半盒吃了。

完蛋了，這般太親密了吧？偷偷看陳鷹，他泰然自若，好像沒發生什麼大不了的事。對了，他們這世界的人都是這般不講究，不以此為恥的，民風剽悍啊！米熙清了清喉嚨，也想裝出無所謂的樣子來，但那勺霜淇淋的味道似乎還在嘴裡。她想著湯匙，臉慢慢熱起來。

頭不敢轉，怕被陳鷹發現異樣，可這時候螢幕上出現了沒羞沒臊的畫面，男女主角明明沒有認識多久，就……就親上了。

哎呀，米熙用手捂眼睛。

「米熙。」陳鷹費了很大的功夫才忍住笑。

米熙偷偷從手指縫裡看陳鷹，佯裝揉眼睛，「不是因為那個，是因為眼睛有些癢。」

「是嗎？」陳鷹伸手捧起她的臉，「我看看眼睛裡是不是有東西？」

完蛋！米熙的臉燙得可以煮雞蛋，還得裝作不知道。

「臉很紅。」陳鷹笑話她。

娘親，就讓陳鷹對我好得久一些，我回國後，再不這般不知廉恥了，行嗎？

「定是病未好。」米熙反駁，寧可再吞藥片，也不能承認。

「米熙，妳喜歡什麼樣的男生？」

陳鷹這話題轉得快，讓米熙愣了愣，但轉話題好，她的心跳沒那麼亂七八糟了。

「顧英傑那樣的其實不錯，他說的對，人要相處看看才能知道對方好不好。我從前真不知道原來他這般細心體貼能容人。」米熙認真思索著，沒看到陳鷹僵著的臉。

「魏揚其實也很好，他每個週六會來公園一起健身，還教我騎自行車，教我唱歌，跟他一起玩比較有意思。」

陳鷹的臉更黑了。還唱歌？死小孩，泡妞一套一套的！

「唱什麼歌？」

米熙歪了歪頭，笑彎了眼睛，「可有意思的歌了，我唱給你聽。」然後她開始唱。我是一個男子漢，工作本領強，我要掙上許多錢，買房買車啊……

「……」

「我聽了之後，改了詞，編了一首新的。」米熙笑容大了，接著唱：我是一個小姑娘，幹活本領強，我會做飯洗衣服，還會武藝啊。擦完地板洗個碗，天天上學堂。我是一個小姑娘，幹活本領強……她看到陳鷹臉上的笑，唱得更來勁，能讓陳鷹高興，她願意一直唱。

「妳覺得我好，還是他們好？」米熙還沉浸在歌裡，冷不防聽到陳鷹這樣問。

啊！這還用比嗎？

米熙緊閉著嘴，臉又紅了。

能說實話嗎？可以說實話嗎？娘親，她就要沒羞沒臊了，怎麼辦啊？

陳鷹耐心地等著米熙的回答，她有些緊張局促，還害羞。這個反應很好，他非常滿意。他並非在唱獨角戲，米熙也一定如他一般有同樣的心意。只是她的觀念與他們這代人太不同，他必須

要小心處理。原是想再等等，可敵軍都殺到門口，顧英傑在米熙心裡都變好男人，魏揚都變好玩伴了，是可忍，孰不可忍。他得先把米熙訂下來，最起碼得讓她知道，他也在她的結婚對象考慮人選之內。

「我跟他們比呢，米熙？」他輕聲再問，一直看著她的眼睛。

「當、當然……」米熙結巴了，「當然是陳鷹叔好。」她偷偷加了個「叔」字，告誡自己。

陳鷹忽略掉那個「叔」字，又問她：「哪裡好？」

「就是……就是……」腦袋啊，求你動一動吧！

陳鷹彎了嘴角笑，對她挑了挑眉毛，輕輕「嗯」了一聲，拖長向上挑的尾音，甜酥入心。米熙頓時被美色擊倒，稀裡糊塗便說了大實話：「你比他們俊俏，比他們能幹，比他們對我好，也比他們教我歡喜……啊，反正就是比他們好！」

完蛋！米熙緊緊抿著嘴，這時候捂臉也來不及了，臉皮你要撐住。這世界民風剽悍，她說這些應該算不上什麼，陳鷹見多識廣，定是不會往心裡去的，所以她只要過了自己這關便好。

可是陳鷹笑了，他的笑聲低沉而又有磁性，溫柔好聽。米熙轟的一下，真要往沙發縫裡鑽了。

陳鷹把她拉進懷裡，米熙飛快鑽深些，把臉藏住。鎮定，陳鷹就是愛笑，什麼他都要笑一笑，對，所以別想太多，他定不是笑話她。可是臉太燙，讓她再藏一會兒。

陳鷹沒把她拔出來，只是一下一下摸著她的頭髮，對她說：「既然我這般好，那我做夫婿也定是很不錯的，對吧？」

那是自然啊，也不知哪家的姑娘能占這大便宜。米熙忽然有些難過起來。

「米熙。」

「嗯？」

「妳覺得哪個做妳的夫婿更合適？」

顧英傑和魏揚嗎？米熙在陳鷹懷裡偷偷皺皺鼻子，她都不太想呢，而且沒人跟她提親，她也不知道哪個更合適。何況……呃，她不想談這話題了，一點都不想。「啊！」米熙忽然很激動地坐了起來，「我想到了！」

陳鷹不動聲色，她想到的顯然不是夫婿的問題，他打賭。

「我想到有一件很重要的事還沒有做呢！」米熙興沖沖的，有事情能轉移話題真是太好了，「陳鷹，你等等我。」小丫頭一溜煙跑掉了。跑進房間，爭取到時間空間好好冷靜，非常好。

緩了一會兒去開行李箱，這才想起她的衣服都被整理放進衣櫃了，於是又去衣櫃找。找到了！那件跳舞的小禮服！米熙把裙子拿下來在身上比劃了一下，臉又紅了。可是答應過要穿這裙子跟陳鷹跳舞的，等等，裙子這般暴露，剛才又說到那般羞人的話，陳鷹不會誤會她故意穿成這樣勾引他吧？

想多了，米熙用力搖搖頭。才不是勾引，是很正經地跳舞，社交禮儀！

可是，還是太沒羞沒臊了。

米熙很猶豫，咬著唇，看著鏡中的自己。鵝黃色的衣裙映得她的臉色越發粉豔，她猶豫又掙扎。不穿這裙子，那怎麼解釋她讓他等等，這麼認真地讓他等等，肯定是要有什麼事才行。想了半天，突然想到枕頭底下有牛肉乾，要不，犧牲一下牛肉乾，就說自己藏了牛肉乾，讓他等等是想自我揭發，交出牛肉乾以後再不犯了？

不行不行，這樣又蠢又可笑，她幹麼要自毀形象？

陳鷹在客廳裡也有些忐忑，雖然對米熙對他的感情頗有信心，但這小丫頭向來不是一般人的思維。在知道她要來美國之前，他就在想要怎麼跟她說心意，說得太直接怕她嚇到，說得太隱晦怕她不懂，說得太複雜怕她誤會，說得太簡單怕她不重視。但無論如何，他是打算在她在美國的這幾天把事情說開，免得這傻丫頭趁他不在，不小心就把自己賣了。

陳鷹正琢磨著，忽看到米熙的房門開了，她探出腦袋張望，他差點被她鬼祟的樣子逗笑，但隨著她探出的身子多一些，他笑不出來了。她真漂亮，長髮挽起來，露出纖細的脖子、美好的鎖骨，那件他非常喜歡的鵝黃色禮服穿在身上，俏皮又性感。米熙很害羞，扭捏著，絞著手指在房門口猶豫。

陳鷹走過去接她，「嗨，可以邀請妳跳支舞嗎？」

他沒有評價她的穿著，沒有大驚小怪她特意換了身衣裳，這麼自然地招呼，就好像真是在舞會上看到了她似的。這讓米熙頓覺輕鬆起來，她點了點頭，裝作很矜持的樣子，「可以。」

陳鷹笑著，牽著她的手。沒有音樂，愛情片還播著，他穿著休閒服，一點都不正式，只有米熙全套禮服，還穿好了配套的高跟鑽石涼鞋。可是米熙不介意，她被他摟在懷裡，一手握著她的手，一手扶著她的腰，她的心怦怦跳，她的眼睛離不開他的臉，她覺得很高興。

陳鷹哼著舞曲的調子，帶著米熙慢慢滑著舞步。他只教過米熙一次，但她居然都記下了，步子完全沒錯。陳鷹笑著，她真是聰明的女孩，古板守舊，武力值超群，沒文化沒見識，但是又很聰明，漂亮的小土包子，她是一個矛盾體。感謝老天和月老送她來到他身邊。

「米熙，妳為什麼想來美國呢？」他帶她轉了一圈，看著她的眼睛問。

米熙正跳得高興，突然聽到這個問題，沒反應過來，脫口而出：「想你了呀！」

完蛋！反應過來，米熙小眉頭一皺，端起正經臉，「大家可都想你了，奶奶、爺爺、呂祕書、吳浩叔叔、陳非叔叔、程叔叔，好多人可想你了。他們都忙，只我得閒。」

「嗯。」陳鷹微笑，完全沒有追問的意思。米熙鬆了一口氣，只要再堅持堅持，熬過這幾日，她發誓，回國後就收了歪心思，好好找個正經相公人選，就像當初在家鄉時一樣，知道那感情是不該她就收斂住，這次她也可以。只是現在這麼開心，她就偷偷開心一下。

「米熙，妳來這裡都三個多月了，談戀愛的事沒著落，月老催妳了嗎？」

「沒呢！」不著急。

「嗯，所以不著急。」

對，米熙點頭。她都想好了，她也是有計劃的。

「米熙，妳知道我對妳很好吧？」

米熙用力點頭，再不會有人比陳鷹對她更好了。

「所以，無論是三個月，還是三年、三十年，我都會一直對妳這樣好。雖然我們相處的時間不算長，但我很肯定。」陳鷹帶著米熙輕輕晃著，沒有什麼舞步，只是輕輕摟著，晃著步子。

米熙看著他，眼眶發熱，忍不住說：「我也是。」她也會一直對陳鷹好，無論是三個月、三年，還是三十年，她願意的。雖然他們只在一起三個月，但她就是知道，她願意的。她怎麼會這麼幸運，在生命結束之後，又得到這樣的關懷。

米熙抱著陳鷹的腰，把臉埋在他的胸前。

陳鷹摟著她，心裡嘆氣，果然太隱晦的表達這笨蛋是領悟不了啊！

「所以呢……」他清了清喉嚨，「妳可以認真考慮看看。」

米熙抬頭，「考慮什麼？」

陳鷹又清了清喉嚨，想著古代的人都是怎麼談情說愛的，用什麼詞好呢？「呃……考慮一下，既然妳我情投意合，彼此心有所屬，那妳應該可以把我列為夫婿的人選。」

米熙愣了好一會兒才反應過來，這句話的每一個字她都聽懂了，但連在一起她就有些不敢懂。她吃驚地張大了嘴，真的不敢相信。

夫婿人選？是她想的那個意思嗎？

陳鷹沒說話，只是靜靜地看著她。他自認這話說得夠白了，而且他沒有說什麼「我愛妳，妳做我女朋友」這種話，「做我老婆」也不合適，小傢伙才十七歲，但他知道「來談戀愛吧」這樣的邀請對米熙沒用，顧英傑和魏揚就是活生生的慘烈例子。米熙不認戀愛，她只認求親，所以他把主動權交給她，說讓她考慮自己做她的夫婿，這樣夠周全了吧？

米熙愍了好半天，不知道自己該給什麼反應。依她本能的感覺來說，這句話就像是天上掉下來的餡餅，不但尺寸超大，香味撲鼻，最重要的還是塞滿了她喜歡的牛肉餡兒。

米熙閉上了嘴，認真盯著她的牛肉餡大餡餅。因為緊張，小臉特別嚴肅。

陳鷹被她盯得也緊張起來。不是吧，難道他失策了？他明明覺得他這樣說既表明了心意又沒有給她壓力。她答應不答應都沒問題，因為只是讓她考慮，所以後路留得相當寬廣。

「我們健身隊現在已經練熟了一整套拳。」米熙開口了，但說的內容風馬牛不相及，「還有週末公園的健身隊也發展得很不錯，現在固定有三十多名成員了。我說的固定是每週末都會來，從來不落下的，那些一會兒來一會兒不來的我沒算。」

陳鷹不說話。怎麼著，他要是表現不好，她要派她的上百號徒弟揍他不成？

「還有呢。」米熙在客廳裡打轉，「我現在上課上得可好了，學會好些算術題，還有公式，字也寫得也好，我有許多漂亮的本子，還有帶香味的筆。不過我最喜歡的還是做飯的課，我學了好幾道菜，可開心了，要是天天上做飯課都不會累，比上數學有意思多了。你剛才那樣算求親嗎？不對，不對，不用回答我，我再想想怎麼問。啊，奶奶開了記者會說我們是叔侄呢，別人問我我都說是叔侄，所以……所以，你剛才說的，我真的可以考慮嗎？」

米熙說了亂七八糟的一堆話後，終於穩住自己，把真正想問的問了出來。

「為什麼不能考慮？我跟妳又沒有血緣關係。」

「可是別人會怎麼想啊？」

「妳管別人怎麼想？那些人不認識妳，並不真正關心你。妳嫁得好他們不會為妳高興，妳嫁得不好他們不會為妳遺憾。他們只是看熱鬧，用妳的生活當八卦來排遣自己的寂寞，所以，妳管他們怎麼想做什麼呢？」

有道理！米熙頓時有點小激動，好像抓住強而有力的理由了。

「那……考慮一下的意思就是，如果我想挑你當夫婿，也是可以的嗎？」米熙背著手，站得離陳鷹有幾步遠，手指在背後用力捏著手指，疼痛傳來，她真的不是在做夢。克制，矜持些！

陳鷹也背著手，因為他怕自己會忍不住把米熙抓過來一陣搖，沒有哪個女生面對男性表白是這種談生意的態度好嗎？他的男性自尊心啊！撫摸一下，好好安慰，不要哭。

「當然可以。告訴妳這些，就是希望妳別把我漏掉。」不止別漏掉，順便讓別的男人都死一邊去，這樣才是目的。只是她的年齡太小，雖然她自己不覺得，但以現代人的觀念來看，結婚這

件事離她還是有一段距離的，但他很樂意陪伴到一起度過這段等待可以結婚的時光。

「所以，我的夫婿人選，我可以考慮你？」米熙再問一次。這樣感覺她好像女王啊，男人隨便她挑似的。雖然人選只有一個，但是是她挑他耶。

「是啊。」陳鷹很有耐心。他看到米熙已經克制不住上揚的嘴角，他安下心來，看來她對這個結果是滿意的。

米熙按捺住尖叫，用力再掐一下自己的手，又問：「可以考慮多久？」

陳鷹笑了，「考慮到考慮好了為止。」這階段他當然會鞏固領土安全，踢飛一切對手，所以她慢慢考慮沒關係。

「嗯，那我便好好考慮一下。」米熙說著，點點頭，背著手，像小老太婆似的轉回房間去了。

陳鷹微愣，就這樣？回房考慮？不是吧？

米熙進了房間，把門一關，捂著嘴拚命跺腳。娘親啊娘親啊，差點把持不住了怎麼辦？談親事得端莊矜持的是吧？可是好想尖叫好想歡呼好想馬上就告訴他沒問題，她願意的。

不不，不用慌，婚姻可是大事，要慎重。而且陳鷹說了，可以慢慢考慮。可是要考慮什麼？米熙在房裡轉圈圈。對了，要稟告父母，合八字，還有爺爺奶奶那邊都得說好了，這門親才算數。來這世界裡，初次有男子正經與她求親，還是她最喜歡的陳鷹，她好歡喜好歡喜。

陳鷹在客廳站著站著有些傻眼了，他這算是被拒絕了還是被接受了？那她那含羞帶笑的樣子，不該拒絕啊，可是如此果斷地閉門思考去了，這果然不是一般的姑娘。陳鷹覺得自己站著太傻了，於是坐回沙發上繼續看影片。這電影拍的什麼玩意兒，他就看了個開頭，現在快到結尾了

他居然能猜到中間演了什麼。等了一會兒，米熙還沒出來，他在想要不要去拿一盒霜淇淋。當然他不覺得米熙的鼻子這麼靈，只不過他現在突然很想吃。

陳鷹去冰箱拿了盒霜淇淋，剛打開吃了兩口，米熙的房門就真的開了。她走出來，目光如炬，小臉嚴肅，盯著他手上的霜淇淋看。陳鷹失笑，差點要哈哈大笑，不過人家這般嚴肅，他也不好太輕浮，正想說點什麼，米熙開口了：「我想要你的身分證。」

陳鷹愣了愣，但還是叼著湯匙去書房開了抽屜拿出他的錢包，取出身分證，直接遞給她。米熙很鄭重地接下，認真看著他的身分證，問他：「這數字裡哪些是出生年月來著？」

「這個。」陳鷹指給她看。說到這個問題，他有些敏感，「我又沒有很老。」

米熙抬頭對他笑笑，她才沒有嫌棄他，「可以拍照嗎？我想讓我爹娘看看。」

「行啊。」陳鷹不自覺又塞了口霜淇淋，他覺得這種戀愛開頭真是全世界最特別的。

米熙拍了身分證下來，非常滿足，把證件又鄭重其事地還給陳鷹。

「審核好了？」陳鷹打趣，順便把身高體重三圍都報了。米熙抿嘴笑，還真用手機記下了。

陳鷹嘆氣，坐回沙發，把她拉下來抱懷裡，餵她一口霜淇淋賄賂，問：「這樣算通過了吧？」

米熙紅著臉，小聲告訴他：「我回去告訴爹娘，對對八字，還有爺爺奶奶，然後……」話沒說完又被陳鷹塞一口霜淇淋。真煩，不想聽了，怎麼顧英傑和魏揚追她的時候都沒這麼多事，到他這兒就變複雜了？

米熙微瞇了眼睛，覺得霜淇淋分外香甜，陳鷹的懷抱分外舒服。她現在不覺得彆扭了，陳鷹說要娶她，所以坐他懷裡是應該的。她一邊反省自己沒羞沒臊，一邊找好了理由。

「還想吃。」她提要求。陳鷹又挖了一勺餵她。

「還想吃。」她又說。接著再一勺。米熙有些小激動，很有被寵著的感覺。之前還說生病了不能吃，現在被求親後，想吃幾口有幾口，果然姑娘家拿喬沒錯，娘親當年的教導沒有白費。

「還想吃。」她繼續要求。

「不行，妳在生病。」陳鷹的這一勺是送自己嘴裡。

米熙的小臉垮下來，她得意不到一分鐘，就幻滅了。

「無論是作為妳的叔叔，還是妳的男朋友，還是妳的未來老公，還是妳老公，所有的身分，都能因為妳生病限制妳吃霜淇淋，理由正當。」陳鷹施施然宣布，繼續消滅手裡的食物。其實他不太愛吃，但他愛看米熙嘴饞的樣子。

「這麼多身分喔！」米熙扁嘴，「聽起來好了不起。」

陳鷹哈哈大笑，把她摟緊，親親她眉心。米熙這下有點羞了，還未正式訂親呢，不，她是說還未成親呢，這樣被親了沒反抗不合適吧？算了，不管了，這世界民風剽悍，她這叫入鄉隨俗。

可是陳鷹親完眉心還不撤，臉離得近，近得她心開始亂跳了。「合好了八字，要擺庚帖。」米熙一緊張就找話題。

「八字要找誰批？」陳鷹鼻子尖抵著她的，親密得不能再親密。

「呃……」

「我會找師父來對，這個妳不用管。」陳鷹用鼻子蹭她的，喜歡看她臉紅的樣子。開玩笑，他怎麼可能會讓八字不合這種可能發生的封建迷信阻擋他的愛情？他來找人批八字，絕對珠聯璧合，天生一對。

「好。」她的臉更紅，但心安定。

「所以按妳的步驟進行第一步，也按我的步驟進行第一步，好不好？」

「好。」美色當前，米熙昏頭轉向，然後她被吻住了。

陳鷹先是溫柔地覆在她唇上，看到她吃驚睜大的眼睛，忍不住笑。

他舔了舔她的唇，她嚇得一震，雙唇分開似乎想叫，而他吻了下去，舌頭抵上她的。

那麼甜美、柔軟，配上她羞答答的表情，真是再可口不過。

陳鷹收緊雙臂將她抱緊抬高，方便自己與她更親密地糾纏。

他纏著她的舌頭，吮吸她的味道，聽到她喉嚨裡發出細小的嬌嚶聲。

他的米熙。

滿足又幸福。

所有的美好感覺充滿了身體，所有的壓力焦躁不安與騷動全都被推開，他們天生就該是一對。所以她從另一個世界來到他身邊，不可思議。所以在他經歷最大的事業難關時她不遠萬里來到他身邊，喜出望外。

米熙不敢呼吸，也不敢掙扎，更不捨得揍他。被吻得快喘不上氣的時候，她那暈乎乎的腦子突然有靈光了。等等，不是說讓她考慮要不要他的嗎？那為什麼會有這個步驟？

可是……可是現在這樣她也挺喜歡的。

那如果……好吧，管他的，親都親了，又不能退。

這晚陳鷹睡得特別香，如釋重負，神清氣爽。第二天起了個大早，精神相當好。去看了看米熙，睡得像小豬似的，床頭櫃上居然還有牛肉乾的袋子。陳鷹又好氣又好笑，居然半夜偷吃零

食，這是十七歲還是七歲？

他親親米熙的臉蛋，她沒有醒。他也不鬧她，出去煮了壺咖啡，做了份三明治，坐下來一邊吃一邊思考，靜了靜腦子，把開會要談的事整理了思緒，然後聯絡羅雅琴，她已經準備好了。陳鷹去換了衣服，又去看米熙，她還在睡。他親親她，輕手輕腳出了她房間。杜小雯和羅雅琴下來了，陳鷹交代杜小雯照顧米熙，領著羅雅琴出發。

陳鷹並不知道，米熙沒醒來是昨晚一夜沒睡。小丫頭第一次被吻，雖然表面上很鎮定沒，但其實心裡是滾燙到快燒開了鍋。還未曾訂親呢，這是她這輩子做的最出格的事了吧。

米熙一邊反省一邊偷偷回味那個吻的甜蜜美好。啊，不好，不是那個，是那幾個吻的甜蜜美好。她在床上翻來覆去睡不著，身上燥熱，乾脆起身開了空調，調到最冷的溫度。結果不管用，還是太激動，於是又摸出枕頭底下的牛肉乾啃，還是不管用。再後來她用被子捂著臉偷偷害臊，想像著她跟陳鷹婚後的生活。好想嫁人啊，娘親，她可以嫁人了，而且是嫁給陳鷹，最後米熙睡著了。

陳鷹與羅雅琴準時抵達C影業，見到了該公司的副總裁，雙方談了兩個多小時。要說順利，對方表現出的興趣超出陳鷹的預期，可要說不順利，對方對插手電影製作管控的要求和對利益分配的要求也超出陳鷹的預期。就如同女兒還是自己的女兒，但嫁出去了，距離遠了管不上。

羅雅琴聽個八成，不再說話。陳鷹對能當場拍板答應的事都很痛快，但涉及核心的部分他還是保留了意見。那位副總裁放言這是他們能開出的最好的條件，陳鷹笑了笑，「卻不是我們想接受的最好的條件。」雙方客客氣氣，又交換了一些對電影市場的看法，然後陳鷹告辭離去。

出來後，陳鷹和羅雅琴沿著街走，來到一個公園坐了下來。

羅雅琴買了兩份熱狗和咖啡，兩人坐在長椅上吃。

「我早餐沒吃，很緊張。」羅雅琴說著，把食物塞嘴裡。

陳鷹笑笑，他也沒吃多少。

「不過聽完那人說話，我又不緊張了。」羅雅琴優雅地嚥下最後一口，「陳鷹，如果你的任何決定裡有顧慮到我，那大可不必，我現在不是剛開始那樣的想法了。」她頓了頓，看看陳鷹，「剛開始，我覺得那個劇本就是我的全部財產，是我的命，現在我不這麼想了。現在我意識到，那劇本，那個故事，是把鑰匙，它為我打開了一扇門。如今門已經開了，我走出來了，所以，那把鑰匙我現在全權交到你手上。他們想對劇本改動也好，想換主演也罷，你就著你那邊的利益談，不必顧慮我。」

「我們還沒輸呢！」陳鷹伸長了腿，舒展了一下肢體，想起昨晚的吻，想起米熙羞紅臉的樣子，「別著急啊，羅姨，我們才來這多久，機會還沒有用完。」

羅雅琴點頭，「我只是擔心你為了對我這個過氣老女星的承諾，最後連自己那份都沒保住。」

「不會的。」陳鷹看著對面那棵大樹，陽光真好，「我想過了，在這裡混不下去，大不了我們轉回頭自己拍，這段經歷在電影裡也能用上。在這邊吃癟的事我在媒體上炒一把，大家一定很想知道我們都撞哪道南牆上了，灰溜溜的姿態能讓他們的八卦魂燃燒上起碼大半月，再來一道其實我們沒碰壁但就是炒作了的報導，接著闢謠，爭議升級，最後大家排隊去電影院看我們被抄襲開發布會吹牛逼，然後來美國裝孫子，再回國吹牛逼的故事。」

「哈哈哈哈……」羅雅琴哈哈大笑。

「真的，我能保證炒作熱度一直持續到電影上映。」陳鷹正經臉，逗得羅雅琴再次哈哈大笑。

陳鷹也笑，笑完了，說道：「所以我們不用擔心，又不是走投無路，幹麼委曲求全。這年頭，只要臉皮夠厚就不會走投無路。」

羅雅琴點頭，「我反正是沒什麼臉好丟的，無所謂了。」

「我臉皮挺嫩的。」陳鷹很不要臉地說，又把羅雅琴逗笑，「不過該拋時皆可拋。」他道。兩個人靜靜坐了會兒，陳鷹打電話給製片組，那邊正在好萊塢接觸兩家工作室。陳鷹問了問他們的進度，也說了說這邊的情況，然後掛了電話。

「回去吧，我想米熙了。」陳鷹說道，羅雅琴跟他一起起身。陳鷹打電話給司機，讓他到這街口來接他們。兩個人慢慢走，陳鷹忽然道：「我沒進我爸公司前，常去探險，有一次探新路時不小心脫隊，遇到兩個山民打劫，我搏鬥一番逃走，卻什麼裝備都沒有了，還在山裡迷了路，那次我走得精疲力盡還沒有找到水和食物，天也黑了，我想最壞的情況就是死吧，實在走不動了，但前面還有座小山，我就對自己說，爬過那座山再死，好歹死前多爬了一座山不吃虧。結果翻過那山坡，我看到了村子。那晚我住村民家裡，好吃好喝還聯絡到了探險隊的隊友，第二天特風光地坐上了來接我的車。」

羅雅琴笑。陳鷹攬著她的肩，「別認輸啊，羅姨，好歹我們再多談幾家公司，起碼混個撞壁次數記錄出來才對得起自己。」

羅雅琴哈哈大笑，這時候她的手機響了，她掏出來一看，遞給陳鷹瞅了一眼螢幕的來電顯示，是司徒導演。陳鷹停下步子，羅雅琴接起電話。司徒知道羅雅琴他們剛剛跟C影業聊完，他

並沒有說太多，卻邀請她跟陳鷹到一個莊園度假。他說大家放鬆放鬆，交交朋友。

陳鷹點頭，羅雅琴答應了司徒。司徒留下地址，說他已經在了，問他們方不方便下午開車過來，晚上他要做海鮮大餐，羅雅琴答應了。

「爬過這座山再死。」她跟陳鷹說。陳鷹哈哈笑，而後耙耙頭髮，「也不知他葫蘆裡賣什麼藥，但應該不是閒著沒事找我們玩樂。」

「C影業肯定找他了。」

「啊，我跟米熙的約會泡湯了，男人的事業對戀愛真是個阻礙。」

羅雅琴瞥他一眼。陳鷹竟然有些臉紅，他咳了咳，小聲道：「米熙是我女朋友了，昨晚定的。」其實在他心裡早定了。

羅雅琴還是看他。

「我認真的，真的很認真。」陳鷹嘀咕著，摸摸鼻子，四下張望怎麼車子還沒有到，「其實我也沒比她大多少，而且米熙也喜歡我。她不懂英文，從來沒出過遠門，跟秦雨飛也不是太熟，但她就是找到機會這麼遠來看我了……」說著說著不說了，他到底在幹麼？

「你在害羞嗎？」羅雅琴忽然道，她哈哈大笑，「你看看你的樣子，你真的在害羞。」

陳鷹不說話，忍不住揉了揉臉皮，真不該告訴她，他犯什麼傻怎麼就迫不及待說出來了呢？

羅雅琴還在笑，換她攬著他的肩，「害羞好啊，陳鷹，會害羞的感情很美好。」她頓了頓，又問：「我可以把你這段感情加在劇本裡嗎？」俊男美女很帶動票房。

「還是不要吧，妳還是寫我的真面目就好。有眼光，有膽識，英俊瀟灑，萬人迷投資人，這樣就好。」

羅雅琴哈哈大笑，然後也反應過來了，「米熙不能曝光是嗎？」她想到了那個新聞發布會。

「當然，這圈子能多亂妳是知道的。她太單純了，我不想她捲進來。」

羅雅琴點點頭，「謝謝你信任我。」不能曝光，卻告訴了她。羅雅琴有些感動，抱了抱陳鷹，「我要是當年能生個孩子，像你這麼優秀的，也不錯啊！」

「別鬧。」

羅雅琴哈哈大笑，「你剛才真的有臉紅，我要告訴米熙。」

「一把年紀了，別搗蛋。」

兩個人回了住處，陳鷹打算帶米熙和羅雅琴她們一起吃大餐，然後拜託杜小雯照顧米熙，又或者看米熙是不是要跟秦雨飛他們一起去玩。其實他心裡當然是更願意米熙在這裡別跟秦雨飛亂跑，這樣他能安心些，但他也不想讓米熙悶壞，所以還是讓她自己選吧。

結果一回到家，他愣了。什麼表白後初吻後，再見面天雷勾動地火含羞又帶怯這種場面沒看到，他看到的是米熙又發燒了，叼著溫度計裹著被子坐在客廳沙發上等著他。杜小雯一臉緊張，生怕老闆以為是她照顧不周。

陳鷹看了米熙半天，又看看茶几上的藥盒，又無奈又心疼又好笑，「那還是接著吃粥吧。」

米熙扁著嘴覺得很丟臉，要是陳鷹以為是她太激動把自己激動病了，她是打死不會承認的。

陳鷹沒追問她怎麼又發燒，只皺了眉頭給她看，說了句：「晚上空調不可以開太低，要好好睡覺，不可以偷吃零食。」

米熙被說得臉通紅，這還當著羅姨和小雯姊的面呢，真是好丟臉。不過雖然生病全身難受，可一看到陳鷹回來，又想到昨天他向她求親的事，她就覺得心裡甜，忍不住小激動。

陳鷹看了看溫度計上的體溫，還好，問題不大。他拜託杜小雯幫忙煮粥，又請羅雅琴叫外賣餐點，然後他把米熙帶進房裡。

米熙自昨晚後對單獨與陳鷹相處有些敏感，一聽要進房頓時又羞，不過看其他人神色如常，就她自己亂七八糟，實在是慚愧，而且她沒想到陳鷹打算跟她說的話居然不是太好的消息。

陳鷹告訴她今天去開會結果不算好也不算壞，他們還在努力中，而剛剛有個很重要的人物邀請他們去度假，估計跟談合作也有關係，所以他們必須去。時間上現在說不好，也許一兩天，也許更久，但他會儘快回來。

米熙愣了愣，意思就是他要去外地？在她這麼遠跑來看他的時候？

「我昨天說的都是真心話，這次出門也是在計畫外，但不得不去。我讓小雯留下來照顧妳，或者妳想找秦雨飛去玩也可以……」

陳鷹的話還沒說完就被米熙打斷：「我哪也不去，就在這裡等你。」開玩笑，她這麼辛苦跑來這可不是想玩的，她就是要來看看他。雖然相處的時間這麼少她會遺憾，但是做人要知足，她已經見到他了，還被求親了，她覺得自己再幸運不過，「我就在這等你。」她又說一遍，「你要好好工作，別擔心家裡。若是你趕回來，我便多陪陪你，若你回不來也別著急，我們能天天通電話。時候到了我便跟雨飛姊他們回去，我會照顧好自己的。」

陳鷹看她眼睛，「不生氣？」

「哪能呢？」米熙一臉端莊賢慧，「自小母親教導，女主內，男主外。男人在外奔波辛苦，我們守家裡的，豈能不講道理亂發脾氣？你若是放著正事不管蹲家裡頭偷懶，那才是不該。再者說，這工作又不是你一人之事，辦好了，這麼多同事受益，大家都得養家糊口的。你既是當家人，是老闆，更要多辛苦些，把事情辦成了才好，對吧？」

「喲，這三十七歲的小老太婆是誰家的？」陳鷹調侃她，笑著把她抱懷裡。

米熙被說得不好意思，趕緊閉嘴。

「嗯，我主外，妳主內，聽起來像老夫老妻啊！」

米熙緩過味來，臉紅了，確實是說得沒羞沒臊的，還未訂親呢，就主內主外了。

「所以一會兒吃完飯我收拾收拾出去主外，妳要好好主內，按時吃藥，好好吃飯，不許吃霜淇淋。」他親親她額頭，親親她鼻尖，低下去想親她的嘴。她紅著臉一頭扎進他懷裡，不讓親。

「喂！」陳鷹不滿意。

米熙用腦袋蹭蹭他的胸膛，又用手拍拍他的背安慰。

「我又不是小孩子。」陳鷹嘀咕著，這麼哄他不管用好嗎？

「我生病呢！」早知道昨晚就別那麼興奮，不把空調開那麼冷就好了。然後她再裝遲鈍一點，沒反應過來就被親完了，這樣娘親應該不會怪她沒羞。她頓了頓，覺得還是得說說：「我們……還沒訂親呢！」

陳鷹一臉黑線，差點忘了他家這正經古代小土包子的古板了。接吻跟訂親沒關係啊，上床也是，不過算了，不跟她計較。不能太著急，每天進步一點就好了，現在的進展他覺得滿意。

這頓中飯米熙吃得頗痛苦，因為她是白粥小菜，而陳鷹他們幾個吃炸雞、烤肉、煎餃和披薩，把她饞得狠。後來陳鷹實在看不下去她那眼神，把幾顆煎餃剝了皮給她吃餡兒。他交代杜小雯要盯好米熙，不許讓她吃上火的東西，不許吃刺激類食物，等病好了才能吃。如果她精神好點，帶她出去逛逛，買點她喜歡的東西。婆婆媽媽交代了一通後，掏出他的信用卡。

他先頭一直交代的是杜小雯，米熙像是被管著的那個，按常理這卡似乎也該交給杜小雯，可米熙覺得不對啊，她身分不一樣。她眼巴巴地盯著那卡，想著娘親說過當家主母管家管事管財，這裡裡外外的花銷用度怎麼個安排，當家主母心裡都得有數。她也因著這個學過看帳本算帳。稍一走神，忽然發現那卡交到了她手裡。陳鷹一邊還跟杜小雯說著怎麼管好米熙，一邊把財產大權交到米熙手裡。

米熙很歡喜，她才不會亂花陳鷹的錢。陳鷹看她只會傻笑，揉揉她的腦袋。

陳鷹和羅雅琴出發了，臨走前又給了米熙不少現金，重複交代了一遍說過的話。雖然反反覆覆那幾句，但米熙愛聽，一點都不嫌煩，兩人約好等陳鷹一到那邊就給她電話。

陳鷹一走，米熙便回房裡睡覺養病去了，杜小雯坐在客廳看電視。米熙覺得作為主人家，她有必要好好養身體，不給別人添麻煩，還要請對方吃大餐，感謝對方的照顧和陪伴。主人家呢，米熙掩嘴偷笑，感覺真好，她跟陳鷹是一家的。啊，對了，這麼說來，她欠的鉅款是不是不用還了？她居然占了個這麼大的便宜！

米熙越想越高興，娘親啊，這是門好親事！

米熙睡著了，出了一身汗，醒過來的時候出去看了看，杜小雯已經不在了，留了張字條在茶几上，說她出去採買吃的回來，晚上做飯給她吃。她看了看錶，睡了三個小時，不知道陳鷹到了沒。這時候想起要找手機，她好像下了飛機就再沒見過。米熙翻包包，發現自己居然一直沒有開機。真是太馬虎了，不會有人找她找著急了吧？

第一個電話先撥給秦雨飛，電話響了很久才有人接，而且接起來沒說話，過一會兒才聽到秦雨飛困倦迷糊的聲音，好像剛被從睡夢中擾醒。米熙很不好意思，打電話之前做好了心理準備被

罵她不開機不理人，現在恐怕得加上她打擾人睡覺的罪名。

「雨飛姊，是我。」米熙認真道歉，「不好意思，我這兩天忘記開機了。嗯，我也沒什麼事，就是打電話聯絡一下，妳接著睡。」

「好。」秦雨飛聲音呢喃模糊，「妳活著就行，等我醒了再罵妳。」然後把電話掛了。

米熙看看手機，哇，雨飛姊真是太有氣勢了。她拿著手機等了等，陳鷹沒有打電話過來，雖然約好了他到了就打給她，她擔心她之前沒開機錯過了，可如果他在忙，她打過去打擾不合適吧？

最後米熙忍不住發了簡訊，說她忘記開手機，剛剛睡了一覺醒來，現在精神好多了，晚上是小雯姊做飯，讓他別擔心，有空再通電話。

一會兒收到了陳鷹的回覆，他發了一個「好」字。

米熙很高興，捧著手機看著那個字笑，笑得剛進門的杜小雯嚇了一跳。米熙嘿嘿傻樂，躲回房裡去了。

其實米熙是得意，覺得自己著實賢慧，沒吵沒鬧，還很機智報告情況沒打擾他。那個「好」字讓她知道，他真的正在忙。她想做一個好娘子，她會是一個好娘子吧？米熙在心裡下決心。

吃過晚飯吃完藥，杜小雯接到電話，是製片組打來的，說他們快趕回來了，跟杜小雯要些資料。米熙讓杜小雯忙自己的，不用管她，於是杜小雯上樓先辦公去了，她說晚上她下來睡客房，陳鷹交代過這幾天她都住這邊。米熙點頭，陳鷹也跟她交代過，不讓她落單。

杜小雯走後，房裡只剩米熙一個，她乾脆去幫陳鷹收拾房間，可房間挺乾淨，沒什麼能讓她發揮的地方。米熙沒事可做，坐在陳鷹的床沿發呆，忽然發現他床頭櫃擺著一個相框，之前沒注

意到，現在看得清楚。那是她的照片，對著鏡頭笑得很開心，這好像是在餐廳裡。米熙挪過去，拿起照片看，她記不清這是哪一次去餐廳拍的了，沒想到他居然沖印了照片放在這裡。

米熙臉紅了，覺得自己在做夢。她心儀的人居然也心儀她，在她不知道的時候，在那個沒有她的空間裡，會看著她的照片。米熙覺得血熱了起來，有些激動，她很想找人聊一聊這樣的心情，非常想，可是近的杜小雯不合適，人家也沒空，秦雨飛不算太熟，聊這些很冒失，而且她太霸氣，米熙不敢亂聊。顧英傑就更不合適了，對了，她還沒有跟顧英傑打招呼，不知道他現在是不是跟秦雨飛在一起，如果是的話，他應該知道她安好，不必擔心。

米熙抱著照片盤腿坐陳鷹床上，腦子裡所有人都過濾了一遍。奶奶不行，呂姊不行，劉姊不行，魏揚不行……最後在她腦子裡覺得最合適的人選，居然是吳浩。

「如果不說出來，就可以喜歡得久一點。」她記得他這樣說過，而她覺得很對。可是現在，她的情況不一樣了，陳鷹說出來了，而她可以繼續喜歡他。她又覺得吳浩說的這話不太對了。她迫切地想聊一聊。

米熙看看時間，現在那邊是中午，應該沒問題。她撥了電話給吳浩，吳浩正在公司樓下，靠著一棵樹在抽菸，看著不遠處正與同事午餐完一起回來的劉美芬。原本是打算上樓，結果這麼巧碰到她，於是他很自然地停下來抽根菸。沒想到會接到米熙的電話，吳浩相當驚訝。

「米熙，妳不是在美國嗎？」

「嗯。」

「所以特意打電話給我是想問我要什麼禮物嗎？我的要求很低，隨便來個名錶就好。名錶是什麼陳鷹知道。」吳浩逗著她。劉美芬正好走過，聽到陳鷹的名字，轉頭看了他一眼。

吳浩裝沒看見，認真講電話。

「哦。」米熙老實答：「那我要問陳鷹他願不願送你，無論名錶是什麼我想我都買不起。」

唉，這老實孩子，真是逗不起來！

「所以妳真是來問我要什麼禮物的？」吳浩才不信，但他還真是想不到米熙找他的原因。

「我想跟你聊聊。」米熙很認真，吳浩叔很惶恐。不是吧，老大，你把米熙怎麼了？去了趟美國而已，怎麼會找他聊天？

「電話費很貴的，妳在那邊漫遊非常非常貴。」吳浩專攻弱點，不論她想聊什麼，他都覺得不能擔任陪聊重任，「漫遊就是妳拿著這邊辦的電話在美國打回來。」這麼簡單說明，山裡的娃能聽明白吧？

「啊？真的？」窮苦孩子米熙果然很在意，「那我長話短說了。」

「嗯，嗯。」總比說個沒完強。

「上次你跟我說的那個。」

「哪個？」

「喜歡的人，不能告訴他，這樣才能喜歡下去。」

「哦，這確實是其中一種感情的狀況。」

「可是你不告訴他，不問他，你怎麼知道不能喜歡下去呢？也許他也會喜歡你。」

吳浩戒心起來，山裡姑娘果然不鳴則已，一鳴驚人。

「有誰跟妳說了什麼嗎？」他心跳得快，這麼大年紀了受驚嚇真的不好。

「有啊，我就是知道了，才特別想跟你說一說。」

吳浩急急轉頭，看到劉美芬和她同事剛進大廈的背影，剛才她看他那一眼，有什麼異常嗎？心跳更快了。吳浩急忙問：「她說什麼了？」

米熙臉紅了，陳鷹跟她說的情話，才不好告訴外人呢！「這個不能告訴你，總之我就是想跟你說，你那句話不能算全對，不是所有的事情藏著就安全了。嗯，我說完了。電話費這麼貴，我掛了啊！」

「等等，米熙，妳說清楚，怎麼回事，她跟妳說什麼了？」

「不能說，我要掛了。」

「別啊，說說。」

「電話費貴，拜拜。」

「別拜，電話費我來出，妳這個月電話費我包……」可是那邊已經掛了。

吳浩傻眼，靠靠靠，居然掛了，她居然就這樣掛了！

吳浩馬上要回撥，一想，沒敢按。等等，冷靜，米熙這出的什麼招？如果劉美芬真跟她說了什麼，她來說這些話是什麼意思，她們套好話的？不應該啊，這兩個女生玩這種「陰謀」智商完全不夠。想撥給陳鷹，投訴他這全世界最得力的下屬被米熙調戲了，為人老闆的一定要為他做主。可撥了號又趕緊按掉。那兩個女生幹不出這事，陳鷹幹得出來啊，而且米熙在美國撥給他，這不明擺著嗎？

吳浩心中有萬匹駿馬奔騰而過。

最後吳浩誰的電話都沒打，稍稍冷靜過後，他決定以不變應萬變。如果能指使米熙打這個電話，就一定會有後招，他沒反應，看他們打算怎樣。如果他們也沒反應，那才輪到他要怎樣。

米熙當然沒想到她跟吳浩如此愉快的對話裡，原來還有這樣的深意。雞同鴨講，只是雞和鴨講得都挺來勁。

米熙在美國又待了幾天，陳鷹一直沒回來。他們每天通電話，說說自己當天做了什麼。陳鷹在山莊那見到了C影業的大老闆，不過不是他們去的當天，而是三天之後。這三天裡司徒導演還有兩個同業朋友一直在跟陳鷹和羅雅琴聊他們那個《開始》的故事，聊了許多想法，也提了不少建議。司徒畢竟是拿過國際大獎的導演，對不同地區和不同文化的電影受眾和市場也是看得很清楚，陳鷹有機會這樣坐下來聽他長篇大論，覺得相當有收穫。

司徒是個謙和又有學識的前輩，陳鷹對他頗是敬重，而且話說得很是投機，對方也沒藏著掖著，給了他們很多有幫助的想法，所以當司徒問陳鷹對C影業的條件怎麼看時，陳鷹如實以告。他有後路，所以這條件對他來說猶如雞肋，雖棄之可惜，但拿來意義也不大。如此這般，還不如選他自己定的路，那樣他能掌控，行事更爽快。陳鷹又說了些自己的建議，司徒導演覺得有些意思。

於是，三天後，C影業的老大出現了。司徒告訴陳鷹，C影業一直在跟他接觸，他們對與陳鷹這邊的合作也想聽聽他的意見，他把這幾天溝通的情況跟對方說了，對方覺得陳鷹比他們想像的有想法，所以對方想再接觸一下。

可C影業的老大來了之後對陳鷹並不積極，反而說是司徒對領域這邊很感興趣，讓他再多了解，而現在既然是度假，那大家就好好放鬆放鬆。陳鷹知道談判的策略，於是也不動聲色。

只是這樣耗下去，他剛對米熙表白，相處不到半日便分隔兩地，而且看起來他可能都不能在她回國前回去，他又想念又愧疚。可米熙表現出超齡的大度和成熟，每天電話裡都鼓勵他別著

急，要沉住氣。其實她並不了解陳鷹到底在談什麼，她只是努力表達著她的支持。她每天說自己的事都是開心的事，說她病好了，說她吃冰箱裡的霜淇淋了，覺得特別好吃，沒捨得分給小雯姊，因為小雯姊帶她去旁邊的超市，沒看到這種包裝的，她覺得陳鷹肯定很辛苦才買到，所以就挑了別的包裝的買給小雯姊吃。

「妳真小氣。」陳鷹調侃她。

米熙不服氣，「是你買給我的！」就只有幾盒，既然補不上貨，當然得小氣點。

陳鷹聽得直笑，她小氣巴拉的，他覺得很好。

最後陳鷹真的沒趕上米熙離開前回來。米熙接到了秦雨飛的電話，她說她在美國太悶了，不想玩了，想提前兩天回國。她上次說睡醒了再罵她，結果一直沒來電話，米熙自己想著別的事就把這邊給忘了，沒想到再來電話卻是想提前走了。米熙打了電話給陳鷹，陳鷹說不好自己什麼時候回來。

「那我就跟雨飛姊他們回去了。人家願帶我來本就是好心，我也不能耽誤人家。」

「好。」米熙懂事得讓陳鷹很心疼。

「不過，」米熙有要求，「在我回去之前，你要跟奶奶把我們的事說了，不能讓我去說，我是女兒家呢！」

「好。」陳鷹忍不住笑，腦子裡已經浮現她害羞的樣子，「我一會兒就打電話。」

「那你好好工作，早日把事情辦穩妥了早日能回來。我回去後會好好念書，還會好好學做飯，還會學很多東西，我……那什麼，我以後會好好照顧你照顧家裡。」米熙表著決心，忽然想到，「啊，奶奶讓我過來跟你商量去哪家學校好，我都沒跟你說。」

「上學嗎？妳想去嗎？」

「原本覺得還好，可現在覺得很應該去。」

「為什麼？」

「總不能一點見識都沒有。」米熙小小聲，她想的是，領域是大公司，要做陳鷹的妻子，那得是有多高的條件。她字沒認全，算術題也做得一般，婚後不止是要把家裡照顧好，還得陪著他出去應酬見人，如果她什麼都不懂，給陳鷹丟了人，那就太不應該了。

「上學的話，妳的程度肯定跟不上。」陳鷹實話實說：「不過那裡同齡人多，妳可以交些朋友。跟不上就跟不上吧，反正我們也不要那畢業證書。上課的時候聽不懂老師教的，妳就睡覺，要不就翹課，我當年念書的時候就這麼做。」

「哦。」米熙覺得那應該不是什麼好事，「那我去哪家好？」

「妳喜歡哪家就去哪家，去了一段時間不喜歡就換學校也行。」

「這樣可以嗎？」

「可以，我會跟媽說一聲，她能辦的。她面子不夠用，還有我爸在。」

米熙傻呵呵笑，陳鷹對她真好，這麼慣著她，她一定不學壞。

「還有，妳要記得不要跟別人說我們的事，免得又被人利用編新聞出來。除了我爸我媽和吳浩，其他人都別說。」

「哦。」米熙想想也是的，記者會都開過了，這會兒回去馬上說他們在討論親事，那確實會落人口舌。她不說，等陳鷹安排好了再說。她也明白為什麼吳浩可以知道，因為吳浩是幫陳鷹解決問題的人，「你放心吧。」

米熙和杜小雯告別，在機場抱著手機跟另一邊的陳鷹依依不捨，秦雨飛則一反強勢態度，任由她囉嗦講個沒完。

「……我回去了就給你電話。」米熙笑著，這回她肯定不會忘記開手機。

上了飛機，米熙這才發現秦雨飛和顧英傑之間有些怪。秦雨飛似乎在生氣，又似乎不是生氣，但就是怪。她都不正眼看顧英傑，但態度上還是客客氣氣的，就好像他們兩人很不熟似的，但米熙知道秦雨飛這人非常豪爽，總之，秦雨飛不理人應該是生氣，只是看顧英傑若無其事的樣子，又好像沒事。

米熙大眼睛在兩個人之間看來看去，兩人都對她笑。米熙不敢亂探究，她現在還牽掛著陳鷹，想著回去要看到奶奶了。陳鷹說已經說好了，讓她別太害羞，宋林會去機場接她。他這麼一說，她還真害羞了。米熙想像著見到未來婆婆的情形，怕被秦雨飛看到她的情緒，乾脆閉眼睡覺。

秦雨飛也拉了毯子早早睡，這次美國之行完全超出她的意料之外。有句話說的對，凡事有第一次就會有第二次，有第二次就會有第三次。秦雨飛覺得是因為美國這個地方讓她太脆弱了，所以錯事做了一次又一次。來之前想得多麼瀟灑，看完星星燈了卻心結就去舊金山見見老朋友，然後再去拉斯維加斯豪賭散心，認識幾個帥哥喝喝酒散散心。好吧，以上純屬計畫。現實就是她在洛杉磯跟不應該的人廝混了幾天，自我安慰加自我厭惡輪換中。於是她覺得夠了，不能再這樣，如果美國這地方不能讓她理智，那就回去吧。

她跟顧英傑說好了，回去後各奔東西，忘了美國。

秦雨飛半夢半醒，感覺到有人幫她調整了一下枕頭，又幫她掖了掖毯子。那人指節輕輕擦過

她下巴，她能聞到他身上淡淡的古龍水味。她知道那不是空姐，她知道是誰。

有個空姐過來問「先生，有什麼需要」，那人答「沒事」，然後走開了。

秦雨飛鬆了口氣，又覺得有些難過。

✤ ✤ ✤

劉美芬幫朋友慶生，在酒吧玩到十點多。她跟另一個同樣酒量奇差的人都是開車來的，於是她們肩負著一會兒要把所有醉鬼們送走的重任，所以喝無酒精飲料。大家鬧得正高興，她看到酒吧角落裡的一桌有吳浩，似乎是在談事，他身邊的那個女生她見過，是領域經紀公司的人，他們對面幾個男的她不認識，但從那勸酒呼喝的架勢，看來也是常混江湖的。劉美芬禁不住多看了他們幾眼，其實她不喜歡這樣鬧騰的地方，也不喜歡江湖味太重的人，但吳浩幫過她不少，她就多注意了些。

一晚上看那桌喝酒喝得不比這邊少，而且那幾個男的一直嚷嚷著勸酒，還專攻那個女生。看得出來吳浩一直在幫她擋，所以他也喝了很多。

劉美芬這邊聚會要散場的時候，過生日的朋友的男朋友來了，今天說好了不帶她男友玩，可是人家恩愛，非要來接，大家起鬨肯定兩口子要去別處續攤。劉美芬跟著笑，看著那兩人夫妻齊心一起對外拌嘴，覺得很替他們高興。能找到意中人，並且能跟他成為一對真是不容易，這讓劉美芬有些羨慕。

最後的結果是有兩人跟壽星順路，被男友一起接走送了，另兩人跟另一人順路，也被送走

了。肩負送人大任的劉美芬最後沒人可送，自己開車回家。她走出酒吧時忍不住再回頭看了吳浩一眼，他臉上顯示著忍耐，顯然不太高興，而他旁邊的女生明顯醉了，他在替那女生喝下別人勸的酒。他把空了的杯子亮一亮放在桌上時，轉頭看到了劉美芬。他有些驚訝，但很快轉過頭去。

劉美芬本想微笑以示禮貌，結果人家頭轉得太快沒給機會。她聳聳肩，轉頭出了酒吧。坐上車，想起裡面兩個醉鬼，她有些不放心，想了想還是撥了個電話給吳浩。

裡面很吵，過了一會兒吳浩才接。劉美芬不跟他客套，直接說：「我就是想問問你，你需不需要什麼脫身的藉口，比如同事來的電話讓你回去開會什麼的。如果需要，你就藉這個電話說吧。」

「什麼？媽的！」吳浩突如其來的咒罵讓劉美芬嚇一跳，不需要幫忙也別罵人啊！

「這點小事你們都辦不好，非得我回去！」吳浩的聲音清清楚楚傳來，他是用吼的。

劉美芬反應過來，咬著牙，還演上了，真投入啊！

「行了，別解釋了，你們都等著，我馬上回去！媽的，就不能讓我省點心！」吳浩一邊跟一旁的人說什麼有緊急公事一邊掛了電話。

劉美芬抿抿嘴，把手機收起來。握著方向盤，考慮要不要等等他們，這麼醉不知道坐計程車安不安全，尤其有個女生在。可是吳浩未必知道她有車會等吧，也許他直接出了酒吧就到路邊上計程車了。剛才應該問問他的，那現在等還是不等？

劉美芬猶豫了一會兒，又把手機拿出來打算再跟吳浩說一聲，如果人家不需要她就走，可還沒撥就從後視鏡看到吳浩扶著那女生往停車場走來，她趕緊收了手機下車。

吳浩也不用她招呼，直接奔著她的車來，「她醉了，讓她躺後座。」

劉美芬忙打開後座門。Lisa踉蹌著鑽進去，還跟劉美芬說：「我叫Lisa。我不醉，不用躺。」

「好，那妳就坐著。」吳浩也不跟她爭，招呼劉美芬上車走人。

車子穩穩開起來，坐在後座的Lisa倒了下去，躺倒了。吳浩報了Lisa的地址，說麻煩先送她回去，然後又報自己的地址，接著解釋那女生是Lisa，領域經紀的宣傳，跟她出來是公事。

劉美芬點點頭。

「那幾個是記者，Lisa覺得不太好打交道，讓我陪她出來應酬一下。」

劉美芬又點點頭。

吳浩想了想，閉了嘴。解釋個什麼勁兒，顯得他心裡有鬼似的。他搖開車窗，吹吹涼風，覺得清醒一點了。偷偷看了眼劉美芬，她的側臉也很漂亮，然後他想到了米熙的那通電話。

嗯，敵不動，我不動。

十來分鐘後，Lisa家到了。吳浩轉身拍醒Lisa，Lisa迷迷糊糊坐了起來。吳浩無奈，對劉美芬說讓她等一等，他還是送她上樓親眼見她鎖好門才能放心。

「沒關係，其實如果你們是住一起的……」劉美芬話還沒說完就被吳浩瞪住，她閉了嘴。其實她是好心啊，她想說她不是碎嘴的人，如果確實是情侶，那住一起照顧下別再跑回家不是挺合理的嗎？如果是為了防她知道往外傳，那大可不必。

「我和她只是同事，我一點都不會占女同事的便宜好嗎？」吳浩簡直咬牙切齒了，「劉美芬小姐，請妳跟我一起念，吳浩先生不會連自己的女朋友都不敢承認。」

劉美芬很尷尬，「對不起。」起碼她沒遇過會為了普通女同事拚命去擋酒的男同事。

吳浩再瞪她一眼，開了車門出去，打開後車門把Lisa扶出來。Lisa醉得狠，沒什麼反應，但吳浩跟她確定是不是五樓什麼的，她倒是能回答出來。

這時候劉美芬也出來了，鎖了車過來一起扶Lisa，「我跟你一起上去吧，萬一她有家人或是室友看到，有個女性朋友一起送回來會好一點。」

吳浩沒拒絕，他不擔心Lisa的室友親人，但劉美芬願意上去親眼見證他的清白他倒是樂意。兩人合力把Lisa扶上樓，Lisa皺眉站了半天才反應過來那兩人一直在門口瞪著她是怎麼回事。她開始掏出鑰匙，吳浩接過去，幫她開了門。三人進門，Lisa把包包隨手丟門口，頭也不回地進了房間躺到床上。

吳浩與劉美芬都呆了呆，然後吳浩說：「好了，她安全到家，我們可以走了。」

「等等。」劉美芬在屋裡看了一圈，顯然只有Lisa一個人住。她橫在床上，沒人照顧她。劉美芬幫Lisa脫了鞋，又去擰了毛巾幫她擦臉。她臉上的妝不好卸，劉美芬把自己的卸妝油拿出來幫她擦了，再擰毛巾擦乾淨。回過頭看見吳浩靠在門邊看她，就解釋道：「她這樣明天早上會很不舒服。」

吳浩點點頭，看來劉美芬更心疼同是女性的職場人。

「你去外頭沙發上坐一會兒好嗎？我幫她收拾一下，很快的。」

吳浩再點頭，很乖地出去了。他也喝醉了，頭有些暈，只是他酒量比Lisa好，還撐得住。

劉美芬幫Lisa換好衣服，走出去看了看冰箱，又翻了翻廚房。

吳浩坐著實在不想動，只得大聲問她：「妳不會想在這裡弄消夜吃吧？」

劉美芬沒應他，過一會兒端出兩碗水，一碗遞給他，「蜂蜜水，解酒，喝了吧。」然後也不等他回答，又端了另一碗進房間。吳浩盯著那碗蜂蜜水，想了想，喝下去。片刻，劉美芬拿著空碗從Lisa房間出來，順手把吳浩面前那個空碗也收走。她進了廚房，吳浩聽到廚房裡傳來水聲，應該是在洗碗。再過半天，劉美芬出來，又去Lisa房間看了眼，才出來跟他說：「好了，她沒事了，我們走吧。」

吳浩累得差點睡著，聞言趕緊站起來醒醒神，跟著她走，他完全不想在她面前失態。走到門口，劉美芬忽然想起來，她打開自己的包包，拿出紙筆，寫了張字條，跑回Lisa臥室，把字條壓在她的床頭櫃上。然後她出來，這次打開大門真的走了。

吳浩打了個哈欠，上了她的車，問她：「妳給她留了什麼？」

「告訴她她的衣服是我換的，妝是我卸的，請她別介意。」

「哦。」吳浩靠在皮椅子上，忽然有些想笑。她還真是心細，這麼體貼。

劉美芬看看他，皺起眉頭，「哪裡好笑？既然你們不是那樣的關係，萬一她醒過來忘了怎麼回事，看自己衣服沒了，以為是你幹的怎麼辦？你不介意，她會介意吧？」

「妳說的對，避嫌是應該的。」吳浩又打了個哈欠，為了抵抗倦意，他繼續說話：「那個蜂蜜水挺管用的，妳哪學的？」

「別瞎扯了，這麼一會兒能管什麼用，就是酒醒後不那麼難受罷了。你們若是總要喝酒，還是多注意些。」

「哦。」吳浩應了，反省著自己是不是因為心虛而太過沒氣勢。不過他心虛什麼，不就是公事喝酒應酬被她看到？好吧，再加上米熙的電話。他想了想，清了清喉嚨，想到米熙的電話，他倦意全無。

「妳為什麼會在那裡？」

「朋友生日。」

「朋友生日選了這個地方，結果妳一點酒都沒喝？」吳浩覺得不可思議，他相信她一定沒喝酒，不然依她認真的個性，她一定不會開車的。

「是啊，我酒量不好。原本是說我和另一個朋友負責送大家回家，結果最後壽星男友來了，我這邊就沒人可送，正好送送你們。」劉美芬據實以告，仍舊是一板一眼。

「那真是謝謝妳了。我正好應酬得不耐煩，如果沒妳那電話，我打算不管他們，強行帶Lisa突圍了。」

劉美芬被他的語氣逗笑，轉頭看了他一眼。

吳浩被看了一眼又覺得有些心虛，「其實，我們也並不是總這樣，只是偶爾應酬會遇到這樣灌酒的。不過說實話也是Lisa前面接觸的時候態度不對，有些太討好了，女生這樣會讓一些男人容易激動，起鬨瞎鬧。我原先不知道她怎麼談的，這次跟著Lisa過來倒是看明白了，回頭我會跟她說的。」

劉美芬沒說話。吳浩摸摸鼻子，又說：「Lisa其實很努力。」

「看得出來。」劉美芬點頭。

一時間兩人無話，吳浩坐了一會兒，又找話題：「妳最近怎麼樣？」

「還好，工作還是那樣。」

「米熙教妳們拳法，練得怎樣了？」

劉美芬笑了笑，有些不好意思，「我打得一點都不好，給健身隊扯後腿了。」她頓了頓，

「我很缺運動細胞，不過米熙當初是為了我，好心來邀請，我也不能負了她的好意。不過雖然拳打得不好，身體倒是覺得輕鬆許多。」

「嗯，那要堅持啊。」吳浩心想，提到米熙，話果然多了兩句，於是又套話：「米熙去美國了，有通電話嗎？」

「有啊，她今天就回來。」其實米熙打給她主要就是告之行程，她回來休息一天就要給健身隊恢復上課，請她幫忙通知大家，不過這些事比較悶，她想吳浩應該沒興趣聽。

吳浩很有興趣打探她們的電話內容，卻不好多說什麼。想了想，乾脆狀似不經意地問：「妳怎麼會以為Lisa跟我是一對？」

劉美芬笑笑，「那種情形大多數人都會這麼以為吧？你很護著她，而且她敢喝這麼醉也是對你信任，感覺她挺適合你的。」

「哪裡適合？」

「就是覺得很熱情的女孩子，你這樣的，不是應該有個活潑麻辣的女朋友嗎？」

活潑麻辣？這什麼形容詞？吳浩沒好氣，「我自己就很活潑麻辣了，再找個活潑麻辣的，我怕不是一起活潑死，就是一起辣死。」

他的語氣讓劉美芬笑起來。

「哪裡好笑？」

「對不起，其實我不是很會聊天。」劉美芬馬上道歉，一點氣勢都沒有。

吳浩心裡嘆氣，她哪裡是不會聊天，應該是看人吧？看，說完不會聊天，現在又沒話了。

「那妳呢？」他不甘心繼續問。

頭，也許今晚看朋友秀了恩愛，受了刺激吧？

「大概是斯斯文文，比較老實的那一型吧。」劉美芬沒料到自己會跟吳浩談論這個。她搖搖

「妳的男朋友類型。」

「我什麼？」

吳浩有些吃驚，斯文老實是個什麼鬼，她不是喜歡陳鷹那一型的嗎？他看得出來，她明明喜歡陳鷹。好吧，米熙那電話又是怎麼回事？而且重點是斯文老實他也不沾邊啊！對了，他激動個什麼勁，他不是一早就知道這型的女生不哈他這型的嗎？所以剛開始認識的時候，她對他戒備又有些反感，他猜她對他這類「江湖味」重的男人完全沒興趣。

「所以你們打算一起斯文，一起老實？」吳浩開著玩笑。

劉美芬哈哈大笑，正好紅燈，她停下來，轉頭看他一眼，覺得他的形容還挺有意思。「也許吧。」她比較喜歡安靜，如果可以一起做做飯，看看書，聽聽音樂，那樣應該很不錯。

綠燈亮起，車子又駛上了路。吳浩有些氣餒，他說：「我不覺得妳會喜歡那一型的。」

劉美芬想了想，她是有喜歡的人，但她知道那人不合適她。雖然愛慕之情無法控制，但理智卻是有的。她終於忍不住說：「喜歡與適合是兩回事。如果明知道自己喜歡的那一個是不可能的，就沒必要糾結難過，生活還是要過的。我這人嘛，我知道高攀不行，但也沒打算低就，所以找對象這事，是走一步看一步的。希望能運氣好一點，找到個安安穩穩開開心心過日子的。」

後面的時間裡是吳浩沒說話，當然他不說話劉美芬也不說話，兩人都很安靜，直到車子停到了吳浩家樓下，吳浩才回過神來，他終於知道自己喜歡劉美芬什麼了。

「吳浩，謝謝你。」劉美芬忽然說。

「什麼？」吳浩還有些愣，腦子還在吐槽自己像個傻小子一樣。他以為她漂亮有氣質，所以他有些著迷，但剛才他忽然明白，只是明白了，卻發現自己更喜歡了。可是她謝自己什麼？明明是她送他回來，不是該他道謝嗎？

「謝謝你為我做過的事，我這人是有些不討喜又刻板，能玩得來的朋友不多，我也知道不少人說我愛裝，自以為是。也許我先前對你態度不夠好，但我並無惡意，你幫過我，恩情我都記著。今天是個很奇怪的日子，我朋友生日，大家很開心，她跟男友感情好，我也很羨慕，然後遇到了你……」

吳浩的心怦怦跳，羨慕人家恩愛，然後遇到了他，這是要表達什麼感情啊？這節奏有點迅猛，比米熙功力高深多了。

「跟你聊一聊，我忽然想通了。」劉美芬笑笑，「其實應該是我以前也一直知道，只是沒認真面對，有些事明知道不可能，但總在心底給自己一些幻想。我剛才說完那些話，忽然覺得就是應該這樣，既是不打算高攀，那又何必困著自己？謝謝你給我機會說那些，說出來真是把自己敲醒了。我現在心情很不錯，我打算……」

打算什麼呢？吳浩等著她的話，結果她歪著腦袋想了想，不說這個了，只對他笑笑，然後道：「多謝你，吳浩。如果今後有我能幫上忙的地方，請告訴我，再見。」

再見？就這樣？吳浩頓時有些傻眼，那她剛才講半天到底在講什麼，不要欺負他喝醉了腦子不靈光啊！羨慕人家恩愛，接著遇到了他，然後呢？不可能就是跟他聊了聊好開心最後來個再見吧？不可能吧！

劉美芬見吳浩不動，於是又問：「你精神可以嗎？需要我送你上樓嗎？」

他非常清醒！吳浩沒好氣。居然就這樣再見了！再見就再見，他稀罕嗎？他有的是活潑又麻辣的女生想做他的女朋友，他真的一點都不缺。

憤憤地下了車，他用力關上車門，看著劉美芬對他揮揮手。

他忽然大聲問：「我家沒蜂蜜怎麼辦？」

她大聲回答：「喝點醋。」然後發動車子，離開了。

他媽的，喝醋！

這真的假的？有暗指什麼意思嗎？

吳浩上了樓，走到家門口時想起自己沒提醒她晚上開車小心，也沒提醒她安全到家告訴他一聲。他嘆氣，他就是個操心的命，工作有那麼多操心的人和事，下班時間還要操心別的。拉倒，他不操心了。

進了房間，他打開電腦，上網查喝酒跟醋的關係，查完了心裡頭又罵髒話，居然真的有喝醋解酒一說，居然沒有暗指別的意思，真他媽的！

劉美芬回到家裡後也在上網，她寫了一封信給陳鷹。

♣ ♣ ♣

米熙在飛機上睡著了，所以下機的時候精神抖擻，又有些緊張。一會兒就要見到宋林了，這次身分不一樣，米熙頗有壓力。等行李的時候打電話給陳鷹，報告自己到了，而陳鷹也報告他剛回到住處。

兩個人同時嘆了一口氣，就差一天，結果沒見上面，真是可惜，然後又同時安慰對方：「沒關係。」這默契讓兩人一起大笑。米熙笑得太甜蜜，惹來秦雨飛和顧英傑的目光。米熙趕緊收斂，背過身去小小聲說：「我到家了再打給你。」

陳鷹那邊應了「好」，掛電話之前說了一句：「我愛妳。」

米熙的心頓時失控了，啊啊啊啊啊，他說什麼了，他說什麼了？

我愛妳。

這麼嚴肅認真的情話，居然就在電話裡說了！米熙咬唇，又懊惱又害羞，感覺好像是一件非常重要的事被陳鷹很草率地就做完了。米熙心裡很複雜，琢磨來琢磨去，還是決定不要打電話責怪他，等攢夠了再一起說，這樣會有分量一點。

米熙做好心理調適轉過頭，發現行李都已經拿到了，顧英傑和秦雨飛就這樣站著看著她。米熙大囧，忙道：「我來拿行李，我來拿行李！」

顧英傑笑笑，推著行李車說：「不用。」秦雨飛揚了揚眉毛，挺有氣勢，「拿行李是男人的事，我們走。」她說完率先走在前面。米熙看了看顧英傑，他居然沒跟秦雨飛抖嘴，還對她笑了笑，推著行李車跟上。米熙搞不清，不過不吵架真是太好了。

出了關，米熙一眼就看到人群裡的宋林、丁嫂和司機。米熙想到宋林知道陳鷹跟她表白的事，不好意思起來，腳步慢了些，倒是宋林看到她，張開雙臂喊她的名字。米熙趕緊幾步趕上前去，俏生生喊句：「奶奶，我回來了。」

宋林呵呵笑，拉著米熙左看右看，這出了遠門一趟，什麼變化都沒有。見秦雨飛和顧英傑過來，宋林忙招呼，謝過他們照顧米熙，又提出送他們回家。

「不用了，我叫了司機來接。」秦雨飛客氣拒絕。

「我的車停在機場停車場。」顧英傑也拒絕。

宋林也不跟他們客套，招呼完帶著米熙走了。他們一走，秦雨飛就把自己的行李箱從行李車上拿下來，自己拖著走，顧英傑默默拿著自己的行李箱跟在後頭。出了門，秦雨飛站在車道邊上看半天，沒看到自家的車，她撥了個電話給司機，占線中，她頓覺煩躁起來。

顧英傑看看她，說道：「也許他路上塞車了，或是被什麼耽誤了。」

秦雨飛不說話。

「我送妳吧？」顧英傑提建議。

秦雨飛馬上瞪過來，提醒他：「別忘了我們不熟。」

顧英傑聳聳肩，「我只是給妳的演技提些實際性的建議。我們去美國前更不熟，妳使喚我幹這個幹那個一點都不手軟，現在回來了，反而見外了，跟妳個性一點都不搭，會被別人看出來的。」

「喂！」秦雨飛生氣，他說的沒錯，可是這樣才是讓人生氣的地方。

「我說錯了？」顧英傑很故意。

秦雨飛轉過頭去，不理他。

「我們同行去美國的事妳朋友都知道，我們回來了，我送妳回去也很合理不是嗎？」

「我們水火不容的事我朋友也都知道，所以我不願意坐你的車也很合理。」秦雨飛頂嘴。

「那隨便妳。妳想站在這裡等，我也只好陪妳站了，總不能丟下妳一人不管，這樣太不紳士了，不是我的風格。」顧英傑理由充分地賴著不走。

「我搭計程車走。」秦雨飛一字一頓，咬牙切齒。

「那我幫妳攔一輛好了。」顧英傑笑著，真要伸手招個車過來。

秦雨飛好氣，真想踢他兩腳，這時候忽然看到自家車過來了，她大喜過望，衝司機使勁招手，「我在這裡！」

顧英傑看她像孩子一樣的笑，等車子停下了，司機打開後車箱，他把秦雨飛的行李箱拿起，搶了司機的活，把行李放進去，然後當著司機的面說：「好了，那妳回家好好休息，別對人發孩子脾氣，有事打電話吧。」

司機不知道他是誰，只覺得自家小姐的朋友，忙連聲道謝。

秦雨飛目瞪口呆，等等，誰發孩子脾氣，這哄人的口氣是怎麼回事？還有事打電話？鬼才跟你打電話！老死不相往來這句話他不懂嗎？可是當著司機的面她不好發作，省得司機跟父母漏了口風，只得恨恨地看著顧英傑從容地拖著行李箱走了。

與此同時，米熙在車上一路跟宋林說著她在美國的見聞。美國的機場怎麼樣，街道怎麼樣，超市怎麼樣。宋林聽得直笑，這孩子大老遠去了一趟，最遠只到了離陳鷹住處兩條街的距離，她還覺得不好意思，因為杜小雯也有工作，還每天得張羅著照顧她，帶她走走。

宋林心疼地把米熙抱在懷裡，這孩子真是太懂事了。

米熙小心翼翼，覺得宋林對她跟從前一樣好，並沒有因為她跟陳鷹關係的改變而改變什麼，這讓她很高興。看來奶奶是接受她的，那她確實可以將陳鷹列為夫婿人選了。

米熙和宋林回到家，米熙把帶給大家的禮物拿了出來。她挑的都是吃的玩的小玩意兒，而陳鷹準備好的都是穿的戴的。他也不是為自己，而是知道米熙來一趟肯定不能空手回去，所以買了

東西給眾人。其他人不在家，米熙先給宋林、丁嫂分禮物，有些興奮。

之後她收拾好行李和房間，在窗邊看到今天後院還沒有澆水，便自告奮勇做事去。在後院澆啊澆，一抬頭，看到月老2238號正對著她微笑。

「啊！」米熙很激動，月老先生定是來通知她紅線綁上了，她興奮地跑過去，「月老先生！」

「妳好，米熙。」月老忍不住跟著米熙一起笑，小姑娘真是太有精神了。

「是不是……」米熙有些害羞，沒好意思直接問。

「我是有些事想請妳辦。」月老說。

米熙一愣，咦，不是來通知她她的紅線綁成功了嗎？「先生請說。」

月老笑了笑，「其實不是什麼大事，而且事實上妳也已經在做了。機緣巧合也好，無心插柳也罷，總之，事情因為妳有了改變。米熙，這世上之事就是如此，一個電話、一個請求、一個人、一個轉身，許多事都會有新的轉變，也許好，也許不好，但相助的人能提供的都是過程中的一點小轉折，結果如何，還是靠自己的。」

米熙聽得呆呆的，看月老停下來了，於是問：「所以，月老先生需要我做什麼？」

「哎呀，我又開始說教了嗎？」月老撓頭，看米熙使勁點頭，更不好意思了，趕緊說：「其實就是，妳身邊有朋友正跟妳一樣，努力朝著自己的愛情歸宿邁進，妳好好觀察一下，學習學習，必要的時候幫幫他們。」

米熙更不懂了，「既然值得學習，那必是很棒的，為什麼還要幫忙？」

「學習是因為妳的觀念跟他們不一樣，妳要了解，才會包容。幫忙是因為每個人都需要幫忙，就如同每個人都需要愛情一樣。哎呀，我又開始說教了！」

米熙咯咯笑，「那我懂了，他們是誰，我要怎麼幫？」

「是誰妳會觀察到的，需要幫忙的時候妳也會知道的，就跟陳非和魏小寶一樣。」

「啊，陳非叔叔！」米熙想到這個成功案例，有些激動，她真的有幫忙，是她幫忙表白的。

月老點點頭，「他們進展得還算順利，紅線綁得很好，只是還有些小問題，但那些不重要，他們能解決的。」

米熙很為陳非他們高興，「那我呢？」她忍不住問：「我……陳鷹……陳鷹他說……」她很害羞，很不好意思。

月老微笑，「別著急啊，米熙。這不是很好嗎？妳喜歡的人也喜歡妳。」

米熙用力點頭，覺得很高興，感覺像是得到了月老的祝福，可她忽略了，月老並沒有正面評論她的紅線綁上與否的問題。

月老摸了摸她的頭，說他要走了，要米熙加油。米熙喜孜孜跟他再見。月老轉身走了，走了幾步回頭看，米熙連蹦帶跳進了屋。月老臉上的笑容斂了起來，垂頭往外走，走到一條長椅邊停下了，椅子上坐著衣冠楚楚的兩個人，月老坐了過去。

「那就是米熙啊？」

「對。」月老2238號回答的語氣裡透著些許自豪，就像在顯擺自家孩子一樣，「你那陳非的專案就是這個小丫頭幫忙搞定的。」

「我不用幫好嗎？」編號是3321的月老哼了哼，「陳非和魏小寶紅線綁得那麼緊，就差臨門一腳而已，我自己就能搞定。」

「作為前輩，我得告訴你，這臨門一腳是最難踢的。沒一舉擊中，也許後患無窮。」月老揚了揚下巴，很有點長輩架勢。

月老3321號沒說話，這道理他自然知道，所以這臨門一腳，他遲遲沒有行動。陳非與魏小寶屬於那種默默習慣，習慣成愛的類型，不熱烈如火，但很穩定。可是這樣太過習慣後會有一個問題，誰也不敢打破這個習慣。一旦破壞了這層關係而又沒有建立成功新的關係，那是不是就沒有機會回頭，是不是就會失去對方的那種感覺？

糟糕的是，這兩個人都有這樣的默契，竟然就一直都沒有打破，相守卻不「相愛」。不過現在難關過去了，真是鬆一口氣。但秦雨飛的專案也是他的，現在似乎又被米熙推了一把。

「這小丫頭不是尋常人啊！」在一旁只顧吃奶昔的年輕女人感嘆一聲。

「當然不尋常，她穿越來的。」月老3321號白她一眼，「2904，妳就不能少吃點嗎？」

「不不，我是說，她簡直在搶我們月老的生意。」她手上那對吳浩和劉美芬，好像也被這丫頭插手了，「不過3321的案子沒米熙幫忙會怎樣不好說，我這對我是很有把握的，辦法都想好了。」

「什麼辦法？」

「我可以裝色狼發騷擾簡訊給劉美芬，打騷擾電話，給吳浩一個英雄救美的機會，這樣說不定那兩人腦子一熱，火花四射。」

「切！」月老3321號對這主意不屑一顧，「這個事情已經發生過了好嗎？人家還是很冷靜地保持著沉默。」

「哦。」月老2904號聳聳肩，不在意，「那我就找一天他們都需要加班時，讓吳浩知道劉美

芬還在樓上，然後把她鎖辦公室裡，再按響火警。」

兩個男人一起盯著她看，月老2904號繼續出招：「要不然就等劉美芬進電梯，逼停電梯，逼她向吳浩求助。」

月老3321號與月老2238號互視一眼，月老2238號擦了擦額頭上並不存在的汗水，「2904，妳的客戶都健在嗎？」

「當然。」月老2904號比劃了一個剪刀手，「年度最佳月老，牽線成功率最高，就是我了。我的業績積分可比你這老人家高很多。你們不懂女人的心，劉美芬為什麼喜歡陳鷹，就是她覺得自己危難之時有個王子騎著白馬而來，風度翩翩，正直英勇，她就哈這一型的。」

月老2238號想了想，沒反駁，但又說：「妳既然了解女人，那妳說說，米熙的情況怎麼解決，她跟陳鷹比較棘手。」

「哦，她呀，英雄救美這招不管用，她的武力值能嚇死英雄。」月老2904號胡言亂語。

「他們不是這個問題。」月老2238號嘆氣。月老2904號不說話，她當然知道不是這個問題，她這不是裝傻嗎？

月老3321號道：「你不是讓她多學習嗎？她多觀摩觀摩現代愛情，也許就通了。」

「她通不通是2238的問題，反正我手上那對，這小丫頭手下留點情才好，她的紅娘體質比我還誇張，成事了我就謝謝她，要是搞破壞我會打你的，2238。」

「……」

「我也是，我這對要是被米熙觀察著觀察著就壞事了，我也會打你，2238。」

「……」

關他什麼事啊！月老2238號憤憤地起身。哼，他們這些沒良心的，明明是他這邊幫了大忙，他們還好意思威脅他。其實他們手上那幾對他才不關心，他自己的專案都忙不過來了。尤其是米熙，時間不多，希望陳鷹也好好努力，能及時發現他們的問題。

這時候陳鷹正在看郵件，他幾天沒看信，積了一堆，一封一封地看完，處理完已經半夜了。他正想去睡，但看到一封信的寄件人是劉美芬，他想不到劉美芬能有什麼事找他，於是決定再看完這封信就睡。

他沒有想到，這會是一封告白信。

劉美芬說，這是一封並不期待結果的郵件。雖然唐突，雖然厚顏，雖然覺得不會有美麗的後續，但她覺得，她必須義無反顧，鼓起勇氣發這封信。因為下一次再遇到讓她有這種感覺的人，下一次再遇到這種心動，不知道會是什麼時候了。

人生有許多失敗，她可以接受，但人生不應該有太多錯過，她不想遺憾，所以雖然她欺騙自己說不期待，雖然理智一直跟自己說不會有結果，應該好好了斷，事實上，她寫這封信的初衷也是為了讓自己了斷這樣的情結，整理心情掀開新的生活的一頁。可是，在她寫下這封信的時候，她無可否認，她還是有著期待的心情，期待著會有奇蹟發生。

但無論有沒有奇蹟，無論她怎樣掙扎矛盾，其實只是一件小事，就是她想告訴他，她喜歡他。

而為了不顯得她太過熱烈和厚臉皮，她就不羅列她喜歡他的理由，也不用羅列她的優點和條件，因為他全都知道。正因為他知道，所以她寫這信時所需要的勇氣比平常得多出數倍，可讓她突然累積到這麼多的勇氣，只是一個奇怪的夜晚，有朋友的幸福，有喝酒的熱烈氣氛，有跟一個

從前不太親近的人的偶爾邂逅。現在她獨自坐在電腦前寫信，她沒有喝酒，她完全清醒，所以她說這是一個奇怪的夜晚。總之，莫名受到了刺激鼓勵，她把信寫了。

廢話一堆，但只是想說那句話而已，請包涵。

最後的最後，她寫著：「那就這樣吧，我也不知道還能說什麼。最後，謝謝你閱讀此信。」

陳鷹有些愣，他居然被示愛了？被這樣誠懇地喜歡著，他覺得有些感動，是真的感動，因為他能體會她的心情。有了米熙後，他知道，無論什麼樣的人，哪怕像他這樣世故圓滑膽大的，要說出「我愛你」三個字也不容易。

這是魔咒，越在意就會越膽小，只是三個字，卻充滿考驗。

陳鷹一時不知道該怎麼回覆她，內容一定是拒絕，但他覺得他得好好想想。

他把信又看了一遍，忍不住拿出手機發了條簡訊給米熙：「我愛妳。」

沒過一會兒，他收到了回覆：「你居然還不睡！！！！！」驚嘆號一串，陳鷹哈哈大笑。浪漫什麼的，對他家米熙來說完全不管用，但她這凶巴巴的簡訊，一樣讓人溫暖。

被愛著的人，何其幸運。

第二天，陳鷹在考慮怎麼拒絕劉美芬時，也想到了米熙的追求者，他打電話給米熙，問她打算怎麼跟顧英傑和魏揚說這事，畢竟他們現在已經確定戀愛關係，總不能還讓他們繼續追求下去。

「就直接說啊！」米熙不太明白，「這裡面難道還有規矩？」

呵，她倒是比他坦然多了！

「倒沒什麼規矩，只是這種事總要妥善處理，免得大家鬧得不好看，需要我幫妳處理嗎？」

「不用。」米熙很堅決，「你去說反倒是不好看了，我跟他們是朋友呢，當然是我來說方顯誠意。況且先前也與他們明白說過想法的，他們人好，不會為難我，這個你不用擔心，倒是合八字的事你如何安排的？我得把庚帖給爹娘看的，還有訂親的事呢！」

陳鷹失笑，米熙啊，妳的矜持和害羞呢，都去哪了？

「我跟媽都說過了，她說她有相熟的師父可以合八字的。訂親的事妳別急，總得我回去了，不然咱們一個東一個西，怎麼訂？」

這時候米熙才反應過來，臉紅了，「我沒急啊，哪裡急？」

陳鷹低聲笑了，笑得米熙臉更熱，但她還是堅持把想法說出來：「禮數不能缺的。我爹娘就盼著我嫁個好人家，月老先生勸我過來也是說能爭取綁上紅線。現在既是這般了，我當然要跟爹娘報個喜。」其實還想說更多，但越說越覺得自己好像臉皮太厚，女兒家這般太不合宜，「我、我也不是沒羞沒臊的，只是爹娘不在了，我也沒旁的親人可幫我張羅，我只能自己說了，你不能笑話我。」

「我哪有笑話妳？我很嚴肅。」

「明明聽到你的笑聲了。」米熙扁嘴，尤其是他說「哪有笑話妳」時，笑得很大聲。

「我那不是笑話的笑，那只是表示跟妳聊天很開心。」

米熙才不信，肯定是笑話她了。其實她還想問他工作順不順利，什麼時候能回來，但是現在要是問了真顯得她急了。

「好了，別小心眼。我要去公司了，今天很忙的。這次去度假有進展，有些細節要跟團隊那邊再商量。如果順利的話，我下個月也許就能回去了。」

沒等米熙問，陳鷹主動交代了。米熙一聽，急忙看看日曆，今天是九月五日，雖然離下個月還有點遠，不過有歸期真是太好了，她很高興，高興得說不出話來。

「好了，別太興奮，好好睡覺，我去上班了。」

米熙臉又紅，嘴硬：「我才沒有興奮。」

陳鷹哈哈笑，逗逗小女朋友的感覺真是好啊！

陳鷹到了公司，等其他人開會。他坐在電腦前，已經想好了要怎麼回信給劉美芬。

他告訴劉美芬，他也體驗到了愛一個人的感覺，體驗到那種也許不會有好結果，但還是想要努力一把，義無反顧追求的感覺。他說劉美芬說的對，失敗不是最遺憾的，錯過才是。他謝謝劉美芬寫了這封信給他，他說他昨晚看到，想了很久該怎麼回覆。因為他與她一般，對某個人也有著同樣的心情，愛著一個人的心情。只是劉美芬的這封信，告訴了他被一個人愛著的感覺，非常溫暖，但他無法給予她同樣的回報。

他說應該用不著他說太多客套的辭令，劉美芬一定能懂，他祝福她也能收穫一份她滿意的，被人喜歡著的感覺。

陳鷹把信看了兩遍，發了出去。

很快，他收到了回信。

劉美芬的回信很簡單：「謝謝你，讓我即使被拒絕了還覺得很滿意。喜歡一個人是很美好的，被拒絕後感覺依然美好，我想是因為你的拒絕裡有著那種與被人愛著的同樣的溫暖吧。我也祝福你。」

陳鷹不禁微笑，其實劉美芬很好，被拒絕後回應得也讓人覺得舒服。漂亮、能幹，潔身自

好，進退得宜，真的是一個好對象，可惜他喜歡的是米熙。陳鷹想著，緣分這事真奇妙。他與劉美芬同事多年，之前彼此並無感覺，而他與米熙才相處沒多久，卻覺得可以與她一直生活下去，他真的希望能夠與她相伴到老。

陳鷹這天的會議開得很順利，C影業覺得《開始》這個專案也不是不能按陳鷹的想法合作，但他們有新的附帶條件，那就是希望領域能為他們操作他們另一部影片的亞洲市場。說白了，這邊賺少一點，那那邊他們就要賺多一點。

陳鷹不是太有把握，他第一時間致電陳遠清。陳遠清比較樂觀，列舉了許多條件。陳鷹跟製片團隊和美國公司的團隊仔細商量，打算這邊談得差不多後再整合國內領域的所有資源。

米熙也有些忙，第二天是週五，一早她就趕去公司領著健身隊練拳，又分了禮物給大家。劉美芬的精神不太好，她關心了幾句。呂祕書瘦了些，還咳嗽，她也問了問。不少人有變化，米熙在美國的時候覺得時間怎麼這麼快，沒去幾天，現在回來了卻覺得自己走了好久似的。大家嘻嘻笑笑，聊了些旅行的事。從天臺下來了以後，陳遠清的祕書過來找米熙，說陳遠清讓她過去吃點心。

米熙去了，有些緊張，頗有種見未來公公的感覺。

陳遠清的辦公室比陳鷹的還大，裝潢老成大氣，米熙更喜歡陳鷹那邊。陳遠清的祕書拿了蛋糕和茶給米熙就出去了，米熙沒敢放開吃，只端正坐著。

陳遠清看完一封郵件，轉頭看米熙沒動蛋糕，笑了笑，走過來坐在米熙面前，讓她嘗嘗蛋糕，米熙這才拿起叉子。雖然陳遠清說話和和氣氣的，但米熙總覺得他有些高深莫測，反倒是宋林更好親近。

陳遠清等米熙吃了兩口了，這才開口：「陳鷹已經跟我們提過你們的事了。」

米熙緊張得被蛋糕噎住，趕緊喝口茶，放下叉子，兩手平放膝上，端正坐著，認真聆聽。

陳遠清微微一笑，也不勉強勸她吃，又說：「米熙，妳喜歡陳鷹嗎？我是說，妳愛他嗎？」

米熙想了想，點點頭。她想與陳鷹成親，在這世界裡的含意就是愛吧？愛了才能成親，她曉得這道理。

陳遠清啜了口咖啡，又說：「原本我不該跟一個十七歲的孩子談論這個，但陳鷹既然都這麼認真正式地說了這事，並且表示這是他很嚴肅認真的決定，他認為他對妳也有很深的感情，希望能和妳在一起。既然他認真考慮過，覺得妳能承擔這事，那我就把妳當成年人來看待。」

米熙用力點頭，「爺爺請說。」她當然是成年人，在她家鄉，她都能是兩個孩子的娘了。

「米熙，妳知道我們陳家是做什麼的，這個行業很有意義，但同樣有它的問題。妳在這段時間應該看得清楚，這行業有這行業的遊戲規則，我們在其中就要遵守。我跟妳奶奶這三十多年來經歷過不少，我被報導過很多負面新聞，妳奶奶也跟我吵過，但更多的時候她理解我支持我，與我一起面對謠言，甚至她得獨自面對狗仔的追拍追問，還要忍受許多網路上的惡言惡語，其他更多的事我就不多說了。我說這些，是想告訴妳，做陳家的準媳婦要比做陳家領養的孩子困難得多。」陳遠清說著，看著米熙。

原本不想跟米熙聊這些，但他看得出來，米熙很認真。因為陳鷹專門打電話回來報告戀情，還提到了合八字寫等古舊禮俗。自己的兒子自己清楚，所以陳遠清知道這些都是米熙的要求，而陳鷹樂意照辦。米熙有這樣的要求，那就是說，她想嫁給陳鷹，儘管她才十七歲，儘管她才跟陳鷹相識三個多月。陳鷹甚至跟宋林提到了訂親這種事，說米熙年紀小，如果她想的話，那可以先走走過場，讓她安心。

陳遠清不知道為什麼十七歲的小女生需要訂親來安心，在他這個老人家看來，那不是一個正常年輕人該有的態度，但既然提到了訂親，既然米熙有這樣的想法，那他就把米熙當成能做這樣的事的成年人來看待。首先她得明白，跟陳鷹這樣的男人戀愛結婚，不是一件容易的事。他並不希望女方輕看錯看了這件事，之後心生不滿給他們惹麻煩。

米熙捏了捏自己的手指，更緊張了。陳遠清的這些話她都能聽懂，但她不知道該怎麼回應。做陳家媳婦要比做陳家領養的孩子困難得多，然後呢？

陳遠清又啜了一口咖啡，他在等米熙說話，其實他有不少跟十七八快二十歲小女生談話的經驗，不少藝人是這個年紀出道，他簽下捧紅的就不少，所以在管理和教育這塊，他可以說還是有不少經驗的。他剛才說的話有些嚴厲，他在等米熙的反應，通常這樣年紀和這樣身分的女孩子，不是保證能做到討好他就是該反駁他，告訴他他的觀念有點老，她不會覺得有困難之類的。

可是米熙兩種都不占，她眼裡有疑惑，但她什麼話都沒說，她就端正坐著，嚴肅地看著他，好像在等著他繼續訓話。

陳遠清只好放下了杯子，繼續說教：「妳現在這個年紀也許體會不到這些，尤其妳跟其他的女生不太一樣，她們從小接觸這個社會，現實層面的東西會更清楚些。妳在山裡長大，山裡的人情世故、世俗規矩跟這裡畢竟還是有差異，妳在努力適應和學習，這些我們也知道，妳甚至沒有上過學。」

他頓了頓，看到米熙臉上顯出羞愧的樣子，他又說：「妳可知道，宋林嫁給我三十多年，她雖然從來沒上過班，但她也需要不停學習。她要學外語，學禮儀，學色彩搭配，學財會管理等等，她每個月都翻看時尚雜誌，每天追電視劇，經常出去看電影，即使不喜歡也要做。她出國看展，陪我考察，在外人看來她就是個富太太而已，但我知道她有多辛苦。這麼辛苦，只是為了陳太太這個身分。她自己出去應酬也好，陪我應酬也罷，她需要應付不同的人。她表現不好，別人不會說宋林怎麼土氣，媒體也不會宋林怎麼沒見識擺不上檯面，他們說的是陳遠清的太太如何如何。」

陳遠清看著米熙的表情，接著道：「這不是面子，這是生活。一旦妳融不進這個圈子，妳就會少很多資源。不是當個闊太太就只管吃香喝辣的就好，妳在我們家住了些時候了，妳可以看到宋林有多忙。」

米熙咬咬唇，點頭。上次奶奶帶她去參觀學校，她才知道原來奶奶也有自己的辦公室，也有自己的祕書，只是她不經常去，後來為了在家照顧她，更少去了。

陳遠清等了等，米熙還是沒說話，陳遠清只好主動問：「所以，妳有什麼想對我說的嗎？」

米熙老老實實答：「我也不知能說什麼。爺爺你說的道理我懂，可你的意思，是覺得我做不到，還是覺得我沒指望了，不用做了呢？」

陳遠清愣了愣，這孩子硬邦邦的，軟話都不會說？

「如果我確實是覺得妳不適合呢？」

米熙低下頭，用力咬了咬唇，眼眶一下子熱了，但她不敢表現出難過來，緩了好一會兒，定了定神，才答：「爺爺認為什麼，自有爺爺的道理，只是我們相處的時間少，爺爺可以再好好看看我，我和陳鷹是真心誠意的。奶奶對爺爺好，為了爺爺肯做那許多事，爺爺覺得自豪又驕傲，爺爺心裡定是明白，奶奶那是心裡有爺爺，她才會願意那般。我、我心裡……」米熙再咬咬唇，雖覺女兒家這般說話有些不要臉，但她也硬著頭皮說：「我心裡是有陳鷹的，若我真嫁了他，奶

奶肯為爺爺做的，我定不會少她半件。」

她頓了頓，眨掉眼睛裡的酸意，吸了吸鼻子，抬起頭來，「原先這些話該是我娘來說，可我家人不在了，我自個兒說。我家世清白，身康體健，雖沒讀過這裡的書，可也在努力學著。操持家務，我也可以，出門應酬，與人交際，我也不懼。我現在也有好些朋友，我有教大家健身，還有烹飪班的朋友。我、我馬上就要去上學了，上了學，有了更多的朋友，接觸的事也多了，我大概就能看懂網路上那些笑話了，定能跟人聊得起來。還有你說的那些，該學的，我一件不落，我可以做到的。」

米熙表著決心，但心裡有些難堪，她長這麼大，從沒遇過這樣的情況，從前就算婚事談不成，也是娘親出面，她等著消息。談不成雖遺憾，可她不難過。她家裡雖不擺威風仗勢欺人，但畢竟將軍府，比爹官再大的人家也會給幾分顏面。現在她卻像求著別人娶她一般，求著男方家裡相中她。

米熙擰著手指，壓抑著心裡的難受。

陳遠清垂了眼，現在的米熙倒是顯出小女生的樣了。

「妳願意努力當然是好的。我也不是要嚇唬妳，也不是要反對你們。只是妳年紀太小，許多事情不明白，我做家長的，為孩子考慮也罷，為家庭考慮也罷，我有必要跟妳聊一聊。愛情與生活不一樣，愛情比生活美好，生活比愛情殘酷。殘酷就殘酷在，如果生活與愛情必須捨一，那愛情會是被捨棄的那個。沒有愛情生活還能繼續，可是生活不下去了，愛情就沒了。你們年輕，更重愛情，但以後會明白的。我做個壞人，敲個警鐘。」

米熙有些茫然，「我就是在說生活，就是過日子啊。」關愛情什麼事，沒說談戀愛呢，她說

的是嫁給陳鷹後過日子的準備。

陳遠清沒摸清米熙的意思，但也趁機順著她的話頭往下說：「既然妳能明白這些事理，那我就跟妳直說了，書妳一定要念，無論學到多少，最後能不能工作，這些不重要，但學歷文憑必須有。妳的事陳鷹心裡有數，他大概也不需要妳工作幫他分擔，但他的事業妳一定要支持。今後領域就是陳鷹的，我身體不好，這幾年把業務權力慢慢交給他，我也要退休了，所以這幾年無論是對陳鷹對我們陳家還是對領域都很重要，妳明白嗎？」

米熙點頭。

「妳去上學，混到畢業，文憑的事我來替妳辦好。另外，妳和陳鷹談戀愛，在妳畢業前不能曝光。妳不能告訴任何人妳跟陳鷹在談戀愛，更不能說你們要結婚，畢竟那是好幾年之後的事。」

米熙愣愣聽著，又點了點頭。

「這幾年妳好好念書，我知道妳基礎不太好，也許跟不上，所以家教老師還會請下去，他們會按妳的課程來幫妳補習，盡力讓妳能聽懂上課時老師教什麼。妳還是住在我們家，就跟記者會上說的一樣，妳是我們陳家領養的孩子。這幾年妳低調些，不要再鬧出什麼引人注意的事情來，慢慢媒體和公眾會忘了妳的存在，到時你們都準備好了，我們再來談婚事。」

米熙咬咬唇。

陳遠清問她：「妳有什麼想說的嗎？」

米熙猶豫了一下，搖搖頭。她想說必須先訂親，她要跟爹娘交代的，可她不敢說。

「那好。」陳遠清從他桌上拿了一份印刷品過來，交到米熙手上，「這是遠林藝術學院的招生簡章，是領域投資辦的。下週正好開學了，妳選一個妳感興趣能念下去的科系，下週我帶去妳見校長。這學校妳奶奶帶妳參觀過，我知道她還帶妳去看了別的學校，但我建議妳念這一家。」

米熙接過，她知道陳遠清的意思，她念這一家，他就有把握幫她拿到他們說的文憑。

「妳先念這家，如果能順利念完，看情況以後再安排別的。」

米熙垂了眼，所以這家學校的文憑對他們陳家來說也不夠有面子嗎？

「米熙。」陳遠清喚她，米熙抬頭，陳遠清像是能聽到她心裡的話，跟她說：「這不是面子，是生活，是以後妳想要的生活裡必須面對的一面。對我來說無妨，我退休了，帶著老婆到處走走，釣釣魚，打打球，有人說妳兒媳婦原來是妳那家藝術學院畢業的呀，我就說是啊，孩子喜歡就好，這樣就完了，但是妳不一樣，陳鷹不一樣。會有人抓住妳的經歷來八卦，惡意也罷，好奇也罷，他們會說她靠著陳家去藝術學院混了幾年，這樣也算上流社會圈的，那妳要怎麼說？」

米熙反應了一會兒才反應過來陳遠清是在等她回話。

「如果記者在公開場合這樣問妳，妳要怎麼答。」

米熙老實答：「這麼報導也不算誣陷。」她頓了頓，看陳遠清沒反應，補了一句：「答完了。」

陳遠清揚揚眉，米熙有些緊張，「要不，我再問問他他是哪裡畢業的。」

陳遠清眉毛收不回來了。

米熙更緊張了，「現在沒有真的記者問，我還不知道，等有記者真的來了，我會隨機應變的。我不傻呢，現在爺爺問問題，比記者問教人緊張些，所以我表達不好。」她都快愁死了。

陳遠清忍不住笑了。他一笑，米熙更覺壓力巨大，但陳遠清沒再說別的，只跟她扯了扯閒

話，就讓她回去了。

米熙看了看剩下的蛋糕，問：「我吃完了再走行嗎？」

陳遠清哈哈笑，「當然可以。再來一塊嗎？」

米熙搖頭，「爺爺你忙你的，我坐會兒吃完就走。」

陳遠清看了兩眼，回辦公桌後頭去了。

米熙小口小口吃著蛋糕，消化了情緒，然後起身跟陳遠清告辭。陳遠清注意到，米熙走的時候是精神抖擻，鬥志昂揚的。他輕笑搖頭，也許他真的小看這小丫頭了，他現在明白為什麼兒子老婆都喜歡她了。

米熙出了門，笑著跟陳遠清的祕書告別，又回到陳鷹這邊跟呂祕書告別，說爺爺那邊的蛋糕可好吃了，弄得呂祕書作勢要拍她，說之前餵她的美食全白餵了，居然回家來誇別家東西好吃。米熙哈哈笑，揮揮手跑了。

進了電梯，米熙的笑容慢慢斂了起來。她嘆口氣，把招生簡章拿出來看，想起陳遠清說讓她努力混到畢業，想起陳鷹說聽不懂老師教的妳就睡覺，她又重重嘆口氣。這年頭，嫁個人多不容易，不過他們沒跟她要嫁妝。

對，就得這麼想，她還占便宜了，不能洩氣！

不用還債，可以去念書，不用出嫁妝，陳鷹還給她私房錢花。婆婆對她這麼好，公公嚴厲些但也是為她著想。陳鷹長得這般俊，年輕有為，事業有成，她喜歡他，所以，怎麼盤算都是她賺到了，而且陳鷹打不過她。

米熙蹦著出電梯，這麼一想，心情大好。娘親，這是門好親事，她一定會努力的！

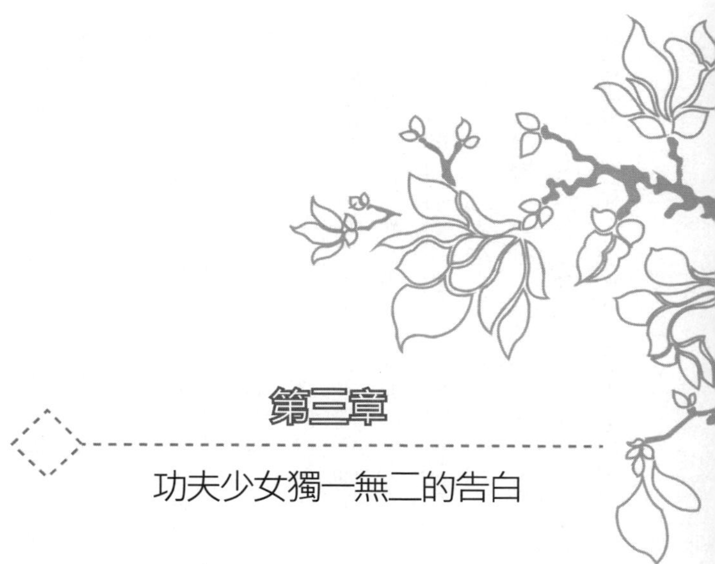

第三章

功夫少女獨一無二的告白

米熙回到家裡，宋林不在，今天她沒排課，於是上網查那些科系都在學什麼，大家都認為她只能混日子，但其實她是非常珍惜每個學習機會的。別人不知道，她卻是太清楚這些機會有多麼難得，陳鷹和陳家是對她有多好才會讓她得到這些。

她很珍惜，他們不介意她浪費，可她自己介意。

米熙找啊找，終於定了主意，她想選擇「戲劇影視服裝化妝設計系」。聽起來有些高深，課程裡好多內容她不懂，但她覺得這個應該最合適。她認識Emma，有問題可以找她請教，還有服裝這事，大家覺得她土氣，她得找機會證明不是露得多才是美。她想著等宋林回來她再跟她商量，然後晚上爺爺下班了就告訴他。

接下來做什麼呢，對了，她還得跟顧英傑和魏揚表明她有男朋友了，可是雖然跟陳鷹說的時候很自信，但真的要做這事她又尷尬了，之前人家也沒說非她不可，後來都是當普通朋友相處的，突然去跟他們認真說這事很奇怪。要不就不說了，他們不提她就不提，可如果他們心裡還覺得她是在等他們追求怎麼辦？不能這樣拖著別人。

米熙苦惱，她決定先問問愛情軍師吳浩。

吳浩接到米熙的電話有些頭疼，聽完她的問題後更頭疼。

什麼叫做心有所屬後，要跟別的男生說清楚？

「米熙，妳怎麼會覺得我能幫妳出主意呢？」

「我是覺得你挺有想法的。」

「……」他有什麼想法啊，他完全不敢有想法。他原本對自己的自制力很有信心，可被米熙前頭這麼一攪和，現在惦記劉美芬惦記得厲害，尤其發現她其實還細心體貼，冷豔什麼的不過是

包裝，Lisa那天醒來後連聲道謝，還說他女朋友真是好人。女朋友？以為劉美芬是他女朋友，這不是雪上加霜嗎？他都被這「女朋友」說只適合活潑麻辣的了，這種挫折只有男人懂。

「米熙。」

「嗯？」

「妳應該找個女生問問，最好是擅長拒絕別人的，她會比較有經驗。我不行，幫不上忙。」

「這樣啊……」還真是遺憾，米熙想了想，心裡有人選了，「好，我去問她。」

吳浩掛了電話，覺得米熙一定是去問劉美芬了。她就認識那麼幾個人，劉美芬大概是她朋友裡最不好親近，最有拒絕男人經驗的吧？嗯，回頭他可以用這個當藉口找劉美芬說說話，問她米熙怎麼了。上次謝謝她幫忙Lisa的藉口已經用完，劉美芬只簡單回他三個字「不用謝」。這真是……這種挫折只有男人懂。

米熙沒找劉美芬，她找的是秦雨飛。米熙多個心眼，她想著陳遠清的話，要做陳鷹的妻子，要支持陳鷹的事業，她得知道如何和這個圈子的人交際。有錢人家的姑娘，她只認識秦雨飛。最重要的，她很喜歡這個朋友。

秦雨飛在公司上班，接到米熙的電話態度有些冷淡，米熙跟她寒暄了幾句才轉入正題，可這事她也有些不好意思，支吾著也沒說清楚。沒等米熙支吾說完，秦雨飛忽然道：「米熙，其實我們也不是太熟，要不，以後妳不要再找我了吧。」

「啊？」米熙頓時受傷，呆住了。

「對不起。」過了好一會兒，秦雨飛才在那邊說，聲音似乎有些難過，可她沒再說別的，把電話掛了。

米熙想了半天，忍不住打了電話給顧英傑。顧英傑語氣如常，對她很熱情。

「顧英傑，我想問問，在美國的時候，我沒跟你們聯絡，雨飛姊是不是生我氣了？」回來路上秦雨飛的話也少，不過她那時候總惦記著陳鷹沒太注意。現在被人拒之門外，她才反應過來。

「沒有，她怎麼了？」

米熙把剛才通電話的情況說了。顧英傑沉默了一會兒，回道：「沒事，她就是脾氣糟糕的大小姐，妳別生她的氣，她很喜歡妳的。」

「我沒有，是她生氣呢，我不想她生我的氣，我做錯了什麼，我跟她道歉好了，她現在都不理我了。」米熙越想越難過。

「沒事。」顧英傑忽然笑了，「我幫妳罵罵她，她真是大小姐脾氣，怎麼能這麼對朋友呢？回頭讓她找妳玩。」這理由不錯，她不肯接他電話，那他幫米熙當說客有正當理由，這總行了吧？

「她真不是因為在美國我沒顧到她所以生氣嗎？」

「不是。」顧英傑想想，「要不我們見面說？」藉這個見面機會，可以有理由約秦雨飛出來。

「呃……」米熙猶豫，「其實……顧英傑，我、我和你，我是說，我們就一直做朋友吧。」

顧英傑愣了一會兒，反應過來，又笑了，「好啊，別擔心，我們就做普通好朋友。」

米熙鬆了口氣，這比她想像的容易。兩個人又聊了幾句，顧英傑再提出見面的事，說讓米熙約秦雨飛。既然在美國她不理秦雨飛，那現在主動點約她出來吃個飯，強化一下友情。

米熙同意了，顧英傑說他來作陪，讓米熙不用擔心，米熙也同意了。

米熙又打了秦雨飛的電話，可是秦雨飛不接。這一上午打了三次，她都沒接。米熙難過得不行，顧英傑聽說之後火氣變大，他讓米熙別管了，他來教訓這大小姐。

這時候的洛杉磯是晚上，米熙跟陳鷹一直視頻中。陳鷹在加班，電話不斷，還要回郵件，可他視頻不關，時不時抬頭看米熙一眼，看她呆呆撇嘴的模樣，對她一笑，「妳要是這麼垂頭喪氣下去，我跟秦雨飛可就結仇了。」

「才不要。」米熙趴桌上沒精神，「我在美國是表現得不好，都沒聯絡她。」

「她也沒聯絡妳。」

「我沒開手機啊！」

「妳後來不是開了嗎？」

米熙瞪眼給他看，「你不要總替我開脫，我會不知反省的。」

「要反省什麼，她不理妳，妳還不理她呢。開玩笑，陳家未來二少奶奶怕她秦家大小姐嗎？妳連續劇看得還是少，要演豪門恩怨就得拿出氣場來。」

米熙眨眨眼，想到看過的肥皂狗血劇，笑了，「我才不演豪門恩怨呢！」而且他說陳家未來二少奶奶，米熙害羞了，又害羞又高興，在陳遠清那被打擊的信心又回來了。陳遠清跟她談話的事她跟陳鷹說了，說爺爺鼓勵她來著，讓她知道會有可能遇到的難處。陳鷹聽了微笑，他知道陳遠清跟她說了什麼，陳遠清做事不瞞著兒子，所以陳鷹還有些擔心米熙受打擊，一回來就著急上線找她，結果小姑娘說爺爺鼓勵了他。

陳鷹覺得很滿足，他家的米熙，果然是最適合他的。

「妳臉紅了？」陳鷹對著螢幕笑，「因為二少奶奶？」

「沒有。」這下是真的紅透了，非常明顯。

「我明明看到有。」

「才沒有！」米熙嘴硬，但感覺到自己的臉熱得厲害，情急之下，伸手按住鏡頭，陳鷹那邊的螢幕頓時一片黑。「喂！」他抗議。

米熙抿嘴偷偷笑，就不鬆開，看到陳鷹在螢幕裡皺起了眉頭，她覺得很好笑。她伸手在螢幕上他眉心的位置劃過，他毫無所覺，她伸手戳他的臉，他也不知道。他警告她：「妳快點放開啊，讓我看到妳，不然我生氣了。」

才不要！米熙有些小得意，看到他撇眉頭皺眉頭對她扮鬼臉，她笑得更厲害。

「好吧，准妳再擋五秒，五秒後看不到人我就下線了。」陳鷹裝模作樣地看錶，開始數數。

米熙看著他，覺得好喜歡好喜歡他。

「四……」陳鷹的聲音拖得老長，可螢幕還是黑的，「四個半……」他再說，盯著螢幕看，死小孩，真是寵她上天了，居然不聽話。一會兒「五」了是下線還是不下線呢？

米熙嘴咧得大大地偷笑，忍不住湊過去在螢幕上他嘴唇的位置親了一下。很害羞，但是他看不到，所以她放肆了一把。

「五……」這個五拖得更長，米熙終於鬆了手指。她看到陳鷹瞪著螢幕，她出現了。她心裡忽然一動，某件事跳進她腦子裡，她懂了。前一陣子，她去美國之前，陳鷹那邊的螢幕時常黑了一下，他說他檢查電腦，她沒在意，可剛才她也讓電腦螢幕黑掉了，而她親吻了他。

所以，那時候他也是在做這樣的事嗎？所以他的電腦才會動不動壞一下。

米熙咬咬唇，對陳鷹說：「你也擋一擋你的鏡頭讓我看看。」

陳鷹愣了愣，然後懂了，揚揚眉道：「擋什麼擋？妳剛才偷親我了是不是？」

米熙臉紅，原來當初他真的幹了這事。

「現在妳是我女朋友，要親光明正大地親，來！」陳鷹對著鏡頭親了一口。

米熙臉大紅，卻又忍不住笑。

「所以妳剛才偷親我了是不是？」陳鷹繼續追問，米熙臉紅不答。「下次不許偷偷來。」他又說。米熙臉紅不點頭，但是臉上的笑擋也擋不住。

「開心嗎？」陳鷹又問。米熙點頭，跟陳鷹在一起，就算一直做傻傻的事她也開心。

陳鷹看著她，看了好一會兒，忽然在電腦上敲字。

米熙看著對話框裡跳出一句話：我愛妳。

接著再跳出一行：妳的開心對我很重要。

米熙咬著唇，克制著不要去捂自己羞紅的臉。這是情話呢，陳鷹在對她說情話。

「輪到妳了。」陳鷹說。

「輪到我什麼？」

「輪到妳說了。剛才我示範過了。」正常的戀愛是什麼樣的，他想讓她知道，而且調戲她感覺很好，他喜歡看她臉紅的樣子。

米熙不作聲，憋了半天還是說不出口，最後只好投降：「讓我想想。」

「妳是要想想，還是要練一練？」陳鷹吐槽她。

米熙對他皺了皺鼻子，怎麼可以揭她的短呢？

這天，米熙認真考慮寫情書給陳鷹的事，想了半天沒什麼好想法。下午她很忙，跟宋林說了

說她選擇科系的想法，宋林叫丁叔載著她們又去了一趟學校，讓米熙再看看學校的環境和各系的情況。系主任親自過來接待講解，米熙點點頭，決定就選這個。

宋林要來了課程內容表和課本，拿了東西後聯絡米熙的家教們。他們最清楚米熙的程度，宋林讓他們一邊幫米熙打基礎一邊針對大學課程幫米熙補課，盡力讓她能聽懂。

系主任在一旁建議，他可以讓系老師給米熙開小灶。宋林覺得先不用，一開始低調些好，省得米熙在學校裡日子不好過：「我們先在家裡補習，如果有需要再麻煩主任。」

系主任一口答應，又說文化課還好，可是設計專業是需要美術基礎的，得會畫畫。

「我會啊！」米熙說道。

系主任有些意外，校長跟他打招呼時說這小女生什麼都不會，反正是陳總家的孩子，讓她來玩玩吧。系主任心想什麼都不會怎麼玩，去別的系搗亂多好，可米熙居然說會畫畫。

系主任問米熙學的是什麼，素描基礎有吧？米熙搖頭。系主任心涼了一大半，這不是逗他玩嗎？不會素描，那油畫水彩什麼的也不必問了。

「我會毛筆畫，從小學的。」米熙答：「要不，我畫一幅給主任看看？」她畫得挺好的，爹娘都誇讚，夫子也說她有天賦。

系主任答應了，如果畫得不好，他能不能委婉勸退呢？他看了宋林一眼，宋林只是微笑，沒說話。系主任帶米熙去畫室，又找了套筆墨給米熙。米熙想了想，然後開始畫了。

她畫得很快，畫了個古裝年輕男子站在樹下微笑，長髮挽髻，儒裳飄飄，背後寥寥幾筆勾出樹影，更顯得那人瀟灑有型。

宋林坐在米熙後面一個勁兒地笑，隨手拍了好幾張米熙畫畫的照片，打算用來逗兒子。看到

米熙畫完，笑意更濃，那分明是古裝版的陳鷹嘛。趕緊拍下來，留著逗兒子。

系主任呆了呆，畫得還真不錯，所以她不是來玩玩的，是國畫專業美術生來踢館的？

系主任定了定神，見米熙畫好了正看著他等他給個話。他想了想，委婉地給建議：「畫得很好，其實應該去讀國畫科系，那個更合適。」

「可是你們學校沒有這個科系。」米熙告訴他。

系主任一臉黑線，他當然知道。

「招生簡章我認真讀過了，就想學這個。」米熙表決心，「我會好好學的。」

系主任繼續黑線，只好點頭，晚上就去買彩券試試。

談好了入學的事，米熙和宋林高高興興坐車回家。米熙在路上就打電話給Emma，告訴她自己要去遠林藝術學院上學。

「什麼？Emma姊就是這個系畢業的？」米熙很高興，「太好了，我就是想請教Emma姊。我基礎不行，怕跟不上，想多了解了解。嗯，謝謝Emma姊。那明天週末了，Emma姊休息嗎？我能打擾一下去找妳嗎……太好了，我請Emma姊吃飯！」

米熙花了五分鐘搞定一個圈內知名造型師成為她的私人專業指導，還約好了明天去Emma辦公室學習。

宋林笑著發簡訊給陳遠清：「別小看米熙，她已在用交際手腕了，她知道自己在做什麼呢！」

第二天是週六，米熙一大早去了公園教拳。許多人一週末見米熙，看到她都非常高興。魏揚照例來公園，還帶了兩個可愛的小髮夾給米熙，說是跟同學一起逛街時女同學都說這可愛，一人買了好幾個，於是他也跟著買了一對。

髮夾是小貓款式的，確實很可愛。雖不是什麼貴重東西，米熙卻不敢收。她琢磨良久也不知怎麼開口，跟魏揚在公園裡走了半圈，後來魏揚提議去花園旁邊的米粉店吃早飯，米熙忙說她請客，魏揚不太高興，「妳又沒收入，零用錢也靠別人給，怎麼能讓妳請客？」

米熙沒爭辯，只是到了米粉店裡默默快速付錢。人多的地方搶著付錢太難看，魏揚也就忍下了。兩人面對面坐著吃米粉，魏揚提議去看電影。

米熙搖頭，告訴他自己一會兒要去見Emma姊，她下週要去學校報到，想讓Emma姊提前幫她惡補，畢竟她對那科系沒什麼概念。

魏揚沉默了一會兒，問了問學校和科系，米熙就把自己昨天去學校面試的事說了。魏揚笑了笑，語氣不是太好：「果然是有陳家出面辦什麼事都方便。」雖然他也替米熙高興，但無可否認，他們辛辛苦苦才考上大學，而米熙高中都沒念過，卻直接挑自己想學的科系就能學了。他相信就算米熙不去上課，畢業證書一樣能拿到。不過這也沒差，有沒有畢業證書對她來說都沒關係，反正她也不愁工作。

米熙看了看魏揚臉色，心裡也不怎麼舒服。「我是認真要好好念書的。」她也希望能得到大家的認可。仔細一想，爺爺說的沒錯，還用不著日後陌生人對她的質疑，現在朋友和親人們對她的沒信心就讓她很有壓力。

魏揚搖搖頭，把自己的仇富心態搖掉。如果他總這麼想，以後怎麼跟米熙相處發展下去？「妳好好加油，要是功課有不懂，需要我幫忙的，妳就找我。」

米熙點點頭。

魏揚又說：「我現在工作很順利，因為我表現好，公司讓我提前轉正職了。」

「恭喜你。」

「所以，米熙妳別氣餒，到處都有機會，只要努力就行。」

米熙眨眨眼，她沒有氣餒啊，她現在幹勁十足呢！

「妳好好學，以後也會找到一份滿意的工作，能自己經濟獨立，能選擇自己想要的生活，能選擇自己想要的對象。」

米熙張了張嘴，她想說她以後不工作，她要專心照顧陳鷹，為他持家管事，生兒育女，應酬交際，做個好夫人。就像奶奶對爺爺那樣，就像她娘對她爹那樣，不過陳遠清和陳鷹都不讓她往外說。

米熙想到這裡有些洩氣，不能說，那要怎麼告訴魏揚？

魏揚也在琢磨要怎麼再跟米熙表白。他覺得他現在工作也算穩定下來，米熙也有了生活的新目標，他們相處得不錯，那現在表白應該不算急吧？可這米粉店不是表白的好地方。

兩個人一時無語，吃完了早餐，米熙要去Emma的辦公室，魏揚送她去車站。快走到了，魏揚終於忍不住喚了一聲「米熙」，沒想到米熙同時也在叫他，兩個人愣了一下，然後笑了起來。

「好吧，妳先說。」

「呃……就是，我想說，關於相處看看的事……」米熙咬咬唇，「我是說，我們還是只做朋友吧，可以嗎？」

前半句，魏揚的心揚了起來，後半句，他的心沉了下去，「為什麼，是陳總反對嗎？」

米熙搖頭。

「妳討厭我？」他感覺不到她的討厭，他甚至覺得她跟他在一起是開心的，她總在笑。可如果不討厭，卻為什麼只能做朋友？就算現在不喜歡，不是還可以相處下去看看嗎？何況他們年紀還小，未來還有很多可能性。

米熙搖頭，她當然不討厭他，她覺得他很不錯。

「所以，就是陳鷹陳家反對，是嗎？」魏揚想不到別的理由。

米熙再搖頭。

「那究竟是為什麼？」魏揚站定，非常嚴肅。

米熙咬咬唇，她果然不太會處理這種事，而且魏揚比顧英傑難搞，是因為他比顧英傑來得認真嗎？米熙忽然覺得很難過，頗有些對不起魏揚。

米熙不說話，魏揚有些急了，「不是家裡反對，那是妳有交往的人了？所以妳得跟我說清楚？上次那個富家公子嗎？顧英傑？妳決定接受他的追求了？」

米熙搖頭。她是有相愛的人了，可她不能說。她為什麼不能說，她明明光明正大，沒做壞事。「對不起，我要去上學了，爺爺說要好好念書，不能談戀愛。」米熙很難過，她說謊了，她騙了人家。她更難過她不能說她愛的人是陳鷹，她說了謊，她真是無恥。

魏揚鬆了口氣，「只是這樣，每個家長都是這樣說的，說不能早戀，要好好念書，但其實學校裡談戀愛的同學還是很多，那有什麼關係？」

米熙還是搖頭，可她不知道能說什麼，只能一直說「對不起」，然後眼角餘光看到有輛公車朝公車站駛去，她急忙大叫：「我的車來了，我走了，再見！」也不待魏揚說話，米熙逃命似的朝公車站衝。公車門打開，她看也不看就跑了上去。

魏揚有些傻眼，很想告訴她那不是她要坐的車子，可米熙動作太快，跑得比兔子還快。魏揚嘆氣，眼睜睜地看著米熙跳上了車。

米熙這一天過得不太愉快，坐錯了公車不算，還因為無意撞了個老太太的腿，在車上被老太太臭罵一頓。米熙很委屈，沒敢還嘴，一路忍到目的地。到了Emma那裡，Emma講解分析了這個學校和這科系裡的門道，米熙才知道原來還可以住校，不過爺爺奶奶沒說，她決定暫時忽略。

Emma找了一些書給她，又用電腦示範了基礎的設計繪圖，還翻出她以前的設計稿給米熙看，告訴她各門課裡的作業和現在工作中實際運用到的知識。米熙聽完壓力很大，她欠缺的知識真是太多了。

「別擔心，上學很好玩的，到時有什麼不懂，妳隨時找我，我有時間一定教妳。等妳開學，我去學校看妳，幫妳介紹一些學長學姊，也就是我的學弟學妹。我雖然離校多年，不過在學校還是有些粉絲的，到時讓他們照應妳。再說，妳是領域的小公主啊，妳到自家學校上課，怕什麼？畢業證書也好，以後工作也好，完全不用擔心。」Emma哈哈笑，覺得米熙發愁的樣子好可愛。

米熙心裡嘆氣，又是這話，每個人都這麼說。其實她一點都不公主啊，她想當的是勞心又勞力的當家夫人。

「妳到時在學校裡要經常去表演系晃一晃，我跟妳說，那裡的帥哥可多了。妳找個順眼的談戀愛，不用擔心那些女生，妳比她們漂亮多了。」Emma又笑，看了看米熙，笑得更厲害，還用手肘撞撞她，「我怎麼有預感，妳在學校裡應付情書會比應付功課忙。」

「啊，不會的，我有……」

「有什麼？」

「我有信心。」米熙及時改口，有男朋友這句話及時嚥了回去。

「唉，年輕貌美什麼的，真討厭啊！」Emma裝模作樣地取笑米熙。米熙有些尷尬地陪著笑，真想告訴她她已心有所屬，她才不會在學校收情書交男朋友，她真的不會。

米熙這天學了不少東西，對各科課程有了些概念。吃完飯，Emma開車送她回家。第二天Emma有工作，約好下週末學校報到完Emma再幫她掃盲。

米熙回到家裡，看時間陳鷹還沒起床，她洗好澡趴床上等他上線，一邊等一邊想著這兩天的事，想到秦雨飛不理她了，魏揚估計也不會理她了，但如果他沒有放棄她，恐怕她也不能理他，這麼一來，她失去了兩位朋友。米熙嘆氣，有些難過。她打了個電話給秦雨飛，那邊沒接。她想了想，發了條簡訊給秦雨飛，問她是不是在生她的氣，是不是因為在美國她疏忽她了，她說對不起，可她真的還是很重視她這個朋友的，她只是想告訴她這個。

秦雨飛正在酒吧獨自喝悶酒，聽到簡訊聲音後猶豫了一會兒才點開。看完內容她就坐著發呆，呆了好一會兒買單出來沿著街慢慢晃，有想哭的衝動，但她忍住了。一輛車滑到她旁邊，對她按喇叭，秦雨飛嚇一跳，轉過頭來正要罵，一看卻是顧英傑，她不罵了，轉頭加快腳步走。

「喂！」顧英傑跑下車去追她，腿長速度快，三兩步追到了，一把將她抓住，「這麼晚妳怎麼自己一人亂逛，很危險。」

「放手！」秦雨飛惱火，轉身就拿包包甩他身上打。

「妳喝酒了？」顧英傑搶過她的包，阻止她行凶。

「關你什麼事？」

「妳喝成這樣獨自一人走，知不知道有多危險？」

「是危險啊，現在不就遇著劫匪了。」秦雨飛諷刺他。

顧英傑不理她的嘲諷，拉著她往車上走。

「我不要上你的車。」秦雨飛掙扎，沒了包包就用拳頭捶他。顧英傑吃痛，但沒放開，只道：「要麼我送妳回去，要麼我打電話給妳家裡，讓妳家裡派人來接妳，妳選一樣。」

秦雨飛僵住，恨恨地走過去，自己開了車門坐上去。

顧英傑沒好氣，這大小姐一定是吃火藥長大的。他上了車，看看她，忽然又不氣了，真有意思，怎麼都不肯接他電話的人，卻讓他在路邊偶遇撿到了。「妳幹麼不接我電話？」他問。

「你誰啊？」秦雨飛反問。

「那為什麼不接米熙電話？」他又問。

秦雨飛僵了僵，咬了咬唇，說不出米熙誰啊這樣的話。

顧英傑嘆氣，啟動車子。秦雨飛偷偷看他一眼，然後撇開目光，靠在一邊不說話。顧英傑開著車，忽然說：「妳真的不必這麼戒備，我保證誰都不會說。妳不必疏遠米熙，我跟她什麼事都沒有，她還跟我說大家只能做朋友。」

「恭喜你啊！」秦雨飛怪腔怪調。

「我又不是被她拒絕才那什麼。」

「那什麼？」秦雨飛瞪眼了。

「沒什麼。」顧英傑順著她的意，「妳住哪？」他轉了話題。

秦雨飛報了地址，然後車裡又沉默了。顧英傑沒有刻意找話題，他看得出她心情不好，他可不想捅馬蜂窩，靜靜地把車子開到離她家門口不遠的地方，告訴她到了：「妳看，我知道該怎麼做的，停得遠點，不讓別人知道是我送妳回來的，我們不熟，對吧？」

秦雨飛拿過包包，猶豫了一下，小聲說了句「謝謝」。她推開門，顧英傑又道：「別把朋友拒之門外，秦雨飛，這年頭好朋友跟好男人一樣難找。」

秦雨飛下車的動作頓了一頓，還是沒說話，轉身走了。

顧英傑坐車上看著她進了家門，又坐了一會兒，手指無意識在方向盤上敲了敲，這才離開。

秦雨飛回到樓上房間，坐在床沿盯著手機發呆，然後跳起來偷偷到窗邊看，那車子已經不在了，她咬咬唇回去，拿起手機回了個電話給米熙。

米熙正跟陳鷹視頻，聽到手機響，看了一眼就跳了起來，「啊，快快快……」趕緊接了，那樣子讓陳鷹直皺眉。

「雨飛姊！」米熙討好的語氣太明顯，螢幕那邊的陳鷹眉頭皺得更緊，回頭得說說她，陳二少的未來老婆，幹麼這麼小心陪好！

「找我幹麼？」秦雨飛懶洋洋的語調，其實心裡也緊張，她給人臉色看，米熙會介意嗎？

「我都忘了。」米熙嘿嘿傻笑，「不過妳回電話給我真是太好了，我真高興。」

秦雨飛翻白眼，真是傻瓜啊，幸好她回電話了，失去這個小朋友，她一定會遺憾的。

「啊，我想起來了！」米熙想到了，原先是想問怎麼回絕男人的，現在不用了，但她有個新問題。她看了看視頻，悄悄伸手先關了，陳鷹在螢幕那邊傻眼，但米熙看不到，她專心問秦雨飛，「我幫朋友問的，想問問怎麼寫情書給男生，她有喜歡的人。」

「妳還用得著問我？」秦雨飛笑，「妳就是寫情書高手啊！」

「呃……」米熙在腦子裡飛快地想了一遍她剛才說的話，應該沒有露破綻吧？沒說是她要寫

情書吧？所以雨飛姊並不是在嘲笑她？

「妳發給我的簡訊多煽情啊，我要是男人，就把妳娶回來了。」

「呃……」所以是「妳對我很重要，我只是想告訴妳這個」這句嗎？這就是情書？米熙受啟發了，可是把對雨飛姊說過的話再跟陳鷹說一遍冒充情書，他介意嗎？

米熙準備好後，又打開了視頻，如果陳鷹還在線上她就跟他說，如果他不在了，那她可以多些時間準備，下次再說。

結果陳鷹在，臉色還不好看。

米熙有些心虛，討好地對他嘿嘿笑。

陳鷹白她一眼，繼續低頭看檔案。米熙揉揉鼻尖，在電腦上敲字：「你對我很重要。」

陳鷹抬抬眼皮看了眼螢幕，忍住笑，故意板著臉問她：「關了視頻就為了琢磨這句？還是問別人問來的？」

「才沒有！」說電腦自己關掉的行嗎？米熙動了動嘴。算了，說謊真的不是她的強項。

「這話什麼意思？」陳鷹又問。

「啊？」米熙有些呆，還要解釋？這麼簡單直白的話，三歲小孩子都懂。

陳鷹看她的呆樣終於沒藏住笑容，「我是說，妳說這個幹麼？」

「我……」米熙完全敗了，她瞪著陳鷹臉上的得意，確定自己被調戲了，「就是……就是雨飛姊不是不理我，然後我發了簡訊給她，說了那句話，她就被我感動了。我就是想告訴你，我原來也挺會說好聽話的。」哼！

陳鷹的笑僵了僵，這小氣鬼，太小氣了吧？他不過逗她一逗，情話就變顯擺了，臭屁什麼！

「哦，那妳對她說得挺溜的，對我就這麼敷衍。」二少裝出一副完全不在意的樣子，但是米熙覺得如果她不認真對待，可能她家陳鷹真的會記仇。看來得出B計畫了。開視頻前，米熙還搜了搜網上，時間不敢拖太長，但很幸運找到一句很適合他倆眼下狀況的情話。只是那情話太露骨，米熙覺得很羞恥。現在逼到這分上，還是出手吧。

米熙彆彆扭扭地說道：「不敷衍啊，哪有？」

陳鷹輕輕哼了一聲，「那妳寫句認真的來讓我看看。」

米熙照著網上的抄寫：「你是我的寶貝，你是我的Baby，不管相隔多遠，珍愛這份感覺。」她原本輸入文字就慢，輸入完了，臉已經紅透，看了好幾遍，一咬牙，發過去了。

陳鷹一邊裝不在意一邊偷偷看米熙，看到她臉紅成這樣，心不禁跳快幾拍，對她要寫的情話相當好奇和期待。能讓她這麼害羞，那得多露骨煽情。

情話發過來，陳鷹一看，說不出話來，手指在桌面上敲啊敲，一股火真是無處可發，又好笑又好氣，都不知道是生氣多一點，還是好笑多一點。

「妳少了兩個字。」陳鷹跟米熙說。

米熙一愣，忙看了看抄寫的句子：「沒有啊，沒有漏字。」

「少了『哦耶』兩個字。」陳鷹很篤定。

米熙搖頭，「沒有這兩個字。」

「妳去哪抄的？」他問她。

「我……」米熙定了定神，反問：「為什麼就不能是我自己的心裡話？」等等，這麼說，配上那句話實在是顯得她太沒羞恥了。

可是陳二少一點都沒感動，他唱了幾句歌給她聽，米熙開始一頭霧水，說得好好的，怎麼唱起歌來了，然後等他唱到最後兩句，她的臉垮了下來。

你是我的姊妹，你是我的Baby，哦耶，不管相隔多遠。你是我的姊妹，你是我的Baby，哦耶，珍愛這份感覺。

「只是把姊妹改成了寶貝而已，還少了哦耶兩字。」陳鷹吐槽她。

米熙撇嘴，撓著桌邊，「那我也是受害者，我是被網上坑了。明明搜的是兩地分開的情話，寫這話的人怎麼可以抄襲？抄襲了也不告訴人家是抄的！」她真是不服氣。

「妳這個企圖抄襲欺騙男友感情的，有什麼立場指責別人？」陳鷹隔著螢幕戳她，可惜戳不到軟綿綿的臉蛋，弄得手指好癢。

「我哪有欺騙？我明明是很誠心的，就是剛才時間有點緊，這不是看到『不管相隔多遠』這句了嗎？還覺得很合適呢！」米熙不高興了，網路太坑人了，一點都不好，「你等著，我鐵定琢磨出別人都抄不了的情書來給你。」

米熙認真的。這睡覺都不安穩了，使勁想辦法，一直想不到，然後她睏得不行，睡過去了。

第二天一早，米熙去公園教拳，打著打著，突然靈機一動。哎呀，太好了，就這麼辦！結束晨練後，米熙興沖沖回了家，宋林陪陳遠清去散步，於是米熙找了丁嫂和丁叔幫忙。

這天晚上，米熙興高采烈地坐在電腦前等著陳鷹起床。陳鷹睡前就聽說她有計劃，所以醒來的第一件事就是打開電腦。米熙這頭螢幕一亮，古銅色的健壯肉體便落入她眼裡。

「哎呀！」她趕緊捂眼睛，然後想到那是陳鷹的身體，身材挺好的。猶豫了一下，悄悄把手指縫打開一點，從指縫裡偷看。

「我看到了啊！」陳鷹倒了杯咖啡轉回來，調侃她：「想看就看，我不介意。」

米熙趕緊把眼睛閉得緊緊的，「你快去穿衣服！」

「穿了妳就看不到了，多可惜。」

米熙臉通紅。「快點！」腳都跺上了。

「好了，穿好了。」不到三秒陳鷹就說，米熙偷偷看，還真穿了件睡袍。真沒有了，說實話是有點可惜。米熙清了清喉嚨，努力認真嚴肅，「我弄好了，發給你。」

「弄好什麼？情書？」陳鷹點了接收，居然是個視頻，他家小土包子居然會拍視頻表白了？

「其實妳現在對著螢幕說，我也可以錄下來的。」陳鷹教她。

「地方不夠。」米熙說。

表白還要多大的地方？陳鷹好奇了。檔案還在傳，他等不及，先打聽：「妳不會在地上鋪了個心形的蠟燭圈，站在中間，手捧一束玫瑰花說愛我吧？」

「那多花錢啊！」米熙認真否定，「那錢省下來買糖給你戒煙更合適呢。對了，你戒了嗎？」

「戒了戒了。」陳鷹隨口說說，其實還有抽，但他想起米熙的時候會克制少抽點。

「嗯。」米熙很高興，「你要是饞菸了，就吃顆糖。」

「好，我在床頭放包牛肉乾備著。」陳鷹又取笑她，米熙撇眉頭抿嘴瞪他。這時候電腦顯示檔傳完了，米熙「哎呀」一聲，又是興奮又是緊張。

「我要看了啊？」陳鷹忍不住笑。

「等等，等等。」米熙忽然害羞起來，「我去趟洗手間，你慢慢看。」然後她跑了。

這麼害羞？陳鷹對這視頻內容相當期待，伸手點開。

視頻裡的背景是陳家大宅後院。米熙穿著運動服，頭髮往後梳了個小髻，腦後的長髮垂著，手裡拿了桿長槍，英姿颯爽，精神抖擻。一開始她對著鏡頭微笑著問：「好了嗎？」然後應該是掌鏡的人對她比劃了一下手勢，她點了點頭。小臉嚴肅，定了定神後，認真做了個起勢，接著，忽地一下，長槍舞開，手腕一抖，耍個槍花，槍一掄，臂一擺，旋身跳躍，長槍一震，落地，擺一個漂亮有型的姿勢，稍停，接著再一招。

陳鷹耐心看下去，他在想會不會是最後用長槍在地上劃出三個字什麼的。米熙這小土包子居然也會來這一套，真的好期待。

結果沒有，什麼都沒有。

她就是很認真地舞了一套槍法。時間不長，幾分鐘而已，但顯然她竭盡所能地展現了自己的功夫，招式很威風很美很有看頭，可是，他不要看這些啊！情話呢？在哪裡？

陳鷹眼睜睜地等到最後一秒，米熙舞完了槍收勢，然後抬頭，對掌鏡的人說：「好了，謝謝。」然後螢幕一黑，結束了。

就這樣結束了？

陳鷹看回跟米熙通話的那個視頻視窗，小傢伙還沒回來。這個小騙子，欺騙他的感情！還用這麼害羞的表情跑掉，害他以為視頻裡有什麼了不得的東西，結果呢？

武術教學片？

或者她根本是來炫耀武力值，意思就是：敢出軌？看槍！

心裡吐槽米熙，這時候她回來了。

陳鷹一臉嚴肅，米熙問他：「看完了嗎？」

「看完了。」

米熙盯著螢幕琢磨，這表情不像是感動，「呃……你覺得怎麼樣？」

「我還沒回過味來。」

沒回過味來？米熙也回不過味了。這什麼意思？「你是說……」

「我覺得沒哪個男人能看懂。」

米熙一臉受傷加不信，可以解讀成男人怎麼可能都這麼笨。

陳鷹嘆氣，「米熙。」

「嗯？」

「有什麼話妳就直說好了，這麼高深的情話，很難猜。」

「啊！」米熙忽然叫了一聲。

啊了他也沒懂，陳鷹沒好氣看她。

「我原先是想著在上面加一句話的，可是不會弄，後來想著傳檔案的時候發句話給你，結果太緊張了也沒發。」米熙咬咬唇，有些不好意思，「我就是想跟你說，陳鷹……」

「嗯。」他聽著呢。

「我會保護你。要是有人欺負你，拚了命我也會護著你。」

「……」這是情話？搶了男人的台詞，你讓男人情何以堪？

「米熙。」

「嗯？」

「妳還不如抄襲呢！」

「……」

米熙對自己的情話被嫌棄很不服氣，覺得肯定是陳鷹在逗她。他隨便簡單說兩句她就很開心了，而她這麼費勁他還挑剔，所以問題一定是在他身上。不過她不嫌棄他，她肚量大。

接下來的一週米熙有些忙碌，要做入學的準備，要惡補大學課程的基礎知識，宋林還找了個美術老師教她素描基礎。米熙很認真，學得很快，且勤加練習。她還堅持去領域的女子健身隊教拳，只是教到週四，她跟大家告別，日後上學就不能每天到公司來了，但如果時間允許，公園那邊的週末健身她會堅持去的，請大家如果有時間和精力，去公園那邊繼續練。

週二晚上，米熙去了程江翌家裡，一來關切蘇小培那個案子，問壞人有沒有抓到，二來也是跟蘇小培交代她的近況，她要去上學了，得跟蘇小培報告一聲。

程江翌和蘇小培看她對上學一事很興奮，就鼓勵了她幾句。米熙滿懷感激，蘇小培也告訴米熙一個好消息：她懷孕了。程江翌在一旁聽到她這麼說，臉上顯出得意，握著蘇小培的手一直笑，後來沒忍住，當著米熙的面，很是疼寵地親了親老婆的臉蛋。

米熙又是高興又是羨慕。這對夫妻是她心中的完美眷侶，各有本事，相親相愛，朋友和家庭都經營得很好。米熙有些走神，想著自己與陳鷹日後也不知會是什麼樣子。她不像蘇嬸嬸那樣能幹，但她想她一定要成為一個稱職的好妻子。

「對了，妳的紅線怎樣了？月老有沒有找過妳？」蘇小培忽然問，把米熙的思緒拉了回來。

「找過。他說……」米熙竟想不起月老有沒有跟她說過紅線綁上與否。是他沒說，還是她忘了？她不該忘的，這麼重要的事，「嗯，再等等好了。」回頭再問問月老先生，最重要的是，她

答應過不能把她跟陳鷹談戀愛的事告訴別人，所以，這件事也沒法深談。

蘇小培看了看她的表情，安撫地微微一笑，把話題帶過去。

這天晚上，米熙等到陳鷹上線，向他報告了蘇小培有孕的喜訊，又問他：「什麼時候才能告訴別人我們在戀愛呢？」

「再等等，等妳滿十八之後，等大家忘了前面那件醜聞之後。」

米熙點點頭，覺得能夠體諒。

週五新生報到，宋林帶著米熙去學校。各種迎新活動，大家笑鬧不停，米熙看得眼花繚亂，很是興奮。她也是這群人中的一份子，她是這個世界裡的一份子了。

米熙外貌出眾，引得周圍人側目，可是沒人過來搭訕，因為她身邊站著宋林。宋林一身貴婦妝扮，身後跟著丁叔。米熙不說話的時候也是小冷臉一張，雖然眼睛四處看，但她端莊有禮，所以也是筆直站著，臉上沒顯出什麼失態的樣子。

學校來了個漂亮的富家小姐，不到半天，這消息已經傳遍遠林藝術學院。

「估計是表演系，現在有錢人不愁錢，喜歡當明星。」

「什麼？學服裝化妝設計的？怎麼會想學這個？」

「大概選錯科系了，以為那是服裝設計，不知道前面加了戲劇影視這幾個字。」

不少學長姊們拿著照相機到處拍，有個男生跑去問米熙：「可以拍照嗎？」

宋林不在，米熙獨自站著等，聽到問認真答：「不可以。」

「哦。」那男生撓頭走了，居然說不可以，今天拍了這麼多還沒遇到這樣的。他走了一段路，回頭舉起相機，還是把米熙拍下了。之後幾個人聚一起整理照片，眾人議論紛紛。

「哇，這女生真漂亮，可是怎麼凶巴巴的？」

「架子端得可高了，自以為了不起。她不讓拍，我偏拍了。」拍照的男生說。

一個收集新生情報的人道：「這個不行，服裝化妝設計的，上不了檯面。另外幾個好，那三個是表演的，這兩個播音的……」

好幾張照片在螢幕上展開，女生們個個笑著甜美，只有米熙皺眉瞪著鏡頭，一臉不高興。

米熙不知道這事，她不喜歡被陌生人拍照，但是她看到不少人在拍，今天那男生那樣她也就忍了，省得大庭廣眾之下出醜。別人都這樣，那她應該「入鄉隨俗」，而另一件需要「入鄉隨俗」的事就是住宿。宋林帶著米熙辦完手續，見過老師，說到宿舍問題。宋林倒是無所謂，主要看米熙的意思。米熙有些猶豫，沒住過，不知道情況，住進來了還能跟陳鷹視頻嗎？

「還是先預訂，想住的時候就去住，不想住就回家，上課讓丁叔送妳。」宋林幫她做決定。老師們都知道米熙是個特殊學生，所以宿舍也幫她安排了位置好的四人房，有獨立浴室，窗戶對著花園。

寢室裡已經有一個人住了，梳著馬尾戴著眼鏡的小女生，正在收拾下鋪的床位。老師幫米熙介紹，小女生叫馬詩詩，是這次新生中錄取分數最高的。米熙頓時心虛了，娘親呀，錄取分數最高的和她這個連分數都沒有的人住在一起，壓力好大。

馬詩詩看到老師帶著新舍友來有些緊張，推了推眼鏡，低頭問好。老師看了一眼，另一邊的床已有人占了，東西放著，人不在，於是老師跟米熙說：「上鋪不太方便，要不妳跟馬詩詩換？」說這話時看了馬詩詩一眼，老實的馬詩詩立刻說：「我睡上面好了。」

「不用，不用。」米熙嚇到，連連擺手，「我過一段時間才來住，而且上鋪沒什麼不方便。」

老師討好地對宋林笑笑，「這爬上爬下的，還是下鋪好。」

馬詩詩看看米熙，覺得米熙嬌嬌弱弱的樣子，實在是不如自己，於是說：「對，還是我睡上面。」她說著，就要爬上去收拾。笨手笨腳爬一半，被米熙攔下來。馬詩詩笑笑，「沒事，多爬幾次就熟練了。」

米熙也笑笑，輕輕一跳，上去了。馬詩詩張大嘴瞪著她，米熙再輕輕躍下來，輕鬆得不得了，下來了對馬詩詩道：「我很熟練了，我睡上面。別爭這個吧，不好看。」

老師在一旁有些尷尬，宋林抿嘴笑。米熙和馬詩詩互留了手機號碼，約好學校有什麼事馬詩詩就打電話給米熙。米熙說她回頭搬行李來，宋林又笑，覺得米熙自己張羅完全沒問題。

離開學校的時候，米熙忽然想起一件事，不知道她上週在這裡畫的那幅畫還在不在，那上面畫的是陳鷹呢。她讓宋林稍等，自己跑去找系主任，系主任有些驚訝，但還是帶她去畫室。畫室到現在還沒開放過，也沒人收拾，畫還在那裡。米熙喜孜孜謝過主任，把畫捲了跑走。

「怎麼了？」回程時宋林問。

米熙抿嘴笑，很不好意思。她是想著，這畫也能當情書。哈哈哈，她真是聰明。

當晚米熙跟陳鷹視頻通話，向他報告一天的行程，說了好多校園裡的事，還說明天週末要去學校跟同學們認識認識，聯絡感情，又問陳鷹她是住校好還是不住校好。

「還是住家裡吧。」陳鷹道：「這樣我們見面方便。以後我回去了，上一天班回家還見不到人，得跑到學校去，累得慌。」

米熙心裡微甜，紅著臉用力點頭。

「而且在學校裡耳目太多，我們要是在那見個面表現得親熱點被看到也不合適。」

米熙的笑容僵了僵，原來還是不能讓人看到啊，她再點點頭。想了想，甩開這情緒，高興地對陳鷹說：「我又有新情書了，這回一定行。」

「是嗎？」陳鷹彎了嘴角，很故意地用寵溺的語氣說道：「寶貝，我愛妳。換妳了。」

「哼，我才沒有那麼俗氣輕浮呢！」米熙翻出她那張畫，亮出來給陳鷹看，「噹噹噹，你看，是我畫的！」

陳鷹看了，臉上的笑意垮了下來，跟她確認，「妳是用這畫跟我表白嗎？」

「嗯。」米熙點頭，「以畫傳情，我們家鄉那邊也是有的……你那是什麼表情啊？」

「米熙。」

「嗯？」

「以畫傳情是沒錯的，招數雖然俗一點，但比有新意的武術教學片強。可是，妳要有誠意點就重新畫一幅多好，把妳也畫上。妳拿入學考試唬弄系主任的隨便畫畫的東西來敷衍我，我心都要傷透了。」一邊說還一邊演，捂了捂心口。

米熙張大嘴，傻眼。陳鷹怎麼知道的？不對，重點是她怎麼就沒想到重畫一張呢？啊，一定是今天想起後就隨手拿現成的了。

「妳個呆子，太呆了。」陳鷹搖頭嘆息，「我要是不把妳娶回家，交給誰能放心呢？所以還是我來吧。」

米熙撇嘴，紅著臉問：「那我現在重畫一張還來得及嗎？」

「妳說呢？」陳鷹瞪眼。

「我覺得來得及。」

陳鷹繼續瞪眼。

「那……」米熙想半天，一咬牙，學他的語氣，「寶貝……」這麼輕浮的表白真的不適合她。

陳鷹忍不住笑，提醒她：「還有後面三個字。」

米熙掙扎，「我覺得我前面表白得都挺好的。」

「全都不及格。快點，三個字。」

米熙瞪他，陳鷹得意地笑，很囂張。

「好討厭！」哪有這麼挑剔的？關機，睡覺！米熙關機了。

陳鷹對著突然黑掉的螢幕傻眼，三個字是「好討厭」，然後就沒了？現在是什麼情況？

米熙這晚在床上笑著睡著的，她想像著陳鷹對著電腦的表情，忍俊不禁。

一覺醒來，米熙收拾東西要去學校，宋林卻讓她今天先別出門。米熙雖不解，但也聽話留在家裡。中午的時候，她正在房間裡練素描，然後接到陳鷹的電話：「寶貝，妳想好怎麼表白沒有？」

「哼！」米熙皺皺鼻子，軟軟的哼聲十足的撒嬌意味。

「我教妳一招。」

「什麼？」

「妳可以撲過來獻吻。」

「撲牆上吻電腦嗎？」米熙吐槽他。

「妳到窗口看看。」陳鷹說。

米熙不知道他賣什麼關子，難道他讓人送禮物給她？不會像網路上說的在院子裡擺一個心形玫瑰花吧？米熙走過去，腦子裡還在想那肯定不會，結果她就看到一個熟悉的身影站在院子裡抬頭對她笑。

陳鷹？

米熙揉了揉眼睛，簡直不敢相信。

真的是陳鷹！

「啊！」米熙尖叫，他居然回來了。米熙一直叫，手機都不要了，丟一邊去。

陳鷹大笑，然後臉上一僵，大聲叫：「妳不許跳啊！這麼高，妳不許跳！」

米熙才不管，她直接跳出窗外，經過二樓窗角那點了點足，緩了墜勢，落到了院子裡。腳一著地，停也不停，朝陳鷹衝了過去。

「陳鷹！」狂霸跩的功夫少女勢不可擋。陳鷹張開雙臂接她，但還是沒接住。被她的衝勢重重撞了一下，連著後退兩步，還是沒站穩，仰面倒在了草地上。

「陳鷹！」米熙壓在他身上，緊緊抱著他，一臉狂喜。

他媽的！陳鷹軟玉溫香抱滿懷，心裡罵著粗話，他家這小呆妞這麼蠻，讓他這老男人的面子往哪裡擱？

陳鷹回來了，米熙覺得這不像真的，可他確實就在。

米熙臉上的笑一直收不住，嘴快咧到耳朵後了。原本她在院子裡是抱著陳鷹不肯放的，不過宋林和陳遠清出來了，陳鷹捏她臉蛋，她這才清醒了些，讓陳鷹起來。陳鷹揚言要封了她的窗子，她不說話只傻笑，然後像尾巴似的跟著陳鷹轉。

陳遠清夫婦似乎對陳鷹回來是知道的，起碼沒有像米熙那樣大驚小怪，吃飯的點也卡得正好。陳鷹一回來就開飯了。

一家子圍坐著吃飯，米熙挨著陳鷹，拚命夾菜盛湯給他，陳鷹也笑得像傻子。飯後陳遠清與陳鷹談公事，丁嫂切水果，宋林泡茶，米熙挨著陳鷹坐，悄悄拉著他的手，握得緊緊的。陳鷹完全無法集中精神跟陳遠清聊，最後只得說他先把給米熙帶的禮物給她，然後洗澡換身衣服，一會兒去書房再談。

陳遠清看了看米熙，揮揮手。去吧去吧，年輕人啊，真是的！

陳鷹牽著米熙的手上樓去，米熙一路傻笑，笑得陳鷹心裡像灌了蜜似的。宋林端茶出來，陳遠清嘆氣，「米熙還真是小孩子心性，她跟陳鷹一旦一起站在媒體跟前，要說他倆沒在戀愛，誰也不會信。」

「不信就不信，他倆又不開記者會，哪會站到記者面前去？你是擔心兒子，還是擔心米熙？」

「都有。」陳遠清皺眉頭，「兩個都是孩子。」

「瞎操心！」宋林過去為他捏捏肩膀，「你還是操心自己吧，要是再住院，我可就不理你了。兒孫自有兒孫福，陳鷹這麼大的人了，知道自己在做什麼。再說，你把公司交給他，能做成什麼樣，就看他的了，你別管了。」

「我這不是也得幫他把路鋪好嗎？公司裡這麼多叔叔伯伯，他畢竟是小輩，哪能說不管就不管？」陳遠清一想到這，恨不得馬上把陳鷹揪下來開會。他美國那邊有進展了才趕著回來，這專

案對他在影視這邊站穩腳跟很重要，陳遠清希望兒子別為美色昏了頭，好好工作，等事業穩定了，再談婚事都來得及。

陳鷹帶著米熙上了樓，米熙問：「帶什麼禮物了？」他的行李箱很小，沒帶東西的樣子。陳鷹沒說話，只笑著，拉她進房間，把門一關，米熙剛想開口卻被他壓在門板上吻住了。這是個熱情又甜蜜的吻。

米熙長舒一口氣，緊緊抱住了他，踮高腳尖，迎合著他。她很想他，很想很想。陳鷹用這個吻表達了跟她一樣的心情。輾轉吮吻，把她抱著久久不放。

好一會兒分開了唇，米熙大口大口呼吸。陳鷹又好氣又好笑，「嘴堵上了，鼻子不能用嗎？」

「忘了。」米熙掛在他脖子上撒嬌，臉蛋紅透。他一吻她，她就什麼都忘了。

「妳可以再笨一點。」

「好。」他讓她做什麼她就做什麼。

「……」陳鷹拍她屁股一下，「不是讓妳真的笨。」

「好。」她嘿嘿笑著，笑得陳鷹忍不住再次堵住她的嘴。

吻到停不下來，吻得從門板後面移到床上。陳鷹抱著米熙，心滿意足。視頻裡看看和真的能抱到人真是天差地別。現在幸福得不想動，聽著她像小老太婆似的在耳邊嘮叨，閉著眼睛微笑。

「怎麼會突然就回來了？明明我昨天睡覺的時候你還在電腦那邊呢！」

「我想告訴妳我一會兒就去機場，有工作要回來辦，結果妳自己要脾氣關機了。」

米熙又傻笑，抱著他的手臂，一點都不介意什麼男女授受不親的規矩了。

「那你還走嗎？」

「要走的，回來開會，把事情確定了就回去。」陳鷹看著她，親了親她的鼻尖，「對方答應了我們的條件，但也對我們有條件。這是個好機會，當然風險也很大。」

「嗯。」其實米熙聽不太明白，但他做什麼她都會支持，「有風險不怕的。我來這世界，也是個好機會，但是風險也很大，可是你看我現在多幸福。」

陳鷹哈哈笑，笑完了把她抱過來親一親，「這句情話及格了。」

啊？米熙認真琢磨，她說情話了？戳戳陳鷹胸膛，小聲問他：「哪一句？」

陳鷹眼睛都閉上了，聞言，睜眼板著臉給她看，「搗亂是不是？」

米熙扁嘴，哪有，她很認真請教啊！抓住了情話技巧，以後才好討相公歡心。

可是她的未來相公很累的樣子，居然閉上眼睛要睡了。米熙想了想，小聲提醒他：「你剛才跟爺爺說，你上來給我禮物，然後洗個澡換身衣服就下去跟他談公事的。」

「哦。」陳鷹真的是累了。這段時間一直忙都沒能好好睡，又坐了長途飛機趕回來，現在吃飽了，心情又好，睏得不行，「我很累，我爸能理解的，我先睡一覺再跟他聊。」然後真的睡了。

米熙不敢動，看著他的長睫毛，盯著他的臉，越看越覺得他英挺俊逸，越看越覺得喜歡。過了一會兒，聽得他呼吸輕淺，似乎是睡著了。米熙咬咬唇，小心翼翼湊過去親了親他的額角。他沒有動，還在睡，米熙又偷偷親了親他的鼻尖。米熙捂嘴笑，覺得自己占了大便宜。笑完了，她看看他，這回試圖親親他的唇。他的唇也很好看，他親她的時候她感覺到，他的唇瓣柔軟，她想親親看。

可是他的姿勢有些低頭，她湊了湊碰不到他的唇，得趴到他胸口那再往上親才能親到。米熙蠕動了一下，想縮到下面去，可難度有點大，動作大了又怕吵醒他。想想算了，有些可惜，這麼好的機會就這樣錯過了。她再親親他額頭，心裡想著下次他睡覺時用仰頭嘟嘴的姿勢就好了。

她想像了一下那姿勢，自己捂嘴樂了。那樣太傻了，米熙自己在床這邊滾了個小圈，自娛自樂，然後她也睏了，真想窩在他身邊陪著他，窩很久很久。

米熙又翻過來看陳鷹，突然想到陳遠清還在樓下等，就輕手輕腳爬起來，整了整衣裳，輕輕開門出去。樓下客廳已經沒人，米熙去了書房，看到陳遠清正坐在大書桌後面辦公，而宋林躺在一旁的躺椅上，拿著一本書在看。兩人感覺到門口有人，同時抬頭看。

米熙有些不好意思，為陳鷹解釋：「他睡著了。很累的樣子，坐飛機很辛苦的。」

宋林笑了，陳遠清點點頭，說他知道了。

「等他醒了，再跟爺爺談公事吧。我就是下來說一聲，免得爺爺等他。」米熙說完這話，覺得臉發熱。自己是不是反客為主不禮貌了？可是身為兒媳婦，為夫君遞個話很應該，只是她還沒過門而已。

好在宋林和陳遠清沒笑話她，宋林問：「妳什麼時候要搬東西去學校？記得跟丁叔說一聲。」

米熙頓時又紅了臉，「我週一去上課的時候再一起搬。」週末陳鷹在家裡，她才不要出去呢，她要陪著陳鷹，一點都不想分開。米熙看到宋林的笑，像是被人窺到了羞答答的心思，趕緊告辭上樓去了。

陳鷹還在睡，米熙幫他把空調開好，坐在床邊陪他。陪著陪著，她累了，忍不住窩到他懷

裡。陳鷹被擾醒，迷迷糊糊半睜了眼，「米熙？」

米熙不說話，趕緊閉眼裝睡，不能讓他看到是她自己不知羞窩過來的。

陳鷹也沒說話，下意識拉開被子，把米熙裹了進來。米熙只覺身上一暖，暖進了心頭。過了好一會兒，她悄悄睜開眼睛，看到陳鷹閉著眼睡得香。這次的姿勢很合適，她只要稍稍抬頭，就能親到他的唇。

於是，她這麼做了。

陳鷹沒醒。米熙微笑，再親了親他，心滿意足，覺得這樣的日子再幸福沒有了。

然後她閉上了眼睛，也睡著了。

這一週末米熙都過著這樣幸福的生活，每時每刻不離陳鷹左右。他跟陳遠清開會，她就在客廳看書畫畫等他。他回房間，她就在他房裡跟他說話。雖然之前也每天視頻，但她還是有說不完的話。晚上睡覺時，他會陪她到很晚。第一天晚上他回房間後，她忍不住發簡訊給他道晚安，結果他又過來了，說道晚安要有誠意，要當面說。然後賴著賴著，就抱著她睡著了。

第二天晚上也是這樣，不過不是她招惹他的，她忍著沒發簡訊也沒打電話，趕他回房，結果她翻來覆去睡不著。五分鐘後，他過來了，問她為什麼沒發簡訊跟他道晚安，接著賴著賴著，他又在她那裡睡著了。

週一誰也不能耍賴了，她要去上學，而他得上班。米熙依依不捨，有些難過。她想她終於知道什麼叫做戀愛了。原來大家都沒說錯，戀愛這種感覺真的很好。

陳鷹自己開車去了公司，他比陳遠清出門早，因為他要提前先來跟吳浩碰頭說說這段時間的工作進展。吳浩在查藍天影業的底細，查到果然是跟李展龍有關，只是李展龍未掛名，用了別的

人頭在背後出資，這幾年倒了幾手資源也賺了不少。之前離職的餅哥也在另一家李展龍的關係企業裡擔任藝人總監，簽了幾個新人，跟藍天影業那邊在合作《圈中女王》。

另外最近凌熙然也在鬧，之前公司將她冷藏解除了幾個她的工作約，轉給了公司其他女藝人，她相當不滿。餅哥走後她也沒閒著，找了律師拿了她的經紀約一句一句地琢磨，要跟領域解約。這當然後面有餅哥的推助，吳浩查到那律師也跟李展龍有些關係。如果凌熙然解約，那一定是簽到餅哥的公司，而領域這幾年在凌熙然身上花費許多財力精力將她捧成一線女星，被餅哥順手拿走當然是不樂意。只是凌熙然已經不配合公司的工作安排，這樣耗著也很難用。

這幾件事都跟李展龍有關，吳浩還聽到風聲，有個導演兼編劇原本是屬意跟領域合作，但李展龍將他拐到另一家影業去了，那是個很棒的題材，圈中人都看好其商業價值。據說李展龍會找投資給他，而那家影業，據消息傳很可能是藍天。

陳鷹覺得這些事情很重要，對領域的利益有很大的衝擊，但因為吳浩得來的這些消息都是據說、傳說、聽說，作不得準，所以他得先證實了，再跟陳遠清商量對策。

陳鷹停好車，到公司樓外面的咖啡店買了早餐，回去時在大樓外的長椅上看到了月老。

陳鷹走過去，心裡莫名緊張，他不會又是來讓他問一個問題的吧？

月老見他走近，微笑著開口：「陳鷹，你好。我來是按紅線系統的指示，告訴你一件事。」

不是讓他提問，而是來透露消息的？陳鷹揚了揚眉，「什麼事？」

「你跟米熙的紅線，還沒有綁上。」

陳鷹呆住了，一時反應不過來，下意識地問：「你說什麼？」

「我是說，你和米熙的紅線並沒有綁上。」

「好了，不必重複了。」陳鷹皺了眉頭，很不高興。

月老閉上嘴，心想月老這工作就是這麼不好做，問人家說什麼又不讓重複，月老的心酸只有月老知道。

陳鷹煩躁地把手裡的三明治和咖啡往長椅上一放，問他：「紅線綁上的標準是什麼？」

月老不說話，通常大家會以為相愛就可以。

「我們相愛，熱戀中，這樣都綁不上？」陳鷹真是火大？什麼破爛系統，亂七八糟！

「如果相愛就能白頭到老，那世上豈非沒有遺憾？如果相愛就能永不變心，那世上男女豈不是永不悲傷？」

陳鷹眉頭皺得死緊，「你是說……我們之間會變心？」

「沒有，我只是講道理，沒說你們，你可不要亂猜，月老給了錯誤指示是會被扣分數的。」

「你的分數是負多少了？」

「……」月老抿緊嘴，憋了半天，又說：「我是嚴格按照紅線系統指示來辦的，系統沒指示告訴米熙，我就沒說，上次她問我來著，我糊弄過去了。我想紅線系統知道米熙對這類問題比較敏感，如果她知道相愛了紅線還沒綁上，也許她會鑽牛角尖，反而壞事，但是你不一樣，你是個有閱歷的成熟男人，應該承擔起一個成熟男人應該承擔的責任。你們的紅線沒綁上，所以你們之間一定還有問題，你要找出來並解決它。」

「我們之間一點問題都沒有。」陳鷹咬牙，「米熙非我不嫁，我也願意娶她，等她滿二十可以領證了，我們就結婚。那時剛好快到三年，她會平安無事，能夠留在這裡幸福地生活下去。」

「所以你覺得你們一點問題都沒有？」月老一臉「我已經提醒你了」的表情。

「沒有。」陳鷹語氣肯定，「你們的系統一定搞錯了！該維修就維修，該升級就趕緊升級，報告錯誤資訊是要扣分數的。」他揶揄月老。

月老搖頭，「系統沒出錯，陳鷹，你必須正視這個問題。你有時間慢慢來，拖到四五十歲都沒關係，米熙卻是不行。紅線綁上了，還需要時間綁牢穩固，確保她在這世界的安全。你就算為了她，也不能忽視這問題，不然，怎配稱得上相愛？」

陳鷹一時語塞，可他真不知道他跟米熙有什麼問題。年紀嗎？他是比米熙大了差不多一輪，可年齡差距比他們大的夫妻比比皆是，又怎會偏偏他們不行？是米熙未成年嗎？可她很快就要十八了，再者從小學就開始戀愛的人一抓一大把，別人怎麼就沒問題？是家庭環境？他爸雖然對他倆的事很謹慎小心，卻沒有反對，他媽更不用說，她喜歡米熙，當她是自己女兒看待。他家不缺錢，不需要找個富家千金，也不需要什麼政治聯姻。對，提到事業，米熙雖然不喜歡露面，但她配合度很高，她不介意他所從事的行業，她全心全意地待他，他能夠感受到。

陳鷹忽然有些慌起來，「米熙的有緣人是我吧？」

「這世上人有這麼多，緣分當然不止一個。只是有緣還需有心，陳鷹，你現在應該明白當初我為什麼挑選你來照顧她。我說過，你是最合適的一個。我已經幫了你們許多，但有些事我無能為力，只能靠你們自己。」

「所以究竟缺什麼？」

「你覺得呢？」

「我覺得我們一切都很好。」陳鷹認真想，「她年紀小，缺許多東西，所以我已經盡力遷就呵護她。她今天去上學了，她會交到許多朋友，她會學會獨立。事實上，她已經知道怎麼與人交

際，她甚至會找朋友帶她來美國看我。她知道追求是怎麼一回事，她會拒絕別人，會教人打拳，她有自己的健身團隊。她努力讀書，她有自己的生活。我工作忙碌，但也把她的生活安排得很好，我不在的時候，我的父母也在照顧她。她有溫暖的家庭生活，有書念，有朋友，有我，我不覺得我們有什麼問題。」

月老看著陳鷹，笑了，「陳鷹，我很開心我把米熙交給了你。雖然紅線還沒有綁上，但我相信一定沒問題的，請你們繼續加油吧。」

就這樣？什麼有用的指示都不給嗎？陳鷹張了張嘴，還沒說話，月老卻說了：「再見，希望下次我們再見面時，我能帶給你好消息。」

「等等。」

月老停下腳步。

「紅線真的沒綁上嗎？」

「是的。」

「紅線沒綁上，米熙就會死嗎？」

「她原本不是這世界的人，沒有紅線護體，她確實是有性命之憂。」

「不是嚇唬我。你不是拿話來試探我吧？」

月老皺眉頭給他看，「我們月老也是很忙的好嗎？」換言之，誰有空玩這種試探考驗的把戲啊！「我們月老做事是認真嚴肅的，嚴格按系統指示來幹活。」

「那總該給我一些明確的指示。」

「系統沒指示，我不能亂說。」月老一臉無辜。

陳鷹微瞇了眼睛，有氣沒處撒，真是破爛系統。「上床了能綁住嗎？結婚了能綁住嗎？」既然他跟米熙之間什麼問題都沒有，那一定是進度還沒進展到位。

月老搖頭，「雖然現代人道德缺失，很多人不覺得有什麼，但我還是要提醒你，與未成年人發生那件事是非常不對的……」

「我當然不是打算……」陳鷹打斷他的話辯白，卻也被月老抬手打斷了話頭。

「況且，」月老繼續說：「這個答案很明顯，如果上床有用，那這世上怎麼會有那麼多結不成婚的？如果結婚有用，又怎麼會有那麼多離婚的？」

陳鷹還想說什麼，月老繼續阻止他：「好了，這件事如果能夠討論清楚，那也不需要我們這麼多做月老的奔波勞碌。許多事都得靠你們自己，真的，別人都不管用。陳鷹，你對米熙很好，米熙也一定感受到了，她愛上你，不是沒有原因的。請你們好好珍惜，只要用心，一定會發現問題出在哪裡。我要說的話說完了，再見。」

月老走了，頭也不回，留下陳鷹呆立在原地，簡直莫名其妙，明明沒問題，卻非說沒綁上。

「老遠看到你像個傻子似的飄，沒撞到牆還真幸運。」

陳鷹皺著眉晃進辦公大樓，進電梯時看到吳浩，他正按著電梯門等他。

陳鷹不理他，走進電梯，暫時把月老的話丟在腦後，他還有一堆工作等著。

「早餐吃了嗎？」吳浩又問。

「……」陳鷹想起他的早餐落在長椅上了，「算了，我跟它沒緣。」

「哦。」吳浩無所謂，反正餓肚子的不是他。按了樓層數，電梯開始往上升。

「等等。」陳鷹又按回一樓。

「幹麼？」

「不能就這麼輕易丟掉緣分。」陳鷹決定回去撿他那份早餐。

吳浩一臉驚悚，「老大，你去美國進修哲學了嗎？」

「我只是肚子餓。」陳鷹沒好氣。電梯升上去又下來，吳浩跟著陳鷹往外走。

「幹麼？」

「老大，我也餓著呢。」其實就是湊熱鬧看看什麼早餐這麼寶貴。

「自己去買。」陳鷹走到長椅那，早餐袋還在。吳浩一看，只是三明治而已。不過咖啡不錯，他決定也去買一份。兩個大男人乾脆在咖啡店坐著把早餐吃完。陳鷹在落地玻璃窗邊看著店外趕著上班匆匆而過的男男女女，忽然問：「吳浩，你說如果一對男女很相愛，相處得也很好，但就是有人告訴他們，他們紅線沒綁上，最後無法有好結果，你覺得他們的問題在哪裡？」

吳浩差點被一口三明治噎死，明明他一副精明幹練的成功人士模樣，為什麼陳鷹和米熙會覺得可以找他聊感情問題呢？吳浩喝了兩口咖啡，把三明治嚥下去。一抬頭，陳鷹明顯還在等他回話。吳浩嘆口氣，「他們的問題很簡單啊！」

「怎麼簡單？」

「把那個胡說八道的揍一頓，當他放屁，一切搞定。」

「……」

不滿意？不滿意他也沒辦法了。吳浩對陳鷹笑笑，無視他那張臭臉。窗外有個眼熟的人影走過，吳浩匆忙把最後一口塞下，「走，回公司吧，說早點來開會的，結果都這個時間了。」

陳鷹不知道他在急什麼，但也跟著他走。進了辦公大樓，吳浩遠遠就追著電梯跑，「等一

下！」電梯裡有人按住了門，吳浩三兩步趕過去。陳鷹不得不跑兩步跟上。進去後看到電梯裡有幾個人，當中有劉美芬。

「早安。」陳鷹對劉美芬笑笑，劉美芬也對他一笑，應了聲「陳總好」。

吳浩看看這兩人，不動聲色，沒說話。劉美芬的樓層到了，她向陳鷹道了聲「再見」，又朝吳浩點了點頭，然後出去了。吳浩一路跟著陳鷹到了他的辦公室，陳鷹忽然說：「你對她有意思？」

吳浩頓時又驚悚了，老大，你去美國是進修讀心術嗎？

「沒有。」他不能承認。

「這麼明顯，否認無用。」陳鷹老神在在，開了電腦調出工作檔案。

「哪裡明顯？」吳浩是真的被嚇到了。

「她沒跟你打招呼，你很介意的樣子。」

「哦，那是她沒禮貌。」

「你們似乎都不太在意對方沒禮貌。」

「你剛剛才說我很介意。」

「你只是介意她跟我打招呼卻沒跟你打招呼。」陳鷹把吳浩發給他的報告整理出重點，「而且你也沒跟她打招呼，故意的？」

「她沒理我，我當然不會拿熱臉去貼冷屁股。」

「你表現得很明顯，卻又什麼都沒說，她大概也會小心處理吧，會錯意豈不是糟糕？她是很謹慎認真的那一型。」

陳鷹這話說得吳浩忐忑了，不會吧，他表現得很明顯，所以劉美芬對他刻意保持距離？「算了算了，反正她也不喜歡我這一型的。」明知道不合適就不要往前湊，可是那次她主動幫他，還表現出了體貼賢慧，讓他心好癢。不甘心啊，為什麼他這一型就不行呢？

陳鷹點點頭，吳浩這型也許真不合適。劉美芬跟他表白過，雖然大家已經說清楚，但他也不想胡亂鼓勵吳浩去追求她，省得處理不好大家難看。「好了，你具體跟我說說你這封信裡提到的藍天影業財務方面的情況，我們需要抓到李展龍的把柄才好行事。」

吳浩的臉垮下來，不是吧，不是談男人的感情問題嗎？這麼快換事業頻道了？其實陳鷹心裡也放不開，月老的話一直困擾他，但工作就是工作，沒事業拿什麼疼老婆？

米熙原以為陳鷹回來了，而她可以上學，日子會越來越開心自在，但其實不然。

陳鷹回來這段時間忙得連軸轉，而米熙自己上了學才知道什麼叫這世界的壓力。首先第一天上課她就聽得雲裡霧裡，果真打瞌睡了。陳鷹跟她說上課睡覺竟然不是開玩笑，她從來不知道原來課堂有催眠的作用。可她當然不敢，努力地聽著，無奈地茫然著，而且這課堂對她來說也比較複雜，雖然Emma提前幫她掃過盲，但什麼大課小課專業課，幾十或是百來號人一起上課，對米熙這沒見識的小土包子來說也頗是壯觀了。

於是上學第一天，米熙先迅速抓住能混下去的辦法，就是緊跟馬詩詩不放。她去哪上課她就跟到哪，這樣保證不會錯，而且馬詩詩上課都不打瞌睡，還聽得很認真，坐她旁邊米熙能時刻提醒自己要以別人為榜樣。

第一天米熙認識了不少人，有老師有同學，有男有女。新生們很容易混熟，就連米熙這種自認不擅交際的也有了一堆同齡朋友。馬詩詩來自鄉下，但錄取成績極高，大家很驚訝為什麼她會

選這個學校。馬詩詩說她家裡是開裁縫店的，她從小就對化妝服裝感興趣，遠林藝術學院這科系很有名，而且跟領域有關係，日後就業比較容易。她家境不好，還是務實些，而且遠林提供獎學金，這樣學費就不用愁了。

「哇靠，我們這破科系居然有個學霸！」

大家笑了起來，然後有人問米熙：「米熙，妳呢？」

米熙語塞，「我、我是從很遠的地方來的，很山裡，呃……」她連學渣都稱不上，簡直是學盲。沒有分數，靠關係混進來的，這些事情沒法說啊。

「我知道妳。」有一個同學大叫，「我說妳的名字怎麼這麼耳熟，妳是領域老闆家領養的孩子吧？還鬧過緋聞，陳家還為妳開過記者會。」

「哇，有這樣的事！」

「米熙，妳居然開過記者會？」

「啊，我也想起來了，就是鬧緋聞鬧很大，然後領域那邊生氣了，就開記者會罵記者來著。牛氣啊！米熙，妳跟陳家二少真的沒關係嗎？領養而已，又沒有血緣關係，我看過他的照片，超級帥！」

「什麼什麼？米熙跟帥哥鬧過緋聞？」

「重點是超級有錢！」

「還有錢？那怎麼只是鬧緋聞而已，太可惜了！」

「要不，米熙妳介紹給我吧。」

「你們都差不多一點，知道什麼叫長腿叔叔嗎？」

大家都噤聲，只有米熙答：「不知道。」

所有人都瞪她。

米熙茫然又無辜，可是同學們瞪得很認真，她不敢問了。幸好這時候上課鈴響，老師走進教室，大家趕緊坐好，米熙鬆了一口氣。課堂上，米熙沒忍住，偷偷問馬詩詩：「長腿叔叔是什麼典故？」

聽馬詩詩說是一個孤女受到一位神祕人士的資助得以念書改變命運，最後發現長腿叔叔的真實身分，並與之相愛的愛情故事，米熙張大了嘴，居然有這麼準的故事。雖然陳鷹不神祕，她早就知道他是誰，可是資助她，讓她改變命運，然後相愛什麼的，完全一樣啊！

「妳別介意。」馬詩詩推了推眼鏡，轉頭繼續聽老師講課。米熙埋頭，因為臉已經開始紅了，她不介意，她是被人揭穿了會害羞。陳鷹的顧慮果然是對的，學生的八卦功力絕對不比記者差。

米熙不想說謊，那她要怎麼面對同學？想到這個就煩心，最後她決定聽陳鷹的，他不讓說她就不承認。畢竟相比之下，陳鷹比其他人重要得多。寧可騙了其他人，讓他們不高興，也不好讓陳鷹為難。

好不容易熬到中午吃飯，米熙很擔心大家繞著陳鷹的話題轉，不過她多慮了，長腿叔叔的話題熱度過去，因為不少人在上課時已經偷偷用手機上網查了那個緋聞和記者會內容，完全不必米熙自我介紹和講情史了。米熙不知道她的同學都這麼厲害，她覺得大家真是不八卦的好學生。

但大家對米熙還是好奇的，吃飯時幾個學姊湊過來坐，想巴結領域的小公主。有人問米熙為什麼不去上表演系，說米熙這麼漂亮，又有領域做靠山，要紅是很簡單的事。

米熙認真搖頭，「不喜歡那個，要拋頭露面。我們的科系挺好的，以後也好找工作。」

話還沒說完就被一位學姊輕輕碰了碰腳，大家隨著學姊的目光方向看過去，米熙身後正走過三個美女，一看那打扮氣質就知道是學表演的。那三人瞪了她們這桌一眼，尤其是米熙，然後她們拿著餐盤坐在米熙她們這桌的斜對角桌上。

學姊等她們坐下，這才壓低聲音說：「她們是表演系三年級的，可傲了，是學校的紅人。」

「紅了也得吃飯啊！」米熙完全不在意，大口大口吃菜。學生餐廳就是好，飯菜不貴，多吃一點能占好大的便宜。

那三個女生裡有一人又正好走來拿辣椒醬，聽到米熙的話又瞪她一眼。米熙莫名其妙，認真看回去，一直看到那女生不敢看她，坐回位置，米熙又看了一會兒，這才收回目光。

同桌的都吐了一口氣，學姊拍胸口說：「妳果然是領域小公主，這麼凶瞪回去，還瞪這麼久。」

米熙錯愕，「我沒有瞪啊，我就是看看她們為什麼總看我，我也沒有凶！」

學姊跟她解釋：「因為妳說的話她們不喜歡聽。妳說她們拋頭露面，紅了也沒什麼了不起，還不是要吃飯。」

米熙繼續傻眼，「我這麼說了嗎？」明明沒有這麼說。

同桌的人又對她點頭，有心人是可以這麼理解她的話。米熙看看馬詩詩，她推推眼鏡，也在沉思，好像有點複雜。學霸都不懂了，米熙覺得自己不懂也沒什麼。

米熙第一天上課順利結束，回到家宋林問她感覺如何，她只說覺得功課確實不太容易懂，而對自己第一天就「樹大招風」、「落人口實」這種事她完全沒自覺。晚上老師來幫米熙補課，陳鷹加班到很晚才回來，兩個人沒什麼時間長聊，只有睡前見到了面，互相問了問一天的事，說了些甜言蜜語，然後各自睡去。

這樣的日子過得飛快，米熙越來越熟悉校園生活，也跟同學越來越好。她們寢室四個同學，除了米熙，其他三個都是拿獎學金的，米熙壓力很大，不過大家對她很好，她上課聽不懂，課後她們都願意幫她解惑。米熙沒課的時候就在宿舍裡抄筆記做功課，中午睡在宿舍，晚上回家吃飯，老師補課，睡前跟陳鷹說說話，一晃眼，兩週過去了。

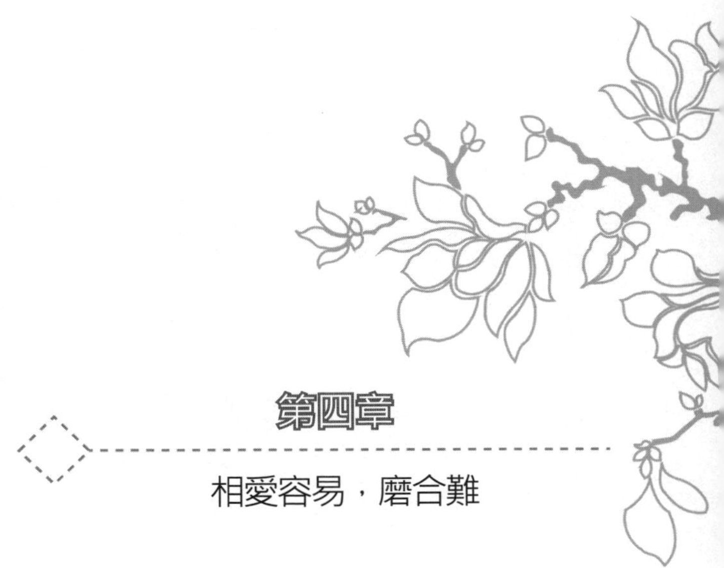

第四章

相愛容易，磨合難

陳鷹與C影業的合作終於敲定，李展龍自然是反對的那一派，他認為太過冒險急進，對公司弊大於利。他還直接點出陳鷹有野心是好心，但年輕人急功近利恐怕會得不償失。

不過，做生意哪有不冒險的？用《開始》敲開了美國合作的大門，取得了司徒導演的青睞，是許多公司想拿卻拿不到的機會，所以李展龍的話雖有其道理，但支持的人並不多，當然這也有陳遠清這段時間努力周旋的結果。

數次會議開下來，最終確定了與C影業的合作，陳遠清父子都很高興，陳鷹更是覺得總算揚眉吐氣了。雖現在還不是得意的時候，但階段性的勝利仍是讓他非常興奮，當下讓呂祕書訂機票，他要趕回美國把合約簽下。陳鷹打算慶祝慶祝，不知道能不能讓米熙今晚先別補課，他帶她去吃大餐，跳跳舞談談情什麼的。

陳鷹打了個電話給米熙，沒人接，他看了看她的課表，現在明明沒課。過了好一會兒，米熙回電話了，陳鷹還沒說他的好消息，就先聽到她的「好消息」。

「陳鷹，呃……那什麼，老師說讓我叫家長過來。」

「……」什麼意思？不是他想的那樣吧？「妳做什麼了？」

「呃……就是跟同學有一點摩擦。」米熙吞吞吐吐，想了想又說：「放心，沒人受傷。」

「……」意思就是他的人生走到近三十個年頭的時候，要去參加他小女朋友的家長會？還是因為打架被老師叫過去的家長會？

「可不可以不要告訴爺爺奶奶？」米熙小小聲提要求。

「……」陳鷹能說什麼呢？他什麼都說不出來，只能去了。

一路開車過去的時候他還在想，真該讓月老看一看，紅線怎麼可能綁不上？除了他，誰能應

付米熙這些亂七八糟的事呢？家長會呢，多麼新鮮。雖然當年他讀書時很混蛋，可沒料到報應來得這麼快。

媽的，被老師叫去開會，太沒面子了！米熙啊米熙，妳的皮最好給我繃緊一點！

陳鷹數年前來過遠林藝術學院一兩次，如今早記不得路，進了學校繞了好一會兒，被保全指引著才找到停車位，然後下車去找米熙說的辦公大樓又繞了幾圈，好不容易才找到。

那大樓前現在是一派熱鬧的景象，好些同學分撥聚集，三五成群大聲談笑，搞不清楚的人還以為在準備什麼大活動。不過陳鷹知道他沒走錯，因為他已經看到米熙站在高臺上一堆人中間，一臉無辜的樣子。陳鷹走過去，他一身社會精英的樣貌氣質引得學生們使勁看。

米熙似乎感應到周圍人的騷動，一轉頭，也看到了陳鷹。她頓時笑開了，忙朝著陳鷹奔過來。陳鷹指著她喝道：「不許跳！」這次米熙聽話了，轉身跑向樓梯，從樓梯那邊跑下來。

「陳鷹。」她討好地笑，大庭廣眾之下很克制地沒有拉他的袖子，更不敢抱他。

「嗯。」陳鷹盯著她看，完全無視周圍那些閃閃發亮的目光，「妳做什麼了？」

「沒有，沒有。」米熙慌得直擺手，「我沒有打人，他自己嚇得後退然後摔倒了。沒人受傷，真的。」米熙解釋著，這時候她的同學也都聚了過來，七嘴八舌地幫她說話。

「叔叔，米熙沒打人，我們可以作證。」

「叔叔，你不要怪米熙，米熙沒犯錯。」

「叔叔，真的，我們都是證人，親眼看到了。」

等等，陳鷹發現自己被一堆小女生包圍了。還叔叔？誰是叔叔啊，他有這麼老嗎？

「停，停！」陳鷹嚴肅地擺手，嘰嘰喳喳的麻雀們終於安靜了。

陳鷹看看周圍一圈小女生，再看看周邊好幾堆學生，大家都在看他。他知道他英俊瀟灑氣質出眾，但妳們不能矜持一點嗎？一路上蓄積的氣勢全被嘰喳沒了，尤其是那個領頭叫米熙的，妳的表情可以再無辜一點，笑得可以再狗腿一點，叔叔不怪妳……才怪！

這邊的動靜終於引來了老師。陳鷹路上還想著作為家長這樣來見老師真丟臉，現在他改變主意了。老師你好啊，來得及時，他終於可以脫身了。陳鷹跟老師走了，受邀去辦公室詳談。走之前他瞪了米熙一眼，讓她乖乖老實等著。

這位老師名叫梁蕊，很年輕，也是米熙那班的導師。她對陳鷹很客氣，寒喧了好幾句，她說自己去年剛到這學校，做了一年，很重視學生之間的問題。陳鷹想她的意思是讓他別介意她隨隨便便就叫家長來的舉動。

陳鷹笑了笑，問她米熙做了什麼。都大學了，又不是小孩子，能叫家長來那得是鬧了多大的事。按米熙的說法他推測了一下，無非就是跟同學起了衝突，她還沒動手那人就嚇得自己摔倒了。這種小事要嚇唬小孩子叫家長嗎？沒看他家米熙一臉委屈的樣子。那麼多同學看著，這讓米熙多丟臉。陳鷹決定等老師說完後，要跟老師談一談保護學生自尊心的問題。

梁蕊說根據各方同學的敘述，事情是這樣的。今天中午米熙她們吃完飯回宿舍的路上跟別系的女生碰撞了一下，結果兩邊言語有衝突。對方同行的男學生似乎是在網上看過米熙的報導，就譏諷了幾句，然後說真是功夫少女的話不如切磋拳腳之類的話，米熙說可以，就過去了。結果那男生一後退，踩到石頭絆了下，就滾下小山坡，於是兩邊矛盾就激化了。

多大的事啊，男生滾下山坡是那男生沒用，憑什麼讓米熙叫家長？陳鷹很不高興，而且米熙都說了沒人受傷，老師是覺得米熙的家長很閒是吧？

梁蕊可能是看到陳鷹的臭臉，趕緊接著道：「這只是事情的起因，後面矛盾激化了，大家情緒都不太好，兩系的同學約戰，米熙把她的同學都集合起來，然後同學找來別的同學，大家立下擂臺戰約，才半天時間就排下了從體育到百科大全，從美術到音樂等三十多個比賽項目，把整個學期時間都排滿了。這事鬧得有些大，學校從來沒有過這樣的事，我們擔心會對學生們造成不良的影響。我覺得有必要跟家長說一聲，也想請家長跟米熙溝通一下。」

陳鷹這下愣了，他家米熙居然幹出這事來？發起了兩派鬥爭，還拉來不少人？他這未來老婆果然有造反的潛質啊！月老，你快來看看，就這樣的小丫頭，除了他陳鷹，誰敢要啊？紅線還綁不上，怎麼可能綁不上？陳鷹看了梁蕊一眼，想安慰她其實這沒什麼，米熙當初花了十分鐘搞定他全公司展開女權運動什麼的，他都忍下來了。

但陳鷹當然不會跟對方說這些，他只能說：「老師辛苦了，是我家米熙不懂事。」

梁蕊還是很緊張，「陳先生，老實說，我也知道米熙身分特殊，這事如果是別的同學，也就是我們校方的責任。今天各系也緊急開會討論解決方法，但這事的發起人之一是米熙，我們擔心如果出了什麼問題而我們沒有跟你們提前通知，那就是我們失職，所以才跟米熙說能不能請家長過來。另一邊的同學是別系的，他們的老師也會跟他們好好溝通。」

「好的，我知道了，謝謝梁老師，我回去會好好跟她談一談。」陳鷹說著客套話。這時候系主任和校長收到消息過來了，一看來的家長居然是陳鷹，就過來打招呼。陳鷹應付了幾句，感謝他們照顧米熙，又說先前他出差沒在國內，所以沒能過來拜訪，大家客套來客套去。

最後把事情說清楚，陳鷹告辭離去，沒讓校長和老師送。

陳鷹出去的時候刻意板著臉，但一出門又被少女們團團圍住，為首那個叫米熙的一臉小心，

小可憐樣兒讓他破功。裝酷裝不了，在這麼多雙眼睛面前又不好戳她腦袋，只好無奈地瞪她。

「老師說什麼了？我真沒打架。」

「妳的問題是那個嗎？老師沒跟妳談？」

「談了，就跟我說遇到事情要沉住氣，不能這麼衝動。我告訴她我沒衝動，我很冷靜地處理。我覺得我說的她好像不明白，最後她問我方不方便叫家長來，我說叫叔叔行不行，她說什麼叔叔，我說陳鷹，她就說行。」米熙攤了攤手，表示自己相當聽話，老師讓她做什麼她就做什麼。

陳鷹無語，居然好意思說老師不懂她的話，是她不懂老師的話吧？智商都跑擂臺上去了嗎？

「回家了。」家長威嚴擺得十足，領著他的小女朋友就要走。

「米熙。」後頭跟了一串尾巴讓陳鷹不得不停下腳步，看幾個小女生跟著米熙一臉擔心，還挺仗義啊。陳鷹一想，得了，乾脆幫這小傢伙打點一下關係，讓她日後在校園裡好混些。

「哪些是妳同學？」叔叔開口問了。同學們趕緊抬頭挺胸站好。米熙幫忙介紹，哪幾個是室友，哪幾個是同班同學，哪幾個是學姊。

「好吧，我既然都來了，請大家吃頓飯，算見面禮吧。」陳鷹開口，就看到眾人眼睛一亮。一個女學生掏出手機，很不好意思地說：「叔叔，能合照嗎？」其他人趕緊紛紛掏出手機。

陳鷹臉都綠了，同學們，妳們的矜持呢？

最後陳鷹還真跟那幾個女生合照，拍完照後看到米熙偷偷撇了嘴不高興，他不禁樂了，他家米熙居然會吃醋？他一笑，米熙更不高興，背著手走到他前面，用後腦杓給他看。

飯是在學校附近的一家餐廳吃的，不算高檔但也乾淨。那些女生興致高昂，紛紛大笑，剛才

拍照的時候表演系的那群人臉都歪了。

「叔叔，你沒看到她們打扮得好好地等著叔叔發現，找她們拍戲去嗎？」

陳鷹笑笑，心想一眼看過去一堆小屁孩，哪有閒心注意？而且一個個擺出來就他家米熙最漂亮，還用得著看別人嗎？不過他並不阻止她們聊八卦，這也是他請大家吃飯的目的之一。大家聊得高興，他就知道米熙在學校究竟過得什麼日子了。

果然吃得差不多大家都不拘謹了，不對，這些孩子就沒拘謹過，應該說吃得差不多大家談興更濃了，又覺得跟陳鷹有些熟，開始報告米熙的各種事。說她上課睡覺了，叔叔回去會不會罵她？陳鷹說不會，他當年也睡覺。大家聽了哈哈大笑，感覺跟陳鷹更熟了。

於是有人說前幾天Emma學姊來了，就是很有名的那個Emma。旁邊有人說不用介紹，Emma學姊就在領域工作，叔叔肯定知道。那人接著說Emma學姊說米熙是她罩的，系裡好些學姊是Emma學姊的粉絲，所以現在米熙在系裡是重點保護對象，大家都對米熙很好，叔叔別擔心。

陳鷹微笑，心裡想著他不擔心，他家米熙都要拉幫結派了，他還擔心什麼？

又有人說前幾天各社團拉人，他們班上一個男生想參加田徑隊被學長羞辱了，米熙正好陪同學在那裡，就幫那男生跟田徑隊比賽，把田徑隊跑得落花流水，再不嘰嘰歪歪了。

陳鷹繼續微笑，這事他家米熙以前就做過。

他一邊聽一邊看米熙，她微笑著吃菜，斯文秀氣，壓根兒沒在意。看她在學校適應良好，他就放心了。至於後面小女生們說什麼各系姿色評比，什麼最受男生歡迎程度，陳鷹沒什麼興趣。

回程路上，陳鷹問米熙在學校開心嗎？米熙點頭。又問她擂臺賽的事，米熙認真跟他說了想法，她說也不是她們挑事，是對方總看不起她們，而且不是一次給她們臉色看了，這次居然還拿

她的緋聞說事，又說看評論裡有人說她是功夫少女，攻擊她，還挑釁。這麼認真地說要切磋，她當真了，結果人家只是耍威風扯嘴皮而已。那男生摔倒，她是很抱歉的，但對方那夥人陰陽怪氣，她這邊同學們也不幹了。與其大家暗地裡使陰招，不如明面上打擂臺，這樣才能堂堂正正又不必擔心有人混水摸魚出亂子。

陳鷹聽完，這才放下心。回到家，停好車子，摸摸米熙的頭，「妳好好上學，開心就好。」

「嗯，我有分寸，沒胡鬧。老師讓叫家長我還挺難過的，明明我沒做壞事，那男生沒摔傷。」

還男生呢，到底會不會抓重點？妳犯的是聚眾滋事罪。

「我這邊工作有進展了，我明天去美國，把合約簽下來。」陳鷹說著，看著米熙眼睛一亮，為他高興，他不禁咧嘴，「就是明天馬上要走，有點急，但我會儘快處理好，儘快回來。忙過這陣子，我們就不必分開了。」

米熙用力點頭，「你工作忙，我都懂呢。要好好努力，我也努力。」她要努力當他的好妻子。

陳鷹把她攬過來，親親她的額角。她這麼乖，這麼可愛，他真的很愛很愛她。正滿心感動著，忽見米熙掏出手機，用今天那小女生的口吻問他：「叔叔，能合照嗎？」

陳鷹把她拉過來低頭堵住她的嘴，聚眾滋事就算了，還敢犯調戲罪。

米熙嗚嗚掙扎，她認真的啊，她沒有跟陳鷹的合照，今天看到他跟別人拍照都快酸死了，真想大喊：「都不許動，他是我的！」

✤ ✤ ✤

陳鷹去美國了，陳遠清也一起去，看得出來大家對簽這份合約非常重視。陳鷹說簽完約後還需要在那邊待一段時間，米熙想了想，搬到學校去住了。

住校對米熙來說也是全新的體驗，可以一起睡前聊八卦，一起去公共浴室……說到公共浴室，米熙開始還有些興奮，跟著室友去排隊，結果她進去後馬上出來了

見到浴室裡都是白花花的身體，米熙落荒而逃了。雖然全是女生，但也超出她能接受的範圍，於是米熙買了兩個大臉盆，自己打水回寢室附設的浴室洗澡洗頭。陳鷹聽說後覺得心疼，但米熙堅持別人能做的她也可以。最後陳鷹讓步，不要求她回家住，但不許她自己洗衣服，必須週末拿回家用洗衣機洗。米熙道：「我也不傻，當然不手洗。」把陳鷹噎住。

因為住校，米熙的時間多了起來，家教也會按時到學校幫她補課，再加上學霸馬詩詩天天在旁邊幫她，米熙入學近兩個月，竟也勉勉強強在學業上混了過去。

這些日子領域在美國與C影業成功簽約，這在業界引起了頗大的波瀾。陳鷹小勝一局，意氣風發，但也不敢鬆懈。陳遠清帶著簽好的合約先回來，著手準備後續事宜，而陳鷹留在美國繼續工作。這讓米熙和陳鷹繼續分隔兩地，好在米熙有自己的事忙，相思也不算太苦。不過住校最不好的一點就是，她不方便跟陳鷹毫無顧忌地視頻了。兩個人更多的是線上打字聊天，米熙的打字技能終於突飛猛進。

室友也是很厲害的存在，她長進的可不止打字，她還發現織毛衣圍巾這種討人喜歡的技能。

米熙決定也織給陳鷹，她的目標定得有點大，她要織毛衣。陳鷹的生日是十一月十一日，她

老早就琢磨要送什麼生日禮物，現在終於發現合適的了。她偷偷買了同一本書，相中裡面一件藍色毛衣，於是買了一堆線，向同學請教該怎麼織，晚上就開始動工。織了大半個月發現不行，這手藝活兒果然不是這麼容易的，人家選擇織圍巾自有其道理。她的毛衣簡直慘不忍睹，織一點拆一點，織一點拆一點，別說十一月前完成了，就是明年十一月都很困難，而且完成出來的還不一定是什麼東西呢。

米熙迅速調整戰略，改織圍巾。

室友問她，這東西是織給誰的，米熙答陳鷹，然後就被室友們譴責了，居然打算讓那麼帥氣有型的叔叔披上這麼醜的東西？米熙很委屈，「明明還沒織出來，哪裡醜？」

「看之前犧牲的那件毛衣就知道了。」

「……」

大家又開始八卦了，問她到底是不是跟叔叔有什麼感情糾葛，緋聞不能白鬧一場啊。米熙掙扎片刻，然後否認。大家就開始教育她，沒感情織什麼圍巾。米熙又掙扎，最後說了違心的話：「他生日快到了，我沒什麼錢買禮物，也不是單單給陳鷹，爺爺奶奶他們的我也有準備。」

「嗯，對，照妳的程度，練到聖誕節確實是差不多了。」室友們幫她找好了理由，米熙鬆了一口氣，上網搜尋什麼是聖誕節。

米熙是陳鷹未來的娘子，卻不能光明正大說出來，越想心裡越不舒服。

讓米熙堵心的還有另一件事，那就是她的大姨媽一直沒來。這事她差點忘了，原是想著從美國回來就想法子，結果去美國的結果太美好，回來後又張羅上學什麼的，就把它給忘了。

米熙憂心了一週，週末回家不得不跟宋林說了這事，一來她年紀輕不太懂這些婦人家的事，

母親不在，唯有找宋林，二來她跟陳鷹既是定了親事，這類身體狀況她還是覺得需要跟陳家坦白。萬一他們嫌棄她了，那也是沒辦法的事。

但宋林沒說什麼，只約了週一帶她去看醫生，還安慰她說這類婦科毛病是常見的，讓她別擔心。當晚陳鷹跟米熙視頻，也提到這事，安慰她這是小事。米熙知道這定是宋林跟陳鷹提了，這讓她壓力倍增。前些日子經她提醒，陳鷹終於想起合八字的事。宋林找了師父看了，說八字很合，但後來米熙一想，她的八字是按身分證上的來算，並非她真實的出生時辰，這樣算出來的能準嗎？但反正八字對上了，她鬆了一口氣。如今她身體有狀況，卻又讓她擔心起來。

若是一直不來月事，那她是否便是石女，無法生育？若是無法生育，那她怎麼嫁人？明明在家鄉時她的身體完全沒問題，到了這邊怎會這樣呢？米熙心神不寧，週一宋林帶她去醫院做檢查，檢查結果是，她的身體完全沒問題。

米熙並沒有因為這個結論而高興，如果查出什麼毛病還好辦，治便是了，可是完全沒問題，就表示連大夫都不知道問題在哪，根本沒法治。米熙掩飾不住自己的難過，宋林安慰她，說月經有時候也看環境和心情，也許是米熙從山裡出來後水土不服，再加上精神緊張，才會遲來。接著，她又帶米熙去看中醫。

中醫的理論米熙能聽懂多些，雖然醫生也說不出米熙有什麼毛病，但補補這裡調調那裡米熙是願意的，尤其中醫可以開湯藥，米熙心裡踏實了幾分。

中藥比較麻煩，為了按時吃上煎好的藥，米熙搬回家裡住了。室友們有些捨不得，現在米熙可是大家的主心骨，雖是新人，卻有些系裡領頭人的意味。當然這麼說有些誇張，但對新生菜鳥們來說，米熙確實有著重要地位。

話說學校裡的擂臺賽已經辦過三場。第一場是英語表演，新聞系出戰。這種比賽簡直是欺負人，美術設計系都忿忿不平，人家專業學這個的，不說英語朗讀的技巧，就是英語水準，他們學美術設計的都是渣渣好嗎？

米熙完全不敢說話，她更渣，雖然她好像是同學裡唯一一個去過美國的。大家還真把希望寄託在她身上，可她英文爛到一個境界，學長撓牆哭喊這果然是山裡來的孩子。

大家覺得可以放棄了，等以後的比賽再扳回一城，隨便找個英語不會死得太難看的人出賽就好，可是過了兩週都沒人報名，誰也不想出醜。最後一看不行，馬詩詩就小聲說她英語還行，可以試試。大家讓她說幾句試試，結果吃了一驚，這傢伙是從小看美劇長大的嗎？一問之下，原來馬詩詩的英語是滿分進來的。

「我們班的英語都還行。」馬詩詩說，大家無語，學長又撓牆了。老師，學霸欺負人。

最後就這麼定了，大家覺得馬詩詩去亮個相，就算比不上人家專業，也讓對方瞧瞧他們系的人才也是很多的。可米熙覺得這樣人家怎麼會有印象他們是美術設計呢？做舞台美術，做服裝化裝設計，既然要當主角就得讓他們看到我們的厲害。學長姊們一聽，沒錯，比個屁英語，搶鏡這種事才是重點。

於是比賽那天，新聞系的學姊端莊大方漂亮地出場，音響播著輕音樂做背景音樂，輕鬆流暢優美地用英文講了個新聞故事，參加的老師和同學都覺得很不錯。

輪到美術設計系這邊上場，直接換舞臺。

學長們推了幾個箱子，拉開背景牆，道具燈光刷刷到位。馬詩詩穿著學姊們趕製的正熱播的清宮戲中的貴妃衣裳，以古裝造型上場。學長們推出美術設計系的宣傳架，上面掛著一塊大

白布。

馬詩詩開始用英文介紹美術設計系的課程內容，一邊說，兩個學長在旁邊一邊寫中文註解和畫畫。四個學姊領著四個新生在另一旁化妝做造型，米熙則坐在後面的箱子上彈古箏。馬詩詩的腔調很優美，配上她的清宮妃子造型很特別，古箏的音樂搭著竟然格外合適。最重要的是，旁邊有人寫字畫畫做註解，畫得生動有趣，英文聽不懂的全都看懂了。

下面的觀眾聽得一陣歡呼，最後說到一系列武俠片時，播放起了武俠片的主題曲。米熙躍上最高的箱頂，配合著音樂舞起長槍，學長們揮墨做最後畫卷的收尾。等到馬詩詩說完，學姊們幫四個新生做的經典人物造型也出來了。四個影視劇裡的人物走到中間，跟學長姊們一起向台下鞠躬致意。米熙長槍一揮，下面一片歡騰。

最後，米熙他們科系贏了。雖然被對手在論壇上吐槽他們犯規沒實力只會討巧，但美術設計系的學生們才不管，他們顯擺夠了，在論壇裡回敬對方：多謝隔壁系的提供舞臺。

這個比賽過程被拍成了視頻，放到網路上，引起了不小的回響。之後的兩場比賽，美術設計系更加強專業主線的展示，引來許多掌聲，網路上也更受關注，許多留言讓學校樂了。

「有一種學校叫做別人的學校，有一種專業叫別人的專業。」

「這太有意思了，求轉校。」

「大學志願有著落了。」

美術設計意外成了學校最紅的系，風頭蓋過表演，而為了一場一場的比賽怎麼比得好看好玩，各社團和許多老師都積極參與，學校的氣氛空前熱烈向上。

就這樣，學盲米熙同學不小心成了學生運動的領頭人之一，雖然她覺得她真沒做什麼，但也不知怎麼的，大家就覺得她是新生裡的帶頭人。學校裡也有風聲傳出來，別看米熙功課渣，琴棋書畫都不差。人家不是走後門的，人家是特長生破格錄取的。

就在陳鷹和米熙各自忙碌的日子裡，領域這邊也有一些變化。

凌熙然成功解約，領域將其合約轉給了巔峰經紀，賺了一筆「轉手費」，而餅哥再次成為凌熙然的經紀人，並迅速為她簽了藍天影業的新電影合約。新聞發布會上，藍天影業趁機為他們已殺青的電影《圈中女王》做了宣傳，並稱將在聖誕節上映。凌熙然為他們站臺，大力稱讚了《圈中女王》的精彩，可惜自己沒能趕上，並稱看過《圈中女王》的片花後，對藍天影業非常有信心，自己的下一部電影將會塑造出一個全新的凌熙然。

凌熙然本就是紅星，前面的醜聞鬧起之後一直沒動靜，現在一出來就是解約並光速簽了新合約，讓媒體和粉絲們都很興奮。粉絲們紛紛表示為了凌熙然也會去支持《圈中女王》，當然也順便罵了罵「虧待」他們家熙然的領域。

吳浩與陳鷹討論這事時都是冷笑，李展龍確實是個老江湖，很會占盡每一分便宜，榨盡每一滴油水。電影偷了他們的故事，現在宣傳利用上了凌熙然，效果真是超值。其實大家心裡都知道，《圈中女王》關凌熙然屁事，但是粉絲們才不管這些，這才是重點。

「總之我們還沒開拍，他們就搶先上映，這便宜他們占定了，也是沒辦法的事。」吳浩想起來還是覺得恨恨的。

「而且他們借凌熙然開這新聞發布會的時機又是在我們要開新聞發布會的前面，一旦我們有動作，又是幫他們炒了一把。」陳鷹也知道李展龍在其中動了不少手腳，這人太狡猾了。

「是的，但老爺子說還是放了凌熙然。」

陳遠清當然也看出李展龍的心思，他知道吳浩這邊調查的進展。李展龍為了想要凌熙然這搖錢樹，煽動公司不少高層，遊說大家凌熙然留著就是個燙手山芋，不如解約，賺違約金，省得最後沒法用她，既得罪人又沒好處。陳遠清索性裝傻遂了他的意，讓他那邊能有動作，給吳浩機會繼續查出新消息來。

「我們的新聞發布會也得照開。被他們占便宜是沒辦法的事，不能為了不給他們便宜而讓自己吃虧。」陳鷹下了指示，吳浩照辦。

十月二十四日，陳鷹回國。同行的有電影《開始》的製作團隊，有司徒導演、C影業總裁、羅雅琴等人。

十月二十九日，領域召開盛大的新聞發布會，宣布與C影業的合作及電影《開始》開機。

陳鷹要回來，米熙高興壞了。這次她提前收到了消息，高興得一晚沒睡著，可歸期的前兩天，陳鷹在視頻裡跟她說，不讓她來機場接他，他說會有很多人同行，也會有很多媒體記者，現場比較亂，他照顧不到她，而且為了避免讓媒體有太多聯想，她還是不要出現的好。

米熙的好心情頓時受到打擊，但她還是答應了。然後陳鷹回來那天，陳遠清也特意找了米熙聊，讓她這段時間和陳鷹都克制些，他能理解他們年輕人的熱情，可是現在正好是關鍵時期，公司裡還有一些問題待解決，某些人會拿陳鷹的一舉一動來作文章，再加上之前米熙與陳鷹鬧過那樣的緋聞，所以無論是對陳鷹還是對米熙自己，保持低調才是最好的。

「你們可以在家裡見面，但外出的時候還是不要一起的好。」陳遠清這樣說。

米熙心裡不好受，宋林在一旁也說：「妳現在也要上學，如果有什麼負面消息傳出來，對妳也不好，妳在學校的生活會受到影響。米熙，妳年紀小，我們是在保護妳。」

米熙點點頭，接受了。陳鷹回來她沒去接，但是她在網路上看到陳鷹在機場的畫面，果然很多記者圍著那個據說很有名的導演轉，圍著羅姨轉，也圍著陳鷹轉。陳鷹笑得燦爛，意氣風發。

那天陳鷹很晚才到家，他下機後就直接回公司開會，安頓導演和進行其他後續的工作。米熙聽不太懂，反正她知道陳鷹有忙不完的事。

她一直等，在房間做功課，心緒不定，很期待很焦急地等著他。晚上近十一點的時候，才聽到樓下有動靜。米熙趕緊跑到樓梯口，真的是陳鷹回來了。米熙的心狂跳，想衝下樓又怕被一同回來的陳遠清責備。這時候聽到陳鷹問米熙呢，然後是丁嫂答在房裡不知睡了沒。

米熙差點要大叫「沒睡」，可她沒說話也沒動。接著她聽到咚咚咚跑上樓的聲音，很快，在下面樓梯轉角看到了陳鷹的臉。

他也看到了她，停下了腳步。

兩人隔著樓梯對視，一起微笑。他沒說話，幾大步跑了上來，牽著她的手奔回他房裡。

房間一關，他的吻伏了下來。

米熙用力抱著他，眼眶發酸，血都熱了起來。明明每天都通話，常常視頻見面，可也不知怎麼的，被他提醒不能去接他，被兩位長輩交代不能與他同出同進，她就覺得與他隔了好遠好遠，竟似多年未見一般。如今他的懷抱就在這裡，他的唇舌溫柔甜蜜，米熙這才有了真實感，他真的在身邊，一直都在。

「我好想你，好想好想。」米熙把他抱得緊緊的，腦袋蹭他的胸膛。

陳鷹咧著嘴傻笑，他的米熙會撒嬌呢，他的心都要酥掉了，「我也是，很想妳，非常想。」

接著兩人都沒說話，傻傻地互相抱著，直到宋林上來敲門問陳鷹餓不餓，要不要吃消夜。

陳鷹不餓，米熙也不餓，兩人對視著，一起笑。宋林走了，陳鷹再把門關上，把米熙舉了起來，掂掂她的重量，「怎麼輕了，是瘦了嗎？」

「才沒有。」米熙咯咯笑，扶著陳鷹的肩頭，俯視著他，「人家還長高了。」

「有嗎？」陳鷹把她放下來，抱懷裡用自己個頭比劃一下，「沒有高，還這麼矮。」

「明明長高了一公分。」米熙認真宣布。

陳鷹哈哈大笑。

「笑什麼，學姊說了還會再長，能長到二十歲呢！」米熙撇眉頭，她要努力長高點，這樣站在陳鷹身邊才般配。現在才到肩膀，真是有點矮。

「妳現在這高度就很好，抱著很舒服。」陳鷹又用力抱她一下，「就是吻妳的時候脖子會累點。」他低頭吻住她，「但是我喜歡。」他說，眼睛閃閃發亮。

米熙撇眉頭，抱著他的脖子踮高腳尖親他的唇一下，「我都不嫌腳累呢！」

陳鷹又大笑，抱著她轉了個圈，顯然心情非常好。

「你的事都順利了？」米熙問他。陳鷹點點頭，拉著她到床邊，他直直躺下去，舒了一口氣，「總算是都順利了。回家真好，米熙，一切都很好。」

米熙看著他，忍不住也躺過去，偎在他身邊。她知道他累了，在外頭工作，怎麼都不比在家裡，而她什麼忙都幫不上，真是心疼。她默默握住他的手，覺得自己的心就在他的手裡。

「米熙。」陳鷹忽然想起月老的話，他們的紅線沒綁上，為什麼會綁不上？「我的工作會一直很忙，越來越忙。以後我爸退休了，我要掌管整個領域，現在我要學的東西還很多，也需要做出成績才能服眾。加班是常有的事，出差也是常有的事，我們在一起，妳會比較辛苦。」

「誰不辛苦呢？」米熙反問他：「當初在家鄉時，我娘也是辛苦，我爹也是辛苦，我弟弟要學武讀書也是辛苦。就是在這裡，蘇嬸嬸也是辛苦，劉姊也是辛苦，奶奶也是辛苦，呂祕書也是辛苦，就連雨飛姊最是瀟灑，也要上班，誰不辛苦呢？人若是沒了命，倒也不辛苦了，只是誰會願意？大家還是願意辛苦的，只要願意，就不會覺得苦。」

陳鷹側頭看她，她也正側頭看著他。她碰到他的目光，有些害羞，把臉藏到他肩頭。陳鷹湊過去，吻她的髮頂。他知道她的意思，她告訴他她愛他，她願意為他辛苦。

「米熙，妳對我很重要，我會給妳最好的生活。」他許諾。他想紅線不可能綁不上，他們這麼相愛。年紀不是問題，身世背景不是問題，感情更不是問題，所以他們什麼問題都沒有。他應該有信心，月老只是嚇唬他，那一定只是個測試，測試他跟米熙有沒有真心，夠不夠堅定。

「陳鷹。」米熙輕輕喚他。

「嗯？」

米熙好一會兒沒聲音，而他的倦意湧了上來，他真的是累，長途飛機，回來後馬上開會、應酬，別人可以休息，而他還要應付好幾輪。見到米熙的興奮過去，他開始睏了。

「陳鷹，我喝了一個多月的湯藥，可是，月事還沒有來。」她說得極小聲，有些怯怯的。

陳鷹緩過神來，努力清醒，翻身抱住她，拍拍她的背安慰：「別著急，不是都檢查過身體沒問題嗎？那一定是妳到這世界來水土不服，身體還沒有適應，再過一段時間就好了。妳要放輕鬆，這樣病才能好。」

米熙還是很擔心，要跟陳鷹說這些她覺得頗是難堪，但又不得不說，她很怕他會介意。

「我是想著，如果再喝一個月還不能好，我就試試別的法子，聽說針灸也是可以的。大夫也

說不急呢，跟心情也有關。」

「是啊。」陳鷹拍拍她，「聽大夫的，大夫都說沒事。」

米熙張了張嘴，最後還是沒說。她擔心她不能生育，這話她曾在宿舍裡裝不經意地說過，那時她在網上看新聞說有女人因為不能生育，被家庭暴力，她就趁機問室友要是生病了不能生育怎麼辦？結果室友們都像看怪物一樣看她，說這年頭哪有小女生擔心這個。還有說等妳三十之後再擔心吧，現在我們才多大，擔心被當比較實在。

沒有共通話題，米熙頗煩惱。在家鄉時，這年紀都該討論持家生活養娃生育的事了，她如果嫁了陳鷹，她是打算多生幾個的，如果不能生……她完全不敢想。

接下來的日子忙碌，陳鷹在第三天週六加班回來，聽說米熙去公園打拳淋了雨回來有些低燒，他這才猛然想到月老說的，米熙不是這個世界的人，她沒有紅線護體，時間到了就沒了。他先前一直沒問具體情況。三年以後就沒了是什麼意思，就像突然到來一樣突然消失？還是會出什麼意外？現在米熙總莫名生病，身體嬌弱得有些古怪，陳鷹開始疑心。

他上樓去看米熙，她正在練習素描，說是燒已經退了，現在沒什麼大礙。

「就是忘了帶傘。」米熙說：「下回出門一定會在包裡放好傘，你別擔心。」

「還會拉肚子嗎？」他問她。

「我吃得可注意了，不新鮮乾淨的都不吃。」米熙沒敢說上學後吃學生餐廳拉過兩次。

陳鷹聽出問題，如果沒拉這小傢伙就會直接說沒拉，所以她還是會拉肚子。陳鷹不動聲色，對她笑笑，親親她額頭，讓她別畫了，生病就早點睡。米熙聽話去睡了，陳鷹陪了她一會兒，轉回自己房間就馬上打電話給蘇小培。

「如果我有急事要找月老，該怎麼聯絡呢？」

「聯絡不到，他沒有電話。如果有緊急情況，他的系統會指示，他會來去你。」

「他的緊急跟我的緊急不一樣。」

「那沒辦法。」蘇小培一點都不委婉，「你只能等他找你。」

「如果妳有機會見到他，請告訴他我找他。」

「嗯，不過我得說現在你見到他的機會比我多，畢竟我已經不是他的客戶，米熙才是。」

對，米熙才是，所以月老一定會找米熙。

陳鷹掛了電話後馬上去找米熙，可她房門居然鎖著。陳鷹嚇了一跳，用力敲門。房裡的米熙正在努力織圍巾，她得抓緊時間，後面還得留出時間想包裝禮物的事。聽到敲門聲和陳鷹的聲音，她手忙腳亂地把圍巾和毛線塞到櫃子裡去。

門一開，陳鷹板著臉進房看了一圈，「沒事吧？怎麼鎖著門？」

「哦，大概是順手吧，不記得了。」米熙裝睏。

陳鷹不疑有他，囑咐米熙如果見到月老就幫他傳話，就說他要找他。

「找月老先生做什麼呢？」米熙好奇又緊張。

「沒什麼事，有朋友一直找不到好姻緣，我想著幫他問一問。」

「嗯，那是應該要好好張羅，姻緣可是大事。」米熙小老太婆似的口吻。陳鷹沒笑，看了看她，心裡的慌亂還是沒法壓下去。他把她抱住，輕聲道：「別再生病了，米熙，要好好照顧自己。」

「嗯。」米熙用力點頭，心裡想著這生病是指發燒，還是指月事未來呢？

米熙發燒這天，娛樂圈又發生一件熱鬧事。其實事情很簡單，就是凌熙然發了兩條微博。第一條是陳鷹他們在機場的照片，主角是陳鷹。眾人簇擁，媒體圍繞，陳鷹一派淡定，自信瀟灑。凌熙然發了照片，還加了兩個字：加油！後面加了一顆紅心。

這條微博引起粉絲的熱議，因為凌熙然與領域不和是人人都知道的事，現在發領域太子爺的照片是什麼意思？有人說是反諷，有人說是表白。凌熙然能成功解約是奇蹟，一定有人幫忙，說不定就是陳鷹。又有人說凌熙然先前能紅就靠著領域力捧，也許真是太子爺的意思。

隨後凌熙然再發一條微博，這次不止粉絲炸了，媒體也聞出了不一樣的味道。那條微博是這樣的，仍是一張圖片一句話。圖片是西漢玉鷹的文物，上面還有文物介紹內容，而凌熙然發的那句話卻是：易求無價寶。

這喻意太深了，後一句雖然沒寫出來，可大家都知道是「難得有情郎」。這配上前一條微博，簡直是清清楚楚明明白白，有情郎指的就是陳鷹。

週二領域的新聞發布會馬上要開了，這時節給祝福真是太合適不過。

有人猜這是因為凌熙然已經為藍天影業站過台，不能再為領域搖旗助威，所以才這樣隱喻。也有人說凌熙然初出道就是靠陳鷹看中並力捧，紅了之後，在夜店玩得過火惹惱了金主，才被領域封殺。小倆口鬧了脾氣，近期才和好，所以凌熙然才這樣表露戀情。

許多人在凌熙然微博下排隊狂問真相，可一小時後，凌熙然把兩條微博都刪了，並又寫了一條微博澄清說並沒有什麼特別的意思，造成大家的誤會很不好意思，請大家不要亂猜。

這能不猜嗎？不但猜，而且肯定有內情，肯定是陳鷹要求凌熙然刪的。

刪了就行嗎？我們有截圖！

於是，一夜之間，凌熙然與陳鷹的名字綁在了一起，被網路瘋狂轉發。陳鷹的微博下面有許多人跑來留言，詢問的、責罵的、祝福的、勸說的……第二天陳鷹看到，只能在心裡痛罵凌熙然的無恥。

週一米熙去學校上課，被同學們團團圍住問她家帥大叔是不是在跟那個超紅的大明星凌熙然談戀愛。米熙驚訝地否認，不過大部分的同學都不信，米熙憋了一肚子氣，還有人來拜託米熙回去讓凌熙然簽個名，米熙第一次在同學面前黑了臉。

米熙晚上見到陳鷹的時候忍著沒提這事，她在等陳鷹主動跟她說，可是陳鷹沒有。他像是什麼都沒發生過，跟她扯了些有的沒的就回房睡覺了。他明天有新聞發布會要參加，需要養好精神。

第二天，陳鷹和陳遠清都盛裝打扮，與C影業總裁、司徒導演及《開始》的製作團隊一起出席了盛大的新聞發布會。

會上有許多記者提問，問的多是正經問題，但也有一名記者問到前兩天凌熙然的微博事件，問陳鷹是否真的是跟凌熙然熱戀中。陳鷹答完全沒跟她有任何感情牽扯，更不可能熱戀。他跟凌熙然其實只是認識罷了，連熟人都稱不上，網路上的猜想是沒有根據不符合事實的。

記者又問那陳總的感情狀況是如何？陳鷹微笑回應他忙得腳不沾地，大家都看到的，他哪有時間談戀愛，大家不必關注緋聞，那些全是假的。又說他個人私事與電影無關，請大家把焦點放對地方。而他之前願意答也是因為前兩天這事鬧得大，讓大家再猜想下去只會轉移大眾對他們這部電影的注意力，所以他特別澄清。

下午米熙在宿舍上網看了視頻，注意到陳鷹強調他目前仍是單身。米熙手裡握著快織完的圍

巾，把那段視頻反覆看了三遍才關掉。圍巾放到枕邊，她躺下來，默默拉高被子將自己蓋住。難過，卻無從訴說。

新聞發布會後，《開始》成了熱門話題，陳鷹成了熱鬧話題，他的熱門程度比司徒導演和羅雅琴還要高。沒辦法，英俊多金的單身富二代站到娛樂圈前線，想不招人眼球都難。

開始有人積極挖掘陳鷹的過往，他讀什麼學校，出國深造混哪裡，開過什麼公司，在領域集團哪個公司任職，身價多少，討論最熱烈的，是他曾經有過哪些女朋友。

於是陳鷹的情史從小學時候開始被扒，大多是無中生有卻說得頭頭是道，還有各種沾點邊的女星緋聞。之前鬧過一場的劉美芬、秦雨飛和米熙又再次被舊事重提。

不過這次緋聞戲分最多的還是凌熙然。儘管她在微博上刪文否認，但還是有許多人轉發她那兩條微博截圖，並翻出許多從前宣傳活動裡陳鷹與凌熙然共同出席的舊照。

陳鷹看到這些大為惱火，什麼與凌熙然共同出席，領域的活動他身為太子爺會出現再正常不過，而凌熙然身為領域的藝人，為領域站臺也再正常不過，他跟她不熟，完全不熟。這女的太有企圖心，他早有感覺，所以一直保持距離。不與自家藝人鬧出緋聞是他的原則，他不喜歡這種事，不想賠上自己的名聲。被人這樣惡意利用，對方還裝無辜，他真是覺得噁心透頂。

陳鷹保持了沉默，他不得不沉默，因為凌熙然再次出席了《圈中女王》的宣傳活動。她為藍天影業造勢的意圖太明顯，如果陳鷹跟她扯皮下去，也不過是幫他們炒作。陳鷹不傻，被對方欺負得太足夠了，他不願再幫他們宣傳。

發布會後，陳鷹忙得好幾天沒回家，直接在公司裡睡。劇組已經開機，各演員已經進組。陳鷹抽了半天去拍了他的第一場戲，與羅雅琴談判的對手戲。這是影片開場的重頭戲，陳鷹雖說身分特殊，對劇本也爛熟於心，但他畢竟不是專業演員，重壓之下難免緊張，司徒導演一點情面不給，讓他NG了近十次。

最後羅雅琴與陳鷹躲角落抽了一根菸，兩人聊著當初，羅雅琴為他說戲，說當初聽陳鷹那番話的感覺，讓陳鷹別當自己是演員，他還是那個討人嫌的年輕投資人。

「嗯。」陳鷹一邊應一邊講電話。公司那邊有事，他不得不處理。副導演跑過來請兩人就位，陳鷹被電話纏住，講了十來分鐘。一抬頭，發現所有人都在等他，他趕緊過去了。

「還好嗎？」司徒導演問。

「沒問題，拍完了我得趕回去開會。」陳鷹很自然地拿著手機又看了一眼，這次是簡訊。他把電話調到靜音，抬頭看，發現大家都在笑。陳鷹聳聳肩，「我是認真的。」

羅雅琴也笑，過來拍他的肩，「就這樣，很好。別總想著演，做回你自己。」

陳鷹點點頭，靜了靜心，找找感覺，似乎摸到些竅門。這一次，一條就過。

這天，關於電影《開始》的宣傳標題是：陳二少首進片場演二少，被導演罵演技。文章將陳鷹這段拍戲的經歷寫了出來，還配了兩張劇照圖。點閱率奇高，媒體也轉載報導。文下評論非常積極，有的說這麼帥不需要演技，有的說看臉看錢，演技算什麼。還有說標題黨滾出去，明明最後導演拍一條就過了，二少本色演出才是王道。

米熙在學校又被同學圍住了。

「米熙，咱家帥大叔進組了啊！」

「叔叔太帥了，這劇組省錢了吧？連服裝都不用準備吧？咱叔穿自己的。」

「咱叔投資的電影，還給叔發片酬嗎？」

「米熙，能不能帶我們去劇組玩啊，裡面好幾個演員我很喜歡呢！」

「米熙，咱叔這麼帥，妳回家天天看，小心臟受得了嗎？」

米熙傻笑著應付過去，心裡卻有些苦。她幾天都沒見到陳鷹了，沒見到小心臟才會受不了。

米熙悄悄打了電話給陳鷹，他開會中，電話自動轉到了呂祕書手上。

「米熙，有什麼事嗎？」

米熙聽到是呂祕書的聲音，有些失望，不過還是打起精神聊了幾句。她問呂祕書陳鷹這幾天忙得怎麼樣了？有好好吃飯嗎？有沒有偷偷抽菸？呂祕書被她八卦的語氣逗笑了，也低聲回她：「偷偷告訴妳，他有抽菸。還有，居然有兩家公司委託樓下廣告那邊來問陳總的意向，願不願意做他們產品代言拍廣告。妳沒看到陳總那表情，臉都要歪了，我們都快笑死了。」

米熙也笑了，她能想像那情景。又聊了幾句，然後聽到那邊有人過來跟呂祕書詢問陳鷹的行程，米熙聽到呂祕書說陳鷹九日出差十五日回來，所以報告今天一定得交，不然他走之前處理不完。米熙等呂祕書回到電話這邊，忙問什麼情況。呂祕書說陳鷹九日要去外地拍戲，一星期後回來。米熙竟然不知道，有些失落。她強笑著說不打擾呂祕書，就把電話掛了。

當天晚上很晚的時候陳鷹回到家，看到米熙，抱著她很久沒放手，說很想念她，一臉倦容。米熙看到他這樣，心裡再多的不開心都煙消雲散，除了心疼還是心疼。兩個人擠在一張椅子上聊天。陳鷹知道她今天打過電話，但後來他一直忙就沒回。米熙說沒關係，他做了什麼事呂祕書都跟她報告了。陳鷹哈哈笑，說她小小年紀居然知道在他身邊安插眼線。米熙抿嘴笑，又害臊又得意。

「我後天要出差，一週後才能回來。」陳鷹終於說到這個，親親她的額角，抱著她就有心滿

意足的感覺，「妳在學校要乖乖的，別調皮再讓老師叫家長了。」

米熙絞著手指頭，她就犯了這麼一次事，她一直都很謹言慎行啊，就是有時候沒摸準邊界範圍。「我很乖的。」她得誇誇自己，惹得陳鷹笑。其實米熙心裡著急的不是學校問題，她覺得現在校園生活她適應得很好，雖然功課對她來說頗難，但同學和老師們都沒看不起她，反倒是陳鷹的生日讓她惦記。

這是她來這世界後第一次幫陳鷹過生日，十一月十一日，她記得呢。禮物她都準備好了，盒子也裝好了，可是陳鷹居然要出差。

「明天你回來吃飯嗎？」米熙問他。既然出差沒辦法，那她就提前送吧。

「明天？」陳鷹想了想，「好啊，明天我回來陪妳吃晚飯。」又要離開一週，陳鷹也捨不得，這段時間真的是冷落她了。

米熙很高興，她明天就去買好卡片，寫上祝福的話，「那我等你，明天晚上你一定要回來。」

第二天米熙一整天都有些緊張，在心裡默默演練著幫陳鷹慶祝的過程。因為這段時間陳遠清和宋林都忙，沒人提過陳鷹生日的事，米熙覺得自己還是低調一點好。她在網路上查了，這世界的人過生日要吃生日蛋糕，不是長壽麵和紅雞蛋。她下午回家時趕去買了個小蛋糕，打算晚上在房間跟陳鷹分著吃，還挑了一張她覺得很美的卡片，回到家裡用毛筆寫道：「生日快樂，願你每天都開心。」

她把小蛋糕放在桌上，把卡片放到裝圍巾的盒子裡。一切準備就緒，她興奮地等著陳鷹回來。

可是等到快七點，接到了陳鷹的電話，他說他現在臨時要跟陳遠清去應酬，脫不了身，讓米熙自己吃飯。米熙很失望，但陳鷹辦正事，她沒什麼可說，就囑咐他少喝點酒。這天宋林也沒有回來吃晚飯，最後只有米熙一個人孤孤單單坐在餐桌上。但米熙吃著可口的飯菜時想，沒關係，晚上陳鷹會回來睡覺，她等著他，要把禮物送給他。

晚上十點多，陳遠清回來了，同行的卻沒有陳鷹。陳遠清說應酬裡談出了些問題，陳鷹要趕回公司加班，不然他出差沒時間弄，晚上就在公司睡了，米熙頓時有說不出的難受。

「可是……他還沒有收拾行李。」米熙掙扎著。

「不用擔心，他辦公室有備用的，夠他用了。」陳遠清告訴她，卻安慰不了她。

米熙默默回房，坐了很久，打了個電話給陳鷹。陳鷹跟她說抱歉，又說他出差會帶禮物給她。米熙笑著應好，囑咐他要注意身體，別太累了。陳鷹笑著應了，掛電話前對她說：「我愛妳。」

米熙掛了電話，又默默坐了一會兒，把那個小蛋糕獨自吃掉了。

陳鷹出差去H市，一是集中幾天把他在那邊的戲分拍完，一是順手幫公司談一個合作案。這次拍攝計畫中有好幾場重頭戲，劇組有邀請媒體探班，陳鷹的戲分不重要，小配角而已，但媒體還是提出了專訪他的要求。為了電影的宣傳，陳鷹同意了，專訪時間定在十一月十一日。

陳鷹走後，米熙就一直心神不定。對她來說，陳鷹的這個生日很重要，她身為他未來的妻子，怎麼都應該在這樣的日子有所表示。十一日是週一，那天的課不多。米熙猶豫又猶豫，打電話問了馬詩詩如果她想去H市能有什麼辦法。馬詩詩領著米熙去買了火車票，又告訴她要怎麼坐。米熙拜託她幫忙請假和保密。

週一一大早，米熙登上了開往H市的火車，包裡裝著她花了一個多月織好的圍巾。

☘ ☘ ☘

陳鷹的心情很不好，因為上午去片場時看到了凌熙然，好幾個記者圍著她在採訪。陳鷹黑著臉低頭從他們身後走過，聽到凌熙然說她是來探好姊妹的班。陳鷹聽到名字不以為然，她提的兩個藝人都是領域的，跟她交情確實不錯，但凌熙然前科累累，他下意識就覺得凌熙然又是偷奸耍滑占便宜來的。

果然他聽到記者問說難道不是來探陳二少的班嗎？凌熙然笑道：「可不要亂猜，他會不高興。」陳鷹在心裡唾棄，他的心情可不是不高興可以形容的，這麼曖昧的語氣真是太有誘導性了。如果他家米熙有這凌熙然一半圓滑善辯，他就不必把她藏起來了。

凌熙然的話確實引起記者的極大興趣，她的否認比承認還讓人有想像空間。一個記者眼尖看到默默走過去的人正是陳鷹，忙喊：「二少，二少能過來聊幾句拍張照嗎？」

陳鷹回頭，臉上掛著微笑，揮揮手，「抱歉，趕時間，下回有空聊。」說完，轉身就走了。開玩笑，過去聊幾句拍張照，又不能翻臉，回頭拿著他倆的片場合照被寫成什麼樣都不知道。陳鷹一邊走一邊惱火，決心要避凌熙然遠遠的。不過這凌熙然還真在片場待了半天，跟幾個演員說說笑笑，還帶了零食分給大家，跟不少人合照和簽名。陳鷹看都不想看到她，悶頭拍完自己的部分就回飯店去了。

中午吃完飯，陳鷹正在房間上網回郵件打電話，這一中午電話沒停過。看看時間，約好兩點

做訪問還有五分鐘就到了，陳鷹電話裡儘量長話短說，跟業務助理把事情交代清楚。

這時候門鈴響了，陳鷹一邊講電話一邊去開門，記者居然提前到了。

門打開，陳鷹愣住。門外站著的不是記者，是米熙。

陳鷹火速對電話那頭說了句：「我晚點再打給你。」然後掛電話，伸手把米熙拉了進來。

米熙看到陳鷹，開心地漾開笑臉，卻見他虎著臉粗魯地把她拉進去，迅速關上門。

「妳怎麼來了？」他問。

米熙不敢笑了，那期待了一路他見到她會驚喜大笑眼睛發亮的情景並沒有出現。「今天是你的生日。」她也不拐彎抹角，直奔正題。

陳鷹愣了愣，拍拍自己的額頭，「對，是我生日，我差點忘了。」

米熙這回笑了，他不是差點忘了，他是已經忘了，幸好她來了，她給自己點個讚。

「我……」她剛開口就被陳鷹打斷。

「妳怎麼找來的？」

他這麼嚴肅，讓米熙又笑不出來了，「我坐火車，到了站打電話給你問地址，可是你電話一直占線，我就找了小雯姊，她告訴我位置，我就搭計程車過來了。」

「真是胡鬧，知不知道這樣很危險？妳一個小丫頭，沒什麼出門經驗，怎麼能自己偷跑過來？也不提前打聲招呼，妳真是要嚇死我！」

「我是想給你驚喜。」米熙小小聲，覺得很委屈。

「驚喜這種東西，很可能只有驚沒有喜。」陳鷹心情不佳，被她這麼一嚇，語氣好不起來。

米熙抿緊嘴，沒說話。

「而且今天有記者來探班，雖然這裡離片場還有段距離，但整個劇組都住這飯店，媒體記者也在這飯店，讓他們看到妳拍到妳怎麼辦？」

米熙低下頭，不想讓他看到自己紅了的眼眶。

「米熙，我今天很忙，這裡沒人手能夠幫我照顧妳……」陳鷹話還沒說完，門外有人按鈴，陳鷹吐口氣，看了看錶，這次應該是記者了。這飯店頗簡陋，他跟劇組一起住，沒享特別待遇，沒去什麼五星級飯店，幸好這頂樓最好的房間也算得上小套房，臥室和客廳之間有門。陳鷹把米熙拉到臥室裡，飛快跟她說：「應該是記者來了，我有個專訪，妳乖一點，就在這裡待著，不要出聲讓他們發現房裡有人。我儘快辦完事，打發他們走了再來處理妳的問題，好嗎？」

鈴聲又響起，陳鷹對門口大聲喊了句：「稍等。」然後再轉回來，看了米熙一眼，在她唇上啄了一記，轉身出去了。

陳鷹把門關好，左右看了一圈沒什麼可疑的地方，整理了一下儀容，過去把門打開。門外確實是記者，還有Lisa。陳鷹客氣地把人請進來，兩邊寒暄幾句，Lisa倒了茶給記者和陳鷹，就自己坐在旁邊，不打擾訪問。

陳鷹看了看茶杯，忽然想起米熙大老遠來一趟，他連水都沒給她倒。正心疼牽掛，卻聽得記者說：「陳總，那我們開始吧。」

陳鷹微笑點頭。他現在能做的就是趕緊結束訪問，支開這些人，才能跟米熙好好談一談。要想辦法避開耳目，帶她好好吃頓飯，休息休息，然後讓人送她回家。

陳鷹雖然心裡著急，但訪問還是需要時間的，他不能露出不耐煩或是不想聊的樣子來。等到訪問結束，已經過去一個多小時。Lisa領著記者離開，陳鷹這裡終於清靜下來。

陳鷹鬆了一口氣，關好門回來，腦子裡飛快過了一遍他的時間和這裡能調動的人手。也許他該留米熙在這裡待一晚，明天再叫人送她走，不然她這麼奔波太辛苦了。他一邊朝臥室走一邊笑著道：「好了，他們走了，妳累了嗎？別擔心，我會……」打開臥室門，他的聲音停住了。

沒有人，只有一個包裝漂亮的盒子放在他的床中央。尺寸不大不小，猜不到是什麼。

「今天是你生日。」米熙說的話和她的表情躍入陳鷹的腦子。他心跳加快，開始慌了。

「米熙！」他大聲喊，房間很小，沒有別的出口。他轉頭，看到窗戶開著。陳鷹過去，趴到窗邊往外看。這裡是五樓，很高，兩邊有凸出的陽臺欄杆，還有水管可踩踏。陳鷹的腦子嗡嗡的，直覺米熙是跳窗跑了。

陳鷹打米熙的手機，第一次沒人接，他再打，這次被掐斷了。陳鷹皺眉頭，開始生氣。他接著打，但就是沒人接，米熙又掛了。過了一會兒，一條簡訊發過來：「很抱歉打擾你了，我就是來送生日禮物給你的，祝你開心。我回去了，現在已經在火車上。別擔心我，好好工作，加油。」

陳鷹看到這簡訊，猶如當胸被打了一拳，痛得差點沒喘上氣來。他愣了半天才在床邊坐下，轉頭看著那個盒子。打開盒子，裡面放著一條藍色的圍巾，圍巾上面有一張卡片。

陳鷹打開卡片，上面是米熙的字，用毛筆寫的，因為她的鋼筆字不好看。陳鷹彎了彎嘴角，卻覺得極為難過。

「生日快樂，願你每天都開心。」

陳鷹的喉嚨似被什麼梗住，他拿起圍巾攤開，更是心疼。那是米熙親手織的，一看這麼不平整和歪扭就知道是手織的，而且還是個新手。陳鷹把圍巾抱在懷裡，回想從米熙進房到他把她關

在臥室裡，他究竟跟她說了什麼，他是不是連個好臉色都沒給過她。

他真是他媽的混蛋！陳鷹按著手機鍵盤，輸入「米熙」兩個字後，卻不知道該說什麼。說對不起？說自己是無心的？說自己真的很忙，今天事情特別多？有什麼用！他傷了米熙的心了。

陳鷹緩了好一會兒，覺得無論如何必須對米熙說些什麼，他不能讓她就這樣傷心離開。他打電話給米熙，米熙還是不接。陳鷹想了想，發了一段語音給米熙：「我看到禮物了，我很喜歡。米熙，對不起，我沒把妳照顧好。我很愛妳，非常非常愛妳。」

過了很久，陳鷹收到了簡訊，只有簡單的四個字：「我也愛你。」

陳鷹倒在床上，把手機裡的這四個字壓在胸口，這似乎是米熙第一次說愛他。是嗎？他努力回憶，印象中好像第一次明確說到了「愛」字。她愛他，她蹺課坐火車大老遠跑來看他，留下禮物，悄悄走了，她甚至沒喝上一口水。

陳鷹閉上眼，心很痛。她現在又在火車上了，而他什麼都沒法為她做。她渴不渴呢？餓不餓？身上的錢夠嗎？她會照顧好自己平安到家吧？

陳鷹想到這個，趕緊起身打電話給米熙，但米熙不接，她一定在生他的氣。他發簡訊給她：「別生氣，我回去再跟妳好好道歉。妳要注意安全，不要跟陌生人說話，不要吃別人給的食物和水。自己買飯吃，別渴了餓了。別跟陌生人走，到家告訴我一聲，不然我會擔心。」

這次米熙回覆得很快，但只有一個字：「好。」

陳鷹盯著那個字，心神不寧。他又呆坐了一會兒，把圍巾圍上，走到浴室照鏡子。這顏色挺好看的，他喜歡。這圍巾稱不上好看，但他更喜歡。是米熙織給他的，陳鷹傻笑起來。摸了摸圍巾，繼續傻笑。

陳鷹無心辦公了，他決定出去走走。心情又喜又惱，他需要走一走，順便看看這裡有什麼好東西買，他也要挑禮物給米熙。剛出飯店，迎面走過一個淚流滿面的女生正在講電話，與陳鷹擦肩而過，她說的話傳到了陳鷹的耳朵裡。

「我不想讓他聽到我哭成這樣，所以沒接他電話，我就發了簡訊告訴他在忙，回頭再說……」

陳鷹走了幾步，忽然定住。

米熙是最不喜歡發簡訊的，因為她手機輸入不快，她更喜歡發照片和語音。她不肯接他電話，只發簡訊給他……陳鷹轉身朝飯店跑，他打電話給羅雅琴和製片，說他現在有急事必須馬上回家一趟，明天一早再過來。

「你怎麼回去？這個時間沒火車了。」製片問道。

「我開車回去，能趕回來的。」陳鷹已經上樓，拿了車鑰匙，「這邊的事就拜託你們了，我今晚的通告改到明晚吧，我保證明早回來。」陳鷹沒有多解釋，製片也不敢攔他，他是老闆。

火車上，米熙呆呆地看著車窗外，心情低落，淚水再次滑過面頰。她伸手將它抹掉，並沒有注意到同車廂裡有個人拿著相機正在拍她。

米熙下火車的時候已經是晚上八點多，這一路她已經調整好了情緒，不能回家讓爺爺奶奶看到她狼狽的樣子。時間有點晚了，宋林沒有打電話問她怎麼還不回家，她想一定是陳鷹打電話給奶奶說她蹺課去找他的事了，米熙有些羞愧。她似乎做錯了，兩邊都沒討好。給陳鷹添了麻煩，也讓爺爺奶奶擔心了。

這麼一想，她加快腳步奔出車站，招手叫計程車，忽然有個男人在她身後大聲喊：「小姐！」

米熙回頭一看，是個蓄著小鬍子的男人，背著大背包，胸前掛著個大相機。他正朝她的方向跑來，一邊喊一邊對她揮手。米熙一看到相機，心裡一慌，轉身鑽進計程車，要司機快開車。

車子跑起來，米熙回頭看，那男人喘著氣，沒追上她，一臉遺憾。米熙鬆了一口氣，她可不想鬧出什麼事來給陳鷹他們添麻煩。她又想起這一趟失敗的旅程，她想給陳鷹驚喜，卻給他留了麻煩自己拿了傷心，可她又覺得陳鷹其實沒錯，但這樣卻更傷心。

米熙回到家裡，陳遠清和宋林都在。兩人沒說什麼，也沒問她去了哪裡。米熙想的是對的，陳鷹打電話回來跟他們說過了，所以米熙一進門，陳遠清就打電話給陳鷹，告訴他米熙到家了，別擔心，而宋林問米熙餓不餓，要不要吃點東西。

他們這樣讓米熙更羞愧，她一時興起做的事，給大家添了麻煩。

米熙低下頭，很難過地說：「對不起。」

陳遠清張了張嘴，想說說她，終究還是忍住了。宋林把米熙摟過來，拍拍她安慰：「好了，沒事了，安全到家就好。」她又問米熙要不要吃東西，米熙沒臉吃飯，搖搖頭，說她想回房。

米熙逃跑似的奔回三樓房間，關上門，眼淚又落了下來。她哭了一會兒，把眼淚擦乾，在父母牌位前跪下。有許多話想說，可不知道該說什麼。今天發生的事很簡單，她卻覺得說不清楚。也不知跪了多久，忽然有人敲門。米熙嚇了一跳，連忙跳起來。跪久了腿很麻，這一跳沒站穩，咚一下摔倒了。她叫了一聲，看到門猛地被推開。

陳鷹站在門口，米熙呆住。她揉揉眼睛，下一秒陳鷹幾個大步邁過來，把她從地上扶起來。

「怎麼回事？在自己房間還會摔倒。」

觸感是真的，聲音也是陳鷹的，米熙還是有些愣。

「妳受傷了嗎？怎麼可以從那麼高的地方跳下去？我說過多少次了，這麼高不許跳，那可是五樓。」陳鷹一邊訓話一邊摸她的身體檢查有沒有傷口。

「沒跳。」米熙終於回過神來，「是爬的，爬一點跳一點，一點傷都沒有。」她小聲辯解，看到陳鷹瞪她，低下頭認錯，想想又補了一句：「沒讓別人發現我，我看好了沒人才下去的。」抬眼偷偷看，看陳鷹還在瞪她，又覺得委屈，越想越委屈，眼淚落了下來。

陳鷹長嘆一聲，罵也不是，哄也不是。他把米熙抱在懷裡，坐到床沿。這親暱的舉動讓米熙更控制不住眼淚，抱著陳鷹哇哇大哭起來。

陳鷹抱著她不說話，看她哭得傷心，就拍拍她的背，又指著桌上的面紙盒，「去拿過來。」米熙跳下他的大腿，拿了面紙盒過來，坐回他懷裡繼續哭。陳鷹抽了兩張面紙幫她擦眼淚。她吸了吸鼻子，有些不好意思，把臉埋到他懷裡去。陳鷹抱緊她，下巴壓在她的後腦杓上。

過了好一會兒，米熙從他懷裡探出頭，眼睛亮閃閃的，鼻頭哭得紅紅的，臉也紅撲撲的。陳鷹親親她額頭，她抿抿嘴，小心看著陳鷹。陳鷹低頭再親親她的鼻尖。她咬了咬唇，抬頭主動啄了啄他的唇。

陳鷹笑了，嘴角彎彎的，米熙覺得他真是好看。

「圍巾很漂亮，我很喜歡。」他對她說。米熙又覺得不好意思，把臉埋在他懷裡。陳鷹摸了摸她的腦袋，又說：「米熙，妳蹺課可以回家睡覺，但是不要獨自去很遠的地方。妳年紀小，遇到的人少，遇到的事少，自己出遠門，我會很擔心。從五樓爬也好跳也好，我也很擔心。」

米熙小聲道歉：「對不起。」

「以後不要這樣了，好嗎？」

「好。」她答應，他鬆了一口氣。

「你怎麼回來了？」她問他，有些不安。

「妳這樣跑掉，又不接我電話，我不回來不安心。」他摸摸她腦袋，真是不知道是她委屈多一點，還是自己委屈多一點。

米熙抿著嘴，心裡很難過，「是我給你添麻煩了，可我本意不是這樣的，我真的是想著你生日，送禮物給你，讓你高興。」

「嗯，我很高興，謝謝妳來看我。」陳鷹說著，揉揉她的頭。

米熙笑了笑，但心裡更難過。他明明高興不起來，她給他添了那麼多麻煩，還讓他大老遠趕回來，換了她也不會覺得高興。「對不起。」她真心實意道歉。

「別往心裡去。」他嘆氣。

她點頭，卻沒法不往心裡去。

「我餓了，妳餓不餓？」他又問她。

她跳起來，很高興找到一件自己能為他做的事。「我下樓做飯給你吃，你想吃什麼？冰箱裡應該有好些東西。」她拉著他下樓，客廳的燈已經關了，兩人輕手輕腳摸到廚房，她開冰箱讓他點菜，最後她做了蛋炒飯，熱了兩個剩菜，煮了個肉丸豆腐湯給他。兩個人肩並肩挨著坐，把飯菜吃光光，飯後她還削了顆蘋果給他。

「我會做飯，學了好些課。」米熙跟陳鷹誇讚自己，「以後我可以每天做飯給你吃。我還學會織毛衣了，不只有圍巾。還有，等我上了兩年學，就會像學姊她們一樣會設計衣服做衣服了，

能幫你做衣服。」

陳鷹笑笑，應道：「好。」只是他笑得並不熱情，米熙敏感地感覺到了。她也笑，藉著收拾碗筷的動作來調整情緒。

「妳放著吧，丁嫂會收拾的。」陳鷹伸了個懶腰說著。這話剛說完，丁嫂就出現了。其實他們跑到廚房來時丁嫂就聽到了，她過來看了看需不需要她做什麼，但看小倆口自己弄吃的，她就遠遠候著，不來打擾。現在看米熙收拾碗筷，她就過來了。

陳鷹謝過丁嫂，拉著米熙上樓。米熙看著陳鷹的背影，他的衣服褲子，哪一件不是名牌，所以他覺得她說的那些話是玩笑吧？他怎麼可能穿戴她做的東西，會被人笑話。只是她傻傻地說，他也就虛應了。那條圍巾她織得辛苦，其實於他也是沒什麼用的。米熙想著，她真傻。

「早點睡。」陳鷹送米熙到門口，「明天我很早就得走，等我回來，帶禮物給妳。」

米熙點點頭，看著陳鷹的倦容，都怪她，都是她的錯，他本來已經可以在飯店呼呼大睡了，現在卻還得想著明天一早開車回去。

陳鷹對她笑笑，轉身回房。

「陳鷹。」米熙突然喚他。陳鷹在房門口回頭，米熙腦子一熱，衝過去抱住他。說不出話來，不知道能說什麼，只能緊緊抱著他。

「晚安。」她傻裡傻氣。

「晚安。」他回她。米熙猛地踮腳，在他臉上一啄，轉頭跑回房間。

這一晚米熙睡得很不踏實，彷彿一直坐在那奔馳的火車上搖晃著，聽著那轟隆轟隆的聲響。第二天一早她醒過來，像是驚醒的，一看錶才六點多，她趕緊起來，想著做早飯給陳鷹，讓他吃飽了再走。可下樓一看，丁嫂已經在收拾廚房了。

「米熙這麼早，現在吃早飯嗎？」她看了看米熙，告訴她：「二少半小時前已經走了。我給他下的麵條，妳要不要也來一碗？」

米熙搖搖頭，回樓上去了。打開陳鷹的房門，房裡果然沒人。米熙無力地坐在床沿，想著陳鷹的辛苦，心很疼。

這天米熙上課一直心不在焉。下午同學們又找她開始八卦，原來網路上又有了陳鷹的新聞，說在電影《開始》拍攝現場的探班記者報導，昨天下午凌熙然探班回去後，陳二少也說有急事消失不見，只交代自己第二天上午會回來。結合之前兩人撲朔迷離的緋聞，共同消失不知去向不得不讓人浮想聯翩。今天上午陳二少果然返回劇組，記者就有關問題問他，他矢口否認，說是家中私事，與凌熙然無關。而記者電話聯絡凌熙然，對方卻是沒否認也沒承認，只說大家想像力太豐富了，不願多談。兩方如此態度，究竟事實真相如何，看來只有當事人知道了。

同學們問米熙知不知道陳鷹究竟去了哪裡，他是不是真的在跟凌熙然談戀愛：「妳以後會有一個超級巨星的嬸嬸嗎？我的天啊，巨帥的叔和巨美的嬸，米熙，妳的日子怎麼過啊？」

米熙只能苦笑，她忽然連澄清的力氣都沒有了，下午的課老師在講什麼米熙都沒聽進去。下課後她打了個電話給吳浩，問他忙不忙，她能不能去找他。

吳浩嚇一跳，「妳怎麼了？」

「我就是想跟你聊聊。陳鷹說不能告訴別人，但可以告訴你。我想來想去，竟然沒人可以跟我聊這事。」米熙情緒低落，聲音蔫蔫的。

她這樣，吳浩當然不能說不，作為領陳鷹薪水的員工，更不能說不。他跟米熙約好了地方，

然後去見她。去的路上在猶豫要不要先跟陳鷹報備，後來一想，還是先聽聽米熙說什麼，也許只是吃凌熙然緋聞的醋，他弄明白怎麼回事了才好告訴陳鷹。

這幹活還得兼感情顧問，還是十七歲少女的感情顧問，太辛苦了，一定得加薪。

見到米熙，吳浩聽了米熙的提問，頓時打消了求加薪的念頭。老闆，我不要加薪了，只求以後不要跟米熙聊感情，她的問題太深奧了，我讀書少，搞不定她。

米熙的問題是這樣的：為什麼明明對方沒有做錯任何事，可另一方卻還是會覺得委屈？為什麼雙方都很為對方著想，都為對方做了會令對方開心的事，可是雙方都開心不起來呢？

吳浩傻眼了，他得整理這話的邏輯。太有深度了，他能告訴她，他水準不夠，答不出來嗎？

沒等吳浩回答，米熙又低了頭自我反省：「其實也是我不懂事。」那語氣很可憐，吳浩聽得出她自責得很真心，不由得又心疼她。以她這個年紀來說，她確實太懂事了，也難怪陳鷹喜歡她，疼她。以陳鷹這種閱歷身分個性，他居然說他愛上了米熙，跟米熙在熱戀中，並且是以婚姻為前提在交往的，這讓吳浩很驚訝。

米熙年輕貌美可愛，陳鷹受吸引也正常，但男人嘛，看見美女心動和認真宣布在戀愛並且不排除未來有更多的可能性這完全是兩回事。就吳浩看來，陳鷹的這個決定很冒險。

好吧，也不能說是決定。他也理解，感情這種事，不是想決定就能決定，心不由己，他明白，但確實是在冒險。跟個小屁孩戀愛啊，陳鷹又是這種身分，看吧，果然麻煩得很。

吳浩看到報導時也打了電話給陳鷹，問他昨天失蹤是怎麼回事。既然報導都出來了，他需要了解情況並看如何澄清，實在是不想被那個凌熙然白占便宜，可陳鷹說不用管，澄清不了，因為他是回去看米熙，而這種事不能透露給媒體知道。換言之，他們又吃了啞巴虧還發作不得。

「那你回去幹什麼呢？她都安全上火車了，你何必回去？」吳浩聽完來龍去脈很無言，沒吃飯開六個小時的車趕回來，睡不到五個小時又開六小時車回去，真是找罪受。

「她哭了啊，我得回去看一眼，不然不安心。她很堅強的，平常不撒嬌不哭的。」

吳浩不知道能說什麼。現在米熙就坐他面前，一副想哭的樣子，自責自己不懂事。吳浩有點怕，要是米熙哭給他看，他怎麼安慰？老大的小女人，他不會哄啊！哄得不好是死罪，哄得太好也是死罪。

「我可以喝點酒嗎？」米熙這時候問，她吸了吸鼻子，聲音哽咽。

吳浩的汗毛都豎起來了。太可怕了，老大，你家小女朋友要讓他陪著買醉。吳浩不得不開口了：「米熙，妳不回家吃飯可以嗎？有什麼不痛快，妳跟吳浩叔叔說說，然後叔叔送妳回家。」

「我跟奶奶說了跟吳浩叔叔一起吃晚飯。」

「……」完蛋！那她還要喝酒。她喝醉了他把她送回去，皇太后不得把他滅了？

「我覺得很難過，我想努力做好，但是好像沒找著竅門，做什麼都不對。陳鷹對我很好，我也想對他好，可我對他的好總會招來麻煩。還有他鬧緋聞的事，明明他跟凌熙然沒關係，但他們非要把他跟她湊成一對。我才是他的女朋友，我好想告訴大家我才是，可是我不能說，憋在心裡頭好難受，可我不能說。」米熙說著說著，淚珠在眼眶裡漾著，彷彿下一秒就會滑落。

吳浩被她看這麼一眼，完全無力抵抗。

「我可以喝點酒嗎？」她又問。

吳浩點點頭，點完頭又在心裡罵自己兩句。不行，還是得掙扎掙扎。「妳先等等，我想起來有件事得交代一下。」吳浩說著，拿了手機走出包廂。

老大啊，是誰說你家米熙不撒嬌也不哭的？大騙子！吳浩打電話給陳鷹，向他報告他被米熙劫持在咖啡廳裡，現在劫匪要求買醉解愁，他狠不下心不答應，怎麼辦？

陳鷹很痛快地下指示：米熙想幹麼你就讓她幹麼。要酒給酒，要吃什麼買什麼，要去玩你就陪著，然後又問他怎麼去咖啡廳，咖啡廳有什麼好吃的，應該帶米熙去高級餐廳，那裡的東西才上檔次。

吳浩沒好氣，「咖啡廳也是很有檔次的咖啡廳好嗎？有牛排有紅酒有披薩和各種點心，你還想怎樣？要去高級餐廳，等那小丫頭的男朋友回來再說。啊，我忘了，她男朋友跟她的事還不能曝光，所以短期內不能一起出門。小丫頭好可憐啊，怎麼找了個這樣的對象呢？要是我這樣的，一定帶她到處走，還能看看電影壓壓馬路逛逛百貨公司走走公園……」

「你皮癢了是吧？」陳鷹打斷他。真是夠了，交代幾句他還來勁了。

「不不，一點都不癢。老大，你繼續忙，我陪米熙喝酒去。她想吃什麼我就買什麼，她想看電影我就陪著，她想壓馬路我就跟著，她想兜風我就開車。哈哈，你忙你的。」

「……」

「就這樣，掛了。」吳浩成功打擊陳鷹，心情爽快無比。

「等等，你們在哪裡？」

吳浩報了地址，玩笑歸玩笑，他還真是不想陳鷹想歪了。他對米熙小朋友絕無邪念，不像別的叔那樣，他才是正經正直的叔。

陳鷹記下地址，道：「那你去陪米熙喝酒吧，她年紀小，有些事不好想明白，也需要時間適應這社會的潛規則，她找你談也好，省得憋在心裡更不痛快。你多開導她，讓她抒解情緒，等我

回去了再謝你。」

切，好像誰稀罕他謝似的！

「你先去吧，我找個人去陪你們，不然你一個大男人跟米熙拚酒不合適。」

嘖，吃醋就吃醋，說得那麼委婉！

吳浩去了，幫米熙點了牛排和紅酒，又點了魷魚圈炸薯條烤雞翅等等。

米熙喝著小酒，吃著美食，又跟吳浩吐了一堆心情垃圾，覺得心裡好受多了。

「吳浩叔叔，你說過不要告訴那人喜歡他就能繼續喜歡下去，那你喜歡誰啊？」

吳浩差點被酒嗆到，「小孩子不要亂打聽，我說的是常理，不是說我喜歡誰。」說完很心虛，再喝一口酒掩飾。這時候電話響了，他一看，這回真的嗆到了。

來電的是劉美芬。

吳浩咳了好幾下，又怕顧不上接電話劉美芬掛了，趕緊一邊咳一邊接通電話。

這一急，咳得更厲害。

「你在幹麼？」劉美芬問。

問得吳浩一頭霧水，怎麼打電話來問他在幹麼，捉姦嗎？他咳了幾聲，回道：「在咳嗽。」

「你們在哪個包廂？」劉美芬繼續問。

吳浩完全反應不過來，不會真來捉姦吧？他跟劉美芬有這層關係了？明明沒有啊，他藏得很好。他只是偶爾沒忍住故意裝跟她偶遇來著，啊，還有上次他喝醉了心情不好發脾氣就打電話給劉美芬使喚她來接他，說劉美芬說過的，有她能幫忙的時候就找她。他得說那次他真是醉了，借酒裝瘋，然後劉美芬真的來了。雖然來了之後臉色不好看，但還是當了一回司機送他回家。

吳浩下意識就裝，「什麼包廂，妳弄錯了，我沒在外面。」

電話那頭沒說話。吳浩一琢磨，覺得哪裡不對，難道……

「陳總打電話給我，說你陪米熙吃飯喝酒，但你們都喝醉了沒人照顧，讓我過來陪陪你們，然後把你們送回家。我現在在咖啡廳後面的停車場，就停在你的車旁邊。」劉美芬語氣平靜地說著，好像沒聽見吳浩說的謊。

吳浩敲自己腦袋一下，太蠢了，精明都死光了嗎？他恨不得陳鷹就在他眼前好踹他兩腳。賤人啊，怎麼可以給他下套呢？吳浩揉著臉皮報了二樓的包廂名。掛了電話，心還在亂跳，換他問米熙：「米熙，妳說有時候別人幫妳製造機會，妳卻恨不得給他兩拳，那是為什麼呢？」

米熙沉吟片刻，說道：「若不是那人覺得抓不住機會，便是他不識好歹吧。」

吳浩目瞪口呆，米熙，妳今天是哲學家附身嗎？

米熙沒在意他的表情，又喝了一口酒，突然道：「我懂了。」

妳懂什麼啊！不過吳浩沒再多說話，因為劉美芬上來了。

米熙見到劉美芬很開心，而吳浩很謹慎，米熙似乎是真想通了什麼，心情好了許多。聽說是陳鷹讓劉美芬過來的，居然笑開了，她覺得陳鷹真是體貼，好關心她，想得周到。她莫名其妙高興起來，大口吃肉大口喝酒。吳浩捶心肝啊，這簡直是個小神經病。小神經病心情好，去洗手間偷偷打電話給陳鷹，跟他說情話，回來後繼續大口吃肉大口喝酒，又點了份牛排。

吳浩發簡訊給陳鷹：「你家那位要吃成豬了。」

陳鷹回覆：「她開心了，記你大功一件。」

神經病！吳浩覺得這兩個談戀愛的人就是神經病。

喝完酒吃完飯，米熙哼著小調讓他們送回家。劉美芬開車開得好好的，小神經病突然發病了，跟她大聲說：「劉姊，吳浩叔是不是喜歡妳啊？我看到他總是忍不住偷偷在看妳！」

他媽的！吳浩真想揍這小神經病。不過一來他不敢，二來他打不過。現在他完全不敢看劉美芬，剛才車子有歪了一下，會不會也把劉美芬震住了？

「她喝醉了。」吳浩試圖補救。

「我沒醉！」米熙大聲回應。

吳浩閉嘴了。媽的，好想跳車。老大，你快回來吧，快回來收拾你家的神經病！

車子終於到了陳家大宅，米熙攪亂一池春水後就跑了。吳浩坐劉美芬車裡很尷尬，不過人家沉得住氣，他能說什麼呢？「她喝醉了。」他只能再次這樣說。

劉美芬看了他一眼，笑了笑，「嗯」了一聲。

「嗯」得吳浩心裡發毛。這女人不會是腹黑吧？不怕，他這麼精明，怕個蛋？等陳鷹回來，他一定要狠狠告米熙一狀。

不過沒等陳鷹回來，米熙又打電話給吳浩了。

吳浩一看來電是她的名字就頭疼，可這電話還得接。

「有家公司要面試廣告模特兒，我好幾個同學都要去，於是我也去了。」

「……」

「然後我被選上了。」

「……」

「我不敢告訴陳鷹和奶奶，所以想先告訴你。」

「……」這電話他就當沒接過行嗎？不然他知情不報是大罪，他代米熙報了也是惹火罪。

「還有，要簽約，這個我不太懂。」米熙繼續說。

吳浩嘆氣，「米熙，妳怎麼這麼想不開呢？」別說模特兒了，就是想演個電影女主角，你家那少爺都能幫妳搞定啊，妳去面試什麼？

「我沒想不開，我只是想試試……」想試試這世界，想試試看陳鷹的世界。

其實米熙並非一時衝動，當然面試的這個機會也是碰巧撞上了。上次跟吳浩吃飯喝酒，她聽到吳浩那個難答的問題，突然覺得其實難處並非她自己才有，人人皆是為難，人人皆是不易。人與人之間的關係，豈是道理可以講得明白？她回答吳浩說不是那人覺得抓不住那機會，就是那人不識好歹。

她一想，這不是說她自己嗎？她現在有機會，可以跟陳鷹在一起。她剛得到來這個世界的機會時，她也是百般抗拒，後來被說服了，過來也是適應了好長一段時間，如今覺得這世界很不錯，當然還有許多需要學習的地方，這與如今跟陳鷹一起的狀況是一樣的。機會在手裡，但要將它抓住，她不能不識好歹，也不能自怨自艾。奶奶能做到的事，她也能做到。她不能因為一點點不開心就垂頭喪氣，若她是男子，看到自家娘子成天愁苦著臉，也定是不樂意的。

這麼一想明白，米熙覺得精神多了。她娘曾教過她，家中大大小小各種事，若用想的就能理清楚，就得自己弄清楚裡頭的門道和各人的心思。米熙在吳浩那邊沒問出什麼來，就去問蘇小培。

如果總是患得患失該怎麼辦？

蘇小培答：「閒的。找點正經事做。」

米熙就想，她正經事很多，光上課就很忙了。還有各種學習目標，什麼做飯、織毛衣，還得調養身體，吃藥扎針。後一想，這圈子秦雨飛比較近，就去問她了。

「雨飛姊，妳當千金小姐覺得最難的是什麼？應該怎麼解決？」

「太難了，換個問題。」

「哦。那妳覺得在這圈子裡，要做一個合格的女性應該怎麼做？」

「太難了，再換一個。」

「呃……」米熙深思，又問：「要怎麼不給別人添麻煩，又讓別人開心？」

「哦，我比較擅長添麻煩，一般是別人讓我開心。」秦雨飛答得讓米熙撇眉頭。她不想這樣，她不想讓陳鷹覺得她麻煩，也想讓陳鷹開心，她想做個合格的妻子。當然她的問題問得不清楚，因為她不能把這些話明說，結果秦雨飛又說了，「不過我這人不討喜，妳不用學我。話說回來，幹麼要討別人歡心呢？討別人歡心，自己不開心，那多難受？妳把自己弄順心了，別人不順心別人自己會去找順心的事，妳不用替他們擔心。妳自己有錢，有自己想做的事，能獨立，誰也不能為難妳欺負妳就好了。不要看別人臉色過日子，我覺得看別人臉色過日子的人才討人嫌，總苦著臉多討厭。」

對，沒錯，這是關鍵。米熙一下又找到方向了。能獨立，出了什麼事能自己處理，甚至能幫上陳鷹。說白了，在這世界女子也得有本事。她沒本事，要不怎麼總麻煩別人呢？她非但沒本事，還不懂陳鷹。他說他的生意她聽不懂。她希望她能懂，起碼聊天的時候能聊得起來。

原本米熙的計畫是多看多聽多學，結果那天學姊說有家公司招廣告模特兒，是做飲料的，需要三個女生和三個男生，問有沒有人想一起去試試。好多人想去看看，米熙也去了。

結果米熙被選中，這出乎她的意料之外，而且對方拿了合約出來要讓她簽，她哪敢亂簽，上面的條款她也不能確定沒問題。別人都當場簽了，對方也說如果她不簽就沒機會了。米熙還是不敢，也不敢打電話跟陳鷹或宋林說這事，只好求助吳浩。

吳浩很快來了，到那裡就看到幾個小女生小男生坐在會議室的椅子上等著他，不對，應該說陪著米熙。吳浩一進這公司就知道這廣告沒什麼值得拍的，而且他在路上也打了電話給陳鷹。陳鷹的意思是甭管什麼大廣告，他家米熙都不拍。吳浩當然不會這麼生硬地跟米熙說，他知道陳鷹也不會，所以陳鷹目前暫時當作不知道，等他先到了地方處理過後再說。

一個自稱業務經理的中年女人拿著合約過來相談，吳浩掃了兩眼合約就不想再看了，內容簡單得不像話。這間公司只是代理公司，合約上只有拍廣告和支付多少費用的規定。費用多少就不計較了，再少人家願意拍也沒問題，只是廣告使用的期限、範圍及各種業內該有的限制都沒提，甚至工作時間也沒具體說明，付款只說完成廣告通過審核後一個月內付款，而什麼時候能完成卻沒有規定。還對模特兒的工作做了排他限制，就是廣告播出期間，模特兒不能接拍其他廣告。

女經理看吳浩一臉懷疑，又說這行業都是這樣。大家講究誠信，不會騙人，他們也是大公司。

「你們對這行業不熟，所以有懷疑也是正常，但我們這行跟其他行業不一樣，所以合約肯定不一樣。」女經理說著，旁邊有個小男生一個勁兒地點頭。

吳浩能理解孩子們的心情，對他們來說，能拍廣告又有錢拿是好事，但他作為專業人士，就算沒有陳鷹的交代，這樣的合約也沒法同意簽。

「對不起，我們不能簽。」吳浩說完，看見米熙一臉不捨，而那女經理的臉板了下來。

「先生，這樣是在浪費大家的時間，而且說實話，米熙也不是專業的，她的條件很普通，能被選中拍廣告機會難得。如果不是我們，下次她碰不到這樣的機會了。」

女經理說得天花亂墜，一旁的小男生小女生聽得嚮往，幫著勸米熙。

吳浩沒什麼耐心，只好再次說他們不簽，然後招手要帶米熙走。

米熙拉著同學站起來，女經理很不高興，還在說這些專業的東西他們不懂，其實這機會真的很好什麼的。吳浩被說得煩了，掏出名片遞給那女經理，然後說：「妳這份合約隨便拎一條出來都是可以宣布合約無效的。孩子們不計較，但你們做事真的不道地。別再煩我們，也不要打電話給米熙，不要再遊說，她的監護人比我的頭銜高多了。論專業，我們在圈裡敢誇口說第一。」

他帶米熙走了，走到門口，想了想，回頭對那幾個被選中的孩子說：「別因為覺得機會難得就什麼都不計較，合約就是合約，簽下去不吃虧就算了，吃虧了最後還是自己倒楣。這世界不缺機會，只缺準備。」他說完，帶著米熙和一個跟她比較親近的同學走了。

路上米熙沒跟吳浩多聊，因為有同學在旁邊。吳浩先送那同學回學校，一路上那個叫小妮的同學兩眼放光，一直跟吳浩套近乎。吳浩送米熙回家，簡單跟她說了合約的問題，又說這事他告訴陳鷹了，也許陳鷹會跟她聊起，他先知會一聲。米熙謝過，慶幸自己找了吳浩幫忙，裡頭果然大有學問。她覺得自己很無知，又覺得有些丟臉，而不能拍這廣告，她既鬆了一口氣又覺得頗遺憾。

吳浩說的不缺機會缺準備，她也覺得有道理，只是她一直沒準備好怎麼辦？她想她還是需要機會來推動她的準備。

米熙拒拍廣告的事惹了些小麻煩，一個是小妮覺得自己愛上了吳浩，開始跟米熙打聽吳浩，

她覺得學校裡同齡小男生完全沒辦法跟有型又有閱歷還有本事的吳浩相比。昨天吳浩的表現擄獲了她的心，她想讓米熙幫她牽線。米熙嚇到了，不敢答應，但小妮說會纏到她同意為止。

另一個麻煩是介紹幾人去面試的學姊來找米熙了，說米熙不簽就算了，她鬧這一場，把其他人的機會都攪黃了。那天去了不少朋友面試，好多沒選上就先走了，並不知道後面發生的事，但那公司裡有學姊的朋友，也是那朋友讓學姊幫忙找人來面試。那人告訴學姊米熙帶了個很大牌的公司高層來鬧場，最後原本簽字上交給公司的合約，公司都決定不簽了，省得惹麻煩，人全部要重找。那人責怪學姊怎麼會找米熙這樣的人來面試，不是添亂嗎？這麼牛逼的就自己找機會拍，有什麼了不起的，到他們那裡顯擺什麼，還說真噁心。

學姊聽說這事，也很不高興，就去找米熙，把她說了一頓。米熙不知道能反駁什麼，這事讓她也不好受。只是想做一件事而已，怎麼就這麼麻煩？幾個要好的同學都安慰米熙，但這事還是在學校裡傳開了。之前跟米熙不對盤的那些人趁機放話，說真牛逼的還去面試什麼？能簽約了還要大牌，找這叔那叔的撐腰，也不搞清楚情況。真這麼厲害，就別拿這叔那叔當靠山，等著星探跪求妳去拍廣告做明星去。

米熙不跟她們吵，但見著她們那嘴臉的時候還是過去認真道：「就算有星探跪求我簽約，我也是要找這叔那叔幫我把關的，謝謝妳們的祝福和鼓勵。」

對於米熙想拍廣告這事，陳鷹沒多談，電話裡只說等他回來跟米熙好好聊聊，讓米熙不要想太多。又誇米熙做的對，知道找吳浩。

陳鷹回來那天，米熙又在網路上紅了，紅得讓大家措手不及。

第五章

對不起，我不能嫁給你

一個叫許哲安的知名年輕攝影師，同時也是一名自創品牌的服裝設計師，在他的微博上發了一張少女側臉的照片。

火車上，少女面朝窗外，白淨無瑕的素顏嬌容，眼眶裡含著淚水。那淚盈滿欲滴，照片美得像一幅畫。許哲安在微博上說他外出采風回歸，火車上偶遇少女，似不食人間煙火，又似凡間孕育出的精靈。頭一回知道什麼叫淚眼盈盈，楚楚動人。不忍打擾，卻被她刺激出了靈感，在火車上就畫了三張設計稿。下車時原想敲定這緣分，怎料少女精靈下了車就變閃電俠，一晃眼就不見，最後他雖找到她卻沒追上，就在微博尋人，希望能找到她擔任他新一季服裝廣告的女主角。

許哲安的粉絲眾多，照片也拍得很美，而許哲安浪漫的語調和說故事的手法很有煽動性，惹得大家手癢，這微博一時之間被瘋傳。然後，很快有人認出米熙，於是「功夫少女」、「緋聞少女」的舊帳再次被挖了出來。

這麼巧，許哲安的品牌營運代理權就在領域手上，領域廣告那邊接到他的電話，而許哲安微博宣布，他靈感的精靈已經找到。

看到消息的陳鷹臉黑如炭，誰他媽是你的精靈啊！

陳鷹吃醋了。米熙覺得應該是這樣，所以一說到米熙的「精靈事件」，他的臉就黑，他還要求領域去跟許哲安說清楚，要他把米熙的照片刪除。

米熙在心裡偷偷高興。他為她吃醋呢，她有些小得意，對他便分外好。她下廚做飯給他吃，他在房間忙公事，她就泡花茶給他，坐在他旁邊看他。他真好看，認真的樣子真是俊俏。他深思的時候眉頭會微微皺起，他的頭髮有些長了，低頭看電腦時額角的瀏海會垂下來。

米熙看著，很想幫他撥一撥。陳鷹回好郵件，轉頭一看，那個防不勝防，動不動就在網路上

火一把的小女朋友正趴在旁邊目光炯炯地看著他。他把她抱過來咬一口臉蛋，這個讓人不省心的小傢伙。他沒在她身邊真的是提心吊膽，生怕她又惹出什麼事來。想當初他去美國的時候還是放心的，結果現在她接觸的人多了，越來越有主意。敢拉幫結派了，敢離家出走了，現在居然還想邁入娛樂圈。

陳鷹不介意跟女明星交往，他的舊女友名單裡也有過女藝人，但他介意米熙入這個圈子，因為他知道米熙不喜歡。不喜歡的事勉強去做有多不舒服他知道。他心疼米熙，那種心疼不只是對女朋友的心疼，不只是對自家孩子的心疼，更是對稀有寶物的那種心疼。是自己沒有而她卻有，他就更願意去珍惜的那種心疼。

複雜又純粹，他就是心疼她，恨不得把他的一切都給她，讓她保持原樣，讓她永遠單純開心，但事情慢慢脫離他的控制，在從中搗亂的，就是米熙。

現在她在他懷裡，一臉乖巧，還調皮地撥他額上的頭髮。氣氛不錯，正好跟她聊一聊。

「米熙，妳為什麼想去當模特兒？」

「同學都去了，聽說這個簡單些，就是擺擺姿勢，拍些照片，而且能賺錢。況且你離這行近，有什麼情況我也有人可以請教，能知曉你們平常說的事。好些我都聽不懂，我想聽懂。」米熙抿抿嘴，有些心虛，不敢看他的眼睛，於是伸手玩他襯衫上的扣子。

「妳當初那當保全和快遞的壯志呢？」陳鷹有些憋氣，轉移話題，逗她順口氣。

「這不是今時不同往日了嗎？我若做了保全，你更不能帶我出去了，再者，到時我說的話你不明白，你說的話我也不明白，咱倆的日子該怎麼過？還有，原來模特兒不要求年紀的，未滿十八也能做。我看網路上說的，好些孩子也能做模特兒。」

「今時不同往日了啊？」陳鷹聲音拖得長長的，挑了挑眉，「妳想做模特兒賺錢，打入娛樂圈也行。那妳就可以穿漂亮衣服，擺各種造型，放到網路上媒體上供大家欣賞。會有人喜歡妳，成為妳的粉絲，也會有人不喜歡，天天挑妳毛病。」陳鷹在電腦上搜索，點些模特兒照片給她看。

米熙坐在他膝上，看著網頁裡那些穿著比基尼或短褲背心展現火辣身材笑得燦爛的年輕女模，抿了抿嘴，小聲說道：「也不全是這樣的，我也查過了。」

陳鷹不說話，又搜索別的，給她看一系列品牌唯美清新風格的廣告照片。照片裡女星各種美麗，化妝品廣告裡女主角穿著裸肩露臂的長裙，床上用品廣告裡女主角躺在床上被單將蓋住胸部。

「現在審美就是這樣，就算要清純清新也一定是用性感包裝，包得嚴嚴實實的沒有。」

「可我看電視裡的飲料廣告就是一大家子吃飯，大家都穿得很正常。」米熙試圖爭取機會，「如果是要露的，我就不拍，是正常裝扮的，我就拍，這樣總可以吧？」

「那是由妳挑的嗎？」

「為什麼不是？他們要我拍，總要我點頭才可以，難不成還有逼迫我的？」米熙睜大眼，才不相信她不願意還有人能逼她。

陳鷹瞇了瞇眼，懶得跟她解釋如果沒有經紀人，如果她不拍些好作品，她的模特兒夢就別做了。可要有好作品一直出，一點不露怎麼可能？而他說的露都是正常範圍的小性感，晚禮服她都不願穿，露腳的涼鞋她也不喜歡，她拍什麼廣告？更別提摟摟抱抱，做嘟嘴親吻眨眼挑逗這樣的舉動了。他沒見過那樣的米熙，他不信她願意拍出來給所有人看。正常人覺得再普通不過的小性感，對她來說是嚴重的事，這她自己清楚得很，現在在跟他倔什麼？

「我想試試，沒做過怎麼知道不行呢？」米熙真的是在倔，她一旦認定的事，就真的要做。

陳鷹不高興了，堵了一口氣，「行，妳想做就去試吧！」

語氣這麼不好啊？米熙偷偷看他，抱著他的腰蹭他胸膛，「那你得幫我啊，那些合約我不懂，而且廣告要怎麼拍，萬一對方騙我呢？你得幫我。」

陳鷹一口氣提不上來，居然撒嬌？為達目的居然會使這種手段了？哼！

陳鷹答應了，米熙很高興。雖然陳鷹的臉很臭，米熙卻覺得比她送生日禮物那晚他趕回來對她溫聲細語的時候要開心。那圍巾的事後來陳鷹一直沒提，她也不提。

陳鷹叫了吳浩出來喝酒，一晚上聊的都是米熙，那語氣又愛又恨又寵又煩，甚是淩亂。

吳浩頭很疼，他真的不是感情顧問啊，求放過！

結果陳鷹比米熙狠多了，他看吳浩不認真不專心，一臉不想聽的樣子就來氣。米熙他是捨不得罵捨不得教訓，對付吳浩他還是下得了手的。

「劉美芬寫了告白信給我。」

「噗」的一下，吳浩的酒噴了。面對他被嗆得一直咳的窘境，陳鷹沒心肝地繼續說：「她對我說喜歡我，她說要讓我知道，也期待著我的回應。」陳鷹喝一口酒，其實他不記得那信究竟是怎麼寫的了，不然真要背下來好好刺激吳浩一下。

吳浩咳完了，把手機拿出來，對陳鷹道：「你接著說，詳細說說，我錄下來給米熙聽。」

「我拒絕她了。」陳鷹義正辭嚴。

「切！」吳浩一臉嫌棄他的沒種。

陳鷹不說話了，接著喝酒，吃了些下酒菜。

過了一會兒，吳浩忍不住了，問他：「她真寫信對你表白？」

陳鷹點頭。吳浩擰著眉頭，頓了幾秒，恨恨地道：「看她悶葫蘆似的打不出幾句話，居然還幹這種事了。」

「她幹什麼事了，她也不悶葫蘆啊，她跟同事的交情很好，跟客戶應對也好，表現很優秀。」

「你倒是全都知道！」吳浩的語氣已經蓋不住那酸味了。

「我當然知道，我當初是她老闆，她的業績考核表每個月我都能看得到好嗎？績效獎金我也得簽字好嗎？我也曾經和她一起跟客戶開會，她思路清晰，口齒伶俐，跟悶葫蘆是兩碼事。」

吳浩的臉很黑，陳鷹又不說話了，繼續喝酒吃菜。

吳浩忍不住，問他：「你拒絕之後她怎麼說？」

「沒說什麼，就是謝謝之類的吧，不記得了。」陳鷹晃晃腦袋，然後看到吳浩一隻大掌壓到他面前的桌上，陳鷹抬眼看他，「真不記得了，反正就是很融洽的一次表白互動經過。我們現在也關係良好，毫無介蒂。」

你們是沒介蒂，我有啊！吳浩憋著，一不小心多喝了幾杯，喝多了心裡更憋得慌，越憋越喝。陳鷹也不管他，陳鷹自己也一堆事，李展龍那邊得意了這麼久，他真是不服氣。《圈中女王》借他這部戲招了不小的人氣，業界預計票房應該不會差，當然這個不差是跟投入相比較來說。簡言之，雖然他們偷劇本搶先拍，製作粗糙，但他們一定能賺錢。再加上凌熙然沒完沒了地借他上位，藍天影業的下一部電影也跟著受關注。這些都讓陳鷹噁心，偏偏米熙開始不聽話了，

他真是蠟燭兩頭燒，沒一件省心的事。

兩個人喝得差不多，買單走人。陳鷹叫了司機來接，原想著一併送吳浩先回去，結果吳浩說不用，他要走一走，散散心。陳鷹沒管他，要散就散吧，約好第二天公司見，兩個人就分開了。

吳浩在街上遛達了一會兒，心裡的火還是沒下去。他乾脆在路邊的長椅上坐下，瞪著馬路發呆。呆了一會兒，拿起手機打電話給劉美芬。

劉美芬接電話的時候聲音有些模糊，像是剛被吵醒。

吳浩愣了愣，頓時想起現在很晚了。「呃……」他一時間要說的話卡在喉嚨裡。

「你又喝酒了嗎？」劉美芬問他。

「對。」只是回答問題的話，他還是可以的。

「不會又沒人送你吧？」

「……」吳浩有些猶豫，要無賴的話有些丟臉，不要的話心裡又不爽。

「不會街上也沒有計程車吧？」

「我坐很久了確實沒看到。」吳浩完全無視在他面前剛跑過去的一輛計程車，淡定地說。如果這女人沒這麼拒人於千里之外就算了，可他什麼都還沒說她就開始推脫。自己有理沒理這種事吳浩壓根兒不在乎了，無賴犯起病來也是很要命的。

「妳來接我吧。妳不是說過要是妳能幫忙的時候千萬別客氣，要跟妳說。」老調重彈，他不心虛，一點都不心虛。

劉美芬那頭安靜了一會兒，似乎嘆了一口氣，回道：「好吧。」她問他的位置，然後掛掉了。

吳浩就坐在長椅上等，看了看錶，十二點了，對劉美芬來說確實晚了吧？管他呢！她都瀟灑地表白示愛去了，過來接他沒關係，反正又不是第一次了。不過這兩者之間有什麼關係？他懶得想，他喝多了，腦子發昏，還有著莫名其妙的怒火怨氣。

也不知坐了多久，吳浩腦袋沉沉，閉目養神，過了一會兒聽見喇叭響。睜眼一看，卻是輛計程車停在他面前，他揮揮手，表示不要。那計程車開走了，計程車一走，劉美芬的車子就映入眼簾，她的車子被計程車擋在後面。

吳浩揉了揉臉，假裝謊話被當面戳穿這種事沒發生過。他站起來，拉開副駕駛座的門坐進去。劉美芬指了指安全帶讓他繫上，然後默默開車。一路上兩個人都沒說話，吳浩原想劉美芬這麼晚被吵起來當司機，肯定有脾氣。她這麼冷豔清高的人，等她諷刺罵他幾句，他就借題發揮罵回去，把心裡那口氣出了。結果人家沉得住氣，一路不說話，臉上還沒什麼表情。

吳浩更不痛快了，眼見他家快到了，清了清喉嚨，說道：「剛才我和老大喝酒來著。」

劉美芬看了他一眼，點點頭表示聽到了。

「妳跟他表白過吧？」吳浩說完這話有些後悔，真是太三姑六婆了，而且這種事拿出來說嘴真是討人嫌，當然他是指陳鷹。啊，對了，陳鷹的形象這下在劉美芬心裡崩塌了吧？這樣也不錯。反正他喝醉了，他不負責。

劉美芬愣了愣，又點點頭。

吳浩緩了一會兒才反應過來，她不說話只點頭又是只表示她聽到了。媽的，好惱火！

「停車！」吳浩發脾氣。

劉美芬靠著路邊停下，吳浩打開車門出去，沿著街走了一段路，卻沒聽到身後有人追上來的

動靜，於是他回頭看，劉美芬還坐在車上，壓根兒沒動。吳浩憤憤地又走回去，開了車門再坐進去，心裡還是不舒服，又推開車門。這回沒下車，想了想，又把腳縮回來。

「雖然我知道妳喜歡他，不過我一直沒問，妳喜歡他什麼？」吳浩問。

劉美芬淡定答：「我以為顯而易見。他高大帥氣多金，品性好，風度翩翩，女生會喜歡他不是很正常嗎？」

還反問？噎得他……吳浩沒好氣。

劉美芬又繼續說：「他幫過我，你知道，女生總有些浪漫的幻想，白馬王子什麼的。」

「哈，那是小女生！」吳浩很故意地擺出嘲笑的表情。

劉美芬笑笑，似乎看不到他的臉色，說：「我有時候是挺幼稚的。」

她幼稚才怪！吳浩莫名又生氣了。氣自己問什麼問，他都知道，能喜歡上陳鷹的不就這幾點嗎？還能變出什麼花樣來？難不成喜歡他忠厚老實？這一下氣得太過，他控制不住自己的嘴：「王兵的事，是我幫妳擺平的，不是陳鷹。沒人讓我這麼做，我找了兄弟幫忙，編了個青龍幫。」

劉美芬這下有些愣，似乎是驚訝，好半天反應過來，誠心地道：「謝謝你。」

「就這樣？」吳浩音量有些大。

劉美芬想了想，「如果以後有需要我幫忙的地方就請說，我一定幫忙。」

吳浩氣極反笑，「妳非要我明說嗎？非要等我開口說喜歡妳妳才甘心？」

劉美芬搖頭，「我並沒有在等你開口，我在等你發現其實自己並不是那麼喜歡我。」

這話讓吳浩愣住，劉美芬繼續說：「我單身，無男友，如果你對我有意卻沒有說，那一定是

你覺得我們並不合適。就如同我對陳總一樣。我喜歡他，但我知道我跟他是不可能的，所以我一直沒有表白。我只敢默默加班，試圖能有機會跟他多接觸多說幾句話。明知道不可能卻還總覺得有希望，就是我的心態。那天受你鼓勵，我終於寫了信給他……」

「我鼓勵？」吳浩差點跳起來。

「是啊，你鼓勵我，我才決定向他表達自己的心意，就好像，跟自己做的夢說聲再見。一旦你說出來了，你就沒機會了，就是那種感覺。」

居然跟他想的一樣！她是鑽進他腦子裡了嗎？不說出來才能繼續喜歡，他走的是這條路。

「不過我寫信的時候，還會有期待，所以，你看，我真的是不切實際的浪漫幻想型，但陳總還是回絕了我。我看到他的回信，鬆了一口氣。居然鬆了一口氣，還有些高興。然後沒過多久，我覺得我真的放下了。所以其實我想我並不是真的那麼喜歡他，也許只是某一剎那的動心，但並不穩固長久，我內心深處一定知道，但我不知道。」

吳浩聽得有點呆。

「我覺得你跟我一樣，吳浩，你連是你出面幫我的忙都不敢承認，把事情推到陳鷹身上，我想，你也是在擔心，擔心我注意你甚至纏上你。你覺得你喜歡我，卻又覺得我們不適合，所以你不想說。我能理解，因此我覺得時間久了，你會發現你不是那麼喜歡我，你會遇到自己真正喜歡的人，那樣我一直裝不知道你會好過些。」

吳浩好半天才找回自己的聲音：「妳現在變成心理專家了？」

劉美芬搖搖頭，「我只是將心比心而已。」

吳浩說不話來，過了一會兒，劉美芬看他沒話說，又將車子開起來，默默駛到他的社區，

把車子停在他家樓下。吳浩又坐了坐，忽然道：「妳說，妳跟他表白，他拒絕妳後，妳就放下了？」

劉美芬點點頭。

吳浩看著她，認真看著，道：「劉美芬，我很喜歡妳。」

劉美芬眨了眨眼睛，強迫自己不要回避他的眼神，輕聲道：「謝謝你，吳浩，但我們不合適，我不能接受。」

吳浩點點頭，推門下車，頭也不回地進樓去了。劉美芬看著他的背影消失，開車回家。離吳浩越來越遠，她覺得越來越難過。真奇怪，拒絕別人居然比別人拒絕自己更讓自己難過。

陳鷹不知道吳浩那邊發生了什麼事，他回到家，米熙賢慧地泡茶讓他醒酒，又擰了毛巾給他擦臉。陳鷹其實沒有醉，很清醒，吐了一晚上的苦水發洩過後，他的心情好多了。他又問了一次米熙是不是還堅持想拍廣告賺錢，米熙點頭。

陳鷹舒了口氣，從他的公事包裡取出兩份合約，獨家經紀代理約。

他把米熙抱在懷裡，拿著合約一條條解釋給她聽，這合約約定他陳鷹是米熙的全球獨家經紀人，她的一切演藝相關工作，都需要他或他指定的代理人簽署方能有效。雙方收益五五拆分，期限是十年。

米熙一邊聽解釋一邊點頭，聽到所有合約必須陳鷹或其指定代理人簽署方有效這條，猛點頭，「這個好，這樣別人就騙不了我了。」

雙方收益分成，她擻眉頭，「就是我賺的錢要分你一半？這樣會不會太多？」

陳鷹敲她腦袋，「妳想太多，這條件對妳這樣什麼都不懂什麼基礎都沒有什麼後臺都沒有的

新人中的新人來說，已經很優厚了。」

「誰說我沒後臺？」米熙一臉牛氣，「我馬上就有超級厲害的經紀人了，而且一想到我賺的錢要分你一半，就覺得我在給你零用錢，特別有成就感。」

陳鷹被她逗笑，在她臉蛋上咬一口。

「陳鷹，你是我和羅姨的經紀人呢，你的藝人都這麼優秀，你的壓力也不小吧？」

「謝謝妳的關心，妳可以不用這麼吹捧自己。」

米熙羞紅著臉傻笑，又說：「十年是不是有點長啊？」

「妳是新人，是新人！」陳鷹沒好氣提醒她，還敢講條件。

「我是想著，十年我們的孩子都生好幾個，都會打醬油了。」

「妳能想點正常十七歲女生想的事嗎？」

「我覺得很正常啊！」米熙笑嘻嘻地在合約上寫下自己的名字，寫完忽然想到生孩子的事，她的月事一直沒來，不知會不會有影響，她的臉又皺了起來。

十二月的時候，米熙接了第一個廣告。

產品是奶茶，國產品牌，形象良好。陳鷹選這個是因為聽米熙說她沒簽那個廣告合約被學姊諷刺的事。米熙的本意是想說原來那些事還這般複雜，她可是學到了。可聽在陳鷹耳朵裡就是，他家米熙居然在學校被欺負。

陳鷹很生氣，默默打定主意要為米熙出口氣，讓她在同學面前抬頭挺胸，威風八面。當然，他身為「長輩」，不可能到學校給那些小屁孩好看，他做的事就是發了封郵件，打了個電話給領域廣告的劉立旬，然後劉立旬跟公司的經理們一說，所有人都過濾了自己手上的飲料類客戶，看

看有沒有合適的可以洽談代言合作。

陳鷹的要求是品牌形象正面，有一定知名度，廣告走溫情路線，不能性感，合約時間三年內，平面三支、影視兩支，不得搭配男主角。廣告腳本需要他確認，導演需要他確認，造型師由他指定，他還限定了能接受的最低報價。

如果這要求是別人提的，經理們會跟老闆大人據理力爭，又不是一線紅星，這麼多要求怎麼可能賣得掉？但一看提要求的是陳鷹，大家立刻沒了爭辯的念頭。陳鷹是比老闆還老闆的人，而且他的作風強悍，如果你反抗，他會跟你說，你確定辦不到嗎？如果我有同樣的條件辦到了呢？於是，大家賣力找客戶，最後還真談成了，那位功臣就是劉美芬。

吳浩聽說這事，心裡泛酸，心想：陳鷹託付的事，這女人果然是上心的。忍了又忍，終究還是沒去找她撒潑，一來覺得沒風度，二來他賭一口氣。不過話說回來，是誰說只要被拒絕就能放開的？騙子！放開個屁，只有心酸！

米熙成功簽下第一份廣告合約，廣告腳本和製作團隊也很快確定，暫定拍攝時間為一月初。米熙非常高興，雖然聽說陳鷹提的條件她覺得沒底，還提醒陳鷹說不是一直強調她是新人嗎，又說如果入行這麼不容易，那不要錢或錢少一點也行。陳鷹敲她腦袋，不是錢少就有競爭力，這是行情的問題。

米熙不懂，她覺得如果是她選，肯定選便宜的那個。不過最後居然談成了，她頓時有天上掉餡餅的感覺，真是占了大便宜。這世界真的不錯，時不時掉餡餅，真開心。

其實說到工作，許哲安那邊一直在積極聯絡領域，希望能跟米熙合作，但陳鷹一直卡著。為免米熙覺得他處理得不公正，陳鷹與許哲安見了一次面，了解他的意圖和他的品牌風格。許哲安

以火車上見到米熙的靈感為基礎，正在設計一個名為「精靈」的系列，他希望能由米熙擔任這系列的代言人，並拍攝寫真集。陳鷹看了他以前的作品，告訴他他這類輕熟女小性感的甜美風格並不適合米熙。

許哲安立即反駁，他說他見過米熙，他知道她適合什麼。

這話說得陳鷹的臉板了起來，居然敢說他知道米熙適合什麼，當他陳鷹死了嗎？他才是真正知道米熙想要什麼適合什麼的男人。陳鷹按捺住脾氣，告訴他米熙馬上要十八歲了，她是個道地的少女，思想保守，乾淨單純，她接廣告的規矩是不性感不裸露不拍感情戲。服裝的話，他那些露手臂露肩露腿的真的不行。

陳鷹心想，他可沒有假公濟私，米熙的要求可是事實。

許哲安瞪大眼睛，很不高興，他說他知道米熙適合什麼，他的「精靈」系列不同於以往的作品風格，就是為米熙量身打造的，他需要米熙來為這系列作品畫上完美的一筆。

誰管你的需要！

陳鷹冷冷丟下一句：「不管你的靈感是什麼，不符合米熙接工作的原則就不用談了。」

不歡而散，陳鷹對這結果滿意，可他沒想到許哲安竟然跑去學校找米熙，跟米熙當面談了一次。這事讓陳鷹大為惱火，好在米熙的意思與他一樣，她也說不想穿有裸露的衣服。不過許哲安並沒有死心，他問米熙不裸露的標準是什麼。米熙告訴他就是上身要遮到鎖骨，再低就不行了，手臂最多露小臂，腿最多只能露腳踝上面一點。

陳鷹聽了米熙的轉述，覺得滿意，雖然有點遺憾米熙沒說包住脖子，只露手臉。不過這個標準說清楚，他想許哲安徹底沒戲。還精靈咧，別開玩笑了。

十二月對陳鷹來說是很重要的一個月，他在《開始》裡的戲分已經拍完，電影的各項工作也步入正軌，領域影視這邊的許多資源也向他們開放，李展龍低調行事，避開他的這個風頭。

不過陳鷹有陳鷹的計畫，他就是要趁李展龍低調的時候做些事。首先，他開始談他在影視這邊的第二個專案：電影和電視劇《尋郎》。

《尋郎》是一款遊戲，講的是一個女心理學家穿越到古代尋找命定戀人，談談戀愛破破案子的故事。裡面有大量的推理小案子、心理學知識及江湖紛爭等等。玩家可以選擇當女主角或是男主角，也能進入各門派當配角，不同的選擇造成不同的結果。這遊戲版權方是陳非和程江翌的公司，遊戲還沒正式上線，但測試反應熱烈，玩家已經開始熱烈討論，周邊產品成了搶手貨。

在商言商，陳非和程江翌完全演繹出了什麼叫親兄弟明算帳。程江翌更是厚臉皮地說，你哥要結婚了，現在正在存老婆本，不多賣點怎麼行？

影視版權費雖高，但陳鷹覺得以市場來看，還算合理，但這事不好處理，因為陳鷹投資《開始》雖然目前為止順利，但電影還沒完成，誰也不能保證最後能賺錢或最後能賺多少，現在又來這麼一個大投資，拿到公司裡討論能通過的機率不大，於是陳鷹不走傳統路子。

他沒急著拿這專案到公司討論，反而是先簽海外影視版權代理的協議。這事親兄弟好說話，陳非很痛快就簽給他了。陳鷹當初在美國跑那麼辛苦，時間精力並沒有白花，好幾家雖然對《開始》沒興趣，卻也跟陳鷹搭上了線，陳鷹就利用這些人脈開始賣《尋郎》。

事實證明陳鷹的眼光不差，有兩家美國公司對《尋郎》有興趣，另外陳遠清也談了一家韓國公司，只是細節要談，價錢要商量。

陳鷹跟美國那邊約好了一月中過去洽談，而韓國方面比較著急，但陳鷹沒空，他手上一堆事，還要盯著米熙的第一支廣告。陳遠清身體不太好，宋林不想讓他出差，於是陳非自己去，簽約成功後卻要分領域一大筆錢，陳鷹振振有辭：「你沒領域的股份嗎？賺了錢最後也有份，所以出力很合理。」

宋林跟米熙在一旁吃水果，長嘆一聲：「這一家子真愛錢，繼續努力吧，會賺錢才是好男人。」米熙在一旁聽得捂嘴樂，她心裡也有小得意，因為她的廣告馬上要拍了，她一想到她快要有收入，尾巴都要翹起來了。

還有一件開心事，就是陳鷹說了，這次他去美國出差不會太忙，正好她也放假，又正好是她的生日，他要帶她去美國玩，順便過生日。

米熙高興得當場跳了起來。陳鷹說一月中要去美國出差時她還難過了一下，之前陳鷹生日時候他倆就沒過好，現在快到她生日了卻又兩地分離，沒想到陳鷹卻是把她的生日記在心裡，還打算帶她出去玩。

「陳鷹！」米熙用力抱住他一個勁兒親。果然陳鷹比她厲害一百倍，她想到的驚喜讓人發愁，而陳鷹給的驚喜卻是真的驚喜。

只是米熙並不知道陳鷹的憂愁。他很擔心米熙，只這一個月，米熙就有半個月在感冒，還發燒了一次，他知道的拉肚子就有兩回，這體質弱得奇怪。雖說這個月的天氣確實很冷，但他們普通人都沒事，甚至他那身體不好的父親也沒感冒，米熙是習武的，練武之人怎麼會這麼虛弱？

米熙自己沒在意，因為學校的同學感冒了，好多人被傳染，所以她不覺得有什麼異常。然後那天下雨了，她不小心在這麼冷的天淋了雨，就發燒了。拉肚子更是小事，米熙完全不憂心，倒是她的月事至今未來，針灸後也沒有起色。醫生說可能是她太緊張，建議還是多運動，平常食

補，放輕鬆，過一段時間看看情況再說。

於是米熙不用吃藥，也不用去針灸了，但她壓力更大。

她不敢說，人前還是如常歡笑，也不敢在陳鷹面前提這件事。

陳鷹也不敢在她面前提，他試圖尋找月老，可一直沒找到。紅線綁不上，穿越而來的米熙沒有紅線護體，就會出問題。陳鷹不知道是不是自己嚇自己，總之，米熙一生病，他就會想到紅線綁不上，米熙沒有紅線護體的事。米熙發燒那天，他做了惡夢，夢見米熙一睡不醒，他拚命搖她，結果她在他手裡碎成碎片，最後消失了。月老跳出來嘆息說，你看，紅線綁不上就是這個結果了。

陳鷹被嚇醒，滿頭大汗。

他去米熙房間看，她的燒退了，而他一搖她，她就醒過來，讓他鬆了一口氣。

十二月一晃就過去，陳鷹要對付李展龍的第二件事也在進行中。他在挖角，目標是藍天影業。藍天影業的《圈中女王》聖誕檔期上映了，票房還不錯。陳鷹以此為由，通過友人牽線，祕密接觸兩位藍天影業的中階主管，說是看電影成績亮眼，他就動了愛才之心。

那兩位中階主管都是圈中有經驗的年輕人，陳鷹調查過，他們都是從基層做起，口碑不錯，踏實肯幹，只是機會有限，後來受聘進入藍天。

挖角的事祕密進行，那兩人也沒有拒絕與陳鷹相談，看他們反應，陳鷹覺得計畫會成功。

一月三日，米熙的廣告開拍。她滿心期待，做了很多準備，腳本背得滾瓜爛熟。為免出醜，還讓陳鷹幫著看她排練多次。造型師依舊是Emma，導演是陳鷹指定的知名導演，廠商對領域這麼大力的支持非常滿意。

可米熙沒想到，拍攝那天陳鷹沒去，把她交給了吳浩。

原因還是那套，現場會有記者，會拍攝花絮，如果他在，他們倆不經意表現出親密的樣子，被記者抓到把柄就不好了。

米熙想說她不會的，可認真一想，她也不敢肯定自己真的不會表現出對陳鷹的依賴和親暱。米熙不說話了，可這是她第一次很重要的工作，陳鷹居然不能陪在身邊，她有些失落。

吳浩對他又被當保姆使喚很不滿，最近他的脾氣不太好，看什麼都不順眼，所以對陳鷹丟給他的工作他也開始抱怨。一邊抱怨一邊還說算了，反正拿人薪水聽人差遣，保姆就保姆，但心裡有個聲音又說，這廣告不是劉美芬招來的嗎？她一定會去。想到這裡，吳浩抖擻精神，打定主意到了那裡要給劉美芬臉色看。不對，不用臉色，就像劉美芬那樣就行，就是淡淡的，很有距離感就好，這種比給臉色更傷人。就是要讓她知道，他不在乎她。

可拍廣告那天，劉美芬沒去，是她底下一個同事帶著同組人在盯場。那女生也認得吳浩，客客氣氣，恭恭敬敬，弄得吳浩很不爽。那女生看吳浩臉色不好看，以為是覺得他們廣告這邊不盡職，趕緊解釋：「劉姊有個案子要趕，這兩天在加班，沒有放假閒著。這客戶溝通很多次了，所以我們在就可以了。」

吳浩更不爽，他問劉美芬了嗎？他才懶得理她是不是放假偷懶，沒興趣。

劉美芬沒來，米熙這邊倒是來了不少人捧場，比如陳家準大少奶奶魏小寶。她聽說米熙今天拍廣告，特意過來給她加油打氣。魏小寶與陳非的婚事已經定下，打算明年五月二十日辦。原本魏小寶家裡態度有些難測，一會兒要求這個那個，一會兒又說沒關係。其實魏爸和魏媽為了嫁女的利益吵了很多次架，這讓魏小寶萌生退意。原本她就覺得跟陳非的戀情有些心虛，雖然自己真

心實意，但被魏媽一攪，感覺好像為財生情似的。

最後是陳非發現她想當逃兵，反而笑話她：「為財生情有什麼不好？反正有情就行。最起碼等我年老色衰又不中用了，還有財這一項維持感情。」

魏小寶嫌棄他，還年老色衰呢，說得他好像多有姿色似的。還不中用了，說得他好像用過似的。她這麼一說，陳非不幹了，要不是耽誤了這些年，想當初他二十年華，水嫩矯健，正是好用的時候，竟然就錯過了。不過現在他也不差，為了證明，而且他必須證明，他倆必須同居，不讓她發現他的美色和好用，他真是不能服氣。

於是，魏小寶一失言，就被拐去陳非家住了。這一住，魏媽更是挺直了腰桿，魏爸也不爭了，可陳非反而不急，不敲定婚期，最後魏媽急了，變得很好說話。魏小寶在一旁默默看著，終於看出她家老闆陳非是把他那套商場心計用在她和她家身上。

最後婚期終於敲定，陳非答應在他的公寓附近買棟大房子給魏家，車子就算了，魏家老兩口都不會開。禮金、喜宴等等條件都談好，非常豐厚，場面十足，魏媽相當滿意。宋林前一段時間忙碌也有部分原因在裡，她是有意直接把陳家的一棟房子直接轉給魏家，反正他們也不住，房子也很好，拿得出手。陳非卻不答應，他堅持自己來。

另外婚期定在明年520也是陳非選的，他跟魏小寶說他們拖了這麼多年，他都沒為她浪漫過一次，所以在結婚這事上一定要補償她。日子要好的，排場要夠，魏家有多少親戚朋友都可以請，吃住交通他全包。

婚事一確定，陳非就立刻表現得無比大方，出手闊綽，讓魏媽喜上眉梢。早知道這樣，當初她擺那架子幹什麼？魏小寶沒好意思點醒她媽，陳非這是告訴她，他不喜歡別人指手畫腳，他樂意做的別人攔不住，他不樂意的別人嚷再大聲也沒用。

宋林對兒子擺闊沒意見，就是覺得婚期有點遲，她想早點抱孫子。陳非老神在在，說婚禮又不耽誤做人，然後就被魏小寶悄悄踢了一腳。宋林將小倆口的互動看在眼裡，滿意離開。回到家一想不對，不耽誤做人，那做出人來，難道要挺個肚子結婚？當下打電話去把陳非罵了一頓，嚴禁他婚禮前弄大魏小寶的肚子。

總之，魏小寶現在是坐定陳家長媳的位置，她也被陳非使喚著要常到陳家走動。現在米熙第一次工作，魏小寶就來給她打氣。

米熙這邊的親友團還是馬詩詩和其他幾個同學好友。原本米熙不打算讓她們來，但陳鷹說他不來之後，她就覺得同學想來也沒關係。她們說了好幾次，她也不想推脫了。宋林聽說一堆孩子要來後也不來了，怕她們不自在，就把米熙託付給魏小寶。結果現場不見直系親屬，用吳浩的話說就是「該出現的都沒來，不該出現的來了一堆」。

他怨氣這麼大，當然是因為劉美芬，另一個原因則是米熙的同學小妮。她在現場看到他後就一直找藉口靠近，還時刻準備要幫他跑腿，那點企圖吸引他注意力的舉動招他煩，他把這事也歸罪到劉美芬身上。要不是她不來，嗯，也不對，她來了，小妮還在，不管了，反正都是劉美芬的錯。

廣告劇情很簡單，但米熙拍了整整一天才拍完。廣告裡多是她的特寫鏡頭，她五官漂亮，上特寫很有優勢，但那種少女情懷，小幸福的羞澀感卻一直表現不出來。米熙被這麼多人盯著，原本就緊張，被導演喊停幾次之後更是緊張，臉僵得都不知道該怎麼辦才好。拍廣告跟她想像的完全不一樣，她覺得她在家裡練習的時候還好，現在所有人都盯著她，她覺得呼吸頻率

都不太對了。

導演叫了米熙過去說戲，米熙一個勁兒道歉。魏小寶安慰她，拉她到一旁找感覺。吳浩打電話給陳鷹說了說現場的情況。陳鷹說那很好，她試過一次就知道這種事不適合她了。

米熙拍了一個多小時還沒進入狀況，現場氣氛非常不好，幾個同學都坐不住了，工作人員也顯出了不耐煩。吳浩讓人出去買吃的喝的招待大家，然後把米熙拎到休息室談心。米熙很羞愧，覺得自己很沒用，不但耽誤工作人員的時間，還給陳鷹、吳浩這些人丟臉了。

「這麼多人盯著我，還有好幾台機器，我就覺得很緊張。」

「這場面算小的，碰上大場景大製作時會更多人盯著妳。」吳浩想對比一下讓她知道現在這個真是小案子，「拍廣告就是這樣，妳別往心裡去，當那些人都不存在就好了。」

米熙點點頭。這是陳鷹的世界，她想知道這世界的樣子，她想成為這世界的一份子，她想證明她可以適應，真的不必把她藏起來。可真的臨到頭了，她卻不爭氣，米熙很難過。

「陳鷹說如果實在撐不住就打電話給他，他會要求導演改天再拍。妳看情況辦，實在不行就說，別弄到最後反而不好收拾局面。」

米熙吃了一驚。改天拍？那今天大家全白忙了，成本怎麼算？她沒做好，讓陳鷹背了損失，她絕不能這樣。米熙用力搖頭，「不改天，我可以的。」

吳浩看了看她，說那他出去拿杯飲料給她，讓她再調整心情，或者打電話給陳鷹聊聊天放鬆。

休息室裡只剩下她一個人，她想起為了當模特兒跟陳鷹起爭執，她真的很想讓他改觀，想讓他知道有些事雖然她不喜歡但她還是能做，為了他她願意做。如果這次沒做好，那她以後還有什

麼臉面跟他說她可以？她拿什麼讓他相信她可以跟他並肩站在大眾面前？她不想永遠被藏起來，或者另一種說法，被保護起來。

米熙打了電話給陳鷹，陳鷹很快接了。他雖然沒去，但其實一直牽掛。「怎麼了？」他問她。如果她說她不想做了，那他就算毀約也會為她辦到，他甚至想好了替換模特兒和補償對方的方案。當然，他也會責備她，告訴她任性的結果是多麼糟，讓她記住教訓。

「我只是想告訴你，我一定會做到的，一定不會丟你的臉，你放心吧。」米熙說完掛了電話，趁著勇氣還沒消失，她走出了休息室。

所有人再次就位，拍攝開始。米熙想著陳鷹，想著為了他她什麼都能做到，她不怕別人看，不怕被別人議論，不怕被媒體亂寫，她什麼都不怕，就如同當初她隨爹爹上戰場被嚇壞了，爹爹說她膽子太小，可最後她拚死護著母親弟妹時，她竟是什麼都不怕。痛有何懼，死又何懼？

她想著陳鷹，想著她的心他不懂，可她這麼喜歡他，他對她這麼好，她想念他，她想做他的妻子，她想像著他能聽到她的這些心聲，他會打電話給她，他都知道，他全都知道。

電話鈴聲響了，米熙笑起來，他知道呢！

「卡！」導演大喝一聲，「非常好，就這樣，保持這個狀態。」

旁邊有人鼓掌，謝天謝地，主角終於開竅了，今天有望能完工。

米熙鬆了一口氣，她想她找到感覺了。

花了一整天的時間，廣告成功拍完。米熙很高興，她覺得她向陳鷹邁進了一大步。晚上回去，她嘰嘰呱呱地跟陳鷹說著今天發生的事，可陳鷹並不像她那樣興奮，誇了她幾句後說：「好了，那妳也玩過了，知道怎麼一回事就好。」

這話哪裡不對？不過米熙沒在意，她還沉浸在自己的喜悅裡。

這段時間，陳鷹的工作進行得相當順利。陳非的韓國之行有了好結果，合約成功簽出。《尋郎》的韓國影視版權賣出，陳鷹空手套白狼為這項目賺了第一桶金。當然這桶金相比影視投資來說不太多，遠遠不夠，但錢多少不重要，要的是導向。

領域影視裡上上下下都對這專案有了期待，已有主動來詢問陳鷹美國之行準備得如何，甚至有元老請陳遠清和陳鷹去吃飯，建議陳鷹要抓緊時間儘快拿下。又說陳家的版權最後如果不是陳家來拍，被外人搶走，那真是丟臉。

陳鷹趁機吐苦水，說他輩分低，他爸又不護犢子，所以他做事也不冒險，說得對方笑了起來。

對方說了：「這有什麼，年輕人就是要放開手腳幹，你那電影現在不是做得很好嗎？你放一百個心，就算《開始》沒賺到錢，《尋郎》這個案子我們也會支持你。做生意嘛，哪有每次都賺錢的？這次你安心去美國，無論談回來的結果怎麼樣，我們都支持你繼續進行。」

陳鷹笑了，鋪墊了這麼久，等的就是大家對他的認同和肯定，這樣日後才好辦事，才有可能壓制李展龍。

陳鷹在事業上志得意滿，跟米熙卻有些小摩擦。

他跟米熙去美國的手續機票都辦好了，米熙很高興，他也很期待，但米熙自從拍了廣告之後就很安靜，每天回家的時間也早，不愛跟同學出去玩了。陳鷹一打聽，原來是拍完廣告後，廠商那邊要宣傳，就把拍攝花絮分段放到網路上，又整理了許多米熙現場照片加上她之前的「功夫少女」、「精靈少女」賣點炒作，結果米熙又「紅」了。

這次是真的紅，不是炒作之後的兩三天熱度，而是米熙坐個公車會被人認出來找她簽名的那種紅。廠商對對網友和媒體的熱議度很滿意，但米熙不開心。

她在學校被人指指點點，當然議論她的有好話有壞話，有羨慕的有諷刺的有誇讚的有吐槽的，這種熱度真不是米熙原來在學校出個小風頭能比。

其實在陳鷹看來，有些人天生就是紅的命，是該吃這行飯的。就像米熙，似乎總莫名做些什麼事都能上熱門話題榜。現在廣告還沒播，就被炒得這麼熱，他已經可以想見廣告播出後的情景了。可是他知道米熙真的不喜歡，雖然她嘴裡不說，但她不愛在學校待了，幸好也臨到放寒假，米熙鬆了一口氣。有朋友約她出去玩，她推說家裡有事不去，就連公園的教拳她也停了。她躲在家裡圖清靜，還跟陳鷹說現在就盼著去美國。

陳鷹也盼著去美國，他有一個計畫，需要在美國完成。他跟米熙也很久沒有一起出門，感覺憋得慌，但在去美國之前發生了一件事，廠商那邊聯絡了一家媒體宣傳，對方想採訪米熙。廠商聯絡領域，領域轉給陳鷹。陳鷹雖然不樂意，但也詢問了米熙的意見，他猜米熙肯定說不願意，可米熙想了想，卻說：「也不是不行，只是我沒被訪問過，萬一丟人怎麼辦？」

「如果要做，我們也會先拿到採訪大綱，事先會把問題和答案幫妳整理出來，當然有些不在大綱裡的，我們也會提前讓妳準備，這樣對方突然問到，妳也可以應付。這些都不重要，重要的是妳願不願意接受訪問。」

米熙猶豫，陳鷹又說：「問題會集中在品牌和妳的代言上，如果問到學校家庭這類事，妳現在在讀大學，家庭是我們這邊，這些都好答。妳才十八歲，對方應該不會這麼不長眼，問妳感情的事。如果問到，妳就說還在讀書，沒考慮過交男朋友……」

陳鷹的話還沒說完，米熙忽然道：「我不去了，我不接受訪問。」

陳鷹閉了嘴，頓了頓，說：「好，那我跟公司那邊說。」他拿出手機撥電話，米熙低著頭小小聲道：「我不想……對大家說謊。」陳鷹的手頓了一下，很快恢復如常。他裝沒聽見，走出去把電話講完。

陳鷹自認很懂米熙，很理解米熙，但他覺得米熙煩惱的都不是重點。不能公開戀情不是什麼大事，娛樂圈中很多人都這樣，更有普通人因為種種原因也隱瞞自己戀愛的事。只要是善意的，沒有傷害別人，說謊就不是錯。陳鷹覺得這不是什麼大事，只要米熙愛他，他愛米熙，那讓不讓別人知道都不重要。重要的是，隱瞞比公開更有好處，既保證了他的事業順利進行，又保護了她的名聲。

他知道米熙多不喜歡被人指指點點，他想給她平靜又幸福的生活。他很努力，她也許不能理解，但他是男人，他承擔這一切。現在他覺得最要緊的是紅線的問題，因為就他的理解，這不只是姻緣，還有米熙的性命。他要讓紅線綁上，他必須確保米熙平平安安。

月老一直沒出現，但他沒有消極等待，他決定自己想辦法。這次去美國，他有他的計畫。

去美國那天，陳鷹帶著米熙很低調地到了機場。他們的行程保密，除了陳遠清夫婦、呂祕書和吳浩，其他人都不知道，甚至領域那邊還以為陳鷹今天會來上班。

米熙穿著厚外套，戴著帽子、大墨鏡。陳鷹也一改平常西裝革履的形象，穿著很休閒，也戴著大墨鏡。這是不想被人認出來，米熙知道。她也很警覺地到處看，沒發現有人偷拍。上了飛機，一路順利，米熙的心跟著飛機飛揚起來。終於，感覺就像跟陳鷹去了一個兩人世界，只有他跟她。她可以跟他牽手逛街，可以一起去餐廳吃飯，還可以去看電影。

對，她一定要讓陳鷹帶她去看電影，就算美國的電影都講英文她看不懂，但她就是想享受一下跟陳鷹牽手看電影的感覺，她想偎著他吃爆米花喝可樂。

到美國的那天，是美國的十四日，國內的十五日。從機場到公寓的路上，米熙就在算日子，說過國內的時間好，還是過國外的時間好，又問陳鷹要怎麼過才好。要不，他們行李放下就去看電影。牽手看電影，多過癮。

陳鷹哈哈大笑，沒有回答。帶米熙來美國真的是個好主意，看到她很放鬆很開心的樣子，他非常高興。在計程車上，他忍不住把她抱過來親了親。米熙臉紅了，不好意思看司機，但也抱著陳鷹的頭給了他一吻。兩個人吻完，額頭抵著額頭大笑。在外面可以不顧慮被人看到地親熱，真好。

到了公寓，陳鷹一打開門，一屋子的玫瑰花在等著米熙。門廳裡、茶几上、沙發上、陽臺上，甚至廚房裡都擺滿了玫瑰。各種顏色，不同姿態，場面之壯觀，把米熙震住了。她傻傻地張大了嘴，愣在那裡，眼睛忙不過來。

陳鷹放下行李箱，在她身後抱住她，「這是國內時間十五號的生日禮物。生日快樂，寶貝。」

米熙激動地捂住嘴，眼淚快掉下來了。

「喜歡嗎？」

米熙拚命點頭。

陳鷹滿意了，抱著她輕聲道：「這是驚喜第一波，寶貝，後面還有。」

還有嗎？米熙飄飄然，覺得自己就像在夢裡。陳鷹放好行李，與米熙稍作休息。晚上，他讓

米熙換禮服。等米熙出來的時候，他已經布置好了燭光晚餐。他說這是提前吩咐美國同事幫忙預訂的，外送豪華大餐很方便，道具也是準備好放在櫃子裡的，擺上就行。

米熙哈哈笑，看著陳鷹去按音響，舞曲響了起來，他帶著她跳舞。跳了一圈又一圈，米熙完全不想停下來，她覺得非常幸福，很幸福。最後是陳鷹趕她去餐桌吃飯，兩個人互相餵食，又笑又鬧，吃得亂七八糟。之後米熙堅持要洗碗，她說壽星有權利要求做事。她收拾的時候偷偷樂，覺得自己真像個照顧家裡的小婦人了。她很想體驗這感覺，她趕陳鷹去看電視，還切水果給他吃。她一邊做家事，一邊祈禱這樣的生活永遠不變。

第二天是美國的十五日，陳鷹仍當米熙的生日過。他帶米熙去看電影，買爆米花可樂和霜淇淋給她，電影在演什麼米熙完全看不懂，但這是她看得最開心的電影。之後陳鷹帶她逛街，買禮物給她，還帶她去高級餐廳。晚上回家，一個超大的生日蛋糕在等著米熙。

「這是驚喜第二波，寶貝，後面還有。」

米熙又想哭了，太幸福會感覺不像真的。

兩個人一起點燃了生日蠟燭，陳鷹教米熙在心裡默默許願不要說出來，然後一口氣吹滅所有的蠟燭就能如願。

米熙許了願，她想著，希望她能嫁給陳鷹，做他的好妻子。陳鷹也許了一個願，他希望紅線順利綁上，讓米熙幸福平安。兩個人互看一眼，笑著一起吹滅了蠟燭。

過完了兩個生日，陳鷹要忙工作了。他讓米熙在家休息幾天，等他簽約回來就帶她去玩。

合約的事兩邊郵件往來談得差不多了，只差見面敲定細節後簽字。也許是有幸福加持，幸運之神待陳鷹不薄，他花了三天，把合約簽妥，又賺了一筆。

陳鷹回來就抱著米熙轉圈。她才不是什麼靈感精靈，她是他的幸運女神，是他一個人的。

陳鷹帶米熙去了拉斯維加斯。

他帶她住最有名的飯店，帶她逛街看秀，帶她去大峽谷，帶她去豪賭。

米熙每天都像活在夢裡，每天都興奮地尖叫：「這一定不是真的！」

陳鷹哈哈大笑，「後面還有，我準備了一個大驚喜給妳。」

大驚喜在他們到拉斯維加斯的第五天發生。陳鷹早早起床，吃過早飯，讓米熙換了一套漂亮的衣服，帶她去了一個地方。很神祕，米熙問不出來是哪裡。

到了那裡，就看到一條長長的隊伍，隊伍盡頭是個米熙看不懂的房子，陳鷹拉著她排在隊伍的最後面。米熙認真看了看，排隊的都是一對對男女，各種膚色，人人臉上都掛著笑容。米熙被大家的笑容感染，很想知道到底在排什麼，剛要問，卻見最前面一對男女被三四個人擁著跑了出來，大家尖叫歡呼，那對男女穿著禮服，擁抱接吻。

米熙呆了呆，看向陳鷹。陳鷹一個勁兒地笑，「好吧，都到這裡，瞞不住了。」他清了清喉嚨，握著米熙的手，十指交叉，緊緊握著，「米熙，妳十八歲了。」

米熙看著他，點點頭，心跳得厲害。

「我們結婚。」陳鷹說。

米熙慢慢張大了嘴，不可置信，再沒有比這更讓她驚訝的事了。美夢成真？她用空著的那隻手用力捏了自己的臉一下。

陳鷹哈哈大笑，伸手幫她揉臉，「笨蛋，怎麼這麼笨？」

對，要捏也應該捏他的！米熙快速出手，用力捏他。陳鷹呼痛，米熙呼了口氣，不是夢。

「笨蛋，真是笨蛋！」陳鷹抓她的手過來揉自己的臉，「我們結婚。」他又說了一遍，不是詢問，不是商量，而是篤定的語氣。

米熙知道不是夢，但腦子仍然沒轉過彎來，「不是說要到二十歲才可以嗎？」

「那是在國內，在這裡，十八歲就可以了。」

米熙眨眨眼睛，用力再捏一下，這次是捏陳鷹的手。

陳鷹又呼痛，無可奈何看向她，「不是做夢，是真的。我什麼時候騙過妳？」

「肯定有，只是我現在一時想不起來。」米熙實話實說，被陳鷹戳了一下腦袋。

米熙受了這一戳，似乎接受了現實。她開始傻笑，笑得停不下來，「可以成親？我和你嗎？」

「對，我和妳，結婚。妳是我妻子，我是妳丈夫。」

米熙一直笑一直笑，然後跳了起來，搖他的手，「是真的話，是真的結婚。」

「當然。」

「可是……可是什麼都沒準備。」米熙摸摸頭髮，又看看身上的衣服，再一想，不對啊，「可是爺爺奶奶和陳非叔叔小寶姊、程叔叔、蘇嬸嬸，還有吳浩叔叔、劉姊、呂姊，以及我的同學，都沒有通知他們，而且隔得這麼遠。還有還有，還有好些事還沒商量呢，比如喜宴，比如拜堂禮，我爹娘也不在這裡。」

陳鷹耐心跟她解釋：「這些我們以後會找機會補的，也許過幾年，等妳到二十歲，或者大學畢業，等大家都不記得妳與我鬧過緋聞，或者有別的事能把這些壓過去，到時我們再宣布情投意合，日久生情，然後順理成章辦婚禮。現在，我們先在這裡結婚領證，成為夫妻，妳就能安心，我們能永遠在一起了。等時機合適，我們在國內再結一次就好了。」

米熙聽得很糊塗，陳鷹拿出一個戒指盒給她看，「這是我們的結婚戒指，這包裡裝著我們的資料，結婚申請之前已經在網路上發過來，一會兒我們填好表格蓋好章，找個神父和兩個見證人辦個小儀式，這就結完婚，從此我們就是夫妻了。今後這婚姻關係要在國內生效需要走一些程序，不過這些妳不用管，我會辦好。那些手續其實都不是重點，因為我們在國內還會再結一次。」

米熙好像懂了，又好像沒懂。她稀裡糊塗地跟著陳鷹排著隊，看著前方的隊伍緩慢前進。

「我們填個表格，找兩個不認識的人當見證，然後就是夫妻了？」

「對。」

居然對？

米熙用力眨眨眼，心很慌，「可是，那樣誰會知道我們結婚了呢？」

「不需要別人知道。」陳鷹摟著她的肩，「結婚是為了我們自己。我想娶妳，想跟妳結婚。」

「不需要別人知道？」米熙重複著這話。

「妳不願意嗎？米熙。妳不想嫁給我嗎？」

「我想，我生日許的願就是能嫁給你。」

陳鷹笑了，低頭親親她，「妳的願望就要實現了。這是驚喜第三波，最大的驚喜，寶貝。」

驚喜嗎？米熙舔舔唇，心裡的慌亂怎麼都壓不下去。怎麼回事？明明一開始她興奮得不得了，明明是這麼高興的事。

「什麼時候辦喜宴呢？什麼時候能讓我爹娘知道？」

「他們在天之靈已經知道了。」

「他們不在，他們不會來這裡的，這裡全是洋人，說的話他們不懂，他們不在這裡。」米熙很認真。陳鷹一臉黑線。難道現在要討論世上有沒有鬼，鬼會不會坐飛機出國的問題嗎？

「我嫁給你，需要做什麼呢？」米熙看著隊伍又短了一點。

「妳原來做什麼就繼續做什麼，妳想繼續讀書就讀書，妳想繼續拍廣告就拍廣告，妳想做什麼都可以，就跟從前一樣，除了我們有自己的小家庭，我們住在一起，做夫妻會做的事外，其他都沒有改變。」

「沒有改變？」米熙又重複。

「對。」陳鷹覺得這是他給她的保障，是顆定心丸，能讓她安心。結婚也是，讓她安心，也讓自己安心。紅線綁不上，那結婚可以嗎？上床可以嗎？別聽月老胡說八道，他帶著米熙把夫妻的事全做了，再加上他們真心相愛，紅線怎麼可能綁不上？除非紅線瘋了。

「可是……」米熙猶豫。

「可是什麼？」陳鷹很耐心。

「可是我們是夫妻有誰知道呢？」米熙又繞了回去。

「傻瓜！」他揉了揉她的腦袋，「我愛妳，我向妳保證，等時機成熟，我們就辦喜宴，到時請妳所有的朋友都過來，還邀請媒體過來，讓妳比小寶更風光，好不好？」

米熙張了張嘴，沒說話。陳鷹捏捏她的手，「別緊張，有我呢，一切都有我。」

米熙不知道能說什麼，陳鷹把能為她做的事全做了，她完全理解，可到底還有什麼不對？

隊伍越縮越短，米熙的心跳得很厲害。陳鷹緊緊握著她的手，他也有不安和不確定，或者不該稱之為不確定。他想，也許這叫心虛。原本很正常的事，他覺得是很好的事，他安排了這麼久，準備好一切，可是當她問他那些問題時，他覺得有虧待了她的感覺。

可是，他明明把能為她做的事全做了。

米熙沒有說話，陳鷹也不知能說什麼。結婚吧，結了婚就好了。他相信，結了婚紅線就綁上了。她愛他，他也愛她，不是嗎？

隊伍繼續縮短，一對對新婚夫妻在他們身邊走了過去，每個人都在笑，陳鷹安慰自己，這是好事，米熙明明也說了，她的生日願望就是嫁給他，他為她實現了願望，沒有什麼不對。

「陳鷹。」還差一對就輪到他們了，米熙忽然喚他。

陳鷹轉頭看她，她的眼睛像黑寶石一樣明亮，她很美，表情帶著怯意。陳鷹心裡亂跳著，但還是微笑看她，「怎麼了，別緊張，馬上就到我們了。妳什麼都不用說，我來說，我提醒妳的時候，妳說Yes就好。」

米熙點點頭，陳鷹正要鬆口氣，卻聽米熙對他說：「陳鷹，從我十四歲時，我爹爹娘親就開始張羅為我尋門好親。我死的時候，還差三個月就滿十八了。我的親事，四年了都沒有談成，十八也算老姑娘了。我到這個世界之前，月老先生跟我說，時間可能會有些不對，果然我五月到的，離一月生辰還有半年。也就是說，兩個世界裡，我真的四年都沒嫁出去。我娘親與我說過許多嫁人的事，也教我許多持家管事的本領，又讓我知曉婦道婦德。我很想，非常想，嫁一位好相公。」

陳鷹說不出話，只能聽她說。

「當初我娘為我準備了許多嫁妝，我幻想過出嫁時的情景，十里紅妝，八抬大轎，我的夫君身著紅衣喜服，坐著高頭大馬前來迎我。我蓋著蓋頭，聽著喜娘的唱詞和吵鬧的喜樂，丫環們緊張得團團轉。我告訴自己，一定不能拉著我娘的手哭，那樣太丟人了。」

前面一對也進去了，下一對就輪到他們。陳鷹的腳似生了根，挪不動步子。因為米熙沒動，她看著他的眼睛，似乎快哭出來了。

「陳鷹，我知道我不可能遇到比你對我更好的人。我知道從前我對婚禮的幻想永遠不可能實現，沒有十里紅妝，沒有八抬大轎，我的夫君也不可能騎著高頭大馬前來迎我，我娘的手我再也握不到了。」

她的眼淚終於滾落下來。

「可是……我努力學習這世界的規矩，我真的努力了，可是……就算再努力，有些事我還是沒辦法做到。陳鷹，對不起，我很想嫁給你，真的，很想很想。若能嫁你，我做夢都會笑的，可是如果這般，我是說……如果我們成親要像作賊一樣，如此這般……」

陳鷹想說什麼，但喉嚨噎住了。

「對不起，我不能嫁給你。」

拒婚之後會是什麼結果？

要是在她的家鄉，那兩戶人家從此各尋親事，各不相干。若是處理不好生了怨氣，那是會心存介蒂，老死不相往來。在這世界呢？米熙不知道。

她只知道她很難過，控制不住自己的眼淚。陳鷹把她抱進懷裡，她不知道自己還能說什麼，她恨不得能把心掏出來給陳鷹看。她真的愛他，她真的很想嫁給他，但是當下，她真的做不到，

她沒辦法說服自己。

陳鷹把她帶開，身後的那一對進去了。米熙愣愣地靠在陳鷹懷裡看著那對，對方一定覺得他們很莫名其妙。米熙心酸地想，她沒機會了。

陳鷹把米熙帶回飯店，米熙哭得眼睛痛，他擰了一條熱毛巾給她敷眼睛，但他沒說什麼話，就算開口也只是「給妳」、「好點了嗎」這類簡單的話。到了後來，米熙冷靜下來再回想這天時，她想大概陳鷹也很難過，並且難堪，所以不知道該跟她說什麼好。

兩個人默默地共處了兩天，然後回國了。

飛機起飛的時候，陳鷹照例握住了她的手，擔心起飛的動作讓米熙發慌。飛機平穩在天上飛時，米熙裝睡，把頭靠在陳鷹的肩上。他沒有推開她，只叫空姐拿了毯子給她蓋上。

米熙不知道現在她跟陳鷹是什麼關係，她拒絕嫁他，那他們的婚約毀了吧？她該算是不識好歹、忘恩負義嗎？米熙想著，也許以後她再回想往事的時候會後悔，可她又想，如果她這樣嫁了他，也許也會後悔，後悔為何沒拒絕。

總之，左右都是後悔，她很難過。

下了飛機，陳家很低調地只派了一個司機來接，陳鷹和米熙默默上了車。米熙又想，也許也不用後悔，如果此時此刻她是陳鷹的夫人，卻要眼觀六路耳聽八方地生怕別人看到自己與陳鷹在一起被拍下照片，那她這個夫人不做也罷。她不該後悔，可她還是難過，很難過。

我們現在是什麼關係呢？這個問題，米熙始終不敢問。陳鷹也沒說，只是快到家的時候，他握著她的手，忽然道：「別往心裡去，米熙。」

不往心裡去？怎麼可能？她轉頭看著陳鷹，陳鷹也看著她，對她微笑。米熙不知道是不是自

己敏感，總之，她感覺到這微笑跟從前不一樣了。當然會不一樣，她拒婚了，這可是天大的事，她不可能當這事沒發生過，他當然也做不到。

陳家大宅到了，陳鷹跟米熙進了家門，陳遠清不在家，宋林在客廳等著他們。米熙想奶奶一定也知道發生了什麼事，所以她什麼都沒說，只是伸手抱住她。米熙眼眶熱了，很想哭，但她不敢，她沒臉哭。每個人都對她這麼好，她受之有愧。她把臉埋在宋林的懷裡，腦子裡是她在美國對陳鷹說「對不起，我不能嫁給你」的那個場景。

沒人責怪她，也沒人追問她，大家對她這麼好，可為什麼結果卻是這樣？

陳鷹看著米熙緊緊抱住宋林，他心疼得無以復加。他這幾天腦子很亂，他想他知道了米熙當初送圍巾給他後默默離開的心情。想給愛的人帶去驚喜，想著那是最好最貼心最教人感動的禮物，結果徒增困擾。他心疼，他能想像這對米熙來說壓力有多大，但他還是不能完全理解。他打過電話給吳浩，他問他如果他是女人，這個男人為她做這樣的事，她願不願意嫁。吳浩說願意啊，先綁住了再論其他，反正沒壞處，而且這樣籌碼在手，不怕男的跑了。

這是正常人的想法吧？可惜米熙不這麼想。

她拒絕了他，陳鷹覺得自己被拋棄了。他很委屈，但他還惦記著米熙的心情，他怕她委屈，他甚至比較不出來他們兩個誰更委屈。

米熙回了房間，坐在爹娘弟妹的牌位前，坐了很久。滿腹心事，無從訴說。只是做都做了，不能再回頭。

十里紅妝、八抬大轎不可能再有了，她不是早就知道了嗎？上輩子就知道了，這輩子她又求什麼？哦，對了，求嫁而已。人果然是不能貪心，貪了心，能嫁時卻又不願嫁了。

這之後，陳鷹如常上班，米熙因為放了假就在家裡待著。她變得安靜了，不敢再黏著陳鷹。她早上故意晚起，避開陳鷹的上班時間，晚上她早早回房早早睡。而陳鷹，走得早回來得晚。米熙想，也許他也不是避著她，也許他只是工作忙而已，但她又覺得，這樣想不過是自己安慰自己罷了。

米熙悶得受不了，出門在附近轉轉，不敢走遠。然後，她看到了月老。

這次米熙不像以前那樣激動大叫，也沒笑，她覺得她愧對月老先生，可月老還是老樣子，他對她笑，朝她招手，兩人找了張長椅坐下。

米熙低頭不說話，月老卻說：「我知道發生了什麼，妳並沒有做錯，米熙，妳只是遵從心裡的意願而已。」

「為什麼我們明明都想對對方好，明明都愛著對方，卻有這樣的結果？」米熙問他，不等他回答，又自己回答：「說起來還是怪我，如果我答應了，就什麼事都沒了。」

「是嗎？」月老笑了，「那也許現在見面妳會問我別的問題，比如，為什麼我們相愛，又結了婚，我卻還是難過？」

米熙看著月老，想了想，點頭，然後問他：「為什麼？」

「因為幸福之所以珍貴，是它難求。它之所以難求，是它從不單獨出現。沒有嘗過苦味的人，是不會知道甜味的美好。沒有孤單、痛苦、嫉妒、心酸等等伴隨，幸福是不會出現的。而孤單、痛苦、嫉妒、心酸等等實在太搶鏡，很多人只看到它們，卻忽略了幸福的存在。」月老頓了頓，對米熙笑笑，「妳看重什麼，什麼就會變重。」

米熙張了張嘴，卻又閉上，想說什麼又覺得說不清。

「不必自責，米熙，也不必想如果那樣做了會怎樣。沒有如果，過去的已經過去，妳遵從了內心的選擇，就好好走下去。」

「我還是不甘心，我覺得對不起陳鷹，可我真那樣就嫁了，又覺得對不起父母和自己。我是不是很麻煩，貪心又矯情，還不講道理？」

「妳不過是個普通女孩，有這樣的想法是正常的。陳鷹不過是個普通男人，有他那樣的想法也是正常的。談不上對錯，只是你們各有各的顧慮，各有各的立場罷了。」

「其實我應該知足的，陳鷹對我很好，爺爺奶奶對我很好，還有這麼多朋友都對我很好。」米熙絞著自己的手指，「是我的問題，是我接受不了。」

「接受不了就不要接受吧。」

「可以嗎？」米熙尋求支持。

「妳已經這樣做了，不是嗎？」

米熙不說話，是的，她已經這樣做了。「對不起。」似乎她能說的只有這句話了。

兩個人安靜了一會兒，後是米熙問：「月老先生，我該怎麼辦呢？」

「妳想怎麼辦就怎麼辦。」

「我不知道我想什麼。」

「會想到的，米熙，妳會知道自己要做什麼。」

「我、我跟陳鷹不可能了。」米熙想到這個就難過。月老只是笑笑，沒說話，沒反駁她，也沒認同她。米熙看看他的表情，暗怪自己又犯毛病，說這些不中聽的做什麼，難不成她是希望月老說「不對，你們還有機會」？

可月老什麼都沒說，米熙的心沉了下來。

「如果我們註定是悲劇……」米熙想問那三年後她會怎樣，可她話還沒有說完就被打斷了。

「米熙，妳知道我們為什麼會成為月老嗎？」

「你們是神仙。」

「當然不是。」月老笑了笑，「我們這些帶著編號的月老，從前都是負心人，辜負了愛著我們的人。我們做月老，是來受罰的。罰我們完成一百件案子，幫助一百對有情人終成眷屬，我們要認識到真情的可貴，學會如何愛人，這樣才能結束懲罰，回到愛我們的人身邊。有些月老能完成考驗，有些卻不行。如果月老的工作不合格，那就連受罰挽回的機會都沒有了。」

米熙吃驚，「那月老先生完成了幾件？」

「原本也不少了，不過之前一個案子我違反了月老的行事規則，被總管扣掉了一半的分數，所以又得重新努力攢成績。」

米熙很同情，扣掉一半呢！

「不過我不後悔，我遵從了內心的意願，就像妳一樣。米熙，從常理來看，我是一個悲劇人物，辜負了愛人，受罰幹活，也不知道以後的日子會怎樣，不知道那個愛我的人在哪裡，我甚至不記得她是誰，我們經歷過什麼事，我能記得就是我辜負了她，所以我失去了。也許我有幸能回到她身邊，也許不能，這算悲劇吧？」

米熙不敢點頭。月老笑笑，看著米熙道：「可是，米熙，我幫助了很多人，我看著他們綁上了紅線，或是在我的幫助下找到了紅線另一頭的人，最後終成眷屬，幸福生活。米熙，就算是悲劇，也該有溫暖向上的劇情，這才不枉妳我重活一次。」

米熙渾渾沌沌地回到家裡，又坐到了父母弟妹的牌位前發呆。不知坐了多久，突然想起自己忘了問月老她的紅線還有希望嗎？不過算了，她跟陳鷹這樣了，她對紅線也不在意了。如果跟陳鷹的綁不上，她對綁上別人也沒什麼心思。

米熙忽然跳了起來，拿起程江翌送她的長槍，跑到院子裡。

她靜靜站了一會兒，想著爹娘的音容笑貌，然後起勢，「呼」的一下把槍刺了出去。一式接著一式，長槍飛舞，呼呼作響。這套槍法是爹爹教她的，她舞得很熟。米熙閉上了眼，感覺身體的力量貫注到槍裡，槍帶起了風，風在她耳邊響。她用力舞動長槍，血熱了起來。

她想起那一天，官兵們忽地湧進了家裡，爹爹不在家，拿著聖旨的公公說爹爹叛國，皇上下旨，要將他們米家滿門抄斬。她那個時候做了什麼？她記得她驚得馬上轉頭去看娘，而娘的表情，她形容不出，不是驚恐，更似悲痛。後來她想，娘當時聽到聖旨的那一刻，想到的應該是爹爹也許已不在人世了吧？

她記得她沒有時間積攢更多的驚懼，因為聖旨一念完，官兵們就湧了上來要緝拿他們。家僕護衛們原是跪了一地不敢動，而母親二話不說竟然轉身就往後院跑。於是所有人動了，大家湧上前來，擋住官兵，讓母親和她跑掉。米熙記得她什麼都沒有想，她跟著母親跑。她知道母親要做什麼，她是去找她的弟妹去了。

一路有官兵追趕呼喝，米熙腦子空空的，只顧著護住母親。到了後院，眼見這裡也亂成一團，丫環小僕們奔走逃命，母親衝進屋裡抱住兩個孩子。那是米熙的弟妹，一個九歲，一個十一歲，弄不清出了什麼事，嚇得面色慘白。

「活不了啦，熙兒，帶妳弟妹快逃。」

米熙記得那時候自己腦子嗡嗡響，她知道母親說的對，活不了啦。她也知道母親亂了分寸，既是活不了啦，又往哪裡逃？

可人總是會做一些明知不可為而為之的事，換言之，人總是不肯放棄。可是官兵已經殺到，若遇抵抗，當場格殺。可若不抵抗，也是落得入獄問斬的下場。

米熙看著母親攬著弟妹往外跑，還一邊喊：「熙兒，快走，帶妳弟弟妹妹快走！」

那母親呢？米熙已經沒有時間多想多問，有桿長槍已經朝著母親胸前刺來。數人放聲尖叫，周圍有慘叫聲，有血腥味。米熙什麼都不想，她出手如風，一把握住那長槍槍頭，翻掌橫拍，將那持槍的官兵拍開。一把大刀向米熙砍了過來，她一抖長槍，槍桿向那揮刀之人抽了過去，抽中他腦袋，那人慘叫一聲，倒地不起。

米熙停也不停，揮動長槍，槍頭刺向身後，刺死一名正襲向弟弟的官兵。鮮血噴灑在她身上，她聞到血腥味，有些作嘔，但她不能害怕，不能膽怯，不能停下。

她橫槍再掃開兩個攻上來的官兵，對身後的母親大聲叫：「娘，妳帶著弟妹走吧！」

明知不可為，卻要為之。

什麼時候才會放棄希望？死！

「熙兒！」她聽到母親大叫，那叫聲中包含了太多感情和猶豫，但她沒有回頭。她揮舞著長槍，這是她使得最稱手的兵器，她擋下一個，再擋下一個。她的手臂被砍了一刀，她不喊痛，她刺死一人，再刺死一人，滿眼的紅色，滿身的血。

「熙兒！」

「快走！」她只能回應母親這句，雖然她已經看到走不了，母子四人已被團團包圍。她擋在

母親和弟妹的前面，護著他們往後退，退到院子一角。

再無後路。

米熙沒上過戰場，父親帶她去看過一次，讓她見識什麼叫打仗，她當時嚇哭了。父親告訴她，她是女兒家，習武終不是正途，要做武將更不可能，戰場不需要一位會哭的武將。

米熙想起父親了話，想到父親此時不知在何處，是否還活著。她抬頭挺胸，直挺挺地站在這群要滅殺他們米家的官兵面前。她沒有上過戰場，可是此時就是戰場，真正的戰場。

鮮血、疼痛、恐懼、死亡，她沒有哭。

她身上有傷，很痛。她身上有血，有自己的也有別人的。她周圍有許多屍體，有米家人的，也有官兵的，但她沒有哭。

米熙挺直了脊樑站著，緊緊握著長槍。

官兵將他們四人圍了個嚴實，她數不清有多少人。

米熙把槍橫在手裡，擺出迎戰的架勢。她不哭！她的心跳得厲害，可她不哭！

「哼，米家大小姐？」官兵裡有個領頭的人說話：「放下兵器，留你們一個全屍。」

米熙長槍一擺，冷眼掃向他們，「我爹說過，米家軍只有戰死的，沒有投降死的。」

她不怕死，只是她就算死也絕不放開兵器，就算死她也要護著她的家人。

她不哭，絕不落半滴淚！

那領頭官兵冷笑，而後神情一狠，大喝：「給我殺！」

許多人持刀持劍地吶喊著朝米熙衝了過來，米熙也放聲大喝，舉起長槍迎了過去。要動她的家人，就從她的屍體上踩過去。米家沒有怕死的！爹爹錯了，爹爹說她膽子太小，說她只是個女

兒身，做不成武將，爹爹錯了。

她也可以像武將一般勇敢，她也可以像武將一般勇猛，她也可以像武將一般，視死如歸！

爹爹錯了，可她沒有機會當面與他說了。

米熙思緒翻騰，一套槍法已經舞完。她一身的汗，身上的血很熱。她停了下來，握著槍直直站在院子中間。陽光很好，照得人相當舒服。米熙盯著陽光發了一會兒呆，眨了眨眼睛。她還記得那一戰，記得她身上被砍了多少傷，記得有多痛，記得母親弟妹被殺死的慘叫，記得她奄奄一息倒在血泊中仍要緊握長槍的情形。

她記得。她不悔，她不悔與她的家人死在一起。米家沒了，但護衛們忠心，母親護子，而她勇敢。她遵從了內心的意願，她拚死護著家人到最後一刻，她未給爹爹丟臉。

就算是悲劇，也有溫暖向上的一面。

米熙緊緊握著槍，閉上眼睛，長長吸了一口氣。她不悔，她不該後悔，就算是到了這個世界，可她還是米大將軍的女兒，她不能偷偷摸摸地嫁人，她不願意，她必須堂堂正正，抬頭挺胸地立於人前。她願意為陳鷹做一切事，甚至願意為他犧牲生命，但她不能這麼嫁給他。

她不悔！

米熙收了槍，腳步輕快地跑回樓上。她的月事沒來，沒關係。她的紅線綁不上，沒關係。她嫁不了人，沒關係。她要好好過，努力過好。就算這一世仍舊是悲劇，她也要積極向上。

米熙打電話給陳鷹。陳鷹在開會，但一看手機上顯示是米熙來電，他馬上叫停，跑到會議室外面講電話。她居然打電話給他了，陳鷹的心怦怦跳。

「米熙？」電話接通了，他才意識到自己有多緊張多小心，有說不出的興奮。

「陳鷹，你在忙嗎？」

「沒有，不忙。」會議室裡的人可以等。

「那方便跟我說話吧？」

「當然。」想說什麼都可以。他這幾天都不敢招惹她，生怕看到她難過的樣子，可他滿足不了她的要求，他不可能對外宣布他要娶一個剛滿十八歲的少女，他不可能這樣打宋林和自己的臉，不可能置領域的利益不顧，但他也放不開她，他也不想被她放開。這幾天他吃不好睡不著，只能藉著公事轉移注意力。

「妳要跟我說什麼？」陳鷹問，充滿期待。

「我想問問奶茶廣告的錢什麼時候會付給我？」她想拿了錢，趁著假期繼續學烹飪。

「……」陳鷹的心都要碎了，最毒婦人心這個真理用在十八歲少女身上也是成立的。他在心酸感情，她卻惦記著收帳，他連她著急要錢去做什麼都不想問了。

「嗯，我回頭問財務。」

「好的，你幫我問一下。」

「嗯。」陳鷹被迎頭潑的這盆冷水澆得心好痛。

「還有，你晚上有沒有時間回來吃晚飯？」

陳鷹猶豫了一下，他要是歡天喜地說「有」，她會說什麼？

「沒時間嗎？」米熙的語氣聽起來很惋惜。

「有，我回去吃飯。」管她說什麼，他就是要回去吃飯。

「好，那我晚上做你喜歡吃的菜。」

咦，發生什麼事？陳鷹不敢相信。

「還有。」

居然還有？

「你看看能不能再幫我接些工作，趁著現在放假，我有時間。」

「……」米熙，妳別這樣，給個痛快，我回去讓妳揍幾拳還不行嗎？妳現在究竟是要罵要打要哭還是要怎樣？可陳鷹屁都不敢說，只一口答應：「好，我問看看。」若是換了以前，他肯定嘰嘰歪歪不高興，現在他竟然不敢了。米熙想做什麼，他就讓她做什麼。

掛了電話，陳鷹還有些反應不過來。究竟是怎麼回事？他才是被拒絕的那個人好嗎？按理他才是一番心意被糟蹋的那個受委屈的人吧？究竟哪裡不對？他怕個什麼勁兒？

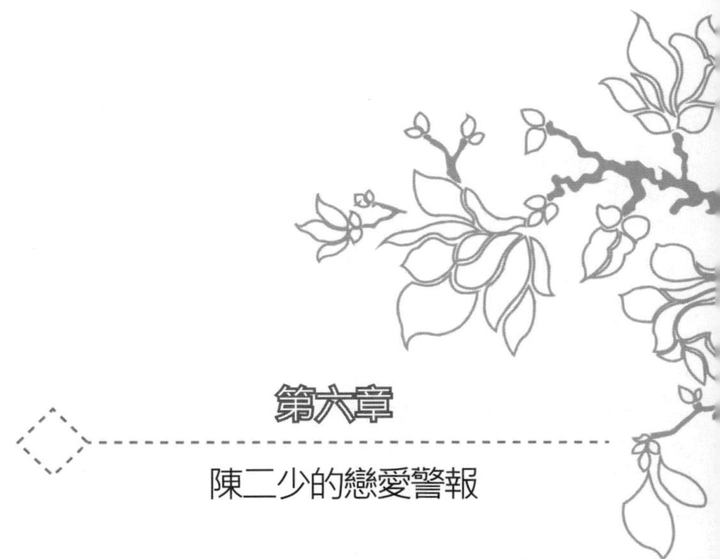

第六章

陳二少的戀愛警報

陳鷹很狗腿地回家吃晚飯了。

米熙一個電話，他乖乖地往家裡趕，想當初他母親大人三催四請他都沒這麼聽話。

回到家裡很開心，米熙真的下廚做了菜。陳鷹這頓飯吃得有點激動又忐忑，以為米熙特意叫他回來是有什麼話要說，結果沒有。人家吃完飯看了會兒電視就上樓去了，說是要複習功課。

複習功課？是男人重要，還是功課重要？當然現在的陳鷹不敢問，磨蹭半天，藉著送消夜的機會摸進了米熙房裡。憋屈啊，想當初都是米熙送茶送消夜給他的。

米熙還真的在複習功課。她考試成績很普通，有幾科勉強低空飛過，而且很大的可能性還是老師放水不跟她計較。陳鷹端了東西進去，小心看了看米熙的臉色，好像心情還不錯，今天還願意下廚做菜，是不是表示可以聊一聊？

「米熙。」

「嗯？」

這聲應得讓陳鷹差點眼眶要熱了。

這是他的米熙，應得傻乎乎的，可是他說點什麼好呢？「妳想怎麼樣」是絕對不行的。

「米熙。」他再叫喚一聲，醞釀情緒。

「嗯？」

「嗯」得軟軟嬌嬌的，拖長了尾音，好可愛。陳鷹眼眶真熱了。米熙一定沒有拋棄他，她的意思只是暫時不嫁給他，暫時而已。等時機成熟了，他們的關係能公開了，等他讓她「十里紅妝，八抬大轎」的時候，她再嫁他。一定是這意思。

「我明天想吃糖醋排骨。」想半天只想到這句搭訕的話。

「好。」米熙點點頭，「這個我會做。」

陳鷹笑笑，繼續想下一句。真糟糕，明明他跟米熙說什麼都可以，就算什麼都不說也很舒服，可是現在他居然為了話題發愁。他怕說錯話，讓米熙想歪，又怕什麼都沒說，米熙也會想歪。

「陳鷹，我們聊聊吧。」結果米熙先說了。陳鷹懊惱，早知如此，這話應該他先說。

「好，妳想聊什麼？」陳鷹坐下了，握著米熙的手。米熙沒有掙開，陳鷹鬆了一口氣。

「就是……就是我拒婚的事，你別生我的氣。」

「我不會的，妳別往心裡去，我能理解。妳也別怪我，不能公開我也不願意，但妳也看到現實的情況，如果公開了，對領域、對妳我都不利。妳年紀小，還要上學，被人抹黑了，妳的日子會不好過。妳要明白，我們做的事是想保護妳，並不是因為別的。」

米熙點點頭，這話聽過無數遍，就算她決定放開了，再聽到也還是覺得無奈又心酸。如果她不是十七歲，如果她已經二十多歲，這些就都不是問題了。真可惜，她應該等不到了，她沒有這麼多時間。

「我今天遇到月老先生了。」

陳鷹猛地一下子坐直，「他說了什麼？妳告訴他我在找他嗎？」

「哎呀，忘了！」米熙抓抓頭，被陳鷹瞪得吐吐舌頭，「真忘了，下回遇到我一定告訴他。」

「他說什麼了？」有沒有說紅線的事？有沒有說米熙的身體怎麼樣？

「其實也沒什麼，主要就是開導我，鼓勵我。」

開導？鼓勵？

「因為我覺得很對不起你，月老先生就說沒關係，已經發生的事不必多想。他說我沒有做錯事，只是做了自己想做的事而已。」

陳鷹忍不住把米熙抱進懷裡。她做了她想做的事，就是拒絕他。他閉了閉眼，將她緊緊抱住。

「陳鷹，我知道你是真心想娶我，不然，你這麼一個精明的人，不會為了哄我開心就把自己的一世名分搭進去，我知道的。正因為如此，我才覺得對不起你。這些日子，我還一直板著臉，教你難受了。」

「如果可以，我真的願意為妳做到妳想要的，真的。」

米熙笑了笑，心裡發苦，「我知道，現實所迫，不可以嘛，我真的知道。只是知道是一回事，能接受又是另一回事了。陳鷹，之前我覺得無論發生什麼我都能接受，但真正發生的時候，我才知道原來不行。原來有些東西刻入骨裡，銘在心上，就如同這世界的人可以穿著比基尼在人前走來跑去，我卻是無論如何無法接受，我看都不能看，但我覺得我並沒有錯。」

米熙頓了頓，又說：「月老先生今天說，如果我選了另一條路，真的與你成了親，我同樣會有疑問，同樣會覺得後悔，與我拒絕了你一樣。有些事，真的逼迫不了自己，所以，我決定不後悔了。你也別怪我不懂事，我不想最後成了個怨婦，招你討厭。」

「我不會。」還怨婦呢，沒看他現在已經是怨夫了嗎？陳鷹越聽越是心驚，米熙的想法究竟是什麼呢？

「我今天還忘了一事，我忘了問月老先生我的紅線怎樣了。不過後一想也沒關係，我喜歡

你，雖與你有緣無分，但也不想跟別人綁紅線，所以怎樣都沒關係了，隨他吧。」

所以那個不靠譜的月老壓根兒就沒告訴米熙她的紅線沒綁上？

陳鷹勉強笑了笑，戳米熙腦袋，「什麼有緣無分，烏鴉嘴，重說一遍！」

米熙被他逗得傻笑，揉了揉自己的頭，「真的。我覺得，其實冥冥之中，一直有著暗示。我的月事一直沒來，明明我在家鄉時很正常的，到了這處，卻總有這問題那問題。明明月老先生開了後門給我，一來就把我交到你手上，你對我這般好，我都沒受苦，還學會戀愛了，這麼輕易就找到了有緣人，可偏偏有人造謠抹黑，偏偏我年歲小，在這世界不能成親。若我不是這年紀，若你我是在我的家鄉，那都不會有問題。所以呢，老天爺一定是給我考驗。也是，哪來那麼多天上掉餡餅的好事。不勞而獲，定不能成。」

米熙抱著陳鷹的腰，窩在他懷裡，「陳鷹，我喜歡你，很喜歡很喜歡。你真心待我，是我之幸，我真的不枉來這一趟。過去是我不好，我一心想嫁人，卻沒弄明白這世界。現在我真的懂了，你我各有堅持，誰也沒錯，我不能嫁給你，但我要好好地過。不管以後怎樣，我都要好好地過。」

「那我呢？」陳鷹問。

「你還是陳鷹啊！英俊多金，威風八面的陳家二少！」

「我是妳什麼人呢？」

「是我的陳鷹啊！」她說。

陳鷹低頭看她，她也看著他。

「是妳的男朋友，未婚夫婿？」他微瞇了眼，擺出一臉凶狠，警告她若敢說「不是」試試。

國。」

米熙猶豫了一會兒，說：「若我是有些骨氣的，該說不是的。你我成親無望，我不該再霸著你，不該耽誤你的姻緣，可我還未死，若是看到你與別的女子卿卿我我，我該會很氣吧。」

「謝謝妳的骨氣。」陳鷹沒好氣，「什麼叫成親無望，妳要願意，我們馬上買機票去美國。」

米熙皺皺鼻子，「才不去！陳鷹。」

「幹麼？」陳鷹凶巴巴，什麼成親無望，他才是很氣。

「我只有三年的時間，現在已經過了快一年，還剩下兩年。這兩年，我大學肯定沒法畢業，你們的顧慮一直都在，我明白。你說先結婚之後等合適時機再公布，這個合適，必不是這兩年。若這兩年就能光明正大在一起，那又何須去美國結婚，偷偷定個名分？陳鷹，今日我與月老先生聊完，我真是悟了，我的時間寶貴，不該花在傷春悲秋，自尋煩惱上。也不該與你相互埋怨相互傷心。我想好好地過，我不想偷偷摸摸的。」

陳鷹凶不起來了，他有些懂了，他的心沉重。

「若我還一門心思只想嫁你，又糾結著我們的關係不能示人，那長久下去，我必心生怨氣，自怨自艾，自憐自悲，而你也必會煩我惱我怨我，對我再無歡喜。那樣，我們又怎會撐到能光明正大結婚的那一日？情意不在，紅線何存？」

米熙頓了頓，抬眼看向陳鷹，「與其這樣，我們不如就此罷了。成親之事就不再議了吧，就當你我如一般男女似的，沒有時間限制，沒有條件逼迫，只安安樂樂地過日子，隨緣吧。」

陳鷹說不出話來，他被拋棄了嗎？她的意思很明顯，她只是沒說出「分手」二字而已。

「我別的倒是不怕，只怕我若真是三年內便去了，恐你傷心。陳鷹，我死過一次，其實死不可怕，牽掛才是傷人，所以你不要再糾結於對我的責任。若你愛我，我心欣喜。若你遇著別的合適心儀的女子，也切莫錯過。」

「我要是……就只愛妳呢？」

「那我便是占了大便宜，做夢都會笑的。」米熙把臉貼在他的胸口，「若我有紅線護體，能在這世界一直活下去……我是說，我定會爭得你的喜愛，與別的女子一較高下。」

你倒是較較看啊！陳鷹忿忿，才不信她的甜言蜜語。一邊拋棄他，一邊說情話哄他，當他是三歲小孩子嗎？

「還有呢，欠你那許多錢，我可是不打算還了。我以後工作掙的錢，那也是我自己的。」

陳鷹咬牙切齒，忍不住捏她臉蛋。一邊拋棄他，一邊還賴帳，當他好欺負嗎？

「陳鷹，要不，我把我的一身武藝傳給你吧。」待她走了，她也能安心。

滾蛋，他媽的誰要學武藝啊！一邊拋棄他，一邊想收他為徒，當他二百五嗎？

這晚，陳鷹又失眠了，他輾轉反側，腦子裡全是米熙。她是真有主意，太有主意了，完全超出他的想像。她寧可認命只過三年，也不願屈就嫁他。這個他真的無法理解。若是別的女生，不說別的，看到那閃亮亮的鑽石戒指都會驚喜大叫吧？她完全沒有，沒多看那戒指一眼。她明明是那麼危急的情況了，既然相愛，那先結婚，綁上紅線不好嗎？等他們成了真夫妻，他跑不掉了，她要怎麼要求不行呢？

陳鷹長嘆一聲，想到米熙說她若糾結關係不能示人，必心生怨氣，而他也會惱她怨她。她說得有道理，太有道理了。其實在去美國之前，他們之間就已經有那樣的趨勢。他心裡不是沒有埋怨過她的任性，而她肯定也一直在怪他把她藏著，長久如此，感情確實會有危機。只是這次求婚把她逼到懸崖邊上，提前爆發而已。

現在好在他們沒有心生怨隙，他們還在相愛。相愛著，她卻要放棄他了。陳鷹曾有十秒的衝動，乾脆公開好了，管他後果怎樣，可那十秒過後，他的理智占了上風。公開了又怎樣，她高興一時，卻要長期處在被人惡意揣測抹黑的環境，在學校被人指指點點閒言碎語，在外被人異樣的眼光盯著。時間一久，她說的那些矛盾還是會發生，而那時，她的名聲和生活已毀，他卻沒法補救。

所以，就算她現在不高興，他覺得自己做的還是對的。陳鷹越想越委屈，真的委屈。他乾脆爬起來，也不管現在幾點，找米熙那小混蛋去，搖她起來讓她重睡。

米熙的房門未鎖，陳鷹輕輕推門進去，看到她躺在床上眨巴著眼睛正看著他，她竟然也沒睡。

「你睡不著嗎？」她問他。

「不是。」陳鷹鎮定自若，「我是想著妳一定睡不著，我就過來看看妳。」

米熙再眨眨眼，這睜眼說瞎話的本事真是好，要戳穿他嗎？要嗎？算了吧，她對他這麼好。

這晚陳鷹摟著米熙睡。他們說了很多話。陳鷹一度起了邪念，想著暫時不結婚，那有夫妻之實也好，說不定這樣紅線也能綁上了，但沉默已久的正直的心又跳出來對他拳打腳踢。米熙這麼磊落重清譽，你敢對她下手？

陳鷹不敢。不敢，也不捨得。

他只是偷了幾個吻，只是囑咐如果再遇到月老一定要告訴他他正在找他，又囑咐米熙自己也要多問兩句紅線的事。他說紅線早綁上了，就是月老沒說，肯定是這樣。要不，他們怎麼感情這

麼好，還差一點就結婚了。現在這些只是紅線的考驗。陳鷹是想著，念力很重要，如果你相信一件事能成功，那它成功的可能性就更大。如果米熙相信紅線綁上了，那也許他們還有機會。

他不想被她放開，真的不想。他也不想兩年後就失去米熙，真的不想。米熙說她能看開，他卻不行，他辦不到，他害怕。

陳鷹抱著米熙睡著了，然後他做了一個夢。夢見自己變成數不清的紅線，在米熙身邊圍繞。他護著她，一直護著。

接下來的一段時間，陳鷹照常上班，米熙在家待著，沒什麼不同，但陳鷹敏感地察覺米熙有些變了。變得不那麼黏人，變得不那麼依賴他，雖然還像從前一樣會為他做飯，但他們不是二人世界，她做的飯菜人人都可以吃，那種親密度被扣掉了大半分數。她不再盯著他戒菸，也不再盯著他喝花草茶明目養生。雖然有時候想起會嘮叨他幾句，但她不再親力親為，管家婆似的拿著杯子跟在他屁股後面轉了。她不理他，他卻很犯賤地把菸戒掉了，起碼連著好幾天都沒再抽。

她還每天認真地念書，他聽到幾次她打電話給她那個學霸同學問功課。她跟同學聊電話聊得開心，陳鷹有點吃醋。

另外，關於她的廣告酬勞，一週內她就問了兩次，陳鷹最後撒謊說收到了，自己掏了腰包先墊上。這小沒良心的拿到了錢第二天就去請呂祕書、劉美芬、吳浩等幾個要好的同事吃飯。第三天請秦雨飛、顧英傑。第四天請程江翌、蘇小培夫妻，還有陳非和魏小寶。然後再買了禮物給陳遠清、宋林，還有丁叔和丁嫂。

陳鷹很氣，問她怎麼沒有他的份？米熙說了，他拿了她一半酬勞呢，這難道不算數？她還說她的錢也不多，她還要請同學，還想報烹飪班，還要負擔自己的大學學費和雜費生活費。看陳鷹臉色不好看，她又哄他，要不，等他再幫她簽下一個工作，她再買禮物給他。

稀罕啊！陳鷹不高興。幫她找工作才怪，反正賣身契在他手裡。他正事都忙不過來，拖到她發脾氣著急了拍他馬屁再說。

結果，米熙沒來拍馬屁，米熙自己談了一個工作……遊戲《尋郎》的代言。

陳鷹是最後一個知道的。原來米熙請程江翌和陳非兩家子吃飯的時候，聽他們聊這個遊戲。因為這個遊戲故事發生的地方就是米熙的家鄉，米熙一邊聽故事一邊感嘆萬千。談論到各門各派和十八般武藝，她眼眶都熱了。作為她請吃飯的回禮，程江翌和陳非送了她一套遊戲中各門派的兵器模型。

米熙相當興奮，跟程江翌談武藝，她說劍法她會，棍法她會，掌法她會，長鞭她也會。陳非和程江翌忽然對視了一眼，他們考慮遊戲代言人這事很久了，但他們不想要花架子，他們想推出的是真正有武俠風範，能施展拳腳的代言人，甚至策劃好了門派兵器系列的一連串案子，但他們沒有找到合適的人。

會武、年輕、漂亮、有氣質，這些一樣都不能少。原本也找到些當紅女星，但大多拳腳軟綿綿的不合適，拳腳有看頭的卻是年紀外形不合適。他們捨掉代言人的名氣去武校找，卻也沒找到滿意的，差點就想放棄這個計畫。

可是，現在米熙就坐在他們面前。年輕、漂亮、身手了得，有知名度，氣質還超級好。

怎麼會漏掉她？

以前是沒敢想，米熙保守又害羞，再加上陳鷹恨不得把她藏在口袋裡，所以他們真沒往她身上考慮，可是她前一陣子不是拍了廣告嗎，現在請他們吃飯還用廣告的酬勞。她都出山了，那他

們客氣什麼。

於是兩個大老闆親自向米熙發出邀請，認真講解他們的專案。

米熙不擔心別的，就是覺得十八般兵器裡，並非每樣她都精通，怕讓他們失望。

「放心，妳的水準足夠用了。要是還缺哪，我到時教妳。」程江翌一口攬下武術指導的工作，教米熙可比教柔弱女星省事多了。

米熙一聽，眼睛一亮。這接個工作還能跟人切磋武藝，這事她喜歡，趕緊滿口答應。剩下就是酬勞的部分，她說她是有經紀人的。陳非和程江翌都不用問，直接道：「肯定是陳鷹，這事好辦。」

於是米熙去通知她的經紀人她接了一個工作。週末，三個叔齊聚程江翌家開了個久違的家長會，這次主題是：讓米熙賺多少錢。

陳鷹的意思是，米熙上次廣告已經收到一筆對她來說不算少的錢了，這次遊戲代言按行情價也不會少。他不想讓她身上有太多錢，現在他不好管她的帳，但又擔心她不會理財。「她對這裡的錢沒什麼概念，怕她被別人騙了。」當然這只是其中一方面，最重要的是，她錢多了，他就變得不重要了。

米熙對錢沒概念這個另外兩個叔知道，但是經紀人自己壓米熙的價讓他們很不爽，程江翌差點要對這不稱職的經紀人拳打腳踢，「欺負我家米熙，我讓她把你開除換人。」

「她是誰家的？」經紀人也急了，媽的，他這棄夫最近心情不太好，少惹他！

「經紀人跟武術指導打起來這個話題好像也不錯。」大肚子的蘇小培在一旁涼涼地說。男人們吵架的嘴臉真是幼稚又難看。三個叔都轉頭看她。

陳非清清喉嚨，「那其實說領域陳二少跟我家程老大打起來更好炒作吧？」

程江翌認真思考，「不如陳家大少和領域陳家二少打起來更好操作，標題可以寫豪門親兄弟反目，為情為財為權？啊，居然是為遊戲！然後我們的遊戲就能上熱門話題了。」

真是夠了！陳鷹忿忿，一個比一個幼稚！不管了，擔心她理什麼財，全給她，讓她高興高興也好，她很快花光光更好，她一窮就得來拍他馬屁。陳鷹抖擻精神，親兄弟明講價，趕緊把米熙的身價談定。

二月初，陳鷹為米熙簽下了第二份工作合約。合約細節他費了不少勁，包括指定造型師。造型要求、指定導演、宣傳要求和限制等等，就算是陳非，也受不了弟弟這麼龜毛難搞，程江翌更是煩得說他不管了，全權交給陳非。

最後合約條款按陳鷹的意願定了，米熙拿到高報酬，又不用出面對媒體賣笑臉，她很高興。陳鷹也很高興，還等著米熙買禮物給他，結果禮物還沒看到，學校開學了，米熙捲了包袱住校去。

陳鷹又忿忿，這個小沒良心的，一邊拋棄他，一邊使喚他為她賺錢，而他甘之如飴。雖然他操著當爹的命，懷著當老公的心，走在棄夫的大道上。

陳鷹覺得自己是棄夫，雖然他不想承認，但米熙悄無聲息默默地疏遠了他卻是事實。她住校後，兩人見面的機會少了。一開始她週末還會回家看看爺爺奶奶，後來要拍遊戲的廣告又要上課，她說功課跟不上，週末有時工作有時是同學幫她補課，她就很少回來了。很少回家，打電話也是打給宋林多，弄得陳鷹一肚子怨氣。

陳鷹乾脆也搬出陳家大宅，回到自己房子住。

米熙的拍攝工作很順利，程江翌很懂她的優勢，確切地說，程江翌很懂她的家鄉，很懂江湖，很懂遊戲的賣點，也很懂什麼招式上鏡好看。米熙差不多半個月拍一輯，每一輯結合遊戲劇情介紹一種兵器和武功路數，每一輯裡都有不同的古裝造型。有飄逸的、霸氣的、清新的、溫婉的，每一輯以一種顏色為主題，一種音樂配曲。陳非和程江翌在這專案上花了很大的氣力和心血，現在有米熙這個助力，第一輯剛推出，遊戲和米熙都紅透了半邊天。

這種情況下，想讓記者們不注意米熙都難。這小女生有意思，動不動紅一紅，緋聞不斷，廣告一個接一個，形象多變，要說背後沒有推手誰相信？

她的經紀人是誰？陳鷹，陳二少！

哦，那大家就明白了。之前明明有記者問過米熙是不是要進入演藝圈，陳二少當時可是說了不會。現在你看吧，自己打自己的臉。

米熙的成名經歷被人在網路上說得頭頭是道，有人說樓主大驚小怪，指望娛樂圈裡沒謊言那是有多天真。樓主反駁了，說他指望沒謊言了嗎？就是知道全是謊言，所以才會對那些道貌岸然，擺出一副「你信我，我說的都是真的」的嘴臉覺得噁心。不把他們揭露出來，不打他們臉實在是不能忍。

這話題得到了熱烈討論，很快，「打臉行動」上了熱門話題榜。話題裡網友們各種給明星名人打臉，找出他們從前說的謊並揭穿。名人無一倖免，包括凌熙然的各種舊帳也被翻出。當然最熱的還是新晉的廣告新秀米熙和她的經紀人陳鷹。

尤其陳鷹最慘，簡直被打成了篩子。只要沾點邊，有關無關的人和事都說是他支使或是他策劃的陰謀。沒辦法，捧紅米熙的「鐵證」擺在那裡，把事情說成是陳鷹策劃或是幕後推動就各種

「合理」。

連帶著米熙與陳鷹的關係又被翻出來說：「他們真的沒有姦情嗎」這個問題屢屢出現，只是「叔叔」而已，而且不是「親叔叔」，怎麼這麼盡心盡力捧她啊?但這條的熱度不算太高，因為有宋林主導的記者會在那裡壓著。雖然也有人質疑記者會也是陳家的炒作手段，不過批鬥老夫人沒有批鬥富少來得刺激有趣，況且「打臉行動」裡的名人大事太多，群眾忙不過來。

米熙也看到這些消息，不止是同學告訴她網路上在討論她，更有好事者將網路上關於她如何成名的那些推測放大列印貼在了學校布告欄上，還寫上一行大字「不願進娛樂圈的廣告紅星」。

米熙沒理這些人，她回了宿舍，打了電話給陳鷹。

「你沒事吧？」她很擔心，這次真的是她連累了他。

「我能有什麼事？」陳鷹正跟吳浩開會，打了個手勢喊暫停，他要講電話。

「都是我不好。」米熙自責，如果她安安分分低調做個學生，就沒那麼多事了。

「妳在開玩笑？」陳鷹語氣驚訝。

「……」她很認真啊！

「這關你什麼事，別往自己身上攬。這種事我早習慣了，倒是妳，我原想晚點給妳電話的，網上那些妳別往心裡去，也不是所有人都這麼想，這裡頭肯定也有一些跟我不對盤的趁機添亂，當不得真。我看到也有人在幫妳說話，妳有粉絲，很多人還是喜歡妳的。」

「嗯。」

「學校裡是不是有人欺負妳了？」

「沒關係的。」

「我會跟校長說一下。」

「不用，要是學校護著我，更會招閒話。沒關係，不理他們就好。」

陳鷹猶豫了一下，答應道：「好吧，妳想開點，別上網看那些，越看越不舒服，明白嗎？」

「好。」米熙咬咬牙，「我就專心念書，不看那些。」

陳鷹誇了她兩句，又安慰安慰，這才掛了。

吳浩揚揚眉，「米熙看到了。」

「對。」陳鷹捏捏鼻樑，這事出來也好，讓米熙看一看，他真的不是嚇唬她的，他要隱瞞要把她藏著是因為他有經驗，他知道會發生什麼。她看到這些，應該會多體諒他一點吧？陳鷹收拾心思，繼續跟吳浩開會。他把吳浩叫上來的目的，主要是藉著這次的事件幫米熙組個粉絲後援會，實際作用是為米熙塑造正面良好的形象。

她既然走上了這條路，甭管今後走多遠，這一路都需要有人護航。一次兩次讓水軍擋招還行，時間久了，卻是沒效果。米熙現在稍有名氣，累積了不少粉絲，他要借這勢頭把米熙的粉絲團建起來，借粉絲團的名義為米熙塑造形象。一旦形象確立，深入人心，那今後有什麼抹黑也容易澄清，傷害能降到最低。

吳浩明白陳鷹的想法，這類所謂後援會當然不是一盤散沙的零散粉絲，而是他們帶頭組織，最後再從穩定可靠的粉絲堆裡提拔幾個。

兩人很快敲定操作方案，陳鷹又聯絡了陳非那邊讓他們一起配合。陳鷹是個很會抓住機會的人，凡事都有兩面，米熙任性非要當模特兒有風險，當然也有機會，他要用這些機會提前為她準備好。他不知道公開他們關係的時機什麼時候才會到來，他要耐心等，也要積極動手搭建。

米熙不知道陳鷹的想法，她還是有些自責，但冷靜下來想，事情已經發生，只好冷處理。聽陳鷹的，只是累得他受委屈了。又一想，果然她決定放手是對的，這個情況，他們若真是結婚，根本不可能公開。不公開，她沒法接受。公開了，像這樣被說三道四她也不好受，上次鬧緋聞的時候她記得好些話非常難聽。

算了算了，她怎麼又想這些了呢？已經決定放開，就痛痛快快放開吧。

米熙一整天臉色都不好看，要好的同學都覺得她是被謠言中傷，來安慰她，還一起去撕了布告欄上的海報，在學校論壇裡自發反擊。陳鷹要張羅建立米熙的粉絲後援會，卻不知她在學校裡已經有一大票粉絲了。

網路上吵得熱鬧歸熱鬧，但米熙的工作沒受影響。週末，她去拍了新一輯視頻，並出席了《尋郎》的遊戲見面會。

這個見面會是陳鷹讓她去的，他說她要做的就是上台教粉絲幾招，就像她視頻裡的一樣就行。不用理會記者，不用答記者問，現場有吳浩和遊戲公司企宣部的人會幫她擋。

米熙沒多話，很痛快地去了。她有心證明自己能應付，不讓陳鷹擔心，而陳鷹做好準備要跟她解釋，可居然沒用上。他乾脆不解釋了，就讓米熙磨練磨練，這也是他的目的。

陳鷹一直沒派專職助理給米熙，他不放心把米熙交給別人，但他自己從不盯場，都由吳浩親自壓陣。米熙的造型一直是Emma負責，Emma很了解米熙的喜好和需要。宣傳是吳浩小組裡的一個女同事負責的，也是信得過的人。陳鷹能做的都做了，其餘只能靠米熙自己。

米熙出席活動，梳起古代髮型，一身白色勁裝，美麗又英武。台下數千名遊戲粉絲，看到美女出來，大聲尖叫和吹口哨。大家都知道米熙的緋聞，全都興奮地盯著她看。

主持人調侃了幾句，而後問了米熙幾個關於遊戲的問題。米熙很緊張，老實說她遊戲玩得不好，常被對手痛揍，引來一片笑聲。

米熙想了想，補了一句：「我現實生活中的身手比遊戲裡強多了。我好好練遊戲，你們好好健身，各自補短。」

冷場，主持人的笑容也僵了僵，這話是什麼意思？最後她笑著說：「米熙還挺會鼓勵人的。」

是嗎？米熙沒懂她哪裡鼓勵了，於是沒接話。

又冷場，主持人急中生智，笑問：「米熙念的是什麼科系？」

米熙如實回答了。

「出來工作會不會很忙，耽誤課業？」

「不會。」多一個字都沒有，因為米熙不知道要說什麼。

再次冷場，主持人繼續補救：「米熙跟大家說說經驗吧。妳年紀這麼小，卻很成功，做的每件事都紅了，現在可是炙手可熱的廣告明星，說說看妳的成功祕訣？」

冷場，因為米熙在皺眉苦思，沒想好怎麼答，可下面有人大叫：「有個好叔叔就行了！」然後周圍一片大笑聲。

主持人尷尬，遊戲宣傳總監眼見情況不對，剛想上去救場，吳浩按住她，「再看看。」

這時候米熙對主持人說：「妳別往心裡去，他應該沒惡意。」

又冷場，到底誰該安慰誰啊？

米熙說：「人一多我就緊張，所以我反應慢，問題一多我就不知道該怎麼說了，好像要解釋清楚得挺久的。那個我真不太懂，我還是做我會做的吧。我這次來，主要是想教大家幾套拳法。」

太好了，這句話終於長一點了，主持人感動得想哭，趕緊說：「第一步教大家什麼呢？」

「嗯，教吼叫吧。」

「……」主持人真要哭了。孩子，妳很漂亮，吼叫還有形象嗎？

下面的人已經笑了起來，有人大聲喊：「這個不用教，我們會。」聲音奇大，又惹來笑聲。

米熙也笑，她道：「人要有正氣，氣正才能身正，身正才能行正。力量來於氣，來於心。」她把麥克風交給主持人，雙手向兩邊擺開，開口說話：「大家站開一點，這樣才能跟我一起做。」

下面有人趕緊照做，米熙點點頭，要主持人站遠一點。

主持人強笑著退場，才退幾步忽聽得一聲尖嘯：「喝！」差點沒嚇得踉蹌。

台下頓時安靜下來，全盯著米熙看。「哈！」米熙第二聲吼，氣運丹田，聲動震場。眾人呆了，真的是吼叫，不是鬧著玩的。

「喝！」米熙再吼，聲音更大。「你們的聲音呢？」她問。「吸氣，在丹田那邊運氣，往上走，不要用喉嚨，用你們的丹田發聲。」她用手做著氣的方向，教大家。

下面有人稀稀落落跟著喊兩聲，主持人趕緊道：「聲音很小喔！」

有人不服氣，他們這麼多人，還能比一個女生小聲？不少人開始吼了。一開始不整齊，米熙再喝一聲，下面人跟著喝。米熙又吼，下面人跟著吼，這次聲音大了。米熙繼續做，下面這次聲響震天，相當有氣勢。

「喝！」米熙吼了一聲，這次右臂出拳，動作簡單，卻乾脆有力。

眾人跟著米熙做了五個動作，越喝越有力，越出拳越快。最後米熙收勢，對大家點頭，說了這幾個動作的名字和來路，然後道：「選這幾個動作教大家是因為它很帥，希望大家今天開心。」

台下的人大笑，剛才舞拳很開心，也覺得自己很帥，而且吼來吼去一點都不傻。等等，美女，妳這樣就走了嗎？還沒玩夠，再來一套吧！

但米熙還是走了，活動進入下一個環節。

當天晚些時候，網路上很熱鬧，見面會的內容被放出來，圍觀的人都覺得很新奇。跟這邊的熱鬧相比，有一段視頻就很尷尬，那就是活動結束後，米熙被記者追著跑。吳浩去停車場開車過來，讓幾個工作人員護著她，結果記者擁過來問問題，問她的事，問陳鷹的事，米熙一個字都擠不出，然後工作人員推搡記者，記者用力擠。米熙驚得一直退，退無可退，她就跑了。

她一跑記者們下意識就追。米熙躍上高臺，單手握住旗竿，身體一甩，躍出老遠。這邊的記者被甩掉，另一邊的記者立刻圍追堵截。她跑到街上，後面跟著幾個拿相機的記者。有人遠遠拍下這一幕，最後米熙甩開大家，跑離了鏡頭範圍。

視頻很快又火了。功夫少女教完拳就逃命，威風之後狼狽逃竄，網友們紛紛笑倒。

陳鷹看著那些視頻，手指在桌上敲啊敲。

吳浩很心虛，「我後來接到她了，平安把她送回學校。沒想到六個人都沒護住她，而且她膽子太小，這樣就跑了，其實她真的不太會應付媒體吧。」

陳鷹能說什麼呢，只能讓她暫時別參加公開活動了。他覺得這一次嘗試，米熙表現不合格。米熙連著嘆了三天氣，她忍不住看了視頻和評論，覺得自己很沒用。事前都演練討論過的，可是臨到上陣，她還是發揮失常。蠢，真蠢啊！

可是，網路上居然出現了「米熙粉絲後援會」。哪來的？嚇死人了。算了，還是少上網吧！

第二天米熙發燒了。無緣無故，就這樣一覺醒來，發現體溫偏高頭暈，於是去保健室休息。寢室的同學說她是昨天太緊張累病的，米熙卻覺得自己是蠢病的，要不就是被什麼粉絲會嚇病的。反正她沒敢告訴陳鷹，但陳鷹還是知道了，因為老師覺得有必要跟家長說一聲。

當天上午，米熙接到了陳鷹的電話。陳鷹要接她回家養病，她不願意，「這樣不方便，現在不是記者都比較關注你嗎？」

陳鷹很生氣，氣米熙不聽話，氣米熙又生病，氣那個該死的月老怎麼不見人影。下午的時候，米熙病好了，她發簡訊給陳鷹說她沒事了，陳鷹更憂心。

陳鷹一邊擔心米熙，一邊還得忙領域的事。二月的時候，他把藍天影業的兩個中階主管挖到領域來，李展龍的臉色很不好看，陳鷹裝作看不見。那兩人安排在他這邊，李展龍管不到，不過他倒是看過李展龍找那兩人談話。陳鷹暗自發笑，這樣很好，正中下懷。

三月，電影《開始》殺青，陳鷹藉著殺青的記者會對外宣布了兩個消息。一是領域簽下了現在最熱的遊戲《尋郎》的影視版權，另一個消息是他們已經準備好證據，正在著手處理起訴藍天影業的電影《圈中女王》抄襲由羅雅琴創作版權歸屬領域的劇本《開始》。因為這一惡劣的抄襲事件，他們不得不重寫劇本，損失慘重，而對方的劇本來源和抄襲證據，領域已經收集完畢，整理完後就正式進入法律程序。

消息一出，現場譁然，記者們頓時都興奮起來。還以為當初《開始》的發布會上陳二少叫板只是嚇唬嚇唬觀眾，沒想到居然是玩真的。

有記者問《尋郎》的遊戲代言人米熙會不會在《尋郎》影視作品裡插一角，陳鷹說暫時保密，不如大家先關注我在《開始》裡的表現。

記者們無語，有就有，沒有就沒有，這是什麼機密嗎？還轉到自己身上去了，城府太深。

總之，《開始》的殺青記者會非常成功。

而領域影視的氣氛卻有些微妙，既小心翼翼，又有著看戲的期待，大家都猜測所謂證據跟從藍天影業挖來的人有關。那兩人受陳鷹的囑咐，對此隻字不提。李展龍低調了許多，在會議上對陳鷹的挑刺少了。

四月，藍天影業的代表約陳鷹父子見面談判，關於指控他們抄襲的事他們做了辯解，說這是無端的猜測和指責。又說這類官司不好打，費時費力，最後也判不了他們的罪，領域這樣做不過是自丟顏面。

陳遠清和陳鷹壓根兒沒接他們的話，聽完就走了，把藍天影業的人氣白了臉。

四月對米熙來說也有一件大事發生，那就是蘇小培生了個兒子。

米熙對蘇小培有著跟別人不一樣的感情，這種感情甚至是陳鷹也無法取代的。不說她剛來這裡的時候蘇小培對她的幫助，就是她們的經歷一樣也讓米熙對蘇小培生出好感和敬意。

她像她一樣曾經到過另一個世界，而她現在得到了幸福，生下孩子，與丈夫甜蜜美滿，米熙覺得那是自己不可能得到的生活。她去醫院探望蘇小培時，正巧遇到陳鷹，護士把孩子抱過來給他們看，米熙小心接了過來抱著，而陳鷹就站在她身邊。

米熙一下子就落淚了，那是她不可能得到的幸福。

探視結束的時候是陳鷹送米熙的，米熙因為自己當眾落淚很不好意思，又因為悲傷的情緒仍在，沒捨得拒絕陳鷹送她。上了車後，陳鷹又說週末沒事，不如去他那裡坐坐。米熙猶豫著，車子已經發動，奔著陳鷹住所的方向去。米熙坐了一會兒，終於說：「好吧，也好久沒回去了。」

陳鷹忍不住彎了嘴角，伸手握住了她的手，重重捏了一下。沒拒絕和同意是兩碼事，他很高興她同意了。

陳鷹的房子還是那樣，熟悉的客廳，熟悉的廚房，甚至米熙房間裡的擺設都沒變動，還被收拾得乾乾淨淨，一塵不染。米熙在她房間的床邊坐了一會兒，摸了摸床單，思緒萬千。她只在這個屋子住了兩個月，卻感覺住了許多年。一切都很熟悉，親切又溫暖，沒有別的地方能比。

當時跟陳鷹搬到陳家大宅，她還想著只是陳鷹去出差，之後有一天她會跟著他回來。沒想到，最後也沒回來。

米熙爬上床，拉過薄被把自己蓋住。陳鷹走進來，走到床邊看著她。

「我想睡一會兒。」她說。

「好。」他坐下來，為她拂開落在臉上的髮絲，「要不要換睡衣？這裡還有妳的睡衣。」

「就躺一會兒。」她有些不好意思，想著自己的衣服早收拾完了，怎麼可能還有？「你最近忙不忙？」她悄悄握住他的手，放任自己黏他一會兒。

「還是那樣，沒有不忙的時候。」陳鷹笑笑。忍不住低頭在她眉心親了親。

她沒有躲，臉卻是紅了。

「那你要注意身體喔！」她的聲音小小的，很軟。

「嗯，按時吃飯睡覺，沒有熬夜。」他的臉離她很近，鼻尖抵著鼻尖，「我還把菸戒了。」

米熙笑了，「真的嗎？」

「真的，這回不騙妳。我沒有偷偷再抽，真是戒了。現在嘴裡閒得難受就含顆薄荷糖，是妳買給我的那種，我讓呂祕書幫我備了好幾盒。」

米熙又笑了，「原來你以前說沒抽了是騙我的。」

陳鷹的嘴角漾起淺淺的笑紋，「現在不騙妳，真的戒掉了。」

「真好。」米熙喃喃地，眨了眨眼睛。陳鷹的神智迷失在她的眼波裡，一陣恍惚，不知道米熙說的真好是因為他戒了菸，還是因為他們現在這樣親近。他很久，沒跟米熙親近了。

陳鷹側了側臉，在她唇上啄了啄，然後他抬眼看她，她沒有躲，她看著他。陳鷹嘆了一聲，不再掙扎，把唇壓下去，深深地吻住她。米熙微啟雙唇，接受了這個吻。不但接受，還回應了他。

陳鷹的血熱了，他忍不住壓下身去，將她抱在懷裡。一吻良久，他捨不得放開，又覺欣喜甜蜜。這三個月與她同在一城，卻覺得距離遙遠，明明時不時通電話，但總掩不了被疏離的感覺。如今回到他們的家裡，她溫馴親熱，他像個毛頭小子一樣激動起來。

誰說他是棄夫？他不是！

他家米熙還要他的，她只是在等他而已。

陳鷹把米熙緊緊抱著，不想動。米熙也沒動，窩在他懷裡，然後她忽然說：「那天魏揚帶著他的女朋友來學校看我了。」

魏揚？這種時候為什麼要提她的追求者呢？雖然他帶著女朋友，但沒事跑去找米熙還是讓他

不爽，「他帶女朋友去找妳真奇怪。」

「奇怪嗎？」米熙抬頭看他。

「很奇怪。他以前追求妳，沒追上，現在帶女朋友過來是想說他壓根兒不愁找不到，跟妳示威還是怎樣？而且這樣對他女朋友也不好。他女朋友不會奇怪妳的身分嗎？自己男友帶自己去看從前追不上的女孩子，不會吃醋嗎？」

「會有這樣的想法？」米熙有些驚訝。

「不會嗎？」陳鷹撫著她的長髮，反正換了他，才不會特意讓什麼前女友現女友歡聚一堂，又不是缺心眼。

「我們都沒這麼想啊！他女朋友是他的同事，跟他一起進公司，他們都是新人，所以都很努力。魏揚說他被我拒絕後心情很不好，他女朋友就一直關心安慰他，其實也是在追他。然後前一段時間他終於發現原來自己也是喜歡她的，他們就在一起了。他女朋友一開始就知道我，因為魏揚那時有說在追我，而且每週六他來公園他女朋友也知道的。」

「哦。」陳鷹對魏揚的事完全沒興趣。

「後來他打電話給我，說他交女朋友了，因為他知道那段時間我也不太好過，他就是告訴我一聲，讓我別往心裡去，說他已經走出來了，他很愛他女朋友，他女朋友也對他很好，我就替他開心。後來那天週末，他們去公園玩了。想到我，就說來學校看看我，逛逛學校。他女朋友好可愛，有兩個酒窩，非常溫柔。我知道魏揚為什麼會喜歡她了，換了我，我也喜歡她，我們現在是好朋友。」

陳鷹無語，米熙太容易交上朋友了。

「你想得這麼複雜，不好。」米熙反過來教育他。

「嗯。」陳鷹再親親她，她就繼續簡單下去好了，複雜的他來負責，只要她願意讓他負責。

「我很高興我們還是好朋友。」米熙說。

「誰？」陳鷹警惕得汗毛都要豎起來了。誰跟誰還是好朋友？說魏揚就算了，他現在跟她抱著躺在一起，她若說他只是好朋友，他可是會生氣的。

結果米熙沒答，她又換了話題：「前一段時間，許哲安又來學校找過我。」

「他還沒死心？」陳鷹顧不上追究誰是好朋友了，任何不識相騷擾米熙的都是敵人。

「嗯，他做出來了。」

「什麼？」

「只露鎖骨、小半截手臂和腳踝，不裸露卻很有風格很漂亮的衣服。有五套，他拿來給我看。」米熙笑了笑，「確實很漂亮，我很喜歡。」

「……」陳鷹頓時有不妙的預感。

「他說他一直記得我說的話，也一直在關注我的消息。他說對衣服的喜好每個人不一樣，但這是每個人的權利，也是設計師的責任，他有責任做出讓人喜歡的衣服。他說我給了他很多靈感，他一定要設計出我喜歡穿的衣服來。」

「然後呢？」

「然後我告訴他這幾套衣裙我都很喜歡，我覺得他很厲害。別人認為不容易做到的事，他卻堅持做了，還做得這麼好，他就問我那現在可不可以為這個系列的衣服代言了？」

陳鷹不說話，他心想米熙一定是又要告訴他她自己接了個工作，然後讓他去談價錢。

但米熙說的是：「我拒絕了。」

「為什麼？」陳鷹是真驚訝，她一直說那些衣服漂亮，她很喜歡，結果卻拒絕。

米熙抿了抿嘴，把臉埋他懷裡，很不好意思，但還是小聲說：「我覺得他看我的眼神有些太那什麼，我覺得他很喜歡我，所以，我想應該沒辦法合作。」

陳鷹呆了呆。這理由……許哲安聽到會吐血吧？

「妳就這麼告訴他？」

「當然沒有，那多沒禮貌！我說我不接服裝類的代言工作。」米熙玩他襯衫上的扣子，「我就是跟你說一聲，我既然跟他說了不接服裝類的工作，那你也別幫我接服裝類的。要不，說話不算話，就太丟人了。」

陳鷹其實不太在意這些，說話不算話不算什麼事，不過她想做的他都答應。

這天，米熙跟他說了很多話，多得都超過過去三個月他們說話的總和。她說她在學校的事情，她說她的功課，她說起同學，說起老師，說起週末回大宅奶奶買給她的新衣服。又說秦雨飛和顧英傑關係不好，她請他們吃飯的時候兩個人都不怎麼說話，比當初見面就吵還糟糕。她說她後來有心想化解，結果也搞不清他們之間怎麼了。秦雨飛說沒事，讓她別理。她問顧英傑哪裡做錯了，她來調解，可秦雨飛說沒有，弄得她這些日子想起這對朋友就很憂心。

「妳憂心什麼？妳怎麼不憂心憂心我？」

「你不是挺好的嗎？」米熙眨巴眼睛，「他們倆不一樣，他們倆吵架不和是因為我。」

「關妳什麼事，他們是自找的，他們不和也是自找的，妳憂心也是自找的。」他想想，「我也是自找的，所以關別人什麼事。」

啊，才不是我自找的。」

「不會啊。」米熙看著他，「我覺得自己很幸運，是因為月老先生把我交給了你，是因為你

說到月老陳鷹就來氣，「那傢伙還是沒出現嗎？」

「嗯。」米熙也不在意，「也許月老先生該做的都已經做了，所以也沒必要出現了。」

陳鷹皺眉頭，米熙揉他眉心，把眉頭揉開。

她說：「一切都會好的，陳鷹，你別擔心。你好好過，我也好好過。」

陳鷹咳了咳，掩飾自己的表情。他們好不容易相聚，確實不該讓她看到他的負面情緒。

「五月七日是妳來這裡的一週年，那時我去接妳，到以前吃飯的餐廳慶祝一下，好嗎？」

米熙猶豫了一下，「到時再約吧，萬一有什麼事呢。」

陳鷹心裡不快，忍住了，又說：「妳別怪我了，我向妳保證，我會努力找到合適的時機公開，絕不會委屈妳。還有兩年時間，妳別自己嚇自己，只是我真的還需要時間。明年好不好？最快明年，等妳快二十了，我想事情會好處理些。到時妳的粉絲基礎也穩固了，大家對妳有良好的印象，也會有更多的明星和事件出來。大家的記性都不好，關注別的，早忘了妳過去的事。就算記得，也不會有太大的反應。那時候，我會找個時機公開我們在談戀愛，然後等妳滿二十歲我們就結婚。那時候妳來這裡三年的時間還沒到，一切都來得及。我保證，我保證一定做到。」

米熙靜靜聽著，看陳鷹眉頭又皺了起來，伸手幫他撫開。

她笑了笑，緊緊抱著他，「我相信你，陳鷹，我從來不懷疑你的心意。」

這天，米熙並沒有留下來跟陳鷹吃晚飯，但也沒拒絕陳鷹送她，送到離學校大門不遠的地方就停了車。米熙左右前後認真看了一圈，確定沒人注意，這才準備推門出去。這舉動讓陳鷹看得頗心酸，剛要說些什麼，卻見米熙猛地回頭，迅速在他臉上親了親，而後逃跑似的跑掉了。

她速度很快，嗖的一下沒了身影，陳鷹坐在車裡悵然若失。

這天晚上，米熙發了條簡訊給陳鷹，說五月七日還是不見他了，謝謝他記得她來到這世界的日子，但如果他們都把這天當成跟其他日子一樣的普通，她覺得會更好。

陳鷹沒回簡訊，他不知道能回什麼。說「好」他不樂意，反駁又無從說起。他什麼都不想做，躺在床上發呆，最後失眠了。他想著這一天裡的米熙，他許久未曾見到她了，每天只在網上看看她的遊戲視頻，不過米熙造型再漂亮，他都覺得沒有她素顏對他甜笑時來得好看。今天見她，卻覺得她似乎瘦了點，個子是不是高了點？

她今天抱孩子的時候哭了，他知道她為什麼哭。當時候他忽然想起她說過的話，她說她不是孩子了，她的年歲在她家鄉可以是兩個孩子的娘。她在家鄉時沒嫁出去，在這裡卻碰上他這麼個不能給她公開機會的臭男人。

她今天的話很多，現在回想起來，陳鷹覺得她是不是都意有所指。比如魏揚，之前追得那麼勤，誠懇得就差指天立誓，還為了表明決心辭掉了工作。如今不到一年，人家找到了新對象。其實他一直不喜歡魏揚，雖然這小男生很優秀。米熙知道，所以她大可不必告訴他那些。現在一想，也許她是想說，時間可以改變人的想法、感情，他陳鷹也會一樣？

她又提到秦雨飛和顧英傑，那一對更離譜，關她什麼事？但她說是因為她，所以她憂心。而他陳鷹也是因為她，所以她憂心？

再來那個什麼許哲安，她拒絕賺他的錢，是因為她看到那男人對她有意，而她不想跟那男人有什麼牽扯，不想因為工作跟他有更多的交集節外生枝，所以她拒絕他，就如同今天拒絕他一起

過一週年的紀念日。

是這樣嗎？他覺得是。可米熙又說過，說他想得太複雜。陳鷹在床上打了個滾，把臉埋在枕頭下。什麼話都是她說的，他這次真沒想複雜。這孩子最近心思重，他怎能不多想？那些媒體記者還損他說他城府深，他們真該看看這小傢伙，那才真是腹黑不露相。

陳鷹在床上又滾了兩圈，煩躁又焦慮，公事都沒讓他這麼擔心過。他是真的下定決心必須在三年內把公開的事情搞定，明年是第二年，他希望已經鋪墊好，找著好機會，實在沒機會那就後年年初。只是他心裡沒底，這個三年究竟是什麼概念，時間準不準？米熙的身體莫名出現的狀況究竟是怎麼回事？

陳鷹爬起來看錶，兩點多了，現在打給蘇小培不合適吧？主要是每次跟蘇小培提找月老的事她都說辦法。好吧，那就不找她了，他自己來。陳鷹把手機拿過來，在微博上發了一條消息：「月老，若你看到，請見我一面。」

第二天，陳家二少又上話題榜了。這次的主題是：夜半思春，跪求月老。

除了調侃陳鷹思春求姻緣之外，網友們還發了許多自己求月老的心願。有人說「夜半思春，跪求月老」，頭一次感覺到高富帥與窮屌絲的生活距離這麼近。又有人說，鷹哥，用不著月老，我來。還有大膽的女網友直接示愛，最後發展成各種求偶示愛段子漫天飛。

吳浩打電話給陳鷹，「老大，你還好吧？」

「你不用管，隨便他們鬧。」

居然這樣？吳浩撓頭。這亂七八糟的事弄得他也文青起來了。他忍不住打開自己的微博，也寫了一條：「你可曾見過月老？」

才過三秒，那微博下已有回覆，是他同部門的同事：「老大，別這樣，我嫁你！」

再過五秒，又多一條，還是同事：「老大，我願捨生取義！」

十多秒後，多了三條，同事和其他認識的朋友，全都表示別惦記月老，自己願為吳浩獻身。

然後半小時內，認識不認識的，逛到他這來的人都排上了隊形調侃他。

吳浩忍無可忍，再發一條微博：「那些表示要『捨生取義』、『獻身獻心』的好心人，你們有多遠滾多遠吧……」這條下面又一堆笑鬧的。

樓上辦公室裡，劉美芬正對著電腦螢幕笑出聲來，有個同事經過，問她怎麼了，她說沒事。等同事走了，她把那微博頁面再打開，猶豫了一下，在吳浩最新那一條微博下面發了個捂嘴笑的表情，然後關了頁面，一邊笑一邊繼續工作。

吳浩已經關了頁面，可工作得一直不專心，也不知怎麼了手癢，又上了微博，然後在一堆留言裡看到一個熟悉的名字。那名字什麼話都沒說，只發了一個笑臉。

靠！吳浩猛地跳了起來，她居然看他的微博！完了完了，太丟臉，刪了刪了！手快刪掉，他馬上又後悔，刪了豈不是顯得他心裡有鬼，又顯得他膽小沒氣勢？吳浩微瞇眼，凶狠地盯著螢幕。他前幾天食物中毒送醫，那女人明明貼心溫暖地來探望他，可他一出院她就不見了，現在還發笑臉來笑話他。

吳浩在微博上再發一條：太多人示愛，接待不過來，於是刪了，大家都矜持點。

這次他守在螢幕前等，等了一小時也沒見劉美芬留言。

吳浩忿忿，把頁面關掉。關掉了，腦子裡卻在想那句話：你可曾見過月老？

如果有月老，會幫他吧？要麼幫他搞定那個難搞的女人，要麼幫他忘了她，換個好搞的

女人。

地下車庫裡，月老2904號看著工作日誌，微笑地往嘴裡塞了一根棒棒糖，然後她若無其事地走著，走到吳浩車子後面，若無其事地給了他的輪胎兩刀，接著吮著她的棒棒糖，走了出去。

大樓外的街心公園，月老2238號正在寫工作日誌，月老3396號坐在他旁邊，他剛完成一件工作，在休息。月老2904號上來了，坐在長椅的另一頭。

「我說，陳鷹很不錯啊！」月老2904號說。那個尋找月老的微博在他們月老圈裡相當紅，人人都在說這事。

月老2238號抬頭看她一眼，笑笑，繼續低頭寫。

「他現在算負心人嗎？把他幹掉他能不能做月老啊？我看他很有潛質，發了條微博解決了多少癡男怨女的示愛難關。這幾天成了好幾對，大家都很開心，工作量少了。」

把他幹掉？月老2238號和月老3396號都傻眼。

月老2904號瞪他們，「我是開玩笑的，開玩笑懂嗎？一點幽默感都沒有。我這麼斯文，當然不可能做暴力的事。」

「那妳剛才幹麼去了？」

捅輪胎唄！才不告訴他們。

當晚下班時，吳浩發現自己輪胎被戳破了，還一下被戳破兩個。他去監控室調錄影查，卻什麼都沒查到，沒人靠近過他的車子。吳浩又惱火又高興，因為他看到劉美芬的車子還在，他打電話給她，讓她送他回家。劉美芬表示她在加班，會晚一點走。吳浩買了兩份晚餐上樓，劉美芬一臉驚訝和無奈，吳浩心裡暗爽。

也許，真有月老也說不定。

只是陳鷹那邊卻沒那麼順利，微博發出去，月老的影子沒見著，倒是好幾個想做月老的叔伯姨嬸找上門來，要幫他介紹對象。陳鷹很煩，心裡把月老罵了八百遍。

米熙也知道陳鷹發的微博，是同學告訴她的。自從做了廣告模特兒後，她就儘量不上網看八卦了，但陳鷹的這條微博她還是去看了。這微博居然這麼熱，她有些意外，但也覺得很溫暖，她知道他為什麼發，她竟然也期待起結果來。

可是一週、兩週、三週過去，月老始終沒出現。米熙失望了，嘆氣，覺得很無奈。

五月，米熙來這世界一週年。她沒跟陳鷹去慶祝，但陳鷹送了禮物給她，是一個很大的毛絨玩具熊，熊的胸口繡了一對紅心。這禮物看似普通，卻在細節上表明心意，米熙心裡既苦又甜。她開開心心地請了寢室的同學去吃飯，她想她對陳鷹的回報就是不能自悲自憐，她討厭做這樣的人。晚上，她在寢室裡用素描本畫畫，她畫了陳鷹。畫的是去年五月七日她掉到他車上時，第一次見到他的情形。他的車子她熟得不能再熟，他的樣子她熟得不能再熟。她感謝月老，把她送到了他身邊。

五月二十日，陳非與魏小寶的婚禮。米熙做伴娘，全程見證了陳非和魏小寶的幸福時刻。司儀喊新郎可以親吻新娘時，米熙下意識去尋找陳鷹，而陳鷹也在看她。兩個人目光一碰，相視一笑。只是笑完，各自回歸各自的生活裡。

陳鷹的生活就是工作。

巔峰經紀和藍天影業同時被爆出財務問題，有關部門已經介入調查。藍天影業準備開拍新電影的事被這次調查影響，只得延後，而領域要起訴他們抄襲一事他們也在努力斡旋，希望能跟領

域庭外和解。

媒體對此謹慎報導，圈中很多人在傳這次事件肯定是領域在後面搗鬼，陳遠清那老狐狸跟陳鷹這頭狼可不是吃素的。

又過一段日子，餅哥與凌熙然在夜店與朋友一起瘋的時候遇到臨檢，被查出服用搖頭丸等毒品而被捕，餅哥還被查出有販毒行為，群眾譁然。此案牽扯圈中眾多名人，人人自危，紛紛與凌熙然、餅哥撇清關係。

陳鷹作為凌熙然曾經的「緋聞男友」也被記者採訪，陳鷹趁機反問：「我被炒緋聞也不是一次兩次了，我就請問，我與凌熙然的所謂緋聞，有沒有人拍過或是見過我與她親密地在一起？我哪次緋聞是這樣沒有任何有力證據靠猜的？所有的風聲是怎麼出來的，大家推理能力這麼強，可以整理整理。我當時要是反駁爭辯那是幫了某人炒作的大忙，我不說話，但被噁心很久了。其實女生不論什麼年紀職業，最重要的是要自重自愛自強，希望某些人能夠明白這道理。」

這話一出，無疑是狠狠打了凌熙然一個耳光。因為吸毒被捕，她的形象名聲掃地，陳鷹這一巴掌打出去，得到了許多人叫好。有人又開始分析陳鷹的城府，這辯白解釋的時機多好，當初鬧緋聞的時候，凌熙然剛被領域賣掉，弱者姿態，眾人憐惜同情，陳鷹要是敢在那時候說這話，肯定被噴得狗血淋頭。

可現在，呵呵！

有人說是報應，有人說是報復，反正藍天影業一身屎，巔峰經紀惹身騷，都狼狽不堪。與他們有合作關係的，解約的解約，躲閃的躲閃，藍天影業終於沒了辦法，再次找領域談判。不過這次不是律師對律師，而是老闆對老闆。

藍天影業與陳遠清和陳鷹開了一下午的會，一週後，陳遠清找李展龍攤牌，說他已與藍天影業就抄襲事件達成了和解，並會公開對媒體宣布此事，以幫助藍天影業緩解近期出現的麻煩。

「然後呢？」李展龍不動聲色問。

「然後藍天影業交給我一些證據，證明當初你把劇本傳給他們，讓他們抄襲照拍快速運作，以毀掉我們領域的那部電影項目。你還多次將領域十拿九穩能拿下的資源轉給了藍天影業或其他公司以謀取個人利益，更別提你在藍天影業和巔峰經紀裡的投資，你是他們的大股東，這違反了當初我們簽的股權協議。」

李展龍不說話，但臉色鐵青。

陳遠清溫溫和和，繼續道：「我沒有別的選擇，要麼報警，我們撕破臉打個幾年官司，要麼我接收你的股份，你辭職離開。我們日後江湖再見，各憑本事。」

李展龍冷笑，「惦記著把我踢乾淨？我手裡的股份不少，你吃得下嗎？」

陳遠清微笑，「你賣得動我就買得下。」

李展龍愣了愣，又冷笑，「看來不是一時一會兒的準備了，你們倒是老謀深算，這麼辛苦挖坑，還把錢都準備好了。」

「託你的福。」

李展龍「哼」了一聲，不願再談，起身道：「我會找律師跟你們談。」就算他答應辭職，也要把尾巴收拾乾淨，以免留下後患。他走到門口，又回頭，「江湖再見？怕是到時你都退休了，各憑本事鬥一鬥的是陳鷹吧？你告訴那小子，等著瞧。」

陳遠清笑了笑，不理他。他沒告訴他，其實陳鷹在他來之前就說了：「你告訴那老頭，他出

了這門就趕緊找地方退休養老，別興風作浪，不然讓我生意場上撞到他，讓他等著瞧。」

陳遠清微笑著，想著有些事真要等著瞧，陳鷹小時候他可真是沒指望過他能接他的班，可是現在，他比他當年這個年紀時做得好太多了。

一下子除掉公司裡的老蛀蟲，陳鷹神清氣爽，而且好事一件接一件。電影《開始》後期完成，試映會得到業界一致好評，司徒導演也宣稱這是他近兩年來最得意的作品。電影還未上映，羅雅琴便成了炙手可熱的紅星，廣告和片約邀請紛至沓來，陳鷹為她成立了經紀小組，有經紀人、助理、造型師和司機。羅雅琴搬進大公寓，進入風光，她也不再似從前張狂，低調了許多。

陳鷹作為經紀人，只簽了兩個藝人，兩個藝人都很搶手。米熙那邊的廣告邀約很多，領域甚至有人提議讓米熙在《尋郎》電視劇裡演個配角，拉抬聲勢，但陳鷹拒絕了。米熙跟他約好，不拍戲，不應酬，不陪吃飯，不賣笑，只拍廣告。於是陳鷹只挑品牌不錯，與公司關係也不錯的廠商。只要不必穿奇怪的衣服和做奇怪的事，米熙都會答應。

於是，短短三四個月，廣告新秀米熙又拍了霜淇淋、洋芋片和洗髮精的廣告。

她的粉絲團人數越來越多，粉絲官方論壇也已建立，到處都有「米粒們」的身影。米粒們會吼叫，會打拳，會玩《尋郎》的遊戲。很多人留起烏黑長髮，然後喜歡學米熙穿衣的風格。

米熙每次工作都會遇到粉絲。她沒有架子，但她很冷場，蠢萌是大家對她的評語。她不愛上網，很低調，是大家對她的認識。有一次霜淇淋廠商做的活動，米熙去了。這是她第二次出席公眾活動。她老實地說因為有新口味的霜淇淋今天推出，她很想吃才來的。粉絲們為她捏一把冷汗，妳這麼不給廠商面子真的好嗎？然後主持人趕緊讓她唱幾句廣告歌，米熙就唱了。

唱完後全場鴉雀無聲。

太難聽了，五音不全，就這樣還能面不改色認真唱完，粉絲們呆了。

當天網上一片哭暈和笑暈在廁所裡的，米熙的同學爆料：「我問她了，妳蠢啊，幹麼唱，唱成這樣別說是我們寢室出去的！她答，因為收了錢出席活動，有責任配合主持人，她不知道我唱歌難聽。」

誰管主持人啊？粉絲們瘋了，紛紛留言提問題，寢室裡同學光幫米熙整理問題就忙成一團，米熙還真挑幾個回答了。比如最開心吃到新口味，幫大家擠霜淇淋超好玩。

那個大家知道。粉絲爆料，廠商只讓她擠幾個做做樣子，結果她擠完人家整個機器的霜淇淋，弄得現場變成甜筒大會，廠商還不好意思阻止她。

米熙驚訝，居然是這樣？同寢室的人全給她無奈臉看。

寢室同學也爆料，米熙回來拉肚子了。這條出來沒多久，廠商那邊在網路上回應，我們的產品很好，怎麼會拉肚子，米熙是不是吃了別的東西？同學嚇了一跳，覺得自己好像闖禍了，忙補救說不是因為霜淇淋，是因為她吃辣的東西。

可是米熙沒吃辣的東西，米熙坐在上鋪嘆氣，這時候手機響了，她一看，居然是陳鷹。

「妳拉肚子了？」陳鷹凶巴巴。

「沒事，就拉了一回，現在肚子也不疼了。」

陳鷹不說話，頓了幾秒又凶巴巴，「這麼晚還不睡，誰在發帖子？」

「睡了睡了，我們睡了。」米熙對大家拚命使眼色，於是這晚的「民間自發訪談」結束。

陳鷹盯著螢幕上「被經紀人說了，我們都滾去睡覺」的字樣嘆氣，這幫小鬼！

但也虧得這些鐵桿粉絲同學，米熙現在形象很好。雖然依陳鷹的標準來看，米熙第二次出席

活動依然是不及格，可號稱聽完米熙唱歌就成了她的粉的人多了，喜歡她真實不做作的人多了，為她說話的人多了，但陳鷹知道，這只是開始。他還需要時間，米熙還需要更多的機會，才能打下牢固的基礎。而且說實話，這些對保護米熙管用不管用他不能肯定，人紅是非多這個道理他太懂了，粉絲能捧你就能踩你，所以他一定要小心處理。

米熙現在離他遠了，他卻感覺似乎更愛她。他像個粉絲一樣天天關注著她的消息，盼著她的同學多說說她的事，又希望她的同學能低調些，讓米熙的日子能好過點。

米熙其實還沒睡，她睡不著，在床上畫素描畫。她畫一個大籠子，陳鷹站在籠子裡與老虎獅子們對峙著，而她一身古裝，拿著長槍，站在陳鷹身邊。她把自己畫得淺淺的，這表示她是隱形的，陳鷹沒看到。

第七章

滿城紅衣綴成十里紅妝

八月初舉辦了《開始》的首映會，有記者趁機問陳鷹：「這麼久了，月老出現了嗎？」

陳鷹知道這又是在問他感情問題，他答：「沒有。」

可那人不滿意，挑明問：「所以還是沒有女朋友嗎？網上可是出現了一陣表白風潮喔！」

陳鷹有些不耐煩，仍笑著答：「我想我以後定期在網路上公告感情進度好了，省得大家浪費這麼寶貴的提問機會。」

假期沒回家的同學看了網路上的報導，問米熙：「為什麼記者不問妳這問題呢？」

旁邊有同學答：「因為米熙年紀小，叔卻老了。」

「他才不老！」米熙生氣了。他才三十而已，哪裡老？才三十，馬上就要三十了，他的生日就要到了，而她不知道送什麼好，或者，什麼都不送更好？

米熙煩亂地跑出宿舍，想起當初陳鷹心情不好她陪他晚上去跑步，她現在也很想跑步。她跑到了足球場，沿著跑道跑啊跑，腦子裡一會兒是陳鷹一會兒是月老。陳鷹說，妳等著我。月老說，就算是悲劇也要有溫暖向上的劇情。

她覺得她就是這樣做的，她沒有不等陳鷹，反正她哪裡都去不了，她也不喜歡別人。她沒有向悲劇低頭，她過得很好，她學會很多東西，有了不少朋友，她努力工作，還掙了錢自己付學費，自己能養活自己，很溫暖向上。

她只是覺得有些害怕……

忽然一陣天旋地轉，米熙腳一軟，摔倒在地，暈了過去。

米熙醒過來的時候發現自己在保健室裡，值班老師在她床邊。

米熙皺皺眉頭，想起發生的事。她拉住那老師，對她說：「別告訴我家裡。」

老師一臉驚訝無辜，「可我剛打完電話給妳叔叔。」

「……」

陳鷹很快趕來了。米熙聽到他的聲音在外面，還有那位老師的聲音，說什麼應該是中暑。過了一會兒陳鷹進來，盯著她看半天，米熙有些心虛，「我沒事，可能是跑太急了。」

陳鷹不說話，直接把她帶去醫院。按他的要求，醫院為她做了全面細緻的檢查。檢查結果是，她身體很好，什麼問題都沒有。陳鷹聽完不喜，反而臉色鐵青。

米熙終於知道她在害怕什麼了。

她的時間，真的有三年嗎？

陳鷹沒讓米熙回學校，他要求米熙住院兩天，把所有能檢查的項目又全部做了一遍，第三天檢查報告出來，米熙的身體很健康。

陳鷹把檢查報告仔仔細細研究了一遍，臉色黑得讓醫生直冒冷汗，難道健康不好嗎？

陳鷹把米熙帶回陳家大宅，他自己也搬回來。「還是一起住吧。」他這樣說。米熙笑著答應。

他們都沒再說她中暑昏倒的事，雖然那天沒什麼太陽。也沒再提大姨媽的問題，反正一直沒來，米熙已經死心。其實檢查結果說她很健康這事並不出乎她的意料，但這樣她更害怕了。

在醫院閒逛的時候，她遇到一個二十多歲的女生，四年前檢查出腫瘤，醫生原本說好好治療至少能活十年，結果她這兩年也不知怎麼地突然惡化，現在情況很危險。那女生問米熙是什麼病，米熙說沒病。女生笑笑，說那就好，要好好保重身體。

米熙很難過。她想起月老說她有三年，這三年的意思是不是也是樂觀估計？現在一年多過去

了，她的姻緣堪憂，紅線肯定也知道了，所以，她的時間縮短了，根本沒有三年？

米熙心很慌，雖然之前覺得自己已經想通，能看淡生死，能接受今生再次悲劇，可是真正擺在眼前，她卻又害怕了。她不在了，陳鷹怎麼辦？他會難過的。米熙想到這裡就很心痛。他不但難過，他肯定還會自責，可她不怪他，她明白他的處境和顧慮，她只是無奈罷了，就跟他一樣。

米熙不知道能怎麼辦，既然身體什麼問題都沒有，她也無從治療，休養好像也可笑，明明她這麼精神抖擻，好吃好睡。米熙只能笑，對爺爺奶奶笑，對陳鷹笑，她要顯得過得很開心。

陳鷹每天忙碌，週末也要加班，但他還是儘量早回家，寧可把工作帶回來忙。他沒說什麼，沒埋怨米熙莫名其妙生病，沒憂愁日後怎麼辦，他就是很正常上班下班工作回家。米熙知道，他想跟自己多相處，他跟她一樣。只是他仍是理智的，這從他帶她回大宅住就知道，顧慮仍在，現實情況仍一樣，所以就算想過兩人世界，他也不敢帶她回他的住所。

米熙不介意，她希望陳鷹能知道她真的不介意，可她不能總是反覆強調，那樣反而顯得她言不由衷，意有所指。她想她應該放鬆些，別糾纏這話題，這樣更好。

米熙現在放假，每天會跟丁嫂一起做晚餐，做陳鷹喜歡吃的菜。晚上陳鷹在房間裡辦公，她就在旁邊畫畫。她偷偷畫了好幾張陳鷹的圖，有他皺眉頭深思的樣子，有他抬眼含笑看她的樣子，還有他撫額發呆的樣子……

她還畫了她的爹娘弟妹給他看，「這是我爹爹，他的官服是這般的，鎧甲是這般的。這是我娘，這是我弟弟，是個調皮鬼。這是我妹妹，最是乖巧。我住的院子是這樣的，呃……我竟然不太記得這池子旁邊有沒有路了。」她嘮嘮叨叨，跟陳鷹回憶她從前的生活。

陳鷹想看看她本子裡的其他畫，被她拒絕了。「小氣鬼！」他抱怨。她皺鼻子，就不讓

他看。

米熙低頭繼續畫，畫著畫著，眼角餘光感覺到什麼，她悄悄抬眼，捕捉到陳鷹發呆看她的目光。她趕緊裝著看向另一邊，陳鷹也裝沉思狀，沒兩秒移開視線。米熙沒心思畫她家鄉的宅子了，她忍不住偷看陳鷹，她真想知道他在想什麼。她要是會法術就好了，那樣她走之前就要向陳鷹施法，讓他不難過痛苦。

米熙翻開畫本的新一頁，又開始畫陳鷹。她畫陳鷹坐在書房裡辦公，他臉上帶著笑，她坐在旁邊的椅子上，淺淺的身影，表示她並不在。她畫陳鷹在高台上說話，臉上帶著笑，台下很多人為他鼓掌，她站在旁邊看他，淺淺的身影，表示她並不在。她畫陳鷹在家裡的廚房，有個女人站他身旁，他臉上帶著笑，她站在廚房外，幾不可見的身影……

表示，她並不在。

米熙忍不住抱著畫本跑回房間，進門的剎那眼淚奪眶而出。她想幸好她跑得快，沒讓陳鷹見到她難過的樣子。米熙鎖了門，躲進被子裡堵著嘴流眼淚。

這天晚上，米熙發燒了。她半夜醒過來的時候覺得頭昏沉，口很渴，竟是渴醒的。她覺得眼睛發熱，吐出來的氣都是熱的，腦袋重得隱隱作痛。經驗告訴她，她又發燒了。米熙不敢驚動別人，她輕手輕腳下了床，想到一樓倒水。她房間裡有退燒藥，她偷偷吃了一顆，明天早上肯定就好了。

米熙看了看錶，已是半夜兩點多。她小心翼翼打開房門，踮著腳走出去。經過陳鷹房門口的時候，聽見裡面有說話的聲音，她忍不住停下來偷聽。

陳鷹似乎是在打電話，因為只有他一個人的聲音。一開始聲音有點小，米熙聽不太清楚，可

沒過一會兒，他激動起來，音量提高了。

「程江翌，你說得倒輕鬆！我告訴你，我做不到！當初蘇小培消失了，你過得好嗎？你好個屁！騙鬼呢！我不用猜就知道你好個屁！我是找你想辦法的，不是讓你給我這種沒用又無聊的安慰，我不需要安慰……鼓勵？鼓勵我他媽的也不需要，我只要見月老！他不能這樣把米熙送到我身邊又把她帶走，我不接受！一定有辦法的，一定有辦法找到他，他肯定知道問題出在哪裡，肯定知道要怎樣才能把米熙留下！」

陳鷹的聲音沙啞，透著惱火的情緒：「怎麼會沒問題？好端端的一個人，健康得不得了，結果一會兒病一會兒不病，不是你老婆你當然覺得沒問題……我想怎樣？我還能怎樣？我不知道能怎樣所以才找你！我只是想見月老，這個要求不過分！當初是你們把米熙丟給我的，記得嗎？是你打電話給我說有個叫月老的傢伙會找我，會交給我一個小丫頭，記得嗎？你當然有責任！當初丟人給我的時候你們那麼痛快，現在我愛上她了，我想娶她當老婆，結果你們給我失蹤……好，你沒失蹤，那個該死的月老失蹤！總之，程江翌，我絕不接受，我不可能接受紅線綁不上這種事！我們明明相愛，我要見到月老，你一定有辦法！」

米熙聽不下去了，她早已站不住蹲了下來，捂著嘴防止自己哭出聲音來。她爬回房間，摸回床上哭。原來紅線沒綁上，竟然沒綁上？難怪她的身體會這樣，那她真的沒機會了！她不可能喜歡別的男人，紅線綁不上陳鷹，那她還有什麼指望？

米熙哭得昏沉，頭更痛。她不敢再出門，就用水龍頭的水吞了一顆退燒藥，然後她抱著娘親的牌位睡。

「娘親，我真後悔，我不應該答應做他的女朋友，不應該答應跟他的婚事，如今我連累了

他，我真後悔，都怪我……」

可世上沒有後悔藥吃，米熙知道，她沒辦法。她覺得月老先生不會出現的，因為他也沒辦法。如果有，他就不會只開導安慰她，卻不直接跟她說這事。

第二天起床，米熙裝作什麼都不知道。陳鷹當然也一副什麼都沒發生的樣子，那個半夜打電話找人吵架的也不知是誰。但他早飯沒吃兩口就趕緊走了，米熙心想他演戲一定很累，怕露餡兒。

米熙原本是打算在她消失前就一直住在這裡，每天都能見到陳鷹，陪著他，但經過昨晚，她改變主意了，還是按最初的想法吧，她去學校住，反正快開學了。陳鷹還是自己過，時間久了，他肯定就會習慣。時間是最好的良藥，他會像魏揚一樣，找個新女朋友，開開心心地過日子。

幾天之後，米熙搬回學校。回學校之前，她去找程江翌。

「是這樣的，程叔叔，你也知道我跟陳鷹的情況。」

程江翌不動聲色，心想他什麼都不知道，就是半夜被電話吵醒，被人痛罵了一頓。他也沒辦法，真的，他只是依他的經驗，相信月老罷了。那月老2238號雖然看起來很不靠譜，神神叨叨，但卻是個認真負責的月老，他相信他不會任由這對有情人悲劇的。他跟蘇小培這麼艱難最後都成功了，難道還有人能搶走他們「天下第一難」情侶稱號？

米熙繼續說：「我的時間也許不多了，我在這裡幸得許多親人和朋友的照顧愛護，我感恩在心。若我去了，旁的也沒什麼牽掛，就是陳鷹讓我放心不下。我是想著，請程叔叔費點心，多照顧照顧陳鷹。」

程江翌的臉垮下來，才多大的孩子就知道要託孤了。

「米熙，妳怎麼不想著讓妳陳鷹叔叔多照顧照顧我呢？」

「程叔叔這不還有蘇嬸嬸關心嗎？」

那你家陳鷹也有很多親人關心啊，這怎麼算？程江翌有吃悶虧的感覺。

米熙又說：「其實也不只是我走後，到時就怕來不及。我會搬回學校住，還跟從前一樣，讓自己忙起來。人一忙，就沒空多想。陳鷹呢，忙是忙，但他太忙了，這樣也不好。程叔叔，你們空了多約他出來坐坐聊聊，開導開導，聚會的時候還可以請些女性友人，讓他多交些朋友。這樣，也許……我走的時候，他便不會太難過了。」

程江翌說不出話，託孤就算了，還拜託他幫著陳鷹移情別戀？程江翌長嘆一聲，「米熙，妳家那個，我是說……好吧。」想勸她別想太多的話，在看到她認真的表情時終於嚥了回去。他懂她的心，懂陳鷹的心，當初他與蘇小培絕望之時，也是在等待那個未知的永別時刻。表面雲淡風輕，其實內心的焦灼痛苦有誰知道？甚至自己都感覺不到。人絕望起來，可是強到連自己都能騙過。

可是她家那隻真的脾氣不太好，到時又半夜找他發脾氣怎麼辦？他現在要照顧老婆又要照顧孩子，也很累啊！程江翌忍不住又嘆氣，「米熙，妳太偏心了，光心疼陳鷹了。」他調侃她。

米熙漲紅了臉，雖然很不好意思，還是撐著臉皮說：「這輩子有個值得讓你偏心的人，總是好的，比沒有強。」何況這輩子時間那麼短……

米熙把事情交代好，覺得輕鬆了些。她回到學校，同學有些驚訝，「妳又搬回來了。」

米熙點點頭，搬回來好，搬回來見不到面，會好一點。可是這次要壓住情緒比較難，米熙自制力有些失敗。她很想陳鷹，非常非常想，她還想像她走了之後陳鷹的各種可能情況。他難過，她會傷心。他不難過，她更傷心。他找了新女朋友她傷心，他不找新女朋友……嗯，她對自己說那是不可能的。男人啊，怎麼可能不找。她都不在了，他怎麼可能不找？

米熙萎靡不振，發呆走神。真是糟糕，明明上次隔離效果很好，怎麼這次不太成功？

她這邊不成功，陳鷹那邊更糟。她回學校住，他生氣了。這次生氣不是生悶氣不理她，而是一個電話打過來訓了她一小時，訓得米熙拿手機的手都累，耳朵也發燙，不知手機會不會壞掉，但米熙不敢掛電話。她聽著陳鷹從她剛到這世界開始算起，算她這沒心肝的欠了他多少。算他對她有多好，就算他不樂意，可她要什麼就給什麼。她說不嫁就不嫁，她說想拍廣告他就捧她，總之，他就是個二十四孝叔兼不被關懷的男友，然後現在她這沒心肝的說走就走，毫不留戀。

米熙試著想解釋，被他吼：「我問妳問題了嗎？讓妳說話了嗎？妳讓我說完！」好好，你繼續說。結果說個沒完沒了，最後米熙哄他：「都是我不好，你消消氣。」

「我生氣了嗎？我一點都不氣！」

那他現在在幹麼呢？米熙只好又哄：「那……我週末回去好了。」

「有誰逼妳回來嗎？」

「……」

談判破裂，米熙無奈，也不知他究竟想怎樣。結果第二天，她收到快遞來的包裹，署名是宋林，但米熙一看裡面的零食和新衣服，她就知道包裹是陳鷹送的。米熙又感動了，發簡訊跟他說謝謝，結果他又打電話過來審她今天吃了什麼。

接下來的日子，米熙和陳鷹是這樣過的。他狂花錢買禮物給米熙，小到髮飾大到行李箱。髮飾是鑲鑽的，行李箱是名牌的，還有最新款手機、筆記型電腦、護膚品、鞋子、帽子等等。

米熙心疼人也心疼錢，沒辦法，每次都只能在週末把東西往陳家大宅搬。

宋林很驚訝，「別的就算了，行李箱是怎麼回事？」

米熙裝傻，其實她知道陳鷹這是在罵她。要走是吧，買行李箱給妳！

陳鷹不但購物病發作，黏人病也發作。不見面是吧，不見面就電話。每天十來通，幾點起床的、早飯吃了什麼、上課怎麼樣、午飯吃了什麼……弄得米熙頭疼，上廁所要不要也報告一下？

米熙開始求支援。她打電話給呂祕書，呂祕書說，最近陳總吃了炸藥，不敢問，他讓做什麼就做什麼。打電話給程江翌，他說，米熙，我有老婆孩子要養，孩子還這麼小，妳真的忍心嗎？打電話給陳非，陳非說，米熙我剛新婚。打電話給吳浩，吳浩說，開玩笑，老大最近是火炮，一點就著，不點還著，我已經很聰明地躲著了。

米熙把能找的人都找了，其實她也不想他們幹麼，就是想有人多陪陪陳鷹，開解開解他，讓他別再生氣。米熙知道陳鷹有多忙，《開始》成績大好，口碑票房雙贏，美國那邊的合作在進行中，還有《尋郎》的專案、《開始》準備各電影獎項的參選，還有羅雅琴的工作安排、她這邊的工作……好吧，她這邊的工作沒什麼，但領域那邊除了這些，另有許許多多瑣事。她還聽呂祕書說，他把公司裡的蛀蟲對手擠了出去，打擊了抄襲他們領域電影的公司，那兩邊都是一夥的，現在都在暗地裡想要給領域下絆子，給陳鷹難看。

米熙很心疼，都這樣了，他還中邪似的生她什麼氣呢？

她自責，都怪她不好。她答應做他女朋友，卻不答應嫁給他。她答應跟他回家好好相處，轉頭又跑掉。她想好了疏遠冷淡，可是放不開。她不喜歡這樣的自己，她寧可敵人殺到跟前了拚個你死我活來得痛快，也不想像現在這樣磨磨嘰嘰的討人厭。

她甚至想，要不，她別堅持什麼了。她嫁給他，就算紅線綁不上也嫁，就算藏著掖著也嫁。她都要死了，她還計較什麼？爹娘會諒解的。她不為成親嫁他，就當死前一償所願。起碼在這段日子，陳鷹會開心一點。可是，嫁完她就死了，那她把身子給他又有何用？兩人感情更深，她不在了，他豈不是更難過？

米熙，妳又來了，妳真討厭，決心要做什麼就好好做，一會兒這樣一會兒那樣，太討厭了！

這天，米熙接到吳浩的電話，他說陳鷹那傢伙最近工作狀態非常不好，精神不集中，老是出錯，開會居然會失神，請款單還簽錯，犯下大錯，最後還是陳遠清看了一眼攔下來，這事從陳鷹到財務部全都得重罰。

米熙聽得心裡一擰。吳浩又說陳鷹最近談一個案子，也不知在牛脾氣什麼，明明還過得去的條件，他非強硬打壓對方，鬧得對方最後跟他們的對手公司合作了。

「那……」米熙有些著急，陳鷹這樣就像她爹打了敗仗一樣嚴重啊！

「我就是跟妳說一聲，也沒什麼。」吳浩招呼幾句，掛了電話。

米熙坐不住了，她雖有優柔寡斷的毛病，但遇上這種病是絕對不能忍的，她真是太心疼了。

她又搬回陳家大宅，陳遠清和宋林沒說什麼，陳鷹卻故意地挑眉說：「喲，這搬家有癮啊！」

米熙不理他，她現在已經很能適應她家陳鷹發神經了。一會兒說話不中聽，一會兒恨不得灌一肚子蜜糖。她把行李搬回房間，陳鷹跟著上來。

「還收拾什麼？不用收拾了，說不定明天妳又決定回去了，反正妳行李箱多，這次搬這個，下次還能搬那個。」

米熙白他一眼，把東西收拾好，然後告訴陳鷹，他不可以再這樣下去了。

「怎樣？」

「我都聽說了，你工作表現很不好。」米熙皺眉頭訓他。

「是嗎？」陳鷹明知故問。是他盯著吳浩打電話的，他當然知道「她都聽說了」。

「所以我們得解決一下。」

「對。」現在她主動回來，他可以不跟她計較，不然她再嘰嘰歪歪，他就打算採取行動了。

「嗯，所以，你讓呂姊幫我辦簽證吧。」

陳鷹一愣，表情很奇怪，「妳知道？」

「知道什麼？」

陳鷹閉了嘴，想想又問：「辦簽證做什麼？」

「就是我要跟你去美國。當然，等你有空的時候再去。」

「去美國幹麼？」

米熙瞪他。陳鷹懂了，居然是……

陳鷹的心狂跳，開始轉圈。

「可是時機還沒到，我這邊的對手現在盯我很緊，盯領域很緊，我剛把他們拉下馬，他們卯足了勁準備整我。妳沒看妳最近的粉絲論壇帖子和網路上的討論風向不對嗎？廠商那邊想要妳出席活動我都推掉了。最近真的不合適，起碼半年內不合適。一旦知道妳我的關係，他們一定會對付妳的。」

陳鷹皺了眉頭，這是自上次美國歸來後，米熙第一次跟他提出明確的要求。

他想滿足她，他真的想，可是……

「我又沒說要公開。」米熙的話讓陳鷹愣住，他呆呆的樣子讓米熙想笑，但她忍住了，「我們就按你說的辦好了，反正……」反正她也許撐不了多久就會去了這樣的話她說不出口，只得改口道：「反正都一樣。」

「什麼都一樣？」

「就是……結果都一樣。」米熙小小聲。

陳鷹眉頭皺更緊。米熙走過去，抱著他的腰，「不過，先說好了，我走的時候，你不可以難過，不可以教我心痛，你要好好地過。我允許你再娶，可是你不要到我墳前來告訴我她對多好，你對她多好，我只要知道你過得好就行。如果你答應我，我就答應你。」

「妳不是說，如果結婚跟作賊一樣，那就不必結？」

「情況有變，我們做的事自然也是要變化的。這叫……嗯，與時俱進。」米熙傻笑，其實心裡很忐忑。陳鷹怎麼沒有興奮的樣子，明明他很想結婚的，難道他也「有變」？可他黏人病犯得很厲害，難道會不想結婚？

米熙微瞇了眼，如果他說不結，她就給他一拳。

米熙的眼神有點凶狠，陳鷹把之前想說的話嚥了回去。

其實，他也有他的計畫。他最近真的表現糟糕，他知道這樣不行，他打算帶米熙出國一段時間，換個環境，他們都好好沉澱一下。至於沉澱之後怎麼辦，他還沒想好。他只是覺得米熙躲著他絕對不行，他得換一個地方，換一個氣氛，把道理跟她說明白。事情沒到最後一步，怎麼就認輸了呢？他們不在一起，紅線哪有機會綁上？她躲他，實在是大錯特錯。

相反的，現在這種時候，他們更應該抓緊時間在一起。如果真心有用，紅線說不定就能綁上。她躲他，她不要他了，自己跑一邊等死，那豈不是就真的輸定了？

他是不會認輸的，不到最後一刻，絕不認輸。

只是他沒想到，米熙突然說要嫁他了。她不像他這麼投機，他那時要娶她，跟她偷偷註冊結婚，是為了要綁住紅線。他們相愛，但月老說紅線綁不上，所以他覺得必須再做點什麼確保這件事能成功。結婚、上床，雖然月老說這些沒幫助，但他覺得起碼要試一試。肉體關係能加深感情，一紙契約能牢固關係，這是有絕對道理的，怎麼能說對綁紅線沒幫助？所以他要試一試。

結果，米熙拒絕了。她居然拒絕，這不在他的意料範圍之內。她單純又保守，她人生最大的目標就是結婚，而她愛他，所以他完全沒料到她會拒絕。她拒絕了，他苦苦沉思，最近終於覺得月老的話是有根據的。

也許他們的感情沒有成熟到可以上床，也許他們的關係沒有牢固到可以結婚。雖然他們自我感覺良好，但是，此路不通。

現在米熙說要嫁他，她說反正結果是一樣的。對她來說，最後終究是會離開。她的鬥志沒有他這麼強，她也不會拿婚姻作為達成目標的手段。對她來說，結婚，只是為了他而已。她覺得這是他想要的，她就給他，但她又說如果日後她走了，他不能太難過。

好了，你不要鬧，我都答應了，但你也要答應我。就是這種哄孩子的心態？她全是為了他，只是為了他而已。她願意嫁他，不要公開，不要十里紅妝，不要八抬大轎，默默地嫁給他！

陳鷹愣了好一會兒，愣到米熙開始摩拳擦掌，揉拳頭給他看，然後他笑了。

他沒有不願意，他當然願意，他又不是她。他大笑，把她抱進懷裡，他當然願意娶她，他還

是投機的，他願意賭一賭，說不定結婚上床會有幫助呢？米熙先前動不動就丟下他，大概就是對他信心不足的表現，結了婚，也許就不一樣了。

雖然……陳鷹閉了閉眼，把米熙抱緊。

雖然她含著淚說「如果我們成親要像作賊一樣，如此這般……」的樣子印在他的腦海。雖然他時不時就會想起她說「對不起，我不能嫁給你」。雖然他覺得對這事他真的真的很抱歉，但又每次都說服自己他也是無可奈何，時間久了米熙就會懂的。

雖然……

也許正是因為這樣，所以陳鷹這次準備結婚，並沒有上次那麼興奮。

但米熙很興奮，她問陳鷹大概什麼時候有空去，她說她隨時可以，跟學校請假就好。她又說這次她一定要挑好看的衣服，上次準備得不夠好。然後她提醒他，戒指已經有了，不用再買。

陳鷹失笑，被米熙瞪了，「是誰之前一個勁兒亂買東西亂花錢的？」

「心情不好血拚又不是女人的專利。」

「那你買你自己的東西，為什麼要寄一大堆到學校來？同學們看到我也會很為難的好嗎？又不能說真相，說謊最難受了！」米熙撇著小臉，逮著機會訓他。

「說謊最難受了」這句話在陳鷹心頭劃過，他笑笑，刻意將它忽略，「好了，妳不住學校就用不著收這個收那個了。」他確實是故意的。

「都這年歲了，還這般幼稚！」米熙還要說他兩句才舒服。

「說誰呢？我什麼年歲？明明身強體壯！」陳鷹瞪她，在她抿嘴笑的時候把她抱進懷裡，小聲問：「妳介不介意婚前就讓我……呃，證明一下。」

「證明什麼？」米熙眼睛黑潤圓亮，眼神乾淨得讓陳鷹有些害羞了。

「我是說……我婚前可以去做健康檢查給妳看。」

米熙哈哈笑，「不用！不過，我還是有個要求希望你能答應。」

「什麼？」

「我想要一個新娘子的紅蓋頭，還想要一對紅燭。還有，去美國成親，我要帶上我爹娘弟妹的牌位。」她頓了頓，小心翼翼看他，「可以嗎？」

陳鷹心裡頓時湧上說不清道不明的情緒。他竟然讓她如此卑微，只是想要一個新娘子和紅蓋頭，只是想要一對紅燭。

陳鷹很難過。

「如果我們成親要像作賊一樣，如此這般……對不起，我不能嫁給你。」

這句話又在陳鷹耳邊響起。

「好啊，蓋頭、紅燭，沒問題。」陳鷹笑著答應。她說過她盼著十里紅妝、八抬大轎，她的相公騎著高頭大馬來迎她，可如今她只要求一個蓋頭、一對紅燭。

「我愛妳，米熙，很愛很愛妳。」他虧欠她，他覺得很難過。

陳鷹與米熙要結婚的事就這樣定下來了。

兩個人達成共識，不對外宣布這事，誰也不說，除了米熙的爹娘。

那天，米熙拉著陳鷹跪在她爹娘牌位前宣布婚事。米熙說了很多話，她解釋了這件事，說了自己的心情。她的想法跟陳鷹猜的一樣，陳鷹並不為自己的「神機妙算」高興。在米熙反覆解釋為什麼不能公開，而她並不介意，也請求爹娘原諒時，陳鷹差點跪不住了。

他覺得沒臉，雖然他依然認為自己沒做錯什麼，但他還是覺得沒臉。在米熙說完之後，他強撐著臉皮也說了幾句，他說這委屈是暫時的，他保證在明年底之前，一定找個適當的時機公開他們的戀情，不會讓米熙沒名沒分下去。

米熙對他微笑，陳鷹卻知道如今米熙已經不在乎了，因為她對自己能否在這世上停留太久沒有信心。他也沒信心，只是他不甘心。他已經讓程江翌在《尋郎》遊戲中做了個「尋找月老」的活動，如果他的微博月老看不到，那《尋郎》遊戲是他同意使用月老這個身分角色的，他應該會關注到。

他想盡一切辦法把消息不動聲色散發出去，他一定要見到月老。他不信剩下的一年多這月老還能憋著不見他。他每天晚上在心裡念叨要見他，快要念成咒了。如果月老真是神仙，肯定也該感應到，不然他不會放過他的，他發誓。

只是雖然他沒找到月老，卻夢到了他。最近他總是多夢，他想也許是他心思太重。夢裡是他要跟米熙結婚，他發喜帖給月老，結果月老笑了，「如果上床有用，那這世上怎麼會有那麼多結不成婚的？如果結婚有用，又怎麼會有那麼多離婚的？」

陳鷹氣得大罵：「你說過的話用不著他媽的一再重複！老子就要結婚，就相信它管用！」

陳鷹夢中醒來，還氣得心肝疼。該死的月老，該死的2238號！

陳鷹的工作狀態終於恢復正常，不過也因為之前頻頻犯錯，受了陳遠清好一陣冷臉。米熙心虛，不敢幫他說話。陳鷹安排工作，要擠出時間帶米熙去美國登記。結果一算之下，還是年底或明年初最合適，因為他想多安排幾天假，帶米熙去度蜜月。只要不在國內，他們就能好好玩。米熙受了委屈，他想補償她。

最後兩人一合計，那還是一月好了，那時候也要寒假了，米熙這邊也方便。

米熙倒也不著急，成這個親是為了陳鷹，在她走之前兩個人能開開心心就好。一月就一月，她覺得很好，她已經開始期待。她要好好學英語，要看旅遊資訊。陳鷹說時間足夠，可以帶她去幾個國家，讓她隨便挑。

米熙覺得事到如今，她幸福美滿，別無所求，只盼著紅線能多給她一些時間，讓她能撐到明年，讓她多做幾天陳夫人。雖然她有遺憾，但她覺得忽略掉也沒關係。在生離死別面前，那些真的不再重要。

這時候，米熙遇到了一件事，一件讓她覺得很重要，可以告別遺憾的事。

事情源於秦雨飛。

秦家的企業永凱有個扶助貧困山區孩子上學的慈善專案，年底前要辦一個慈善募款活動。秦雨飛負責企劃，她列了幾項活動，又找了些嘉賓人選，然後開始奔走，尋求各方捐款支持。

慈善音樂會是她之前做過的，駕輕就熟，今年仍會保留。那些合作企業、富家子弟，她也全都招呼了，大家可以一起聚聚，搞個舞會玩玩，又能捐款做善事留個好名聲，所以大家都沒拒絕。

秦雨飛也想到了米熙。米熙現在算是名人了，雖然她很低調，但她是青少年偶像，有很多年輕粉絲，而且依她跟陳家的關係，很容易搞定領域和陳非的公司，應該能幫她宣傳活動。

於是，秦雨飛來找米熙。米熙一聽要做善事，當然有興趣。她認真算她的小帳能捐多少錢，也不能全給，她還要交學費留生活費，以及逢年過節買禮物的錢。

「行了，妳別算了。」秦雨飛阻止她，「妳能有多少錢？做這事嘛，不是靠個人，是要團結

大家。妳量力而行，捐一點就好，呃……不過也不能太少，捐得少了，別人會說閒話，到時記者和網民又開始嘰嘰歪歪。妳別自己拿主意，要捐的話，找陳鷹幫妳評估，因為妳的情況我也不是很了解。主要就是想借妳的名來幫我造勢，順便出席活動。」

米熙很吃驚，「怎麼做善事還要被人嘰歪嗎？」

「會啊！」秦雨飛為她掃盲，「人家開門做生意，要養員工，有營運成本，捐多了吃虧，捐少了被人笑話。名人這邊呢，一有什麼情況就會遇到不少來募捐的，所以很多時候不能默默捐，不然有人來募捐，妳不捐不行，捐少了不行，不然就等著看大家風言風語，可是捐太多又怕扛不住，所以捐多少、怎麼捐、在哪裡捐、什麼時候捐都要考慮。倒不是我們沒善心，只是這社會就是這樣現實。如果是我們個人私底下捐，倒是沒事。」

米熙認真一想，是這個道理。她嘆氣，點點頭。她真不喜歡這樣，於是不服氣地說：「如果我沒錢捐，有人拿這個來說我，我就告訴他沒錢。哼，我還得留學費、生活費和零用錢呢！」

「哈！」秦雨飛揉她腦袋，「妳這應對水準不行啊！陳鷹這麼精明，怎麼不教教妳？」

「這沒法教。」米熙接過秦雨飛遞來的資料仔細看，上面有寫捐助的對象和活動宗旨。

「我們建了十三所學校了，妳看，有操場、教室、餐廳，還請了老師。這些孩子很苦的，每天天不亮就起床，走十多里山路，翻兩座山，鞋子都是破的。他們交不起學費，吃不飽。有些孩子家裡送他們上學是因為到了學校能吃一頓飯。妳看這個……」秦雨飛一邊翻一邊解釋：「這三個學校最艱苦，也有些學校好一點。我們的專案分幾部分，有建校舍的，有負擔學雜費的。另有一些名額是給特別想念書，家裡又能讓他們走出大山的孩子，我們資助他們一直念到大學，前提是他們的成績達到標準。還有這些照片，這些也是我們辦的活動，讓孩子們進城走一走，長長見

識，看看外面的世界。」

米熙看著，眼眶一下子熱了。「妳讓我做什麼，我都可以做，我想幫他們。」按編好的謊話，她可不就是山裡出來的孩子嗎？她這麼幸運，有陳家有陳鷹照顧，那些孩子卻連飯都吃不飽。

秦雨飛給她看後面的資料，「有音樂會、義賣會，還有一個兒童畫展、一個舊書捐贈活動。這個是明信片送祝福，我朋友提議辦慈善馬拉松，不過我覺得還不如沙灘比基尼。」

比基尼？米熙垮臉，她寧可跑十場馬拉松。

米熙認真看了看，音樂會她可以彈古箏，唱歌就算了。兒童畫展她可以畫幾幅畫湊個熱鬧，義賣會她有很多東西可以賣。那幾個大行李箱，陳鷹買的很多首飾也沒戴過。舊書捐贈就算了，她沒多少書，明信片送祝福容易。

而馬拉松……四十幾公里呢！

「雨飛姊，妳不辦馬拉松嗎？」

「這個不辦，我精力不夠，其他的我有朋友能夠幫忙一起做，馬拉松涉及到的事太多，太耗費精力，我朋友全是懶鬼，沒人想跑，至少要有領頭的，有影響力的才能動員起來，不然沒人跑，到時會很丟臉，反正我不愛跑。」

米熙回去跟陳鷹商量。

「慈善馬拉松？」陳鷹非常驚訝。

「嗯，我覺得這個活動很好。大家可以鍛鍊身體，能號召人們關注那些需要幫助的孩子，還能籌款。雨飛姊沒那這麼多精力，所以我就想，我來試試看。」

「這不是鬧著玩的。」

「我知道，所以我才來找你。需要做什麼準備，你會教我吧？」

陳鷹頭疼，他忙得要死，怎麼教她弄這種事？

「妳就去參加秦雨飛那些活動不就夠了嗎？好幾樣呢，忙都忙死了。妳要是想參與籌備活動，那就跟她一起就好了。」

陳鷹愣了愣。

米熙抿抿嘴，小倔模樣又出來了。

過一會兒，她小聲說：「就是想跑馬拉松，還想讓大家穿著紅衣一起跑，很多人一起跑。」

「雖然……我就當……」米熙沒說下去。她覺得自己自私又厚臉皮，沒好意思往下說，但她確實是想跑馬拉松。她的婚事不能公開，她沒名沒分，也許她等不到能公開的那一天。她不知道什麼時候就走了，她想，如果許多人陪她一起跑，就好像全城歡慶，為她祝福。

沒有十里紅妝，有個幸福半城也是好的。

既是做了善事，為陳鷹積福，又完成自己小小的心願。

若能如此，那她也就……再無遺憾了。

陳鷹懂了，雖然她沒說完，但她透露了穿紅衣，而且她拒婚的理由一直刻在他腦子裡，他馬上產生了聯想。「妳覺得……」他斟酌用詞，「妳覺得這樣喜慶，高興，是嗎？」

「嗯。」米熙用力點頭，「我想做，有人指點我一下就好，我會努力的。」

陳鷹沒法拒絕，他答應了。

一星期後，領域廣告與永凱集團聯合發布消息，宣布雙方合辦「翅膀——給山裡孩子帶來希

望」公益慈善活動。永凱負責音樂會、畫展等藝術類慈善活動，而領域主辦慈善馬拉松活動。

米熙非常忙碌，她向宋林和秦雨飛學習慈善活動的各項準備事宜，原來裡面有很多門道，而善款的處理更是要謹慎。宋林和秦雨飛都是靠慈善機構來執行細節，這樣她們能把事情做好，又能規避許多風險。

米熙學一點問一點，跟著宋林、秦雨飛跑她們各自合作的慈善機構，參觀學習。而活動籌備有領域廣告的專業人員在，自然不是問題，但米熙不願置身事外，她常跑到領域跟他們開會。劉美芬是這專案的窗口，她正好可以跟在她身邊多學學。

常跟在劉美芬身邊的結果就是，她發現吳浩臉皮很厚。她們晚上加班，在附近的餐廳一邊吃一邊聊，吳浩跑來了，問都不問就點餐，吃完還不走，挨著劉美芬坐，手還搭在劉美芬的椅背上。

米熙用眼神暗示他，吳浩理都不理，變本加厲地玩劉美芬的頭髮，還摸她耳朵。米熙看不下去了，裝作沒看見。劉美芬忍不住轉頭瞪吳浩，吳浩故作無辜，「妳們聊妳們的，我又沒吵。」

米熙一臉不認同。吳浩轉向劉美芬，「妳沒告訴她嗎？」

「什麼？」

「妳熱烈追求我，然後我答應了。」

米熙馬上反應過來了，「劉姊，吳浩叔叔之前說過，如果喜歡一個人不說出來，就可以一直喜歡，原來是在說妳！」

吳浩一個眼神殺過去，拆台就算了，告什麼小狀？而且萬一他說的不是劉美芬，她豈不是辦了壞事？劉美芬又瞪他，「你先回去。」

「不要。」吳浩懶洋洋靠在椅背上，手臂在搭在劉美芬身後，就像是摟著她一樣。劉美芬不理他，把該說的事跟米熙說完，又把食物全吃光，這才買單準備走人。

米熙後半段聽得不怎麼專心，總是忍不住偷偷注意吳浩。她許久不來領域，之前確實是沒注意到他們進展已經這樣了。劉美芬雖然沒搭理吳浩，卻很自然地把剩菜隨手轉到吳浩的盤子裡，吳浩很自然地幫她吃掉。吳浩自己玩手機，卻也時不時抬頭看劉美芬一眼，那眼神裡的情意再明顯不過。

兩個人坐在一起，不用介紹，就別人看來，一眼就能看出他們是情侶，所以劉美芬要買單，服務生卻把帳單拿到吳浩那邊。劉美芬也沒阻止，就讓吳浩付錢了。

之後劉美芬要先送米熙回家，吳浩要跟她們一路。在去取車的路上，米熙鞋帶鬆了，她停下來綁，抬頭看到劉美芬在前面等她，而吳浩趁機摟著她自拍，被劉美芬嬌嗔說了幾句。

米熙看著，心裡很羨慕，大庭廣眾下，他們可以不在意別人的目光，而她跟陳鷹卻總是要小心翼翼躲閃。算了算了，不是說好不再想這個了嗎。

陳鷹在大宅接到米熙的電話，說她已經跟劉美芬吃完飯加完班，現在正要回去。陳鷹應了，掛了電話。他正在米熙的房間，她的畫本就在他面前。他只是進來想找他那天落在這裡的領帶，那天一下班回來就到她房間看她，當時太累解開隨手一丟，後來米熙說太晚了就隨手收到衣櫃，他過來找，看到了她的畫本。

他掙扎了一下，最後還是打開看了。他知道她雖然答應嫁他，卻是有著不甘心。從她想去長跑就知道，她內心深處依然渴望得到大家的認同和祝福。

他也不甘心，不甘心自己居然做不到讓她滿意。

所以，他很猶豫，雖然去美國的事在安排了，但他心裡總覺得哪裡不對。他找吳浩再次商量公開跟米熙關係的事，吳浩說如果是朋友角度，他不好說什麼，如果是純同事關係，他會告訴他現在並不合適。

「明年我一定要公布。」

「明年也不一定合適，這不是時間還沒到嗎？你就等等看吧，現在別想。」

陳鷹嘆氣，問他：「如果是你遇到這樣的情況呢？」

「因為不能公開，所以她不嫁我嗎？」吳浩搓搓下巴，「那我可以辭職，幹別的什麼都行，可你能辭職嗎？」

他不能，他只能做陳家二少爺。

陳鷹盯著畫本，想起米熙說這是我爹這是我娘……他想再看一看，看看她都在想什麼。

他打開了。

一頁、一頁、一頁……

他落淚了。

她在畫裡想表達什麼呢？她已經進入他的世界，而他並不知道？

還是……她想在他身邊，卻已無能為力？

一滴眼淚落在畫本上，陳鷹慌忙伸手將它抹去，但還是弄濕了一角。

他蓋上畫本，退了出去。

✤ ✤ ✤

米熙積極備戰慈善馬拉松，她天天練習跑步，陳鷹為防她有什麼意外，請了長跑教練來指導。

米熙不僅自己練，還把同學號召起來。她在學校宣傳貼海報，不求大家捐錢，只發動大家參與，希望能讓更多人知道這件事，知道有孩子需要幫助。她覺得，知道了這件事，那麼願意伸出援手的人自然就會出錢出力了。捐錢不是靠鼓動的，是自然而然內心深處的善良。

米熙還在她的粉絲官網論壇和微博貼了活動資料，然後寫了一句話：「希望大家踴躍參與，幫幫這些孩子，我願意跑完全程。」

全程！粉絲們沸騰了，網友們也激動了。許多人留言：能跑完全程這麼牛，那就一定捐款。米熙跑全程，其他人也躍躍欲試，不過跑個八百公尺就想死的小夥伴們可不敢誇口。米熙站出來，迅速號召眾人：五百公尺一個，大家組成跑跑小隊，一個傳一個，以接力的方式跑完全程。

她把這想法說出來，得到許多支持，主辦和協辦單位都很高興。原本是找長跑隊合作完成，現在如果能發動更多人參加更好。

很快，米熙跑跑小隊的口號出爐：愛心需要傳遞，讓我們接力跑完全程！

跑跑小隊開始接受報名，服裝也開始設計，由米熙親自動手。紅衣、金色花紋和裝飾，不同的小組花紋和裝飾不一樣，有肩上一朵玫瑰，有領口一束藤蘿，有袖口一枝梅，有衣襬幾隻蝴蝶……

米熙每天在網路上向大家報告進度，這是她行動最高調的一次，引來粉絲和網友的熱議。

有人猜她肯定拿了不少好處，不然怎麼這麼熱心？也有人說是領域的活動，小丫頭被逼上前線，也來玩這套了。還有人說養兵千日用在一時，之前的低調你怎麼知道不是偽裝，現在時機到了，該出來高調了。

有惡言惡語，有隔空嘲笑，更有人說大家千萬別捐，捐了錢就進了領域的口袋，不然他們怎麼會這麼熱心？那個米熙不是宣稱不喜歡娛樂圈，最後還不是廣告一個接一個，現在騙人掏錢就跳得歡快。根本是黑心商人，婊子搭台唱戲。

這話是真的刺到米熙，她氣得眼睛都熱了。

她親自回覆：「你千萬別捐，不要你的錢，讓人噁心。不捐沒事，別以惡意揣測別人。」

這話讓那發言的人惱羞成怒，罵她態度惡劣、姿態高傲、作賊心虛。親友團上陣助罵，好事者也加入。米熙的粉絲們一看，紛紛回擊。兩邊人馬在網路上混戰，對方陣營從米熙的歷史挖到領域的歷史，從米熙的醜聞挖到領域的醜聞，再挖到各種慈善活動醜聞。粉絲這邊講米熙怎麼好，再講領域怎麼好，再講慈善怎麼好。一套接著一套，米熙看呆了。

陳鷹很快聽說了這事，教米熙一課：「妳得忍！」

「我忍了，他們說那麼多，我就回了一句。」

「一句就夠燒起來了，妳還罵人家噁心。」

「可他是真的噁心，非常噁心。」

「……」好吧，陳鷹心想算了，反正換了他他也會罵，米熙是罵得斯文了。

「我不怕他們。」米熙生怕陳鷹擔心，趕緊道：「我現在可是生死置之度外的，我還怕幾句話？你放心。」

陳鷹當然沒法放心，生死都搬出來，他可愁死了，而且出了事就得補救。為免這次事件影響到活動，領域公關找了媒體來採訪，請了慈善機構主管來宣傳和澄清，表明善款善用，絕不會進了領域或永凱的口袋。

米熙也不甘示弱，罵得越凶，她就越積極。她請學長們幫她們拍視頻，展示了她們的準備、她們的計畫。米熙從她的角度和她這段時間獲取的經驗向大家說了這個活動的真實性和她的想法。

她對著鏡頭侃侃而談：「我之前拍廣告存了些錢，當朋友來跟我說想讓我幫忙的時候，我第一個反應就是數我的錢。我在算我留下學費、生活費、零用錢後能捐多少，結果朋友說一個人捐的小錢，最重要是讓更多的人知道，讓更多的人參與進來，她想讓我幫忙宣傳和號召。其實一開始我並不太懂其中的意義，可是做到現在，我是真的了解了，尤其是被罵、被質疑了之後，我更有體會。我能捐的錢其實不多，因為我還拿了一部分出來做衣服，就是這個。」

米熙拿著一件跑跑小隊的隊服，她身上也穿著一件紅衣。

「這些衣服，是我花錢做的，不用捐款和主辦單位的一分錢。善款用途公開透明，謝謝支持我們和懷疑我們的人，因為有你們，這件事被更多的人知道。現在，我在這裡，邀請所有能來跑五百公尺的朋友。只要跑五百公尺，參與進來，看看我們在做什麼，看看別人在做什麼，不要悶頭亂猜。做人要有禮有節，道理要有憑有據。我們的衣服免費發，水免費喝，拿到它們，請傳遞愛心，與我們一起跑完全程。可以不必捐款，哪怕你當它是一次健身機會。只是如果你看到大家的熱情，你了解事情真相，請告訴你身邊的朋友，山裡的孩子們需要大家的幫忙，他們感謝你們！」

米熙還說了許多，她說求善比求款更重要。因為有善，善款才會不斷；有善，善款才會被用在正途。有善，人才會更快樂；有善，需要幫助的人才能得到幫助。她說她人微言輕，但她絕不接受善意被抹黑羞辱。

有人勸她要忍，說多錯多，但是她覺得忍讓換不來大家更多的了解。大家不了解，就有更多的質疑，這樣用心行善的人孤立無援，需要幫助的人又怎麼辦？她不惹事，但她也不怕事。

米熙一遍又一遍，以不同的方法和角度號召眾人參與。

她說她把錢花在宣傳和動員上，相信能得到比她自己捐錢更好的效果。

說到最後，她有些不好意思地承認：「其實，我也有私心，我希望那一天滿城紅衣，就像是辦喜事一樣。」

大家當然沒聽懂她話裡的深意，但是覺得這個廣告用語真好，好煽情啊！

視頻一出，傳播極快，粉絲們用力轉發。有服裝廠商主動聯絡領域，願意贊助紅衣。小丫頭挺不容易的，別讓她花自己的錢了。有人在網上號召，就算那天不跑步，出去看熱鬧或者買個菜，也請穿上紅衣。求善比求款更重要，穿起紅衣支持善舉。

陳鷹把視頻看了好幾遍，最後那句話他快看哭了。

「我希望那一天滿城紅衣，就像是辦喜事一樣。」

他懂她的意思，只有他懂！

吳浩來找他，問他那視頻的講稿是不是他幫米熙寫的？陳鷹說不是，米熙的表現出乎他的意料之外。吳浩直誇米熙有大將之風：「等她畢業，別當什麼造型師，來我那吧，人才難求啊！」

陳鷹笑笑，摸摸視頻裡米熙的臉蛋。她現在可搶手了，廣告代言找她，影視劇製片找她……

「等她畢業，看她自己想做什麼吧，都隨她。」要是從前，他會希望米熙什麼都不做，開開心心在家裡做少奶奶就好。現在他不這麼想了，米熙很有主意，她知道自己想做什麼。

「你知道嗎？」吳浩又說：「現在米熙粉絲論壇裡最火的一句話：讓那一天滿城紅衣。他們說要炒到話題榜上去，我要不要幫他們一把？也就一通電話的事。」

「不用，讓他們自己加油吧，努力過後的成功才珍貴。」

陳鷹決定提早下班，他想米熙了，想早點回家見她。

讓那一天滿城紅衣！

他連她的粉絲都不如……

陳鷹回到家，發現米熙又病了，他連氣都嘆不出來，只好坐在床邊陪她。

她吃了藥，昏昏沉沉躺著。

「陳鷹，你說，那天街上能紅通通的嗎？」

「會的。」

「我們會籌到很多錢給孩子們吧？」

「會的。」

「那就好，那我真的就沒什麼遺憾了。」米熙咕噥著，又說：「你放心，我的身體沒事，反正吃藥睡一睡就好了。我會撐到去美國嫁給你的，不會讓你有遺憾。」

沒有遺憾嗎？那滿城紅衣並不是辦喜事，他的遺憾也不是她不嫁給他。

一週後，「讓那一天滿城紅衣」上了話題熱門榜，米熙的粉絲們熱烈慶祝他們的勝利。

《尋郎》遊戲官方發布十二月二十日「紅衣日」活動，玩家要搶做任務，爭取在那一天之前有足夠的道具做件紅衣。那天穿紅衣行走江湖可得到額外點數積分和道具獎勵，獎品之豐富令人咋舌。

三天後，「1220紅衣日」被《尋郎》遊戲玩家炒上話題榜。米熙的粉絲很多是《尋郎》遊戲的粉絲，大家一合計，過了十二點就先上線換裝搶獎品。上午八點去馬拉松現場支援，下午繼續上線，讓遊戲裡也「滿城紅衣」。

十二月二十日，週六。米熙早早就到了現場，她的同學早就集合好，衣服都穿上了，接力棒也準備好，大家去起點領號碼牌和裝備。米熙的粉絲團也來了，紅衣上貼著顆大大的米粒貼紙表示身分。大家在各組長的帶領下，很有秩序地領號碼牌和裝備，安靜等待。

有人看到米熙，尖叫，粉絲們一片歡呼，鼓掌大叫，卻沒人亂跑。

米熙對他們揮手，「終點見。」

另一波粉絲到達，那是《尋郎》遊戲的，他們身上的紅衣是陳非他們公司準備的。兩邊粉絲一碰頭，先來一套米熙牌「呼喝十拳」，在空地上舞了一遍，振奮精神。結果這邊小年輕們舞完，那邊大嬸團不服氣，她們擺開場子也打拳，還說「小米熙沒紅的時候，就在公園帶我們打拳了」。

有沒有搞錯，最早的應該是她們領域的「女子健身隊」吧？

領域的隊伍也不服氣，不過跟小朋友和大嬸比拚，實在抹不開臉，而且沒什麼好爭的，米熙是他們領域的。

有其他公司也組隊過來，永凱和領域的人脈很廣，大家都給面子。

清一色紅衣，領域提供。其他還有各長跑隊、長跑愛好者也都就位，全部紅衣。

「讓那一天滿城紅衣。」

米熙看到一大片的紅，感動得快哭了。

她沒想到能有這麼多這麼多的紅。這時候她的電話響了，接起來一看，卻是顧英傑。

「米熙，我和雨飛不能過去了，抱歉啊！」原本懶惰說謝絕跑步的秦雨飛被米熙感染，也說要過來跑兩步，意思意思。顧英傑也說要來，現在竟然都不來了？

「她早上突然暈過去，我送她來醫院，查出來懷孕了，我們不過去了。」顧英傑解釋原因。

米熙有點愣，為什麼這大早上雨飛姊暈過去是顧英傑送醫院啊？

「哪來的孩子？」

「當然是我的。」顧英傑咬牙切齒。

米熙明白了，她有點佩服自己怎麼從聲音就能聽出顧英傑臉紅了。她又呆了一會兒，終於反應過來。這兩人成天吵架，害她不敢把他們約一起見面的人，居然談戀愛了，還有了孩子！

米熙趕緊又問：「顧英傑，你們會結婚吧？」

「當然！」顧英傑說得很肯定。

「顧英傑，我告訴你我看到什麼。我這裡滿眼看出去全是紅衣，喜氣洋洋的，就像是在辦喜事，恭喜你們！」

顧英傑笑了兩聲，「謝謝妳，米熙。」

「謝我什麼？」

顧英傑頓了頓，笑說：「她在發脾氣，我得去哄她了。謝謝妳，妳好好跑，改天我們再聚。」

米熙很激動，聽得出顧英傑對秦雨飛很好，他說要去哄她的時候，感覺真是甜蜜。米熙覺得很高興，非常非常高興。陳非叔叔跟小寶姊姊結婚，程叔叔和蘇嬸嬸有孩子，吳浩叔叔跟劉姊戀愛，魏揚也有女朋友了，而陳鷹事業成功，意氣風發。

她的朋友們、她愛的人，每一個都很圓滿。

米熙笑了，娘親，大家都很好，我真高興！

米熙聽到廣播在提醒大家還有十分鐘的準備時間。她看到休息室外面各個隊伍都到每個接力站去準備，有許多人騎自行車擔任接送員。魏揚說他跟同學和同事也會來，不過人太多了，她沒見到。

米熙站起來熱身準備，她很滿足，她沒有遺憾了。

槍聲響起，開跑。

網路上很多人用手機做著直播，那奔跑的潮水一片紅，很是壯觀。路邊搖旗吶喊的人也大多穿著紅衣，整條街的紅衣。有人在網路上說我剛捐了一百元，好激動，為了這一片紅啊！

米熙在人群中跑著，周圍全是她的粉絲。有人一邊跑一邊轉身拍她的照片，有人跟她聊幾句，有人說米熙我一會兒交棒出去就在終點等妳。有人說米熙我很喜歡妳，有人說米熙加油，我會一直支持妳。

他們圍著她，把她護在中間，米熙差點哭出來，很是感動。

這時候有人在她旁邊唱歌，是《尋郎》遊戲的主題曲，大家都笑了，米熙也笑了。

眾人奔跑著，一直跑。一公里、兩公里、五公里……米熙身邊的人換了好幾撥，大家一程一程地接力，奔走著互相鼓勵。

「到你了，加油啊，一定要堅持跑下去！」

「要交給下一棒了！」

「棒子給你，加油！」

網友的直播如火如荼，粉絲團對目前為止的自我表現滿意，論壇和微博上互傳消息：接力，接力，一棒都不能落。圍觀者驚嘆粉絲團威力可怕，也有人稱他們腦殘粉。粉絲們經過上次一戰都被組長們教育過了，真正喜歡米熙就不要跟人吵架，米熙不喜歡。米熙說了，需要罵人的讓她來，我們往後站。她沒罵就表示不用罵，大家克制。於是這次風平浪靜，大家不管其他，只關注跑步結果。如果每一組都到達終點，沒人臨陣脫逃，沒人失敗，就是勝利。

這一點點堅持下，到了後半段的路程，米熙身邊還有許多人。

米熙終於落淚。

娘親，我雖未得夫君八抬大轎相迎，但有眾多友人相伴，跑完全程。

娘親，妳看到了嗎？全城紅衣，都是為了我。我此生無憾，就如同上一世。

米熙跑完了全程，她不記得具體情況，但她知道她跑完了，因為她看到了終點的牌子，她看到了在那裡等待她的一大片紅衣，還有在終點等她的宋林、吳浩、劉美芬等人。她聽到了震天的歡呼聲，但她不記得具體發生了什麼事，因為她倒下去了。

再睜開眼時，人在醫院。白色的病房有點刺眼，陳鷹就坐在她床頭的椅子上正看著電腦。他聽到她的動靜，趕緊過來，「妳覺得怎樣？有哪裡不舒服？」

米熙搖搖頭，這才發現自己手背上被扎了針，點滴瓶掛著。

「只是補充點營養，沒事。」陳鷹摸摸她的頭。

「那我現在還不會死，能去美國結婚，是吧？」

「對。」陳鷹親親她的額頭。其實他也不知道，只是他相信她沒病沒痛的，一定不會那麼離奇就沒了。他一定要這樣相信。他問她：「米熙，妳怕不怕被別人嘲笑？」

「誰嘲笑我？」

「網路上有妳的照片，大家想像力比較豐富。」

「能讓我看看嗎？」

陳鷹想了想，把電腦拿過來。是米熙跑到尾聲時落淚的樣子，因為哭泣，臉有些扭曲，再加上奔跑動作的瞬間，動作也很誇張。於是，有了一張很醜很醜很醜的照片。這張照片在網路上瘋傳，很多人拿來編段子搞笑。

「媽的都跑這麼久了還不到終點。痛哭。」

「尼瑪早知道不吹牛說跑全程了。痛哭。」

「還要跑多久啊，一會兒到終點暈給你們看。痛哭。」

「買菜都沒錢了。痛哭。」

「考試不及格。痛哭。」

「男友劈腿了。痛哭。」

米熙看笑了，「你幫我回一下嘛！」

「回什麼？」陳鷹對她的反應鬆了一口氣，逗她：「回老娘都躺醫院了你們還搞笑，痛哭。」

米熙大笑，「才不要，我才沒有這麼粗俗！」

「那妳想回什麼？」陳鷹登入她的帳號，真打算幫她轉發回覆。

米熙想了想，說：「就回，還挺好笑的。」

陳鷹挑了挑眉，欲言又止，想想，不管她了，幫她轉了照片，寫上：「還挺好笑的。」

不出他所料，不一會兒就有留言鼓勵米熙、安慰米熙，但也有人說「女神還真是愛擺架子」、「還真是自以為了不起」、「哎喲，媽呀，冷豔高貴款」……

米熙看了留言，很驚訝，「為什麼說我擺架子？」

陳鷹把「還挺好笑的」這句話用傻傻的語氣和嘲諷的語氣各說了一遍。

米熙張了張嘴，有點傻眼。

「所以妳要知道發文字跟說話是不一樣的，文字是要經過讀的那個人自己的語氣演繹，容易有誤解。不同的人看到相同的話，會有不同的感覺，就看他們要怎麼理解。」

米熙不說話，陳鷹摸摸她的頭，「對新上的這一課有什麼想法？」

「哼，才不管他們，被別人罵死總比自己累死強！」米熙忿忿，「你們這些人啊，就是心思重，太不道地了！」

罵誰呢，小丫頭片子！陳鷹捏她鼻子。

「你好像心情不錯？」米熙看著他笑，「告訴你哦，我心情也不錯，我想做的事都做完了。」

「別跟我說遺言，我會生氣。」

「嘿嘿！」米熙傻笑。

陳鷹目光閃了閃，居然沒否認，真當遺言了？

「陳鷹，我愛你。」米熙忽然翻過身抱他，差點扯掉針頭，嚇得陳鷹趕緊把她按住。

「我好高興，我還來得及跟你說，我很愛你。」她閉著眼，緊緊抱著他，「我跑到最後，竟然什麼都不記得了，好像就要沒了。」

「胡說八道！」陳鷹斥她，心卻很慌。

米熙閉眼笑，「反正我愛你，我真高興能愛上你。」她好滿足，閉上眼睛，還看到滿城紅衣。

陳鷹親親她的額頭，也緊緊把她抱懷裡。

「我也是。我愛妳，我真高興能愛上妳。」

當天傍晚，米熙檢查沒問題，能出院了，陳鷹把她接回陳家大宅。

米熙還是很疲倦，是那種全身懶洋洋，覺得身體很重的那種累。她不敢說，怕他擔心。

兩人隨便吃了點東西，米熙實在撐不住，先去睡了。陳鷹坐了一會兒，實在不放心，拿體溫計幫她量了一下。有一點點低燒，只能說是溫度偏高，但依米熙最近身體的狀況，這高一點點都讓陳鷹擔心，明明下午在醫院沒事。

米熙迷迷糊糊醒過來，陳鷹問她：「哪裡不舒服？」

「沒事。」就是累，腦袋有點重。

陳鷹盯著她看，嘆口氣，拿了杯水過來讓她喝兩口。

「妳體溫有點高，我把水放這裡，藥放這裡，如果妳醒過來不舒服，就再量量體溫，不行就吃點藥。我得出門，晚一點就回來。我會跟丁嫂說一聲，有什麼事妳就找她。我很快就回來，好嗎？」

米熙點點頭，眼睛快睜不開了。陳鷹還沒走出門，她就已經睡著了。

陳鷹開車到了飯店會場，今晚是領域電影《開始》入圍國際大獎提名的慶功會，也是電影《尋郎》的發布酒會。眾星雲集，記者眾多，陳遠清和宋林都在。原本陳鷹是說在家照顧米熙，就不過來了，但現在他匆匆趕到，陳遠清夫婦都有些驚訝。

開場致辭已經結束，司徒導演正在接受主持人訪問，台下記者拍照的拍照，做筆記的做筆記，也有人注意到陳家二少過來了，私語討論了幾句。

陳遠清不動聲色地迎向陳鷹，宋林也過去了，陳鷹突然趕過來一定有事。羅雅琴也注意到了，她看著他們，看到他們站到角落私語，然後三個人走了出去。過了好一會，三個人又走了進來，表情都不輕鬆，然後陳遠清和宋林坐回自己的位置，陳鷹也坐到了羅雅琴這邊的空位上。

羅雅琴剛想問怎麼了，這時掌聲雷動，原來是司徒導演的訪談結束了。

主持人宣布：「下面有請陳董事長。」

陳遠清和陳鷹同時起身走上去。主持人雖然驚訝，還是反應很快地補了句：「和陳總。」

台下一片笑聲，台上兩位陳老闆卻沒有笑。

陳遠清拿過麥克風，很嚴肅地說：「這個環節原本是該我來說說領域的成績和展望，但剛才陳鷹到了，他說他也有話要說。說實在的，我不該同意他這麼做，可是我又想，領域的成績有一部分是我這個兒子做出來的，他沒有守著老路，為我們開創了新的管道和模式，而領域後面的發展就是陳鷹的事。過不了多久，我就要把公司交給他，所以無論是現在或未來，關於領域，他都有絕對的話語權。他想做的這件事，在生意場上來說不是好事，但就人的角度來說，不是壞事。我妻子剛才說，如果我願意為她這樣做，那就讓兒子這樣做。我不知道他說完那些話後會有什麼後果，但我先提前把我要說的話放這裡。我為我這個兒子驕傲，無論如何，我陳遠清都會支持他。」

陳鷹站在旁邊，感動得眼眶發熱。他知道陳遠清這些話是說給公司元老和各階主管聽的。如果他今天闖下大禍，他陳遠清是站在他這邊的。外面的人他控制不了，公司裡的人他卻是要幫著他震住。

陳遠清說完，看了陳鷹一眼，把麥克風交給他，然後點點頭，下去坐在宋林身邊。

陳鷹拿著麥克風安靜了一會兒，看到下面鴉雀無聲，所有人都好奇又興奮地盯著他，像是等待大餐的鯊魚，又像是欲給他支撐的圍欄。

陳鷹開口了，他說：「原本今天是不來的，有些事，我想大家應該也知道。中午的時候，米熙跑馬拉松昏倒了，被送到醫院，我在她身邊照顧。現在突然過來是因為，有些事如果不馬上做，今後永遠可能都沒機會做了。我從前在網路上看過一個故事，說有位婦人的先生為她買了條貴重的絲巾，她很喜歡，捨不得戴，後來她突然去世，她先生很遺憾她此生竟然從來沒有戴過那條絲巾。我不想成為那位先生，我希望如果這個故事發生在我身上，我的回憶裡是太太戴著那絲巾幸福開心的笑容。」他頓了頓，清清楚楚地說：「我希望我的太太，是米熙。」

「哇！」台下一片譁然。

陳鷹繼續說：「下個月十五號是米熙十九歲的生日，我們準備到美國註冊結婚，這件事誰也不知道，包括我父母。」

「哇！」一眾人叫得更大聲。

「其實在她十八歲生日的時候，也就是今年一月中，我們就在美國，那時候我也帶她去了拉

斯維加斯，買好了戒指，帶她去婚姻註冊所打算偷偷娶她。」

「哇！」這麼猛！

「可是她拒絕了。」

「哇！」這個更猛！

「她說如果結婚要像作賊一樣，那她無法接受，她不能這樣嫁給我。」

台下已經「哇」不出來了。

「我之前公開說過，無論什麼職業什麼身分的女生，都要自尊自愛自強，米熙是我見過的典範。我很愛她，非常愛，儘管我們年紀相差了十一歲又十個月。她現在身體不舒服，還在昏睡中，她不知道我來這裡說這些。我也不知道今晚或是明天媒體和網路上會怎麼寫，大家會有什麼反應，我打算拔了網路線，讓她安靜幾天再說。總之，她沒有因為我有錢又長得帥又買了個超大克拉的戒指就願意嫁我，因為她很不滿意我的態度。」

他說到這裡，頓了頓，看了台下一眼，整理自己的思路。

「她下個月就十九歲了，其實我真的很應該說，我們的感情發展是在今年年中開始，我們日久生情，在經紀人與被經紀人的關係中加深了彼此的認識。當然，就算我這樣說，也肯定會有人猜測我們早在鬧緋聞的時候就有姦情，我與未成年少女同居搞大她肚子這種謠言不會消失。只是如果我說得好聽一點，形象就會好一點。我原本也是這樣打算的，但我現在不想這樣了，我想說真話。」

「事實的真相是，鬧緋聞的時候我們並沒有在一起，但我確實很喜歡她，我想等她長大些，再考慮追求她的事。可是有心人製造了那些緋聞，試圖醜化我的形象。其實我也沒什麼形象，但

米熙卻是有的。她未成年，她很單純，她不喜歡說謊。她為了不說謊，跑得像兔子似的，就是不想被記者問問題。」

這件事大家還記得，都笑了起來。

「而且，那時候我們確實沒有除了叔侄之外的其他關係，雖然我心裡喜歡她，很喜歡。那些照片裡看著她時，眼睛會散發愛慕光輝的男人確實是我，所以後來我們沒有再一起出現過。後來互訴衷腸後，感情更會藏不住，我們儘量不想給大家拍到照片，鬧出什麼緋聞來。這個大家應該知道，到現在一直沒有那樣的照片了。」

他又頓了頓，繼續說：「扯得有些遠了。總之，那時候為了保護米熙，不讓造謠者得逞，我找來我母親開了記者會，米熙又這麼巧被那記者盯上。她把對話錄了音，我們順利度過了那件事。後來我去了美國，她來看我，我們在那時候定情。那時候她未滿十八歲，未成年，不過直到今天這一刻，我們都未越雷池一步，所以如果有人要猜測她什麼負面消息大可不必。她清清白白，潔身自好，沒有流產沒有墮胎，什麼都沒有。她只是……跟我在戀愛而已。」

「但是年紀確實是我們顧慮的重點。那次緋聞醜聞的傷害在當時被解決了，後遺症卻拖到現在。她上學，她有了朋友，我更害怕，怕流言中傷她，讓她被同學指指點點，被朋友疏遠。被人誤會的感覺很不好，被流言毀掉的生活很可怕，我怕她受傷害，但我想讓她安心，我想向她保證我是真心的，於是我帶她去美國結婚，可她拒絕了我。這個剛才已經說過，她拒絕了我……」

陳鷹重複著，似在沉思，然後說：「我卻更愛她了。她有自己的原則和堅持，這種美好的特質在我身上已經很難找到，甚至在我周圍人的身上也很難找到。我們每個人都圓滑，圓滑得失去了簡單。我們認為沒有傷害別人的善意謊言是沒問題的，是對的，可是有時候我們根本不知道什

麼時候就已經傷到對方了，還沾沾自喜覺得自己保護了她。」

「米熙很不喜歡拋頭露面，她很保守又有些土氣，但她主動要求做模特兒，她想進入我的世界，想證明給我看她能適應，但我依然選擇了隱瞞。這就是為什麼米熙拍廣告，但是不怎麼安排宣傳的真相。她做這些，只是她覺得她需要為我做到，而我身為她的經紀人，也是因為我覺得她太需要受保護，別人我都沒法放心。我們為對方做些以為對方需要的事，卻不能走在一起。」

「其實我到現在都還覺得之前隱瞞了戀情沒有錯，真的。我們隱瞞了戀情，沒有傷害任何人，只是想防止別人傷害我們，但是我後來醒悟到，我防了別人傷害她，卻變成了自己傷害她。對她來說這樣更難接受，所以現在我在這裡說這些。也許很多同事朋友覺得我錯了，也許明天大家的反應讓我覺得我錯了，但我還是決定這樣做。我掙扎了很久，非常久，不止今天，不止一個月，我都奇怪為什麼要為做對的事掙扎。只是今天我突然覺得，對錯有什麼關係，她高興就好。她躺在醫院的時候，我真的害怕，萬一我沒來得及為她做這件事她就走了呢？世上意外太多，萬一來不及呢？」

羅雅琴默默抹掉臉上的淚，陳鷹對她點點頭，微笑地謝謝她的支持。

「別人傷害了她，我會在她身邊支持她幫助她，而我傷害了她，她卻沒有招架之力。這麼說來，對與錯這件事，真的不重要了。其實之前掙扎這麼久，考慮利弊關係考慮這麼久，現在說出來了，還真的就是那種不過如此的感覺。利益永遠都不足夠，而所謂準備好了，如果自己不想做，就永遠沒有準備好了這件事，不可能有準備好了這件事。」

陳鷹清了清喉嚨。

「所以我今天來這裡，只是想說這件事，想告訴大家我很愛米熙，我打算下個月帶她去美國

結婚。我和她都是容易惹話題的體質，但也希望大家手下留情，如果能給我們祝福最好不過。在這裡先謝謝大家了。我在這圈子混得久，在職場混得久，自認夠聰明夠圓滑，所以我一次又一次當眾否認過我有女朋友我在談戀愛這件事，我說謊了。我要跟米熙說對不起。她被我要求必須配合隱瞞我們的戀情，給她造成困擾，還逼得她要逃跑，我要跟米熙說對不起。她沒有任何問題，一切都是我的錯。所有的謊言、裝模作樣都是我的主意和我的要求，大家要苛責這些，請算到我頭上，但還是希望罵完我之後，再給我們一點祝福。我們真的很需要，非常需要祝福，謝謝大家。」

台下沒有聲音，大家似乎是還沒回過神來，然後是羅雅琴、司徒導演和幾個人鼓了掌。

宋林跑到台上，用力擁抱兒子，陳遠清則默默跟在後面。

陳鷹笑了笑，又說：「好了，耽誤了大家的時間，真是抱歉。我剛說完冒險的真心話，現在內心還很激動，我得先撤退了。」

台下這時候有人嚷嚷著要提問題，陳鷹揮揮手，「多謝大家，再見。」然後他跑了，把可憐的爸媽丟在台上。陳遠清和宋林對視一眼，宋林笑了笑，握住了陳遠清的手。

陳鷹回到大宅的時候，米熙已經起來，她正盤腿坐在床上小口喝水。

「還燒嗎？」陳鷹過去摸了摸她的額頭。

「還有一點點，剛量完。不過不太難受，就是想喝水。」米熙小聲說，把杯子遞給陳鷹。

陳鷹接過，放回桌上。

「米熙，我們回家吧。」

「這不是在家嗎？」

「回我們的家。」

「可以嗎？」

「可以。」陳鷹當機立斷，收拾東西，拖了個小皮箱，然後帶上米熙走了。

他的手機響了好幾次，應該都是媒體或公司的人要問他告白的事。他索性關機，然後米熙的手機響了，他拿過來，也關機。

米熙迷糊，陳鷹說是記者，不用管，這幾天先關機養病。學校他幫忙請假，米熙沒意見，安心跟他走了。回到家，陳鷹把網路線拔掉，米熙沒注意他做什麼，她爬回床上睡覺。

過了一會兒，陳鷹過來，抱著她睡。

她掙扎著想睜開眼睛，但沒睜開。

「噓，沒事，睡吧。寶貝，睡吧。」

他聲音很柔地哄她，她安心地睡著了。

陳鷹親親她的眉心，想著皮箱裡面的紅蓋頭和紅燭，還有結婚戒指，他甚至沒忘記他的岳父岳母和弟妹。不過現在懶得收拾了，他們今晚先睡皮箱。

其他的事，明天再說吧。

明天，很多人瘋了，不過陳鷹不管。

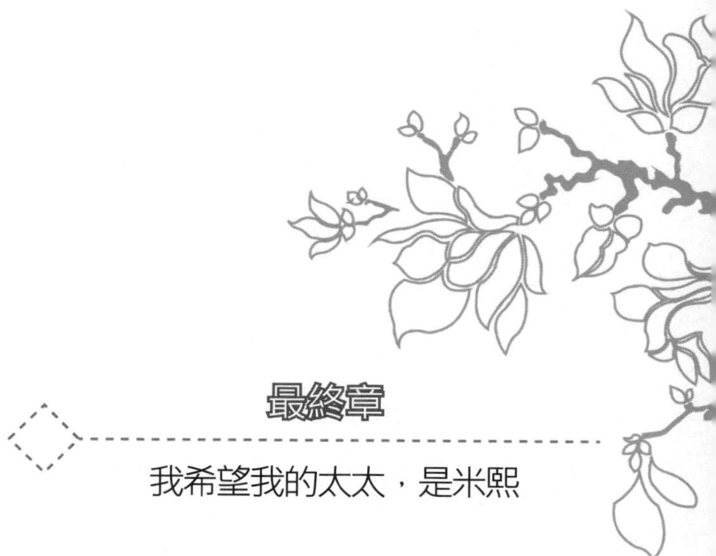

最終章

我希望我的太太，是米熙

米熙醒過來的時候，陳鷹已經不在床上，她覺得頭還有些重，渾身沒力。

爬起來上廁所時，陳鷹跑過來了。

「怎麼樣了，覺得好些了嗎？」溫度計塞過來，一量，竟然還有些燒。

「還是得吃藥。」陳鷹眉頭緊皺，拿藥過來給她吃，又倒了杯牛奶給她。

「我沒事。」米熙安慰他，卻也覺得奇怪，平常病一會兒就好了，這次好像有點糟糕，也許真是跑太遠太勉強自己了。她乖乖吞藥，喝完牛奶打算繼續睡。不敢病，病了就糟了，她還要跟陳鷹去美國結婚呢。她再睡一睡，睡起來說不定就好了。

可這麼憂心，反而睡不著。閉著眼翻來覆去，然後她聽到大門門鈴響了，接著是陳鷹開門，然後她聽到一個挺耳熟的聲音在說話。想起來了，是社區的物業經理。米熙隱隱聽著似乎是陳鷹讓對方幫忙買東西，水果和菜什麼的，東西送來了。

米熙翻個身又準備努力睡，卻突然聽到「記者」兩個字。

米熙嚇得僵住，趕緊坐起來。外頭話題還在繼續，說是來了好些記者，她按陳鷹之前吩咐的，加派了保全，確保不會有記者混進來，還有記者們進不了就開始採訪保全，問認不認識米熙。她也交代好了保全，誰都不會亂說話，讓陳鷹放心。

米熙下了床，站在房門邊聽，聽見陳鷹說謝謝，又說凡是找他的、找米熙的都不要放進來，他們這兩天什麼親戚朋友都不見，外人更不會見。

米熙緊張得心狂跳，出了什麼事？難道馬拉松結束之後，她除了昏倒還做了其他丟人的事？

米熙聽到物業經理離去的聲音，聽到大門關上的聲音，她小心翼翼走出來。

陳鷹看到她，愣了一下，然後指著桌上的餐盒，「要不要吃？好些了嗎？」

「我闖禍了嗎？」米熙怯怯地問，手指都快擰到了一起。

「當然沒有。」陳鷹笑了，把椅子拉開，牽著她過來坐。餐盒打開，是她喜歡的包子，還有粥，「吃一點吧，既然起來就吃點東西，病才能快些好。」

「那為什麼會有記者？你還讓保全攔人。記者問到我，是發現我們的事了？我是不是昏倒後說胡話了，讓別人知道我們的事了？」米熙越說越覺得這個可能性很大，「我不是故意的，我什麼都不記得了。」

「不關妳的事，妳昏倒就昏倒了，說什麼胡話？現在才像在說胡話。快吃，吃完了告訴妳。」

米熙盯著粥，又看看包子，一點都不覺得餓。焦慮憂愁塞滿了肚子，哪裡吃得下？

「你先告訴我吧，給我個痛快。我知道出了什麼事，才好下必死決心，這才能吃得下去。」

還下必死決心！陳鷹沒好氣。這必死決心她不是早下過了嗎？所以才玩什麼滿城紅衣別無遺憾的把戲。

「我昨天晚上去了慶功宴的酒會，那裡全是記者，還有很多圈裡的名人。」

「嗯。」米熙認真聽著，很緊張。

「然後我就告訴他們，我下個月要帶妳去美國結婚。」陳鷹說完，飛快低頭往嘴裡塞包子。

米熙呆住，好一會兒才推陳鷹，「你先別忙著害羞，快說，你怎麼說的？他們怎麼說的？」

誰害羞了？不對，誰讓妳揭穿的？

陳鷹忿忿地把包子嚥下去。

「也沒說什麼，我就把事實說了，說我們在妳十七歲的時候談戀愛，說妳十八歲生日時我帶

妳去美國結婚被妳拒絕，妳不願意偷偷摸摸，我覺得我們都不該有遺憾，所以這次再去美國結婚前，先把事情告訴他們。」他頓了頓，看向米熙，「我沒說謊，所以我們都不用再編話套話了。除了妳是從山裡來的那一點要堅持外，其他的都是事實。以後有人問妳，妳照實說沒關係，想說什麼就說什麼。」

米熙目瞪口呆，「你、你……你還說我拒絕了你？」

「對，因為妳確實拒絕我了。」陳鷹再夾一個包子用力咬，他受的傷害也不少好嗎？

米熙的嘴張得老大，還愣著。陳鷹把小半個包子塞到她嘴裡。

米熙「嗚嗚」地叫喚，把包子嚼了嚥下去，說：「是你吃剩下的。」

「嫌棄什麼？」陳鷹又夾個包子吃一半，剩下一半塞到米熙嘴裡。米熙把這口包子嚥下去，終於回過神來，「現場很多記者？那大家都知道了？知道我們之前全是騙他們的了？還有奶奶，她還幫著我證明來著，那……」

「我說了，那時候我們就是正經叔侄關係，還沒到那一步，只是我那時候就已經很喜歡妳了，但確實不是那個關係，只是正碰上有人要抹黑我的聲譽而已。」

「他們信嗎？」

「管他們！」陳鷹這人一向是不做就罷，做了就不顧慮這個那個，「肯定有人不信，我們也阻止不了他們的想法。」

米熙用力點頭。

「反正這次是拖累我爸媽了，所以昨天我到那裡後，先跟他們商量了一下。別人是管不了啦，可我爸媽總要交代一下。」

「他們同意了？」

「嗯。」也沒什麼不同意，陳鷹知道昨天自己態度強硬，陳遠清就算有什麼不滿，也會想法子幫他。他昨天真的是怕了，很怕一轉頭米熙就沒了。她是再無遺憾，而他難道要一生一世背著這遺憾？

「如果我沒有在妳能見證這些的時候向大家說清楚我愛妳，我一定不會原諒自己。」陳鷹看著米熙，而米熙眼眶紅了，近來特別愛哭，眼淚又快管不住。她撲到陳鷹懷裡，緊緊抱住他。

「現在大家都知道了。之前我們討論過很多次，所以妳能猜到那些說難聽話的都會說些什麼，妳要有心理準備。中傷的、抹黑的、嘲諷的，反正在網路上發言不用負責，怎麼噁心的都有。妳要做好心理準備，少看少聽，不要多想。這兩天我們先在家裡清靜清靜，等風頭過去，我再出面處理。」

米熙用力點頭，眼淚從眼眶裡滑落。他居然說了，居然全都說了！

「幫妳培養的那些粉絲，是妳的後盾，許多人會幫妳說話。因為這麼一段時間了，他們對妳的印象也深刻了，會認為妳值得他們去維護。只是這次的事，也許會有粉絲不再喜歡妳，也許會有粉絲跟罵妳的人吵架，最後這些事可能會鬧到妳這裡來，妳也要有心理準備。不要覺得自己虧欠了任何人，也不要覺得他們不支持妳了就不好，也不要為了失去他們的喜歡而難過。總之，別想太多，明白嗎？」

「嗯。」米熙繼續抹眼淚，「那公司怎麼辦？」

「公司啊……」陳鷹摸摸她的頭，「公司當然沒事，反正我們也賺了不少錢了。」

他昨天跟陳遠清說的是，錢是賺不完的，可米熙只有一個。

米熙當然知道他是安慰自己，她現在也是略懂一二的，這事好不好辦，全看輿論如何。如果網路上一片罵聲，那負面影響就大了。

米熙哭得更厲害，她又覺得自己太不應該了，但是他願意讓自己光明正大站在他身邊，她又很高興，非常非常高興。

「好了，不要哭了。我跟妳說，現在外面說不定把咱倆罵成什麼樣了。我肯定是淫少什麼的，這名頭跟我很久了，現在配上未成年少女，大概也能稱為猥瑣大叔。妳呢，算了，妳的就別猜了，妳也不必去看。學校那邊呢，先請一星期的假吧。」

「公司怎麼辦？」米熙擔心這個。

「公司有我爸呢！」無良兒子乾脆把責任推卸掉了。

米熙擦乾眼淚，吸了吸鼻子，挺直腰桿。

管他們呢，反正說都說了，兵來將擋，水來土掩，她不怕！

「你餵我！」她巴著他脖子提要求。

呵，這能公開了馬上嬌就撒上了！陳鷹哈哈大笑，低頭啄啄她鼻尖。愛哭鬼、小氣鬼、撒嬌鬼。然後他餵她了，餵她喝粥，餵她吃包子。兩個人你一口我一口，膩膩歪歪吃完了一頓飯。

之後一起回房間睡午覺。長久以來的心理壓力一掃而空，兩個人躺在床上瞎聊。米熙說她昨天一眼望過去全是紅衣，激動壞了，又說雨飛姊都懷孕了，再說不知道社區外面的記者有多少，場面夠不夠壯觀，她真想喬裝打扮去看看現場。

「還是低調點吧，女神。」

「不怕的，被發現了，我就往社區裡頭跑。他們被堵在外面追不到我，然後過一陣子我再去

看看他們走了沒有。」

「然後被發現了妳又往社區裡面跑嗎？」

米熙哈哈大笑，想像那場面一定很有趣。她只是瞎說一氣，才不會跑去看記者。

「陳鷹，我很幸福，我現在很怕死。」

「誰說妳會死？」

「猜的。」

「睡覺！」熊孩子不管不行，滿腦子亂七八糟的。

晚上米熙睡得很飽，精神很好，心情愉悅。她下廚做飯給陳鷹吃，兩人不開手機不開電腦不開電視，只有彼此，開開心心吃飯。陳鷹還開了一瓶酒，兩人喝得微醺。

小醉之後的米熙特別黏人，她說很久很久沒有跟陳鷹在一起，她吃虧，現在要補回來。然後要求陳鷹背她，說這是假設他們出去玩，她累了，他要背她回家。

「我有車，不用背。」陳鷹一邊反駁一邊把她背上了，在客廳裡轉圈。米熙還編台詞，說什麼山中風景甚好，下回我們還來云云，弄得陳鷹很想把她丟下去。他都三十歲了，像個十八歲的小丫頭在扮家家酒，真是……嗯，很有情趣啊！

米熙還要玩她失足落水讓陳鷹救她，陳鷹把她橫著抱了起來，「妳就是想這樣嗎？」

「嗯，甚是機智，果然是可造之才！」米熙的裝模作樣，搖頭晃腦。

陳鷹直接把她抱回臥室。

「我還沒玩夠！」米熙抗議。

陳鷹把她丟床上，「我們玩別的，妳等著。」

陳鷹出房間拿東西，回來時看到米熙閉眼睡著，他笑道：「快起來，妳看我準備了什麼。」

結果米熙不動。

陳鷹把東西放在桌上，轉頭再叫她，她還是一動也不動。

陳鷹大驚，嚇得臉色都變了，連忙撲過去搖她，「米熙？米熙？」

米熙猛地睜開眼睛，陳鷹驚得倒吸一口冷氣，「妳裝的？」

「你不是說玩別的？」

玩什麼都不能玩裝死啊！陳鷹把熊孩子翻過來揍了一頓屁股。

揍完了還覺得不解氣，但米熙眨巴著眼睛喊痛的可憐樣，讓他無恥地硬了。這一心虛就不好再教訓她，只把她拎過來實施計畫。米熙一看，很驚訝。紅燭、紅蓋頭，還有她家人的牌位。

「我們在妳父母面前拜個天地行個禮，算是簡單先成親，然後下個月再去美國成親。也不知道拖這大半個月會不會有什麼意外。我們現在把能做的先做了，爭取讓紅線快點綁上。」

米熙眨巴眼睛，一臉感動。

陳鷹清了清喉嚨，他可不是想著什麼純潔拜完天地就算了。

「我說的能做的先做了，包括洞房。」

米熙睜大眼睛，陳鷹被她看得臉有些發熱。

「我知道妳不願婚前那什麼，所以我們先在父母面前行禮。雖然簡陋些，但情況特殊，妳父母會諒解的。下個月去美國成親，會帶上我父母、我哥，程江翌他們夫妻都會去觀禮，不是讓妳偷偷嫁了。等之後妳二十歲了，我們再在這裡大辦婚禮，絕對不比我哥的差。」

二十歲，也不知道她還能不能有二十歲……

米熙的表情陳鷹看懂了，「所以我們抓緊時間把能做的事都做了，我們結婚、洞房，我們相愛，紅線沒理由綁不上，一定綁得上。到時別說二十歲，妳要陪我活到八十歲的。」

米熙又想哭了，陳鷹凶巴巴催她：「快，擺好架勢，我們拜天地！」

「早知道這樣，我就該要求一套中式喜服和喜冠的。」

「……」

現在說什麼都遲了，陳鷹也不想承認他考慮得不周到。反正紅燭有了，紅蓋頭湊合著，兩個人跪在米熙父母牌位面前，許下了一生的承諾。

拜完天地、父母，夫妻對拜後，陳鷹對著牌位說：「爹、娘，我陳鷹發誓，我是真心娶米熙做我的妻子。從這一刻起，不論禍福、富貴、貧窮、疾病還是健康，我都會愛她，珍惜她，照顧她，直至死亡將我們分開。」

米熙聽得發愣，後來想起來，輕輕撞陳鷹，小聲說：「我爹娘聽不懂這種西式的結婚誓言。」

陳鷹白她一眼，「我說的是中文。」

洞房花燭夜，陳鷹有點緊張，米熙年紀太小，他真是覺得怎麼呵護疼寵都不夠，結果熊孩子破壞氣氛。兩人坦誠相見，肌膚相親，耳鬢廝磨之時，她忽然說：「陳鷹，要不，你把我綁起來吧？」

陳鷹一臉黑線。

「我好緊張，我怕一會兒我太緊張給你一拳怎麼辦？」

「……」

陳鷹沒綁她。他只是在用嘴和手讓她全身軟化之際，很果斷地讓她成為了小婦人。

米熙痛得縮了一下，小臉皺了起來，但沒給他一拳。她只是看著他的眼睛，感覺著他在她身體裡的火熱，緊緊抱住了他。她稍有動作，他就激動不已，肌肉繃緊，力量凝聚。

春夢裡他與她的那些鏡頭如今竟然成真，他完全控制不住自己地橫衝直撞。

米熙後半段只覺這男人沒完沒了，一直動就算了，還把她擺來擺去，不停地親，還問她這樣好不好，那樣呢？她終於耐不住閉上眼，羞得紅了臉。他不滿意，把她的胸咬疼了。

這一夜，米熙抱著陳鷹沉沉睡過去前，腦子裡的念頭是，原來嫁了人真是不容易呢！可是她想跟他過，想陪他一直到老。

第二天是週一，陳鷹不上班，米熙不上學，但陳鷹還是把手機打開了。他換了張新卡，跟陳遠清和吳浩他們聯絡了一下。陳遠清說昨天公司那些人就約他出去了，最後也沒什麼，就是看媒體反應和客戶反應再說。吳浩的反應就不一樣了，如果是面對面的，估計他真會哭給陳鷹看。

「老大啊，你幹這事之前倒是先說一聲啊，我以為我們是心有靈犀的，結果你這樣玩，我會死的！」誰都知道吳浩是陳鷹的左膀右臂，而且領域的危機公關全部出自吳浩之手，這次大爆炸消息出來，吳浩的手機直接被打到沒電了。

然後當天晚上網路上的各種猜測熱爆，又是大週末的，吳浩狼狽地召集組員回公司收集資料應對。打給陳鷹關機，只好打給陳遠清了解事情始末。

最後的結論是：完全沒法補救！因為陳鷹話說的太多太滿、太豐富了。自打嘴巴之餘還坐實了之前大家抹黑他的唯利是圖、說謊不眨眼、炒作推手的罪名。吳浩除了讓自己的公關小隊組織水軍，評價陳鷹敢做敢當，勇於承擔責任，是專情的好男人之外，真不知還能做什麼。

這段時間沒有別的公司比領域更出風頭，沒有人比陳鷹和米熙更招人眼球。《開始》捷報頻傳，大賺票房之外，眼看著國內國外大獎也都有入圍，且奪獎呼聲很高，陳鷹在電影裡的小配角居然好死不死大獲好評。接下來《尋郎》更是炒得火熱，粉絲甚至高呼讓陳鷹自己演男主角。米熙就更不用說了，讓那一天滿城紅衣。

吳浩欲哭無淚，當天一看老大自己把路堵死，他也不管了，回家抱著劉美芬訴苦悶，睡大覺。這事如果跟他商量，如果陳鷹說非要公開不可，那他也會建議他選個好日子，安排個好時機。現在可好，選個「滿城紅衣」的大紅日子來這麼一場。第二天吳浩去公司，看了看網路上評論導向，搬出了米熙粉絲團。

陳鷹的對手太多，抓住一個把柄使勁潑髒水這個阻止不了，可陳鷹專情的形象對小女生來說還是很有吸引力的。一個男人為了自己的女人豁出去，這多有煽動性，但米熙粉絲裡也有憤怒的，覺得自己被騙了。還有很多人很愛米熙，卻也因為這個覺得米熙委屈，幫著痛罵陳鷹。

現在的結果就是一團混戰，好在吳浩這邊處理及時，也有經驗。仗雖難打，但也說不好哪個聲音會贏。陳鷹聽吳浩吼完，謝謝他的辛苦，只說反正這件事不是現在也是以後，遲早會發生的。

「那也得看時機！時機啊！」吳浩又吼了。

陳鷹笑了笑，知道沒法跟吳浩解釋。這時機很好，他與米熙都不能等了。

「不過，我也得告訴你，現在滿螢幕的『祝福』，應該是給你們的。」吳浩說：「這個是我們現在用力抓住的點，希望能把它抬上來。」

祝福？陳鷹最終還是上網了。

確實滿螢幕的「祝福」。沒有別的內容，就兩個字：祝福。

陳鷹想起自己說的話，他說他跟米熙很需要祝福。粉絲們的心意，他懂了。陳鷹把這個給米熙看，米熙很感動，依偎在他身邊說：「罵得再多，但只要有這兩個字，我就覺得無所畏懼。」

也許真是因為無所畏懼，第三天，事情有了轉機。

一個男人用絲巾向女友求婚，他的求婚台詞是：我希望我的回憶裡能有我太太戴著這絲巾幸福開心的笑容。我希望我太太，是妳。」女友喜極而泣，當場答應。

這事在微博上被傳，然後居然火了，這求婚台詞也火了。

這求婚台詞的出處是哪裡呢？是陳鷹的告白。

前兩天網友罵人的詞都用完了，第三天藉著這求婚台詞火熱，評論風向忽然轉了。

原本打成平手，現在勝負分曉。

感動！很多人都這麼說。

於是，買絲巾的買絲巾，買領帶的買領帶。

「我希望我的回憶裡能有我太太（先生）戴著這絲巾（領帶）幸福開心的笑容。我希望我太太（先生），是妳（你）。」

一週的時間，求婚潮湧起，密切關注事件發展的吳浩哭笑不得。是該說這兩個人永遠有狗屎運，還是該承認最美好的東西，永遠不會被謾罵銷毀？

不過就算風向變了，陳鷹和米熙還是沒出現。米熙這邊是陳鷹與學校溝通過的，得知記者在學校把守，學校那邊出於對其他學生的保護，建議米熙休息一段時間再來上學，而陳遠清也覺得公司情況暫時穩定，陳鷹暫時先休假，等從美國回來再進公司。

於是，陳鷹放心地在家裡跟米熙度蜜月，過了一段風流快活的日子。

一月十五日，米熙與陳鷹在親友的見證下，於拉斯維加註冊結婚。

赴美之日，大批媒體記者及聞訊而來的粉絲趕到機場，拍下了陳鷹告白後的第一張照片。陳鷹與米熙十指緊扣，並肩而行。兩人沒戴帽子沒載墨鏡沒有遮掩。米熙全程面帶微笑，被各種長槍短炮拍來拍去也沒生氣。只是太多人湧上來，陳鷹把她護在懷裡，帶她闖出一條路。有人注意到當米熙拂手時，自己似乎被震了一下，不得不退後兩步。他究竟是被陳二少推開的，還是被米熙震開的，這事不好說。

米熙粉絲團們早早被米熙說服了不要擠過來，注意安全，於是她們準備了大大的布幅，此時展開給已經過了安檢入關的米熙看。上面大字寫著：「無論別人怎麼說，我們永遠愛妳。」米熙居然也從包包裡掏出一張大字報，舉給她們看：「謝謝！我保證我一定幸福！」後來這張照片被做成表情符號，許多人喜歡用在自己被諷刺嘲笑時發出這圖片：謝謝！我保證我一定幸福！

在美國的婚禮非常順利，米熙全程幸福開心，感動落淚，而且還在賭場贏了一大筆錢。又被一直在美國跟拍的記者拍到，成為八卦新聞中的一條。然後有號稱是算命師的好事者說發現了陳鷹執意要娶米熙的真相：八字太好，旺夫旺財。

這些都沒被陳鷹米熙放在心上。

幸福的兩個人只為一件事發愁，紅線到底怎麼樣了？

他們相愛，他們結婚，他們公開戀情，他們行了夫妻之實，不會有問題了吧？

而且從美國回來之後，米熙發燒的情況是少了，也沒有再昏倒過，但她的大姨媽還是沒來。

陳鷹每每想到這個問題，心痛如絞，一日不能確定米熙無恙，能平安到老，他一日不能安寧。

三月的某一天，米熙來接陳鷹下班，他答應要帶她去坐船看夜景。

兩人先去吃了晚餐，吃完飯去停車場取車，卻看到一個人正站在陳鷹的車子旁邊。

月老2238號。

「月老先生！」米熙和陳鷹都很激動，陳鷹更是過去一把抓住月老的手臂，生怕他跑了。

月老笑咪咪地拍開陳鷹的手，「別緊張，話沒說完我不會走的，我是來通知你們一件事的。」

「紅線綁上了？」陳鷹緊緊盯著他，「米熙不會死了，是吧？」

「對。」月老點頭，「紅線早就綁上了。我今天來是想通知你們，紅線綁上一方後，要成長茁壯牢固不斷，通常需要很長的時間，不過你們很幸運，只一年多就綁緊了。今天的數值達到合格，我是來告訴你們這件事的，不必再擔心。」

「一年多？」陳鷹大吃一驚，「一年多的時候，你不是告訴我沒綁上？你騙我的嗎？」

「我又不是你。」月老白他一眼，「月老不騙人的。事實就是事實，那時確實還沒綁上。」

「那是什麼時候？」陳鷹一直覺得要麼是他豁出一切公開的時候，要麼是他們定了終身上床的時候，要麼就是去美國註冊的時候。

「就在米熙拒絕嫁給你的時候。」

「……」

「那時候我坐在工作站那裡，看著你們的紅線微光一閃，連在了一起。」月老哈哈笑，對陳

鷹和米熙驚訝對視的情況感到好笑。

「我拒絕了，為什麼反而綁上了？」米熙問。

「因為在愛情裡，拒絕比妥協更難。敢拒絕的，才能真正學會妥協。這兩件事，是最難的。你們做到了，恭喜。我的這個案子已經完成，今後不會再出現在你們面前了，希望你們永遠幸福。」月老說完，對他們點點頭，轉身要走。

「等等，那米熙的身體是怎麼回事？自從她在美國拒絕我之後，就一直不太好，去年下半年尤其嚴重。現在是好點了，但是，還是有些問題。」

「紅線護體，總要有磨合適應的過程。她本不是這個世界的人，要適應下來會吃一些苦頭，那只是她身體的正常反應。現在磨合得越來越好，自然就沒問題了，放心吧。」

陳鷹和米熙你看著我，我看著你，心裡全是狂喜。

「我可以陪你到八十歲了！」米熙興奮地想尖叫。

敢拒絕的，才能真正學會妥協，你們做到了。

陳鷹猛地把米熙抱進懷裡，「妳真棒！米熙，妳真的太棒了！」

月老果真如他所言，從此再沒有出現在他們面前。

又過了一年，米熙二十歲了。

五月七日那天，陳非和程江翌的公司舉辦《尋郎》遊戲的線下活動，米熙作為代言人出席。活動場面很大，大得出乎米熙的意料。粉絲成千上萬，竟然還有人從外地趕來。活動一場一場過去，大家唱得非常開心，最後五音不全的米熙陪著大家唱著《尋郎》遊戲的主題曲。

我一路向東，尋找你的蹤跡，雖然明知你已不在。
我一路向東，尋找你的蹤跡，即使我已白髮蒼蒼。
不是為了證明奇蹟，只是因為還有愛情，
我踩著你尋郎的腳步，企圖離你更近，雖然明知你已不在。
絕望總被擊敗，如同邪惡永不勝正，
你從天而降，帶著我所不知道的魔力。
我用拳頭和刀，你用眼睛和心，
你要找的是誰，我卻只能非你不可。
希望永遠都在，如同有些人不可取代。
你從天而降，帶著我所不知道的幸福，
我用拳頭和刀，你用眼睛和心，
你要找的是我，我也非你不可。
我一路向東，尋找你的蹤跡，雖然明知你已不在。
我一路向東，尋找你的蹤跡，即使我已白髮蒼蒼。
不是以為會有奇蹟，只是相愛不懂放棄，
我踩著你尋郎的腳步，跟隨紅線的指引，我知道你一直都在。
奇蹟與幸福，一直都在。

大家一遍又一遍唱著，有些人甚至激動得哭了。

米熙也很有感覺，覺得其實說的也是她跟陳鷹的事。她心裡正激動，最後一句「奇蹟與幸福一直都在」唱完，台下人群如潮水般忽地分開兩邊，中間讓出了一條大道。

米熙很驚訝，站在中間發愣，正想問主持人是怎麼回事，卻見一頂紅通通妝點得喜氣洋洋的八抬大轎從人群分出的路走了過來。

喜轎？米熙在想這是不是遊戲裡新加的環節。

可這時候粉絲們忽然把外套都脫掉，露出裡面穿著的紅衣。有人迅速過來一人發了一束花，還有紅色的星星燈、花燈、彩球燈，妝點得像嫁妝的箱子。另有各種出嫁道具等等，全是紅色的。紅紅的一大片，一路延伸到街尾。雖然看不到更遠，米熙卻知道後面還有。

十里紅妝！

八抬大轎！

米熙的心跳得厲害。

轎子抬到了米熙的身邊，陳非和魏小寶、程江翌和蘇小培笑盈盈地過來，也不催她上轎，只是笑著，然後米熙聽到了馬蹄聲。

我希望我的相公，騎著高頭大馬前來迎我。

米熙都沒看清來的人，因為眼淚已經奪眶而出，擋住了視線。

她不用看，她知道是陳鷹，一定是他。

米熙用手背使勁抹掉淚水，新的卻又湧了出來。看不清，她真著急。

「喂，你們不要光顧著笑，沒看她哭成這樣，面紙呢？」

米熙看不清楚，卻聽到了陳鷹居高臨下凶巴巴的聲音，然後旁邊有人遞上面紙，幫她擦掉眼

淚。程江翌還在大笑，「她應該是笑你穿這樣很好笑！」

陳鷹穿著古代新郎的喜服，胸口有朵大紅花，頭上還戴著帽子。

陳鷹長得很好看，也很帥氣，但他穿成這樣，真的很好笑。

米熙看清楚了，忍不住笑了起來。

陳鷹嘆氣，「別笑了，上轎吧，婚禮那邊等著我們呢！」

米熙還在笑，一邊笑一邊上了花轎。

我希望我的相公，騎著高頭大馬前來迎我，十里紅妝，八抬大轎，迎我過門。

我希望我的回憶裡，是她幸福的笑容。我希望我的太太，是米熙。

超大排場的中式婚禮後三個月，米熙的月事來了。

兩年後，米熙畢業。她沒有做造型師，也沒有再拍廣告。從慈善馬拉松那年開始，她就一直致力於幫助貧困孩子。她組了一個服務公司，除了慈善專案外，還進行各種就業培訓教育。她的室友馬詩詩成了她的合夥人，她有了自己的事業。

米熙二十二歲時，生下第一個孩子。之後兩年一個，總共兩子一女，心滿意足。

（全文完）

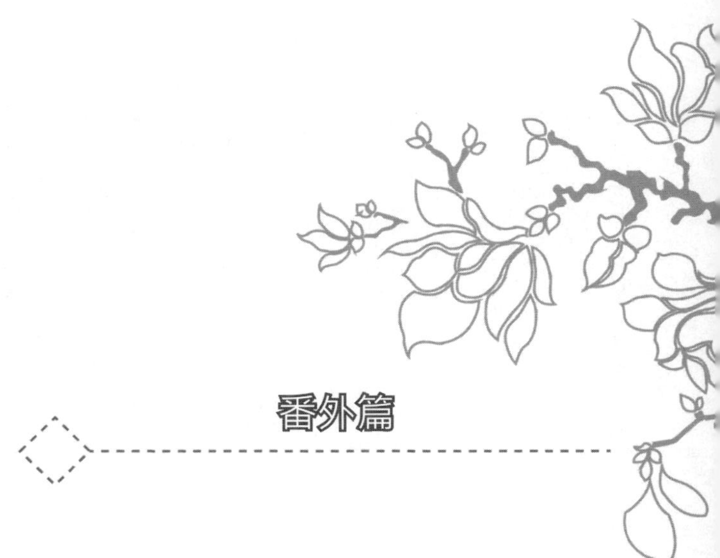

番外篇

之一：蛋炒飯

多年之後，陳鷹帶米熙又去了那家法國餐廳吃飯，就是顧英傑第一次約米熙吃飯，他作陪，然後點了蛋炒飯的那家。

經理還是那個經理，認得他們，親自過來招呼。不必陳鷹提醒，他遞給米熙的是一份中文菜單。米熙翻看著照片，菜色改了不少，照片依舊拍得相當好看，米熙看得津津有味。

陳鷹還是雷厲風行，很快就點完菜。

米熙撇撇嘴，不滿意，「可是我都沒看完。」

「妳慢慢看，看到什麼想吃的隨時加。」

「可是這樣點太多會吃不完。」

「吃不完可以打包。」

「可是打包回去沒有現場吃來得美味。」

「那妳可以不要點，等下次再來。」

「可是這次就想吃。」

「想吃哪樣？」陳鷹淡定問。

「還沒想到。」

「所以妳慢慢看慢慢想，這邊可以先上菜，等妳想到再加。」看，他的才是完美解決方案。

米熙又撇撇嘴，很故意地說：「想當初人家顧英傑就很紳士地先讓我點菜。」

「是啊，可最後是我娶妳。」先讓點菜的紳士已經出局滾蛋了，請不必懷念。

好囂張！米熙抿嘴瞪他。

陳鷹笑了笑，雙唇微微嘟起，給她一個隔空輕吻。

米熙臉紅，拿菜單擋住自己的臉。好討厭，大庭廣眾耍流氓！

「我想到了，我要吃蛋炒飯。」

「菜單裡有這個嗎？」

「沒有。」她其實在說出這個主食之前也不是很想吃，可是故意要點這個之後，真的很想吃。香香的蔥花和雞蛋，特有嚼勁的米飯。啊，好吃想！

「回家做給妳吃。」陳鷹給了她一個意味深長的眼神。

米熙臉更紅，假裝不懂，繼續拿菜單擋住臉，繼續爭取：「現在就想吃，真正的蛋炒飯。」

「我說過我不會亂寵妳的，記得嗎？法國餐廳吃什麼蛋炒飯？」

米熙放低菜單，露出半張小臉，用不滿的眼神瞪他。這位先生，當初沒追到她的時候蛋炒飯可是任點的，現在態度變太多是怎麼回事？

「如果有正當理由就可以寵一下。」這位先生很從容地說。

「你家娘子想吃。」語氣很堅定，眼神很給力。

「嗯，我老婆想吃，這個理由太正當了。」陳鷹笑了，招手叫來餐廳經理，很有臉地跟人家說：「請給我們來一份蛋炒飯，多加蛋，多放蔥。」態度太自然，好像人家的菜單裡真印著這道菜。

經理沉著冷靜退下，心中萬匹馬兒奔騰而過。一次就算了，當是臨時起意，兩次還這樣，是

故意來砸場子的嗎？不過人家是貴賓，砸場子他也得接著。經理去廚房下了個蛋炒飯的單，主廚臉綠了，這也太侮辱法國大餐了。想了想，問經理：「不會是同一個客人吧？」

經理沉痛地點頭，「蛋要多一點，蔥花也要多一點。」

這天米熙吃的蛋炒飯沒有上次在這家餐廳吃的香，不是因為飯不好吃，味道還是一樣棒，只是因為坐在對面的那個男人一直目光灼灼地盯著她看，盯得她心跳有點快，臉有點紅。然後也不知是不是心理作用，她覺得這男人吃飯不專心，害得她也專心不起來。想找些話題聊聊看，可是總聊不到幾句又沒了。

心怦怦跳，蛋炒飯沒吃完一半，其他的菜也沒吃完一半，對面的男人拉著她匆匆買單。

車子開起來，陳鷹沒有忍到回家，開到最近的五星級飯店，開了間房，領著老婆在飯店度過了一晚幸福美滿的夫妻生活。

第二天，春風滿面的陳二少去上班，當然，他遲到了。因為太幸福美滿，又要回家換衣服，遲到是很正常的。不過他是老闆，他覺得只要沒耽誤工作，他幾點到公司都不應該看到有人給他臭臉。但他一進辦公室，就看到吳浩的臭臉。

「你昨天去飯店開房間了？」吳浩臉黑如炭。

陳鷹吹口哨，心情很好。

「不要這種捉姦在床的表情，你又不是我老婆。怎麼，這麼巧又碰到狗仔了？」

居然承認？也對，證據都發到網路上了，由不得他不認。

「我確實不是你老婆，但我認識你老婆，我怎麼跟她交代？」

「我老婆有雇你幫她堅守我的貞操？」陳鷹嘻皮笑臉。

「當然沒有，只是我對你的節操原本還抱有希望。」吳浩心痛。不會吧，他真的做了對不起米熙的事？不可能啊！可是他居然帶女人去開房間。吳浩開始在陳鷹辦公室裡來回走，「這事已經在網路上曝光了，有照片。你說怎麼辦？瞞不住的。」

「瞞誰？」陳鷹把西裝外套掛起來。

「我是該幫你編謊話掩護好，還是阻止米熙把你閹了好？算了，放棄吧，米熙的武力值你也別抵抗了，好好認個錯，編個理由，反正沒有女方的樣子，你就說……唉，你怎麼能做出這種事呢？」真是痛心疾首，恨鐵不成鋼。這麼道德敗壞的渣男人居然是他的老闆兼哥們兒。

等等，為什麼渣男人一點都不緊張？

「等一下，你說，那女的是誰？」

「我老婆。」

吳浩驚訝，「你跟米熙不回家，幹麼去飯店開房間？飯店的床有比家裡的床舒服嗎？」

「夫妻情趣。」渣男人很從容地答。

吳浩無語了。當天下午，有媒體為開房間一事求證當事人，領域太子爺陳鷹。陳二少答帶老婆開房間正當正直正確，理由就是夫妻情趣。不信女主角是他老婆？管你信不信，你的信任跟本人有半毛錢關係？

吳浩看到八卦新聞，簡直想捶心肝，因為網路已有「信」與「不信」的投票。怎麼能做出這種事呢？痛心疾首啊，道德敗壞啊，他真是完全不想理他了。節操君已死，不必救，這男人太渣太不要臉。這是多急切才能不回家睡，惹出這種麻煩，害他要幫他收拾局面。

最後局面是米熙收拾的。

八卦爆出後的第三天，狗仔們終於堵到來領域接陳二少下班的二少奶奶米熙。她似乎還不知情，聽到記者問前兩天陳二少是不是帶她去飯店過夜，她驚訝得漲紅了臉，超級害羞，說話都結巴了：「他、他怎麼跟外人說這事？」

「所以是真的嗎？」一名記者問。

米熙羞得不敢答，是真的，然後怎麼說他們有家不回，去飯店所為何事？她匆匆往樓裡走，結果那記者又追問：「是否陳二少與別的女人開房鬼混，妳在幫他掩飾？」

米熙腳下一停，轉過身來，臉上已有怒意。她盯著那記者看，記者被看得心裡有點毛，但仗著周圍這麼多同行在，對方又是個女人，能怎樣？而且他問的問題很正常，就是直接了點。

「是這樣嗎？」他再問。

「不是。」米熙清清楚楚地答，這會兒不害羞了，相當鎮定冷靜，「我跟我先生在一起，這是事實。我不會幫他掩飾，也不允許別人抹黑誣陷他。」

「不是嗎？怎麼證明？」記者不死心。居然回答了，看來可以再挖點猛料。不論她答什麼，都可以發揮著多寫點。

米熙冷笑，忽然伸出手。記者眼前一花，還沒反應過來怎麼回事，麥克風已經被搶走，上面的牌子喀擦一聲，被捏碎了。

記者驚訝，張大了嘴。

「我記住你是哪個公司的了，如果我看到任何亂寫誣陷我先生的報導，你便如此牌！」

這威脅真的是……太老套了，但是很實際很給力，記者們嚥了嚥口水，看著米熙遠去的背影，忽然想到，哎呀，這二少奶奶剛才證明了呀，若是陳二少出軌，便如此牌，所以陳二少鐵定

不敢。那個……可以寫陳二少懼妻嗎？這個算誣陷嗎？會被陳二少奶奶找上門揍嗎？

最後這事淡了下去，沒人再寫，但吳浩已接到圈中不少消息，還有找他求證的，說陳二少是不是懼妻啊？

懼啊！寵得亂七八糟，一場糊塗，老婆想吃麻辣燙，但是吃路邊攤會拉肚子，於是陳二少去高級川菜館讓主廚做路邊攤樣子的麻辣燙這種噁心事，這叫懼吧？吳浩心裡喊著，嘴裡卻反問：「你說呢？」

讓記者自己說嗎？嗯，說懼妻比較有賣點，但陳二少作風太彪悍，沒抓到實質內容不好寫，而且二少奶奶武力值好可怕。

最後懼不懼的，還是圈內話題，從未公開。

某日，陳鷹出差一週歸家，飛機落地時間差不多是晚餐時候。他提前跟米熙說好，先去那法國餐廳點餐等他。

米熙去了，這次有時間讓她慢慢磨著點餐，經理雖然等了很久，但這次沒有蛋炒飯他實在是很感激。結果陳鷹來了，一看點的菜，直接開口加個蛋炒飯，多加蛋多加蔥。經理臉又綠了。客官，你真的不是來搗亂的嗎？

經理去廚房下單，米熙小聲跟陳鷹說：「今天我不想吃這個喔！」

「我想吃。」陳鷹一週沒見老婆，想死了，坐到她身邊拉過來先親親。「超愛這家做的蛋炒飯。」服務生過來倒水，聽得臉直抽。客官，他家真的不賣蛋炒飯。

這天，陳鷹又帶老婆去飯店開房了，還拖著行李箱。

結果這次又被狗仔拍到，還把女方也拍到了。

居然真的是陳家二少奶奶。

這對夫妻……哎呀，果然幸福美滿。作風真是狂放，好講究生活情趣。

圈內再度投票：去飯店過情趣生活是男方提出的，還是女方提出的？

一面倒投女主角，這樣才能印證二少懼妻的傳聞。

老婆想去飯店，二少配合，嗯，一定是這樣！

之二：肉麻夫妻

米熙自結婚後極重視夫妻關係的和睦，想方設法為陳鷹張羅各種事，讓他過得舒心。各大日子節慶之類的，她也努力安排活動。

可有時候這種計畫也會被工作安排所打亂。有一次，米熙發起一場慈善活動，要去山區送書送衣服給孩子們，還要發起一場山區孩子們的運動會。活動的行程有些耽誤，而山區孩子們過得太苦，許多運動設施不齊全，但對所謂的運動會卻是充滿了嚮往和渴望。

米熙多留了幾天，跟志願者們一起幫孩子們好好練習，幫他們拍一場認認真真的運動會，照片和視頻要留給孩子們做紀念。

這一耽擱，遇上陳鷹的生日。米熙趕不回去，心裡甚是愧疚。她答應過他，每年他的生日一定要陪他過，現在卻沒辦到。他生日前兩天，她走了很遠的山路，找到有訊號的地方，撥了電話給他，向他說了這事，對他道歉。陳鷹很是諒解，生日什麼的他沒放心上，倒是對米熙在山裡待得久，要過一段時間的苦日子頗心疼。

「妳自己照顧好自己，千萬別讓我老婆出什麼意外。」陳鷹道。

「嗯。」米熙用力點頭，心裡甜甜的。

「我愛妳，早點回來。」陳鷹又說。

米熙臉紅了。就算跟他在一起再久，每次他說愛她，她還是會臉紅。

她覺得，她必須為老公做些什麼，也表達自己的心意。

回到村子裡，米熙努力趕製，終於在陳鷹生日那天做好了。一大早，她登上山頂，掛上大旗，大旗上面繡著「生日快樂」四個大字。大旗迎風飄揚，米熙站在旗下露著笑臉，兩手圈成心形，讓同事用手機幫她拍了下來。

然後她又走了很遠的山路，走到有手機訊號的地方，把這張照片發給陳鷹。

這事對米熙來說，是生活裡很普通的事，她想做就做了。只是沒想到，她的同事們卻覺得很浪漫。一個同事在回來後把這事寫了下來，還配上了那張照片，發到網路上，說米熙極浪漫。

那同事並不知道米熙是名人，更不知道米熙的先生更有名。她第二天打開微博，被評論量和轉發量驚呆了。她那只有一百零幾個粉絲的微博居然會這樣，嚇死她。但刪也來不及了，許多人已轉載存圖。

有人說：嫁入豪門真不容易，不但要裝慈善，還要裝恩愛。還有許多人調侃說：陳二少的老婆真是簡單粗暴的肉麻啊！八卦網路媒體居然也轉載了，標題聳動：豪門少婦出奇招，簡單粗暴肉麻示愛。

那同事覺得這類評論很不友好，覺得自己給米熙惹了麻煩，特意向米熙道歉。米熙笑笑說沒關係，「其實我做完了之後想想，確實挺肉麻的。不過我先生很高興，這樣就好了。」

同事希望米熙的先生不要因為她發了消息而不高興，米熙保證他不會的。

幾天後，米熙的公司辦慶祝會，慶祝她們的山區運動會得到了很好的社會反應，但她們不能亂花錢，於是只買了糖和蛋糕大家分著吃。陳鷹知道後很為老婆的小氣著急，大手一揮，包了一個大包廂把米熙公司的同事全請去了。那個發消息的同事第一次見到米熙的先生，席上大家拿那事開玩笑，陳鷹還特意問是誰發的，說謝謝她。

「我老婆臉皮薄，肉麻一次不容易，讓大家見證一下真的很不錯。」

米熙臉紅了，捅捅他的腰。

大家哈哈笑，那同事總算放下心來，但還是道了歉：「只是沒想到會惹來那些評論，我事先真不知道，對不起。」

「妳是說那句簡單粗暴的肉麻嗎？別介意，那是他們沒見識，不知道簡單粗暴的肉麻是怎樣的。」陳鷹說。

那同事無語，因為她也沒見識，不知道陳二少所言的肉麻是怎樣的。

後來，輪到米熙生日了。

那天報紙的整版廣告和各大入口網站的首頁廣告被買下來，廣告內容是：「老婆，生日快樂。」下面署名：陳鷹。

當天米熙沒去上班，她打電話給同事請假，說沒臉出門，在家辦公，同事們哈哈大笑。

簡單粗暴的肉麻啊，還真是……讓人無力吐槽。陳二少，你這樣真的合適嗎？

之三：心動

劉美芬接到吳浩的電話，有些意外。自從那天他說喜歡她被她拒絕後，他倆就已經沒再偶遇了，他也沒有喝醉酒後再找她當司機。她還以為，他不打算理她了。

劉美芬接起電話，吳浩一開始沒說話，她也沒說，是他打來的，她在等他說，不然問他「有什麼事」好像在擺架子。

「劉美芬，妳說的不管用。」吳浩似乎緩過神來，不過一開口就讓劉美芬摸不清意思。

「我說什麼了？」

「妳說被拒絕後就會放開了。」

「嗯，確實是這樣啊！」

「不管用，我還是沒放開。」

「哦。」劉美芬不知道該給什麼反應好，想了想，跟他說：「努力克服克服，就放開了。」

「就這樣？」吳浩提高了聲音，顯然很不滿意。

「那還要怎樣？」

「妳應該負責。」他指出。

「……」劉美芬想了想，很負責地給他建議：「你可以多做些別的事，或者跟別的合適的類型相處看看，就會想開了。現在也許你只是不甘心不服氣罷了，心裡有落差，沒調整過來。」

「劉美芬，妳這樣的態度對嗎？」

「我什麼態度？」

「這麼對一個追求妳失敗的男人的態度。」

劉美芬皺了眉頭，她態度很好啊，就是對象是他她才這麼耐心好說話，他有什麼不滿意的？

「妳應該聲色俱厲地叫我滾蛋，讓我死心，而不是跟我在這裡扯些有的沒的。妳態度曖昧，所以我才會放不開。」

劉美芬傻眼，她曖昧？她明明跟他說得那麼清楚，苦口婆心。好吧，劉美芬坐直了，清了清喉嚨，冷冰冰地對著手機說：「滾！」然後她掛了。

這下他總該滿意了吧？她的配合度很高的。劉美芬在心裡嘆氣，走進廚房煮了一碗麵。這大好的週末，她睡到十點，這頓飯算早午餐吧。麵條快要出鍋的時候，門鈴響了，劉美芬去門後一看，居然是吳浩。

她驚訝地打開門，看到他臉黑黑的一肚子氣的樣子，她剛要說什麼，廚房麵條撲鍋了，劉美芬趕緊跑去關火。這一會兒功夫，吳浩已經進門，殺氣騰騰地瞪她。

瞪她也沒用，劉美芬決定不理他了。她拿了大碗，把麵倒出來，把煎蛋放在麵上，又夾了小碗的榨菜，拌好生菜絲，淋上沙拉醬，她的早飯好了。端到桌上，卻聽吳浩說：「我也沒吃飯。」

劉美芬愣了愣，把麵推到他面前，自己進廚房再煮一碗。吳浩老實不客氣地吃起來，味道還真不錯。吃著吃著，心裡有些波動，沒想到有一天他會坐在劉美芬的廚房，吃她做的飯。

等等，不對，他不是上來興師問罪，要了斷的嗎？現在又被攻下了胃，更不想斷了。

連一碗簡單的麵條都煮得這麼好吃，這女人他真的好喜歡。

劉美芬又做了一碗麵端出來，吳浩已經吃得差不多了，還把她的榨菜和沙位也消滅了。劉美芬無力嘆息，默默吃麵。吃著吃著，發現吃飽了閒閒沒事幹的吳浩一直盯著她看。劉美芬不理他，安靜地吃完麵，把自己的碗和他的碗都收走，拿到碗房洗乾淨。他跟在她身邊閒轉，她走哪他就跟到哪。

劉美芬終於都收好，轉身過來問他：「好吧，你說說看，你究竟想幹麼？」

吳浩愣了愣。對哦，想幹麼？他剛才一時忘記了，只是下意識跟著她轉，但他也是個有原則的男人，他是來求分手，不，是來求拒絕的。

「我們得再談一談。」他說。

「好。」劉美芬非常淡定。她擦乾手，泡了一壺茶，拿到客廳的茶几上，倒了一杯給吳浩，倒了一杯給自己，然後她捧著杯子，慢吞吞喝了一口，再慢吞吞說：「好了，談吧。」

吳浩剛坐下就被噎著，談什麼談，現在氣氛這麼好，他又不想談了。他也不管燙不燙，咕嚕咕嚕喝了好幾口茶，往後一倒，靠在沙發上，「吃太飽了，先歇一會兒。」

「哦。」劉美芬也不催他，喝了幾口茶，隨手拿了本雜誌開始看。

竟然不理他了？吳浩又不爽了。

「劉美芬，妳的態度真的很有問題！」

「那應該怎樣呢？」劉美芬連氣都不想嘆了。

「妳不能讓我待在這裡看著妳，應該趕我走。」

「那你快滾。」劉美芬相當聽話，「我跟你是不可能的，識相的就快點滾，以後都不要在我面前出現。如果你還有一點自尊的話，就請務必做到。」劉美芬一口氣厲聲說完，頓了頓，問

他：「這樣可以嗎？」

吳浩呆愣，太他媽可以了，他剛才差點以為是真的。不對，他就應該以為是真的，這樣才能有效果。媽的，媽的，怎麼說話說得這麼狠？還把男性自尊也搬出來了，太狠了！他媽的，他就不滾，他還要再賴一賴，反正都是她不對！

劉美芬看吳浩不說話，只顧瞪著她，她真是無語了。嘆了口氣，她繼續低頭看雜誌。過了一會兒，她沒聽到他的動靜，於是悄悄看他，他居然還在瞪她，眼睛累不累？

劉美芬決定還是不理他，等一下他自己就會走了。她把視線調回雜誌上，但其實雜誌裡在講什麼她也沒看出來，只是幸好她確定她沒有拿反，所以並沒有在他面前丟人。

又過了半天，她的雜誌被撥到一邊，忽然眼前一花一暗，唇上有了壓力，被人吻住了。淺淺的吻，但真實，而且停留了好幾秒。

劉美芬呆住。

吳浩猛地抬起頭，又瞪她，「妳是嚇愣了，還是妳很願意？這種時候妳應該狠狠給我一巴掌，讓我滾，這樣我才能死心！」

占了她便宜還嘰嘰歪歪？劉美芬終於回過神來，她挑眉問：「現在補打巴掌來得及嗎？」

「妳真是，真是……」真是什麼，他也不知該如何形容，只得恨恨地埋怨，然後低頭又吻她。反正都吻了，再吻一下。因為她就坐在這裡，恬靜美好，他越看越愛，真的很想吻她。

這個吻他加重了力道，吮住她的唇。

「啪」的一聲，響亮又清脆，力道還不小。吳浩的臉被打得火辣辣地疼。他抬頭，又瞪她。

「管用嗎？」她問。

他無言以對。管用嗎？好像不管用，但什麼都是他說的，而她都按他的要求做了。他真的好賤啊，他的男性自尊心呢？

「哼！」他不知該說什麼，走了。

聽到重重的關門聲，劉美芬終於長長舒了一口氣，心中五味雜陳。她把頭埋在膝上，將自己團成一個圓。她竟然不討厭他的吻，她竟然不討厭。

劉美芬在沙發上發愣，也不知過了多久，手機的簡訊響了，她拿起來一看，是吳浩。他告訴她他到家了，又宣布他不會再這麼賤兮兮的，他會想到辦法解決這事。

劉美芬看著他這話心裡不好受。真不喜歡他自貶，不喜歡他用「賤兮兮」這個詞評論自己。她嘆氣，想了好半天，回覆：「好的，拜託你了，多謝你的辛苦。」

天知道，這話她真是誠心誠意，但她的心亂沒處可說。她和吳浩？完全沒想過會跟這樣一個男人過，他大概也一樣吧？他未來的另一半，一定不是她這樣的。她無趣又古板，還固執。他現在只是一時新鮮，如果交往，他很快就會厭了。

此後的一段時間，兩個人真的再沒有交集，連偶遇都沒有，但劉美芬也不知怎地，有些牽掛起吳浩來，不知他最近怎麼樣了，心情有沒有好一些，不過她想他應該已經能放下自己了，因為他沒再找她。她覺得她應該鬆一口氣，應該就是這樣。

沒想到，第二天劉美芬聽到同事談論，說公關部的吳經理食物中毒住院了。

劉美芬嚇了一跳，忘了她不愛湊熱鬧，過去問：「哪個吳經理？吳浩嗎？」

「是啊，就是樓下的公關公司，幫集團做危機公關處理的那個吳經理，之前經常上來找陳總的。我今天在電梯裡碰到他們組裡的人，聊了幾句，他說最近忙死了，因為老大食物中毒住院去

了。沒了領頭的，把他們坑苦了。他們那工作可不比別的，一封信一個聲明一個對策都是需要老大定了才敢動的。」

劉美芬沒再聽後面的，她回到自己的座位。吳浩居然病了，他在她印象裡一直是身強體健，百毒不侵的，居然會食物中毒住院？他到底亂吃了什麼，怎麼這麼不注意呢？

劉美芬接下來辦公的注意力很不集中，她忍不住發了條簡訊給吳浩。她想，就算是普通朋友也要問候，何況他幫過她，而且他已經放開了不是嗎？他說他解決了，所以，她主動問候沒什麼。要不然，她心裡惦記著，很擔心。

她發了，簡訊內容寫的是：「聽說你住院了，情況還好嗎？」

吳浩這時候正躺在病床上無聊得想死，聽到簡訊聲響，精神一振，心道，哪個找他能讓他罵一罵，排解無聊難過。一看名字，差點一口氣沒提上來。

劉美芬，妳找死嗎？媽的，老子好不容易才少想妳一點，還是靠著食物中毒進了醫院不用跟妳同一棟樓辦公了才能少想妳一點，妳他媽的居然還打聽我，居然還知道我住院了，居然還發簡訊來問候！妳他媽的要麼死一邊，要麼就做我女朋友！

內心澎湃著一口氣醞釀了這麼多話，可是一個字也沒說，只回了她：「嗯。」

劉美芬皺著眉頭看著那個「嗯」字，這是什麼意思呢？是情況好，還是不好？或者是不想搭理她？她咬了咬唇，不想搭理就算了，她懂。她把手機放旁邊，繼續工作。

病床上的吳浩等啊等，等半天也沒等到劉美芬的下一條簡訊。他怒了。小姐，妳好歹也問一聲「嗯」是什麼意思啊！給個臺階下不行嗎？妳不知道男人都比較傲驕需要別人多給一點溫暖嗎？

顯然劉美芬小姐不知道。

吳浩沒好氣地按手機按鍵。哼，她不給臺階，他不會自己找嗎？

「剛才醫生過來，我先回妳一條表示收到妳的簡訊了。情況就那樣吧，再忍受幾天這裡難吃的飯菜和無聊的病房，就可以回去工作了。」

劉美芬收到簡訊。這麼正經的口吻和內容，看來吳浩先生真的不介意她了。她想了想，打電話給了樓下吳浩的公關公司，問了問吳浩住在哪家醫院。原來離她家不遠，於是她早早下了班，回去做了些飯菜，又拿了兩本偵探小說，再買了一套益智遊戲，接著去了醫院。

醫院裡吳浩正在罵人，心情非常不好。媽的，發了簡訊給劉美芬她就不再回覆，好歹也陪他聊聊天嘛！沒有愛情也有感情對不對？雖然鬼知道是什麼感情，反正他想讓她陪聊天就對了。正好下屬跟他報告一件事，被他抓到錯處，趕緊罵一罵。

罵一半，抬起頭，看到病房門口站著劉美芬，他差點沒被自己滿嘴髒話噎死。他剛才一直在罵髒話對吧？表現得很粗魯很沒教養，還對下屬刻薄？吳浩真想把那個透露他醫院名字和病房號碼的人抓過來，至於是打一頓還是親一頓他沒想好。

「好了，就這樣吧。總之，下次注意一點，這發出去會出大亂子的。」

下屬趕緊應了。吳浩又囑咐幾句，掛了電話。

劉美芬一直站在門口等著。吳浩生怕她走了，趕緊揮揮手讓她進來。掛了電話，仔細打量她一番。哎呀，老天開眼了，劉美芬小姐居然帶著菜飯和小說，顯然不是隨隨便便來探望的，是很有誠意的那種。

劉美芬走過去，看到床頭櫃放著的便當。醫院的飯菜真的不怎麼樣，他沒吃幾口。吳浩隨著她的目光也看到了，頓時感激醫院的大廚做得難吃，也感激自己剛才的沒胃口。

「你晚飯沒吃嗎？我帶了些飯菜，要不，你吃一點。」

「什麼菜？」心裡激動得半死，還要裝沉穩。

劉美芬把飯盒打開，吳浩裝模作樣看了菜色一眼，道：「行吧，比醫院的強。」

劉美芬沒說什麼，幫他擺碗筷。

「妳吃了沒？」這飯菜看著像是自己做的，那她一定很趕。

「還沒吃。」劉美芬說大實話，「提前沒什麼準備。」

「哦。」吳浩心裡暗喜，「那一起吃好了，我也吃不了這麼多。」

劉美芬沒跟他客氣，自己也拿了點，一起吃起來。

她一邊吃一邊問：「怎麼會食物中毒？」

「那天下班太晚了，就隨便吃了路邊攤。」

「路邊攤不衛生。」

「嗯，下回不吃了。」

「我帶了小說和遊戲給你。」

「好。明天煲個湯來喝喝吧。」吳浩覺得這個要求應該不算過分。

劉美芬盤算了一下時間，她冰箱裡凍著大骨頭，晚上先煲著，明天下班熱熱，應該來得及。

「好。」

吳浩笑了，「那我晚上不訂醫院的飯了，等著妳的飯。」

「好。」劉美芬在心裡鬆了一口氣。現在他們的感覺真的像好朋友，他真的走出去了，她應該放心。雖然有一點失落，但她會克服的。她與他像現在這樣，只是做朋友，就很好。

劉美芬送了三天飯給吳浩，三天後，吳浩出院了，於是兩個人各自工作，又沒了交集。

吳浩也曾想要不要請劉美芬吃個飯，表達謝意，製造見面機會，但劉美芬沒再聯絡過他，讓他相當鬱悶。他想她一定沒改變想法，她還是不會接受他。

賤啊賤，男性自尊呢？那幾天工作特別忙碌，吳浩乾脆就把這事擱下了。

那天，吳浩的老闆陳鷹發微博找月老，吳浩抽風，也發了一條微博，而劉美芬上網，點開了微博，看到吳浩是這樣寫的：「你可曾見過月老？」

劉美芬呆了呆，內心深處最柔軟的部分似乎被撞擊了一下。

你可曾見過月老？

可曾愛過，或者被愛過？

劉美芬看著那句簡單的話，心裡竟然覺得溫暖和渴望。

她看到了下面的評論，不由得噗哧笑出聲來。

一群給吳浩搗亂的。

「老大，別這樣，我嫁你！」

「老大，我願捨生取義！」

一群人排著長隊調侃著八百年感性文青一回的吳浩。

劉美芬沒忍住，對著螢幕一直笑。有同事路過，問她笑什麼，她說沒事，趕緊把頁面關掉。

同事走了之後，劉美芬想了想，還是沒忍住，把那微博頁面又打開了。

吳浩又發了一條新的，他寫著：「那些表示要『捨生取義』、『獻身獻心』的好心人，你們有多遠滾多遠吧……」

下面又是一堆笑鬧搗亂的。

劉美芬再次笑了。

她手有點癢，真的有點癢，猶豫了一下，在吳浩那條微博下面發了一個捂嘴笑的表情，然後她關掉了頁面，一邊笑著一邊繼續工作，心情一下子變得很好。

你可曾見過月老？

這男人其實還是很可愛的。

真可惜，他們只能做朋友。

吳浩工作著一直也不太專心，總覺得有些什麼事。他又上了微博，看了看大家給他的留言。這些人啊，真是閒閒沒事，全跑他這裡發揮幽默感來了，真是煩人啊！等等，這誰？

吳浩呆愣，這熟悉的ID只發了一個表情符號：捂嘴笑。

媽的，媽的，笑話他嗎？

吳浩猛地跳了起來。靠靠靠！她居然會看他的微博，居然看了！他還居然寫了這麼白癡這麼丟臉的話！

刪了刪了，趕緊刪。

想到就行動。

微博刪掉了。

可是等一下，不對啊，刪了不就表示他很心虛嗎？他心虛什麼？他心不虛啊！管他寫什麼，刪掉了多沒氣勢！媽的，真後悔，手這麼快做什麼？

趕緊補救。

於是吳浩又寫了一條微博：太多人示愛，接待不過來，於是刪了，大家都矜持點。

嗯，這樣不錯，寫得多有水準。是太多人示愛，不是他膽小心虛。劉美芬小姐，妳看到了嗎？

也不知道她看到沒，因為她一直沒留言。吳浩白等了一小時，心裡頗不是滋味。

他懂，她真的不想要他。他幫過她，她感激，但她真的不喜歡他這一型的。

吳浩長嘆一口氣，覺得可以了，不用再想了。有辦法解決的，時間久了，就忘了。

又過了一段時間，吳浩在電梯裡偶遇劉美芬。

「嗨！」真是驚喜，吳浩趕緊打招呼。

「好久不見。」劉美芬也驚喜。這段時間才發現，原來就算是上下樓，想偶遇也是很難的。

「最近忙嗎？」

「還好。」

嗯，然後接下來的話題可以聊什麼呢？兩個人都沉默，卻又努力想著。

「昨晚Lisa找我出去喝酒。」吳浩突然說。

劉美芬不動聲色。又喝酒啊，其實她很想勸他少喝點，能不喝就不喝。不過跟他關係有點微妙，心情也有點微妙，她還是保持距離為妙。於是點了點頭，問：「她怎麼樣，忙不忙？」

「她跟我表白了。」

「哦。」劉美芬不知該說什麼，「恭喜你們了。」她誠心誠意，衷心希望大家都幸福。Lisa那女生很好強，有事業心，個性開朗，活潑又麻辣，說真的，很適合吳浩。

「嗯。」吳浩也不知該說什麼，劉美芬的反應讓他失望。

電梯到樓下了，他們分開，他沒告訴她，其實他還沒有答應Lisa。

日子一天天過去，劉美芬只在網路上和公司大會上遇過吳浩，沒什麼機會聊天，相見也只是點點頭打招呼。她心裡不好受，竟然有些難過，但她覺得這樣才是對的，畢竟人家有女朋友了，就更應該保持距離。可那天週日，她去超市採買，出來後卻遇到了吳浩，和另一個女孩。

他們在超市外面的商場專櫃裡買衣服，她拎著東西路過，正好看到。

那是一個年輕漂亮的女孩子，化著濃妝，身材火辣，頭髮染成紅色，戴著大大的耳環，正在試新衣，並對吳浩撒著嬌。那女孩子不是Lisa。

劉美芬呆住了。她就這樣拎著購物袋，看著他們。憤怒，而且難過。

吳浩應付完那女生，似乎感覺到了視線，轉頭過來，正好看到劉美芬。

她瞪著他，眼裡滿是怒火。

吳浩也愣住了。

兩個人就這樣有些距離地互視著，吳浩張了張嘴，想說什麼，劉美芬卻猛地轉頭，走了。

她臉上的表情，似重重一拳打在了吳浩心上。

「劉美芬！」吳浩大聲叫。

劉美芬拎著購物袋走得更快，沒有停留，沒有回頭，不想理他，不想聽到他的聲音。

怎麼能這麼渣、這麼爛？她竟然想哭。

劉美芬回到家裡，放下東西還在氣。她在屋裡走了好幾圈，灌下一杯涼水，心頭的怒火還是無法平息。這時候手機響了，她拿起來一看，是吳浩。她頓時火冒三丈，用力按掉。沒過一會兒，手機又響，還是吳浩，劉美芬怒氣沖沖地把手機關掉。

螢幕黑了下來，也不響了。劉美芬瞪著手機，瞪著瞪著，眼睛疼，忽然眼淚就下來了。

她一定是累了餓了，不然怎麼會哭呢？

劉美芬完全搞不懂自己，她抹掉眼淚，新的淚珠又湧出來，她乾脆就這麼哭著，還做了一頓飯，吃了好多，吃得胃撐得難受，終於不哭了。她倒在床上，捂著自己的胃。再過去一點，就是心了。眼淚不流了，胃塞滿了，心卻覺得很消沉，她真的覺得很難過。

第二天上班，劉美芬精神萎靡，化了個濃些的妝，讓自己看起來精神些。下了車走向電梯，遠遠看到電梯前面站了好幾個人，而她居然就在這麼多人裡一眼就看到吳浩。吳浩站在角落靠著牆低著頭，忽然抬起頭來，看到了劉美芬。他站直了，眼睛盯著她看。

劉美芬頭轉到一邊，完全不想理他。

這種偶遇真討厭，以前八百年見不到一回，現在不想見卻偏偏看見。

劉美芬站在人群裡等電梯，她感覺到有人擠到她身邊，也不知怎麼地，不用轉頭確認她也知道那人是吳浩。她不想理他，真的不想理，於是低著頭，默默等電梯來，再默默走進去。

吳浩也跟著她一起走進去，就站在她身邊。

電梯一層一層停下，許多人下去了，電梯裡空間頓時寬鬆許多，但吳浩還是站在劉美芬身邊。劉美芬忍無可忍，自己往旁邊挪了挪。她很故意地不看他，沒有說話，他也沒說話。

最後吳浩的樓層到了，電梯門打開，吳浩走了出去。劉美芬覺得身邊的壓力一下子消失了，抬眼看他離去的背影，鬆了一口氣，可就在電梯門要關上的剎那，吳浩忽然回頭。

他與她的目光一碰。

劉美芬似被刺到般縮了一下，頭轉向另一邊。電梯門關上，她的心卻提著，一直放不下來。

一整天劉美芬的工作狀態都很糟糕，開會的時候甚至在發呆，被主管瞪了兩眼。下午主管找

她談話，跟她說如果身體不舒服就請半天假先回去休息，沒必要勉強自己，也影響其他人。

劉美芬很抱歉，但她不想請假，請假早退就是認輸，就是承認吳浩的事對她有影響。其實說起來關她什麼事呢，他劈腿也好濫交也好，關她什麼事呢？他有多少個女朋友都與她無關不是嗎？她不請假，她不想被他影響。

劉美芬又撐了半天，覺得好多了。因為之前效率不高，工作有些被耽誤，所以她加了班，等她把工作處理完，公司裡的人都走得差不多了。劉美芬覺得餓了，收拾包包下樓，打算趕緊回家弄點東西吃。

剛下到停車場，卻見吳浩站在電梯不遠的地方靠著柱子在抽菸。他聽到電梯門響，抬頭一看，看到了劉美芬，趕緊把菸頭往地上一丟，踩滅了，大步向她走來。

居然在等她？劉美芬一口氣又提了上來。生氣，真的生氣。

她不理他，轉頭就走。

「劉美芬。」吳浩喊她。

劉美芬不理，可這次沒走出幾步，卻被他一把拉住。「妳聽我解釋。」他說。

劉美芬頓時火冒三丈，她停下來，轉頭怒瞪他。

「解釋什麼？幹麼解釋？我是你女朋友嗎？你跟我解釋個屁！你該向Lisa解釋！她知道你出軌嗎？知道你劈腿嗎？知道你這麼爛嗎？她知道你背著她陪著別的花枝招展的女人買衣服讓她抱著你的手臂撒嬌嗎？她知道你這麼渣這麼賤這麼噁心嗎？」

劉美芬一口氣吼完，用盡了她能用上的所有最激烈的詞彙。

吳浩被她罵得愣住，似被她打了一耳光似的，然後他的眼神黯然，鬆開了手。

劉美芬後退了幾步，她看著他，而他也看著她。兩個人都沒說話。她罵得太過分了嗎？劉美芬咬住唇。她罵他幹麼呢？他又不是她什麼人，她這樣真是太糟糕了。

劉美芬忽然又想哭了，她猛地轉頭，朝著自己的車子跑去。

還沒跑到，她聽到了身後的腳步聲，吳浩追來了。劉美芬有些慌，她手忙腳亂地掏出鑰匙，按開了車門。剛要逃上車，卻被吳浩趕上來按住車門。

她轉頭，看到了吳浩惡狠狠的目光。

「妳等著。」他說。

她等著，等什麼？他雖然一臉凶悍，卻發現自己並不怕他。不是那種怕，她並不擔心他會傷害她，但她害怕跟他靠得太近。

吳浩沒說要她等什麼，卻拿出手機開始撥號，撥通了，他凶巴巴地吼：「Lisa，麻煩妳跟劉美芬說一下我們什麼關係？」

他一邊吼一邊把手機遞到劉美芬耳邊。Lisa在那邊一頭霧水，「啊？浩哥，我們什麼關係？」

吳浩想起可以開喇叭，又惡狠狠按手機，然後凶巴巴地吼：「妳告訴她，妳是我女朋友嗎？」

「啊？」Lisa的聲音像受到驚嚇般，「浩哥，你後悔了嗎？後悔拒絕我了？哪有這樣玩的？我都看上新目標了。等一下，浩哥，你什麼意思，你需要我幫忙？絕對義不容辭啊！咱們先通好氣，你是需要我說是你女朋友呢，還是不是？」她並未意識到電話的這頭有兩個當事人在聽。

吳浩瞪著劉美芬，看到她抿緊嘴，顯然明白了。

他語氣緩下來，對Lisa道：「好了，沒事了，我掛了。」

「喂，喂……」Lisa還想八卦幾句，但吳浩很果斷掛掉了。他直勾勾盯著劉美芬看，心裡氣得要命，最後只擠出一句：「妳說的對，我跟妳解釋個屁！」說完，調頭走了。

劉美芬愣在當場，聽到吳浩按開車門的聲音，聽到他甩上車門「砰」的巨響，然後發動車子，過一會兒，一輛車極快地嗖的一下從她面前過去。

劉美芬站了好一會兒，默默開門上車，心裡很難過，非常難過。

一路開車回到家，她已經感覺不到餓了，完全沒了胃口。她坐在沙發上發呆，衣服也沒換，甚至包包還掛在肩上。她腦子裡一遍又一遍回想起撞見吳浩的「出軌」。他叫她，他等著她，他說要跟她解釋，然後他生氣，他說「我跟妳解釋個屁」。

劉美芬覺得吳浩生氣的對，她真是糟糕。她不明真相，卻自以為是，所以她就是一個不討喜，讓人生厭的女人。她還對吳浩說了那麼多過分的話，她憑什麼呢？她才是噁心的那個！

劉美芬拿出手機，發了條簡訊給吳浩：「對不起，我誤會你了，還說了難聽的話。真的很對不起，非常非常抱歉。」對著手機螢幕想了半天，沒想到還能說什麼，於是嘆了口氣，把簡訊發出去。

沒過一會兒，手機響了，是吳浩。

劉美芬有些緊張，咬了咬唇，努力鎮定一些，這才接起。

「劉美芬。」電話裡吳浩叫她。

「嗯。」劉美芬緊張得不知道手該往哪裡擺。

吳浩叫完她又不說話了，她也不知道該說些什麼好，電話裡靜悄悄的。

過了半天，吳浩道：「妳的道歉我接受。」

劉美芬鬆了一口氣，「謝謝你。」

吳浩又道：「其實那天那個女生，也不算是我女朋友，只是，只是我……Lisa跟我表白，我確實差點就答應她了，可是我想，我跟她這麼熟，又是同事，我不喜歡她卻又答應跟她在一起，跟她在一起的時候心裡想著別人，那樣多沒良心，所以我就拒絕她了。」

劉美芬沒說話。

「那天我告訴妳她跟我表白的事，妳祝福我們，我就不知道該怎麼告訴妳我沒答應。後來小美，就是妳看到我們一起買衣服的那個，她跟我說她喜歡我。她就是妳說的那種適合我的那種類型，我們算是一個圈子的，關係跟Lisa不一樣。小美也很玩得開，她的前男友我也認識，那個朋友圈，大家都挺玩得開，於是我又想，總要試試，萬一真的能喜歡上別人也不錯。她約我逛街，我就去了，其實並沒有那種關係，我只是想試試看，然後，我就看見妳了。」

劉美芬屏氣凝神地聽著。

「妳看起來很生氣，我忽然覺得很害怕，就是那種男人出軌了被抓到的感覺。妳頭也不回就走掉了，還掛我電話，妳真的在生氣。我忽然就明白了，我跟小美也是不可能的。」

劉美芬覺得眼睛發熱，她捂住自己的眼睛。

吳浩好半天又沒說話，再開口，卻是道：「劉美芬，我喝酒了，不能開車，妳能來接我嗎？」

劉美芬點頭，然後想起他在電話那頭看不見，於是答：「好。」

吳浩報了一個地址，又問她：「現在就來接嗎？」語氣小心翼翼的，像小孩子。

「好。」劉美芬又應。

「那我等妳。」

兩個人又安靜了兩秒，似都在等對方掛電話，但沒人掛，於是劉美芬道：「我掛了，現在過去。」然後她掛了。

她站起來，深呼吸了幾口氣。要去接他嗎？他說了那些話，去接他，又該扯不清楚了吧？可是她想去接他，她想看到他。劉美芬去浴室洗臉，鏡中的自己，雙頰是紅的，眼睛是紅的。她低頭再洗了一遍，用力把臉擦乾，出門去了。

一路上腦子空空的，不知道見到他會怎樣，只知道一會兒就要見到了，很快。

劉美芬開車到了吳浩說的地址，那是離公司不遠的一條街上，有家不起眼的小酒屋，人很少，很安靜。劉美芬停好車走進去，在角落找到了吳浩。他獨自一人撐著頭坐著，面前一大瓶日式清酒、兩盤小菜。他察覺有人走近，抬起頭。他的眼睛很亮，頭髮似扒拉過好幾下，有點亂。

他看到劉美芬，笑了。一笑起來，似乎整個人都亮了。

「妳來了。」他說，有些委屈又有些高興的語氣。

「嗯。」劉美芬點點頭，克制住伸手幫他撫撫頭髮的衝動。

「那走吧。」他早就買好單，只是在等她。他撐著桌子站了起來，她下意識去扶他。他其實不暈，這點酒算不了什麼，但他趁機握住她的手。

她沒甩開他，他暗喜，握得更緊。

兩個人就這樣牽著走到車子那裡。

劉美芬看了看他停在不遠的車，指了指，吳浩搖頭，「不管它，明天再來取好了。」

劉美芬不再說什麼，坐上車，繫好安全帶，默默地駛向他家的方向。

過了一會兒，吳浩忽然說：「我餓了，還沒吃飯。」

劉美芬嘆氣，終於忍不住說他：「以後少喝一點吧。」

「好。」吳浩答應得很乖，緊接著又說：「我想吃妳煮的飯。」

這麼晚了……劉美芬又嘆氣，但她也沒吃，於是調轉車頭，開回她家。

洗米下鍋揀菜，她動作俐落，他就站在一旁看。兩個人的飯菜很快做好，他們安靜地把這頓飯吃完。吃完飯，劉美芬收拾桌子洗碗，吳浩又站在一旁看。等她做完，他還沒有要走的意思。

她泡了一杯蜂蜜茶給他。「喝完就走吧，酒勁應該過去了。」她說。

他沒說話，抱著杯子，從杯沿上方悄悄看著她。

劉美芬被他看得有些心慌，跳得快了好幾拍。

「劉美芬。」吳浩終於開口：「我以後少喝酒，不抽菸，按時吃飯，不吃路邊攤，開車小心，少說髒話。當然，也不會跟女生亂搞，我也是專一的男人。呃……我是說，妳就一直管著我吧。」

劉美芬的心怦怦亂跳。她看著吳浩，吳浩也看著她，兩個人移不開目光。

吳浩放下杯子，坐到她身邊，握住她的手。

「別人都管不動我，只有妳可以。妳一生氣，我就會心慌。」

說得她很凶似的，但劉美芬竟然覺得有些甜蜜的竊喜。

吳浩把她拉進懷裡，抱著她，「真的，我跟別的女生約會，心裡卻想著妳，這樣多對不起別人。這樣真的太渣了，妳不能讓我這樣渣下去，對吧？」

她沒說話，他低頭，對上她的眼睛。

入。

她眼睛真是漂亮，她真是漂亮。她沒說話，沒答應，但她沒拒絕，她也沒推開他。

吳浩低頭，吻住了她的唇。她動了動，他抱緊她，加深了這個吻。她分開了唇，他欣喜地探入。

兩人唇齒相碰，舌尖輕觸。

他探得更深，她抱緊了他的脖子。

直吻得氣喘吁吁，他把她壓在沙發上，終於分開了唇。

他盯著她看，看得她的臉越來越紅。

他微笑起來，小心翼翼，「那……就這麼說定了啊！」

她咬了咬唇，猶豫了一會兒，應了一聲：「嗯。」

吳浩大喜，放鬆地壓住她，把頭埋在她肩窩，哈哈大笑，「媽的，媽的，老子太不容易了！」

她輕輕柔柔地撫整齊他頭髮，提醒他：「你剛才說的，會少說髒話。」

「對，對！」他又吻住她。

劉美芬吐了一口氣，覺得很放鬆很開心。放下所有的掙扎之後，感覺竟然如此之好。她竟然得承認，她真的喜歡上了他。

「劉美芬。」

「嗯？」

「快叫我一聲男朋友聽聽。」

好幼稚！她不理他。

「那叫一聲親愛的。」

還是幼稚！

他撓她的癢癢，他真是太幼稚了，她哈哈大笑，抱著他的頭主動吻了他。

好吧，男朋友，她就冒險一次。

一個月後，劉美芬覺得自己的冒險決定沒有錯，她慶幸自己這樣做了。

剛認識的時候，她覺得吳浩很野很痞很精明，完全跟她不配，但交往之後她才知道，吳浩黏人、幼稚，說的笑話也好笑。他工作忙應酬多，但很愛吃家常菜，每次她做的飯菜把他餵飽飽，他心滿意足倒在她家沙發上的模樣，就讓她覺得很滿足。

他忙碌，電話多，但他總會事先報備他會去哪裡，不讓她擔心。他抽菸抽少了，不應酬的時候也不喝酒了，一有空就跑她家。他喜歡讓她去接他，他說這樣讓她親眼看到他的狀況會安心。又因為她要去接他，所以他很少應酬得太晚。

劉美芬覺得，吳浩其實跟她很相配。她喜歡照顧他的感覺，而他喜歡保護她的感覺。他們一起逛超市，看電影，爭論哪個男明星更性感更帥，而哪個女明星更美麗更迷人。她不會說笑話，但她說的話他總能哈哈大笑，真是可愛的神經病。

兩個月後，劉美芬下班，電梯下到吳浩那樓層，吳浩正好走進來。他看到她，眼睛一亮，目光熱烈，還裝模作樣輕咳一聲，站到她身邊。劉美芬忍住笑，而她的同事忍不住問：「美芬，妳在跟吳經理談戀愛嗎？」看過幾次吳浩上樓來在劉美芬座位那邊磨磨蹭蹭不肯走，兩個人之間的電流實在是太強了。

吳浩摸摸鼻子不說話，他是很想拿喇叭宣布，但他不敢，要他家美芬說可以才行。

結果劉美芬大方說：「是啊！」

吳浩看她一眼，她眉眼含笑回視他，吳浩頓時揚眉吐氣，抬頭挺胸。

劉美芬的同事調侃他們幾句，劉美芬都大方回應，牽著他的手也沒放。

吳浩將她的手握得緊緊的，心滿意足。

三個月後，吳浩說兩個人在同個公司上班卻要住在不同方向，花兩份房租，浪費兩份油錢，實在是太不經濟環保了，他要求搬去劉美芬那邊住。

劉美芬答應了。

六個月後，吳浩帶劉美芬去看房子，說房租省下來，可以買房子了，結婚要用的，生孩子也要有地方住。

劉美芬認真跟他去看了，還提了很多意見，最後他們選中了一間三室兩廳的公寓。

「親愛的，其實現在想一想，我覺得根本就是妳追我的。」吳浩厚顏無恥地總結：「妳看，妳開車接送我，做飯給我吃，主動打電話發簡訊勾搭我。」一邊說一邊偷看他家美芬小姐。快抗議，拿起枕頭打我，嬌嗔說才不是，是你追我的，列舉好幾樣他對她的好。

結果劉美芬淡定地看他一眼，答：「你高興就好。」

「……」

還真是……冰山美人啊！

吳浩一把抱住劉美芬按倒。媽的，他就喜歡這樣的，怎麼就這麼喜歡呢？

他真是太賤了！幸好他夠賤，所以他跟她在一起了。

感覺真幸福。

後記

這篇文的網路連載寫在《尋郎》之後，但也跟《尋郎》一樣，我寫到大半的時候發現自己犯了嚴重的情節安排上的錯誤。前面的鋪墊安排沒有寫好，轉折的地方偏離了結尾設定的劇情。原想在後文情節中圓回來，但是卡文許久，想了很多辦法，實在沒法勉強，於是只得痛下決心，停更大修。

那是一段很艱難的日子，對我來說。

比修《尋郎》的時候還要艱難。因為《尋郎》只是中段案情安排時重新再調整，把中段的案子改掉，然後接著往下寫。

而《吾家有妻驕養成》這篇，我是從頭開始改，相當於重寫了一遍。

停更了很久，重新大修。我想這篇文讓不少讀者把我拉進了追連載作者黑名單裡去了。

但我不後悔呢，我到現在仍在慶幸我把這篇文修了，沒讓它爛尾，沒讓它敷衍，修成了我滿意的故事。

後來某網站邀我做作者訪談，也問到我修文的事。我記得我當時答，只有讓自己滿意了，才能長久地寫下去。

我貌似又廢話了嗎？其實沒有。

這個想法，跟《吾家有妻驕養成》裡的表達的一個觀點是一致的，是我想告訴你們的。

你們想到是哪個情節了嗎？

對的，是米熙對陳鷹說「不」。

她渴望嫁給他，她也需要嫁給他。在那個時候，似乎結了婚紅線就能綁上，她就能活下去。這是個合乎情理的發展，陳鷹這樣認為，米熙這樣認為。

但就這樣作賊般嫁掉嗎？偷偷摸摸，不能公開，隨時準備好撒謊，欺騙所有人，欺騙自己。在這裡有個重要的前提，米熙是古人。現代女性中見慣了太多名人另一半必須隱身，為愛犧牲，也許覺得沒關係，挺偉大，可對一個古代女子來說，名分、尊嚴、道德、價值觀等等，都與現代人不一樣。雖然米熙已努力融入社會，但她骨子裡根深蒂固的還是古代女子的觀念。

要愛情，要活下去，還是要委屈的愛情，委屈地活？

米熙做出了她的選擇。

她說了「不」。

紅線在那一瞬間，綁上了。

她沒有失掉她的本心，沒有毀掉自我，這是她成為一個合格現代女性，並與陳鷹長久攜手，一起生活，真正成為他伴侶的一個重要瞬間。

這一段是我自己認為這篇文裡很重要很重要的一個細節。

前文的重重鋪墊，她的無助，她對陳鷹的依賴，她對現代社會的無知，她對人際關係的迷茫，她的努力，她對現代文化的吸取和包容，她的進步，她的堅持，最後都總結在了那個「不」裡。

她拒絕了陳鷹，但她贏得了她的人生。

所以這個文名是「驕養成」，不是「嬌養成」。

只有自己滿意了，才能長久。

工作如此，愛情如此，生活也是如此。

寫這篇文的時候還有一件重要的事情發生。那是十月十九日，我記得很清楚。卡文卡得最嚴重的時候，我焦慮煩躁。王先生帶我出去吃飯，我們在社區裡遇到了一隻流浪貓。那貓見了我沒有跑，還一直可愛地喵喵叫。

中間的詳情就不再多述了，我有寫過關於那個過程的文章。簡單地說，就是那隻貓一直跟著我們，但又害怕不讓碰，我們走了牠又追著喵喵喵。後來牠被狗嚇跑，而我上樓寫了更新。

那時候已經過了午夜十二點，也就是日期進入了十月二十日。我還惦記著牠，不知道牠如何了，於是我對王先生說，想再下去看看。

在我碼字的時候，王先生中途下去看過一次，那貓已經不在了，所以他回答我說，牠早就跑掉了，而且這麼晚了，牠肯定不在。

我也覺得牠肯定不在了，但我就是想去看看。

出了樓門，我叫著「喵喵」，沒想到，遠遠竟然聽到牠的回應。我們走過去，牠就站在牠離開之前站著的小樹叢前。小小的個子，大大的眼睛，那樣看著我們。

這次我成功把牠抱回了家。

因為是在寫《吾家有妻驕養成》時撿回的貓，又以為牠是女生，所以我幫牠取名米熙，但帶去醫院檢查才發現，牠是男生，於是改了個字，叫米西。

米西陪伴我度過那段很困難的修文時光，給了我很多鼓勵和快樂，見證了修訂版的《吾家有妻驕養成》的誕生。

後記

現在，米西是我們很重要的家人。

今年一月時，我們又帶回家一隻流浪貓，是女生，叫花豆。

幸運的是，兩隻喵的感情很好，過著相親相愛的生活。

哦，對了，差點忘了說，兩隻都帶去醫院做了絕育了，所以不會有一堆小貓出現的情況啦！

這次我們就聊到這裡吧，下本書再見。

汀風　二〇一五年四月二十二日

綺思館 20

吾家有妻驕養成（下）

國家圖書館出版品預行編目資料

吾家有妻驕養成 / 汀風著. -- 初版. -- 臺北市：晴空出版：家庭傳媒城邦分公司發行, 2015.09
冊；　公分. --（綺思館；20）

ISBN 978-986-92184-4-3（下冊：平裝）

857.7　　104010214

作者　汀風
封面繪圖　大小喵
責任編輯　施雅棠　羅婷婷
國際版權　吳玲緯
行銷　陳麗雯　蘇莞婷
業務　李再星　陳玫潾　陳美燕　杻幸君
副總編輯　林秀梅
副總經理　陳瀅如
編輯總監　劉麗真
總經理　陳逸瑛
發行人　涂玉雲
出版　晴空
城邦文化事業股份有限公司
104台北市中山區民生東路二段141號5樓
電話：（886）2-2500-7696　傳真：（886）2-2500-1967
發行　英屬蓋曼群島商家庭傳媒股份有限公司城邦分公司
104台北市中山區民生東路二段141號2樓
客服服務專線：（886）2-25007718；25007719
24小時傳真專線：（886）2-25001990；25001991
服務時間：週一至週五上午09:00~12:00；下午13:00~17:00
劃撥帳號：19863813；戶名：書虫股份有限公司
讀者服務信箱：service@readingclub.com.tw
晴空部落格　http://blog.yam.com/readsky
香港發行所　城邦（香港）出版集團有限公司
香港灣仔駱克道193號東超商業中心1樓
電話：852-25086231　傳真：852-25789337
E-mail：hkcite@biznetvigator.com
馬新發行所　城邦（馬新）出版集團【Cite (M) Sdn Bhd】
41, Jalan Radin Anum, Bandar Baru Sri Petaling,
57000 Kuala Lumpur, Malaysia.
電話：(603) 9056-3833　傳真：(603) 9056-2833
Email：cite@cite.com.my
美術設計　洸譜創意設計股份有限公司
印刷　沐春行銷創意有限公司
初版一刷　2015年09月29日
定價　250元
ISBN　978-986-92184-4-3